T0282257

Cuesta abajo

Michael Connelly

Cuesta abajo

Traducido del inglés por Antonio Padilla

AdN Alianza de Novelas

Título original: *The Drop*

Esta edición ha sido publicada por acuerdo con Little, Brown and Company, New York, New York, USA. Todos los derechos reservados.

Chet Baker de John Harvey se publicó por primera vez en *Bluer than This*, Smith/Doorstop Books, Sheffield, UK, 1998, y se ha usado con permiso.

Diseño de cubierta: Estudio Pep Carrió

Calle Valentín Beato, 21
28037 Madrid
www.adnovelas.com
ISBN: 978-84-1148-521-0
Depósito legal: M. 30.069-2023
Printed in Spain

Dedicado a Rick, Tim y Jay,
quienes saben lo que Harry Bosch sabe

1

La Navidad se presentaba una vez al mes en la Unidad de Casos Abiertos / No Resueltos. Llegaba cuando la teniente se paseaba por la sala de inspectores como si fuera Papá Noel, distribuyendo, entre los seis equipos de inspectores que integraban la unidad, los resultados como si de regalos se tratase. Los resultados «en frío» eran el elemento vital de aquella unidad. Los equipos asignados al grupo de Abiertos / No Resueltos no esperaban que les llegasen casos recientes. Lo suyo eran los resultados en frío.

La unidad investigaba los asesinatos que no se habían aclarado y que habían tenido lugar en Los Ángeles a lo largo de los últimos cincuenta años. La formaban doce inspectores, un secretario, un jefe de la sala de inspectores —conocido como el Látigo— y la teniente. Y había diez mil casos que investigar. Los primeros cinco equipos de inspectores se habían repartido los cincuenta años; cada uno había escogido diez años al azar. Su labor era revisar en los archivos todos los casos de homicidio no resueltos sucedidos en los años que les habían tocado en suerte, evaluarlos y entregar las antiguas muestras e indicios olvidados para un nuevo análisis utilizando tecnología actual. Todas las muestras de ADN iban a parar al nuevo laboratorio regional de la Universidad Estatal de California. Cuando el ADN de un viejo caso se correspondía con el de un individuo cuyo perfil genético constaba en alguna de las bases de datos genéticos del país, la correspondencia recibía el nombre de «resultado en frío». El laboratorio enviaba los resultados en frío por correo ordinario al final de cada mes. Un día o dos después, llegaban al edificio administrativo de la policía, en el centro de Los Ángeles. Hacia las ocho de esa mañana, la teniente acostumbraba a salir por la puerta de su despacho y entrar en la sala de inspectores. Con los sobres en la mano. Cada uno de los resultados en frío había sido franqueado individualmente en un sobre color manila. Por lo general, la teniente entregaba los sobres a los mismos inspectores que habían entregado las muestras de ADN al laboratorio. Sin embargo, a veces, había demasiados resultados en frío para que un solo equipo pudiera encargarse de ellos. También era posible que algunos inspectores estuvieran en los juzgados, de vacaciones o de baja médica. Y, en ocasiones, los resultados fríos revelaban unas circunstancias que exigían la máxima capacidad y experiencia. Ahí era donde entraba en juego el sexto equipo. Los inspectores Harry Bosch y David Chu eran quienes formaban el sexto equipo. Eran los comodines. Se ocupaban de los casos que los demás equipos no podían asumir, así como de las investigaciones especiales.

La mañana del lunes 3 de octubre, la teniente Gail Duvall salió de su despacho y se adentró en la sala de inspectores con solo tres sobres color manila en la mano. Harry Bosch tuvo que reprimir un suspiro al ver tan magra correspondencia. Se dijo que, con tan pocos sobres, no iban a asignarle ningún caso en el que trabajar.

Llevaba casi un año otra vez en la unidad, después de haberse pasado dos reasignado a la brigada especial de homicidios. Pero, tras ponerse a trabajar de nuevo en el grupo de Casos Abiertos / No Resueltos, pronto se había acostumbrado al ritmo de la unidad. El suyo no era un grupo de los de intervención inmediata. Ellos no eran de los que tenían que salir corriendo por la puerta para dirigirse a la escena de un crimen. De hecho, no trabajaban en las escenas de los crímenes, sino con las carpetas y las cajas de cartón de los archivos. El suyo era, más que nada, un empleo típico de oficina, de las ocho de la mañana hasta las cuatro de la tarde... Con una salvedad: en su unidad se viajaba más que en las demás brigadas de inspectores. Los individuos que se habían ido de rositas de un asesinato —o que eso se pensaban— no acostumbraban a quedarse por la zona. Se iban a vivir a otros lugares, y era frecuente que los inspectores de Casos Abiertos / No Resueltos tuvieran que viajar para escoltarlos de regreso a California.

El ciclo mensual de espera hasta la llegada de los sobres color manila era parte integral del ritmo de trabajo. A veces, a Harry le costaba dormir las noches previas a la Navidad. Nunca se tomaba libre una primera semana de mes y jamás se presentaba tarde al trabajo cuando la llegada de los sobres color manila estaba al caer. Su propia hija adolescente había reparado en este ciclo mensual de anticipación y agitación, que comparaba con el ciclo menstrual. Bosch no le veía la gracia al asunto y se sentía un poco avergonzado cada vez que su hija sacaba el tema a colación.

Al ver tan escaso número de sobres en la mano de la teniente, su decepción se podía palpar en su garganta. Bosch quería un nuevo caso. Lo necesitaba. Necesitaba ver la expresión en el rostro del asesino cuando llamara a la puerta y le mostrara la placa, la encarnación de la inesperada justicia que se cernía sobre él después de tantos años. La cosa resultaba adictiva, y Bosch ansiaba disfrutar de ella.

La teniente entregó el primero de los sobres a Rick Jackson. Jackson y su compañero, Rich Bengtson, eran unos investigadores competentes que llevaban en la unidad desde su misma formación. Bosch no tenía quejas al respecto. El siguiente sobre fue a parar al vacío escritorio de Teddy Baker. La inspectora y su compañero, Greg Kehoe, estaban volviendo de recoger a cierto sujeto en Tampa, un piloto de aviones a quien las huellas dactilares incriminaban como responsable del estrangulamiento en 1991 de una azafata de vuelo en Marina del Rey.

Bosch estaba a punto de sugerirle a la teniente que Baker y Kehoe seguramente estaban muy ocupados con el caso de Marina del Rey y que mejor haría en entregar el sobre a otro equipo —al suyo, por ejemplo—, pero, en ese momento, la teniente le miró y se valió del último sobre para invitarle a pasar a su despacho.

—¿Pueden entrar los dos un momento? Y usted también, Tim.

Tim Marcia era el Látigo del grupo, el inspector número tres, principalmente encargado de las labores complementarias y de supervisión en la unidad. Marcia era quien ejercía de mentor de los inspectores jóvenes y quien se aseguraba de que los veteranos no se dejaran llevar por la pereza. Dado que Jackson y Bosch eran los únicos investigadores veteranos, Marcia apenas tenía que preocuparse a este respecto. Tanto Jackson como Bosch formaban parte de la unidad porque siempre lo daban todo a la hora de resolver un caso.

Harry se levantó de la silla antes de que la teniente hubiera terminado de formular la pregunta. Echó a andar hacia el despacho, seguido por Chu y Marcia.

—Cierre la puerta —dijo la teniente—. Siéntense.

El despacho de Duvall estaba en una esquina, y sus ventanas daban a Spring Street y al edificio del *Los Angeles Times*. Paranoica ante la posibilidad de que los periodistas estuvieran observándola desde la redacción enclavada al otro lado de la calle, siempre tenía las persianas bajadas, así que el despacho estaba a media luz y llevaba a pensar en una cueva. Bosch y Chu se sentaron en las sillas situadas ante el escritorio de la teniente. Marcia terminó de entrar, fue hacia el lado del escritorio de Duvall y apoyó la espalda en una vieja caja fuerte empleada para guardar muestras y pruebas encontradas en el terreno.

—Quiero que ustedes dos se encarguen de este último resultado —dijo, pasándole el sobre color manila a Bosch—. Aquí hay algo muy raro. No digan una palabra sobre el asunto hasta que descubran de qué se trata. Mantengan informado a Tim, pero sin levantar la liebre.

El sobre ya estaba abierto. Chu acercó el rostro para mirar mientras Harry levantaba la solapa y sacaba la hoja con el resultado. En ella constaba el número del caso para el que habían entregado la muestra de ADN, así como el nombre, la edad, la última dirección conocida y la ficha delictiva de la persona cuyo perfil genético se correspondía con dicha muestra. Inmediatamente, Bosch se fijó en que el número del caso tenía el prefijo 89, lo que denotaba que se trataba de un caso sucedido en 1989. No había detalles sobre el crimen; tan solo se indicaba el año. Pero Bosch sabía que los casos de 1989 eran prerrogativa del equipo formado por Ross Shuler y Adriana Dolan. Lo sabía porque en 1989 había estado muy ocupado investigando asesinatos en la Brigada Especial de Homicidios y porque recientemente había estado reexaminando uno de sus propios casos no resueltos y se había enterado de que los casos de ese año eran cosa de Shuler y Dolan. En la unidad eran conocidos como los chavales. Eran unos investigadores jóvenes, con mucho empuje y capacidad, pero entre los dos tenían menos de ocho años de experiencia en la investigación de homicidios. Si en este resultado frío había algo raro, no era extraño que la teniente quisiese que Bosch se ocupara del asunto. Harry había investigado más asesinatos que todos los demás miembros del grupo juntos. Aparte de Jackson, claro, que llevaba en activo desde la noche de los tiempos.

A continuación se fijó en el nombre que aparecía en el papel: Clayton S. Pell. Un nombre que no le decía nada. Pero en la ficha de Pell constaban numerosas detenciones, así como tres condenas sucesivas por exhibicionismo, detención ilegal y violación. Había estado encarcelado durante seis años por dicha violación y había salido de prisión dieciocho meses atrás, bajo libertad condicional durante cuatro años. Su última dirección conocida era la facilitada por la junta estatal para la concesión de libertad condicional. Pell residía en un centro de acogida para condenados por delitos sexuales situado en Panorama City.

En vista de la ficha de Pell, Bosch supuso que el caso de 1989 seguramente era un asesinato de naturaleza sexual. Empezó a sentir un nudo en las entrañas y se dijo que iba a salir a la calle, detener a Clayton Pell y hacerle comparecer ante la justicia.

—¿Lo ve? —preguntó Duvall.

—¿El qué? —respondió Bosch—. ¿Estamos hablando de un asesinato de naturaleza sexual? Este pájaro es el clásico depredad…

—La fecha de nacimiento —indicó Duvall.

Bosch volvió a fijar la mirada en el documento, mientras Chu hacía otro tanto.

—Sí, aquí está —dijo Bosch—, 9 de noviembre de 1981. Pero ¿y eso qué…?

—Es demasiado joven —afirmó Chu.

Bosch le miró un instante y volvió a fijar la vista en el papel. De pronto cayó en la cuenta. Nacido en 1981, Clayton Pell tan solo tenía ocho años cuando se cometió ese asesinato.

—Exacto —dijo Duvall—. Así pues, quiero que echen mano al expediente y a la caja de pruebas que tienen Shuler y Dolan, y que, sin hacer ruido, averigüen qué significa todo esto. Dios no quiera que hayan estado mezclando muestras de dos casos distintos.

Bosch comprendió que si Shuler y Dolan, sin querer, habían enviado al laboratorio muestras genéticas correspondientes al antiguo caso, pero etiquetadas en referencia a otro caso más reciente, sería completamente imposible proseguir con la investigación de ambos casos y llevarlos a juicio.

—Como estaba a punto de decir —continuó Duvall—, el sujeto mencionado en el resultado es un depredador sexual, sin duda, pero no creo que a los ocho años fuera capaz de cometer un asesinato e irse de rositas. Aquí hay algo que no encaja. Descubran de qué se trata y explíquenmelo antes de hacer algo. Si Shuler y Dolan han metido la pata y aún estamos a tiempo de enmendarlo, no será necesario informar a Asuntos Internos. La cosa no tendrá por qué salir de aquí.

Duvall parecía decidida a proteger a Shuler y a Dolan del Departamento de Asuntos Internos, pero también determinada a protegerse a sí misma, algo que a Bosch no se le pasaba por alto. Para la teniente, los ascensos eran historia si se descubría que la gente bajo su mando había cometido un error tan escandaloso en el manejo de unas pruebas.

—¿Qué otros años tienen asignados Shuler y Dolan? —preguntó Bosch.

—Los más recientes son el 97 y el 2000 —respondió Marcia—. Si se trata de un error, posiblemente tenga que ver con uno de sus casos correspondientes a esos otros años.

Bosch asintió con la cabeza. Se imaginaba lo que podía pasar. El descuido en el manejo de muestras genéticas de un caso y su errónea atribución a otro caso provocaría que los dos se convirtiesen en completamente irresolubles. Y el escándalo mancharía a todos los que tuvieran la más nimia relación con lo sucedido.

—¿Y qué les decimos a Shuler y a Dolan? —preguntó Chu—. ¿Qué razón vamos a darles a la hora de asumir un caso que es suyo?

Duvall miró a Marcia en busca de una respuesta.

—Tienen que comparecer en un juicio —sugirió Marcia—. Y la selección del jurado comienza este mismo jueves.

Duvall asintió con la cabeza.

—¿Y si insisten en que quieren seguir llevando el caso? —preguntó Chu—. ¿Y si aseguran que pueden hacerlo sin problemas?

—Les dejaré las cosas claras —respondió Duvall—. ¿Alguna cosa más, inspectores?

Bosch fijó la mirada en ella.

—Vamos a investigar este caso, teniente, y veremos qué es lo que ha pasado. Pero yo no soy de los que investigan a otros policías.

—Me parece muy bien. No es lo que le estoy pidiendo. Lo que quiero es que investiguen el caso y me expliquen cómo es que la muestra de ADN resulta ser la de un chaval de ocho años, ¿entendido?

Bosch asintió con la cabeza y empezó a levantarse de la silla.

—Pero acuérdense bien —añadió Duvall—: lo primero, antes de hacer nada, es hablar conmigo.

—Mensaje captado —repuso Bosch.

Ya iban a salir del despacho cuando la teniente dijo:

—Harry, quiero hablar con usted un momento.

Bosch miró a Chu y enarcó las cejas. No terminaba de entender. La teniente rodeó el escritorio y cerró la puerta después de que Chu y Marcia hubieran salido. De pie, como estaba, dijo en tono formal:

—Simplemente quiero decirle que ha llegado respuesta a su solicitud de una extensión del programa DROP. Le han dado cuatro años, retroactivamente.

Bosch se la quedó mirando e hizo un cálculo mental. Asintió con la cabeza. Había pedido el máximo —cinco años, de forma no retroactiva—, pero estaba dispuesto a aceptar lo que le ofrecieran. No era ninguna bicoca, pero mejor eso que nada.

—Y, bueno, pues me alegro —dijo Duvall—. Eso significa que va a seguir con nosotros treinta y nueve meses más.

Su voz dejaba entrever que parecía haber detectado cierta decepción en la expresión de Bosch.

—No —repuso él de inmediato—. Me alegro. Tan solo estaba pensando en las explicaciones que voy a tener que darle a mi hija. Pero está bien. Estoy contento.

—Estupendo, pues.

Era su forma de decir que la reunión había concluido. Bosch le dio las gracias y salió del despacho. De vuelta en la sala de inspectores, miró la vasta extensión de escritorios, tabiques divisorios y archivadores. Tenía claro que ese era su hogar y que iba a seguir en él… por el momento.

2

La Unidad de Casos Abiertos / No Resueltos tenía acceso a las dos salas de reuniones del quinto piso, al igual que todas las demás unidades de la Brigada de Robos y Homicidios. Por lo general, los inspectores tenían que reservar hora para una u otra sala firmando en la pizarrita colgada de la puerta. Pero, como era lunes por la mañana, muy temprano, ambas salas estaban vacías. Bosch, Chu, Shuler y Dolan entraron en la más pequeña de las dos sin necesidad de reservar nada.

Llevaban consigo la ficha de asesinato y la pequeña caja con las pruebas halladas en 1989.

—Muy bien —dijo Bosch cuando todos estuvieron sentados—. Entonces, ¿estáis de acuerdo en que Chu y yo asumamos este caso? Si no lo estáis, podemos ir a ver a la teniente y decirle que os interesa mucho seguir llevándolo.

—No, está bien —respondió Shuler—. Los dos estamos muy ocupados con el juicio, así que nos va bien. Es nuestro primer caso en la unidad, y nos interesa conseguir que el veredicto sea de culpabilidad.

Bosch asintió con la cabeza y abrió la ficha de asesinato.

—Entonces, ¿podríais hacernos un resumen de este caso?

Shuler hizo un gesto de asentimiento y empezó a resumir el caso de 1989 mientras Bosch revisaba los papeles que había en la carpeta.

—La víctima tenía diecinueve años y se llamaba Lily Price. La raptaron en plena calle mientras regresaba de la playa de Venice; se dirigía a su apartamento un domingo por la tarde. En su momento se estableció que la habían secuestrado en un punto situado entre Speedway y Voyage. Price vivía en Voyage, en un apartamento que compartía con otras tres personas. Una de esas personas estuvo con ella en la playa, mientras que las otras dos se encontraban en el piso. Y Price desapareció en un punto situado entre la playa y el piso. Dijo que iba un momento al apartamento para usar el cuarto de baño, pero nunca llegó.

»En la playa dejó su toalla y un walkman —añadió Shuler—. Y un frasco de protección solar. Así que está claro que su intención era la de volver. Pero no llegó a hacerlo.

—Encontraron su cuerpo a la mañana siguiente, en las rocas junto al mar —prosiguió Dolan—. Estaba desnuda y la habían violado y estrangulado. Nunca se encontró su ropa. Le habían quitado la ligadura de las muñecas.

Bosch ojeó las hojas de plástico a las que estaban fijadas las desvaídas fotos Polaroid de la escena del crimen. Al mirar a la víctima, no pudo evitar acordarse de su propia hija, que con quince años tenía toda la vida por delante. Hubo una época en que al ver fotografías de este tipo sentía que en su interior hervía el fuego necesario para convertirse en implacable. Pero desde que Maddie se había mudado a vivir con él, cada vez le resultaba más difícil mirar a las víctimas.

Pero no por ello el fuego dejaba de arder en su interior.

—¿De dónde procede el ADN? —preguntó—. ¿Del semen?

—No. El asesino usó un condón. O no llegó a eyacular —dijo Dolan—. No había rastros de semen.

—El ADN procede de una pequeña mancha de sangre —informó Shuler—. La mancha estaba en el cuello, justo detrás de la oreja derecha. Pero la chica no tenía ninguna herida en esa zona. Se supuso que la sangre era del asesino, que posiblemente se hizo un corte en la lucha o estaba sangrando de alguna forma. No era más que una gota. Una manchita de nada. A la muchacha la estrangularon con una ligadura. Si la estranguló por la espalda, es posible que su mano estuviera en contacto con esa parte del cuello. Y si tenía un corte en la mano…

—Un depósito por transferencia —terció Chu.

—Exacto.

Bosch encontró la Polaroid que mostraba el cuello de la víctima y la mancha de sangre. La foto estaba muy descolorida por el paso del tiempo, por lo que la sangre casi no se veía. Sobre el cuello de la joven habían puesto una regla para que la mancha de sangre pudiera ser medida en la foto. Su extensión era de poco más de dos centímetros.

—Así que recogieron y almacenaron esta muestra de sangre —sugirió, para que le dieran explicaciones adicionales.

—Sí —dijo Shuler—. Como no era más que una mancha, tomaron la muestra con un bastoncillo de algodón. El tipo de sangre resultó ser cero positivo. Guardaron el bastoncillo en un pequeño tubo, que encontramos en el registro cuando reabrimos el caso. La sangre se había convertido en polvo.

Shuler dio unos golpecitos con el bolígrafo en la caja de archivador.

El móvil de Bosch empezó a vibrar en su bolsillo. Normalmente hubiera dejado que saltara el contestador, pero su hija estaba enferma, no había ido al colegio y estaba sola en casa. Necesitaba asegurarse de que no era ella. Sacó el teléfono y miró la pantalla. No era su hija, sino una antigua compañera de trabajo, Kizmin Rider, que ahora era teniente y estaba asignada a la oficina del jefe de policía. Decidió que le devolvería la llamada después de la reunión. Bosch y Rider acostumbraban a almorzar juntos una vez al mes, y Harry supuso que Kizmin tal vez tuviera el día libre, que quizá le estaba llamando porque se había enterado de la aprobación de la extensión de su contrato por cuatro años más de acuerdo con el plan DROP. Volvió a meterse el teléfono en el bolsillo.

—¿Abristeis el tubo? —preguntó.

—Por supuesto que no —contestó Shuler.

—Ya. Así que hace cuatro meses enviasteis el tubo con el bastoncillo y lo que quedaba de sangre al laboratorio regional, ¿es eso? —preguntó.

—Exacto —dijo Shuler.

Bosch terminó de ojear la ficha de asesinato y se centró en el informe de la autopsia. Solía interesarse más en lo que veía que en lo que oía.

—Y, por entonces, ¿enviasteis alguna otra cosa al laboratorio?

—¿Del caso Price? —repuso Dolan—. No. En su momento, la muestra de sangre fue la única prueba biológica que encontraron.

Bosch asintió con la cabeza, animándola a continuar.

—Pero la muestra no los llevó a nadie —explicó Dolan—. Jamás llegaron a dar con un sospechoso. ¿A quién apunta el resultado en frío?

—De eso hablaremos en un momento —dijo Bosch—. Lo que quería decir era si enviasteis al laboratorio material de otros casos en los que estuvierais trabajando. ¿O es que solo estabais ocupados en este asunto?

—No, no enviamos nada más. Este era nuestro único caso en ese momento —respondió Shuler, que frunció los ojos, como si sospechara algo.

Bosch se llevó la mano al bolsillo interior de la americana y sacó el papel con el resultado en frío. Lo puso en la mesa y lo deslizó hacia Shuler.

—El resultado en frío es el de un criminal sexual, así que todo encaja a la perfección. Salvo por un pequeño detalle.

Shuler desplegó el papel. Dolan y él acercaron los rostros para leerlo, tal y como Bosch y Chu habían hecho antes.

—¿Qué detalle? —preguntó Dolan, que no se había fijado en lo que implicaba la fecha de nacimiento del tipo—. Este sujeto se ajusta como un guante.

—Se ajusta ahora —matizó Bosch—. Pero entonces tenía ocho años.

—¿Estás de coña? —soltó Dolan.

—¿Qué coño...? —secundó Shuler.

Dolan le arrebató el papel a su compañero para cerciorarse de la fecha de nacimiento. Shuler se arrellanó en el asiento y miró a Bosch con la suspicacia en los ojos.

—Así que piensas que la jodimos y hemos mezclado un caso con otro —dijo.

—Nada de eso —indicó Bosch—. La teniente nos pidió que comprobáramos la posibilidad, pero yo no veo que la hayáis cagado, en absoluto.

—Entonces es que la cosa pasó en el laboratorio regional —dijo Shuler—. ¿Os dais cuenta? Si la han cagado de esta forma, todos los abogados defensores de la ciudad van a poner en duda los análisis de ADN hechos en el laboratorio.

—Sí, ya lo he pensado —repuso Bosch—. Razón por la que será mejor que mantengáis la boca cerrada hasta que sepamos qué ha pasado. Hay otras posibilidades.

Dolan levantó el papel con el resultado y dijo:

—Ya. Pero ¿y si resulta que nadie la ha cagado? ¿Y si la sangre que encontraron en la chica muerta efectivamente era la de este chaval?

—¿Un niño de ocho años que rapta a una joven de diecinueve en plena calle, la viola, la estrangula y abandona su cadáver a cuatro manzanas de distancia? —intervino Chu—. Eso nunca ha sucedido.

—Bueno, pero es posible que el chaval estuviera allí —observó Dolan—. Quizá fue así como se inició en los crímenes sexuales. Ya habéis visto su ficha. El individuo encaja..., salvo por la edad.

Bosch asintió con la cabeza.

—Es posible —convino—. Como acabo de decir, hay otras posibilidades. Todavía no hay razón para dejarnos llevar por el pánico.

Su móvil vibró de nuevo. Lo sacó del bolsillo y vio que de nuevo era Kiz Rider. Dos llamadas en cinco minutos. Se dijo que lo mejor era responder. No le estaba llamando con la idea de quedar para comer.

—Tengo que salir un segundo.

Se levantó y respondió a la llamada mientras salía al pasillo.

—¿Kiz?

—Harry, he estado llamándote para ponerte sobre aviso.

—Estoy en una reunión. ¿De qué me tienes que avisar?

—De que van a convocarte a la oficina del jefe de policía.

—¿Quieres que suba al décimo piso?

En el nuevo edificio de la policía, los despachos del jefe estaban en la décima planta y tenían una pequeña terraza con vistas al edificio administrativo del centro cívico.

—No. Nos vemos en Sunset Strip. Van a ordenarte que vayas a la escena de un crimen y asumas el caso. Y la cosa no va a gustarte.

—Mira, teniente, tengo un nuevo caso de esta misma mañana. No necesito otro más.

Llamarla «teniente» era un modo de expresar su contrariedad. Las convocatorias a la oficina del jefe de policía y los casos que solían asignarse allí mismo siempre conllevaban problemas y ciertas implicaciones políticas. A veces era muy difícil navegar por aguas tan turbulentas.

—Nuestro amigo no te va a dejar elección, Harry.

El «amigo» era el jefe de policía.

—¿De qué va ese caso?

—Alguien que se ha tirado por un balcón del Chateau Marmont.

—¿Quién?

—Harry, creo que lo mejor es esperar a que el jefe te llame. Yo solo quería...

—¿De quién se trata, Kiz? Me conoces y sabes que soy capaz de mantener un secreto hasta que deja de serlo.

Rider hizo una pausa antes de responder.

—Por lo que sé, los restos no son muy reconocibles. La caída ha sido de siete pisos hasta la acera. Pero la identificación inicial señala a George Thomas Irving, cuarenta y seis años de edad, un metro y...

—¿Irving? ¿Como Irvin Irving? ¿Como el concejal Irvin Irving?

—La némesis del cuerpo de policía de Los Ángeles... Y del inspector Harry Bosch en particular. El mismo que viste y calza. El muerto es su hijo, y el concejal Irving ha insistido ante el jefe en que seas tú quien lleve la investigación. El jefe le ha dicho que no hay problema.

Bosch se quedó con la boca abierta.

—¿Y por qué iba a querer Irving que fuera yo? —preguntó finalmente—. Ese hombre se ha pasado media vida en la policía y en la política tratando de acabar con mi carrera profesional.

—Pues no lo sé, Harry. Lo único que sé es que te quiere a ti.

—¿Cuándo os habéis enterado?

—La llamada llegó hacia las seis menos cuarto de esta mañana. Por lo que he deducido, todavía no está claro en qué momento se produjo la cosa.

Bosch consultó su reloj de pulsera. El caso ya tenía sus buenas tres horas. Y era más bien tarde para emprender la investigación de una muerte. Iba a empezar con desventaja.

—¿Y qué es lo que hay que investigar? —preguntó—. Me has dicho que el tipo se tiró por la ventana.

—Los primeros en llegar fueron los de la comisaría de Hollywood. Determinaron que había sido un suicidio, con la idea de dar el caso por cerrado. Pero entonces llegó el concejal, que no termina de aceptar que sea un suicidio. Por eso quiere que investigues.

—Pero ¿el jefe está al corriente de los problemas que he tenido con Irving...?

—Sí. Y también sabe que necesita todos los votos posibles en el Ayuntamiento para que autoricen que en el cuerpo de policía volvamos a cobrar por las horas extras.

Bosch vio que su superiora, la teniente Duvall, entraba en la Unidad de Casos Abiertos / No Resueltos. Duvall le localizó con la mirada y se dirigió hacia él.

—Me parece que van a informarme de modo oficial —musitó Bosch al teléfono—. Gracias por el soplo, Kiz. No le veo ningún sentido, pero gracias. Si oyes alguna otra cosa, dímelo.

—Harry, ándate con cuidado. Irving ya está muy mayor, pero sigue siendo peligroso.

—Lo sé.

Bosch desconectó el móvil en el mismo momento en que Duvall llegaba a su lado con un papel en la mano.

—Lo siento, Harry. Cambio de planes. Chu y tú tenéis que ir a esta dirección y ocuparos de un nuevo caso.

—¿Y ahora qué es?

Bosch se fijó en la dirección. Era la del Chateau Marmont.

—Órdenes de la oficina del jefe. Chu y tú pasáis a estar en el código tres y a haceros cargo de un caso. Es todo lo que sé. Además de que el jefe está esperándoos en persona.

—¿Y qué pasa con el viejo caso que acaba de asignarnos?

—Aparcadlo por el momento. Quiero que sigáis llevándolo, pero cuando podáis.

Señaló el papel que tenía en la mano.

—Ahora la prioridad es esta.

—¿Está segura, teniente?

—Pues claro que estoy segura. El jefe me ha llamado directamente y también va a llamarle a usted, así que hable con Chu, y en marcha.

3

Como era de esperar, Chu no paró de hacer preguntas durante el trayecto por la autovía 101. Llevaban casi dos años trabajando en equipo y, a estas alturas, Bosch estaba acostumbrado a que Chu manifestase sus inseguridades por medio de un torrente de preguntas, comentarios y observaciones. Era habitual que hablase de una cosa cuando en realidad era otra la que le inquietaba. Bosch a veces se lo ponía fácil y le respondía aquello que quería saber. En otras ocasiones, se hacía el remolón hasta poner de los nervios a su joven compañero.

—Harry, ¿qué carajo pasa aquí? Esta mañana nos asignan un caso... ¿Y ahora dicen que nos pongamos con otro?

—El LAPD* es un organismo paramilitar, Chu. Eso significa que cuando un mando ordena hacer algo, pues hay que hacerlo. La orden es del propio jefe y la estamos cumpliendo. Eso es lo que pasa. Ya volveremos a ocuparnos de ese resultado en frío. Pero ahora tenemos un caso nuevo entre manos, y es prioritario.

—Todo esto me suena a alguna clase de politiqueo.

—Tú lo has dicho.

—¿De qué va la cosa?

—De la confluencia entre la policía y la política. Estamos investigando la muerte del hijo del concejal Irvin Irving. Has oído hablar de Irving, ¿no?

---

* Cuerpo de policía de Los Ángeles, en sus siglas inglesas. *(N. del T.)*

—Claro. Era el segundo del jefe cuando entré en el cuerpo. Luego lo dejó y se presentó como candidato a concejal.

—Bueno, Irving no lo dejó de forma voluntaria. Le obligaron a irse y se presentó a las elecciones municipales con el objetivo de vengarse del cuerpo. Hablando en plata, Irving vive para una sola cosa: amargarle la existencia a la policía. No sé si también sabes que en su momento me cogió bastante ojeriza. Tuvimos unos cuantos encontronazos, por así decirlo.

—Entonces, ¿por qué quiere que lleves el asunto de su hijo?

—Pronto lo sabremos.

—¿Qué te ha dicho la teniente sobre el caso? ¿Es un suicidio?

—La teniente no me ha dicho nada. Solo me ha dado la dirección.

Bosch prefería no decir nada más de cuanto sabía sobre el caso. Hacerlo implicaría revelar que tenía una fuente de información en el seno de la oficina del jefe de policía, cosa que todavía no quería compartir con Chu, quien no estaba al corriente de su costumbre de almorzar con Kiz Rider una vez al mes.

—Todo esto me parece más bien raro.

El móvil de Bosch empezó a zumbar. Miró la pantalla. No había identificador de llamada, pero respondió. Era el jefe de policía. Bosch le conocía desde hacía años e incluso había trabajado en varios casos con él. Había alcanzado el cargo tras ascender por el escalafón, y no por designación directa. Tras haber estado asignado a la Brigada de Robos y Homicidios durante largo tiempo, primero como investigador y luego como inspector jefe, tan solo llevaba un par de años al frente del cuerpo y seguía contando con el respaldo de la masa policial.

—Harry, soy yo, Marty. ¿Dónde estás?

—Estamos en la 101. Hemos salido tan pronto como nos lo han dicho.

—Necesito desaparecer antes de que la prensa se entere de todo esto, y no van a tardar en hacerlo. No nos interesa que este caso se convierta en el mayor espectáculo del mundo. Como sin duda te han dicho, la víctima es el hijo del concejal Irving. Y el concejal ha insistido en que te ponga al mando de la investigación.

—¿Por qué?

—No ha terminado de explicarme sus razones. Ya sé que los dos tenéis vuestra propia historia.

—Una historia no muy bonita. ¿Qué puedes decirme sobre el caso?

—No demasiado.

Hizo el mismo resumen que Rider antes le había hecho a Bosch, con unos cuantos detalles adicionales.

—¿A qué inspectores de Hollywood les ha tocado la china?

—A Glanville y Solomon.

Bosch los conocía de casos y misiones anteriores. Ambos eran famosos por su corpulencia física y por sus desmesurados egos. Sus sobrenombres eran el Armario y el Barril, y ellos estaban encantados al respecto. Ambos acostumbraban a vestir ropas caras y llamativas y a lucir vistosos anillos en el dedo meñique. Y, que Bosch supiera, también eran unos inspectores competentes. Si estaban dispuestos a dar el caso por cerrado estableciendo que había sido un suicidio, lo más probable era que tuviesen razón.

—Van a seguir investigando bajo tu dirección —indicó el jefe—. Se lo he dicho personalmente a los dos.

—Muy bien, jefe.

—Harry, necesito que en este caso te esfuerces como nunca. No me importa los problemas que hayas podido tener con el concejal. Olvídate de ellos. Lo último que nos interesa es que la tome con nosotros y diga que no hemos estado esforzándonos.

—Entendido.

Bosch calló un segundo, mientras pensaba en qué más preguntar.

—Jefe, ¿dónde está el concejal?

—Abajo, en el vestíbulo.

—¿Ha entrado en el depósito de cadáveres?

—Insistió en hacerlo. Le dejé echar una mirada, sin tocar nada; lo sacamos de allí al cabo de un momento.

—No tendrías que haberlo hecho, Marty.

Bosch sabía que estaba corriendo un riesgo al decirle al jefe de policía que había cometido un error. En este sentido, daba igual que en el pasado hubieran estado examinando cadáveres a medias.

—Supongo que no has tenido más elección —agregó Bosch.

—Ya. Pero tú ven aquí ahora mismo y mantenme informado de todo. Si no puedes hablar conmigo directamente, utiliza a la teniente Rider como mensajera.

Sin embargo, no le dio el número del móvil —que no aparecía en la pantalla del de Bosch—, por lo que Harry captó el mensaje con claridad. Ya no iba a seguir hablando directamente con su viejo compañero, el jefe de policía. Lo que no quedaba claro era lo que quería que Bosch hiciera en lo referente a la investigación.

—Jefe —dijo, ateniéndose al tono formal para dejar claro que no estaba apelando a antiguas lealtades—, si voy allí y me encuentro con que ha sido un suicidio, diré que ha sido un suicidio. Si lo que quiere es otra cosa, puede buscarse a otro.

—Así está bien, Harry. Que sea lo que haya sido. Que sea la verdad.

—¿Estás seguro? ¿Es eso lo que quiere Irving?

—Es lo que yo quiero.

—Entendido.

—Por cierto, ¿Duvall te ha dado la noticia del DROP?

—Sí, me lo ha dicho.

—Traté de que te concedieran los cinco años enteros, pero en la comisión había un par de personas a las que no les gustaba todo cuanto aparecía en tu expediente. Hemos hecho lo que hemos podido, Harry.

—Y lo aprecio.

—Bien.

El jefe colgó. Bosch apenas tuvo tiempo de hacer otro tanto antes de que Chu se pusiera a formularle preguntas y más preguntas sobre la conversación. Harry se la refirió mientras salía de la autovía hacia Sunset Boulevard y ponía rumbo al oeste.

Chu aprovechó la explicación sobre la llamada del jefe para preguntar por lo que de veras le tenía preocupado toda la mañana.

—¿Y qué hay de la teniente? —soltó—. ¿Vas a decirme de una vez lo que ha pasado con ella?

Bosch se hizo el tonto.

—¿Qué es lo que ha pasado?

—No te hagas el tonto, Harry. ¿Qué es lo que te ha dicho cuando te ha retenido en el despacho? Quiere verme fuera de la unidad, ¿no? Lo cierto es que ella a mí tampoco me cae bien.

Bosch no pudo evitarlo. Su compañero tenía la costumbre de ver siempre la botella medio vacía, y la oportunidad de tomarle un poco el pelo era demasiado buena para no aprovecharla.

—Me ha dicho que quiere que sigas en Homicidios, pero que está pensando en un traslado. Se ve que en la comisaría sur va a haber unas vacantes y está hablando con ellos sobre el traslado.

—¡Por Dios!

Chu hacía poco que se había ido a vivir a Pasadena. El trayecto diario de ida y vuelta a la comisaría sur resultaría de pesadilla.

—Ya. ¿Y tú qué le has dicho? —preguntó—. ¿Has dado la cara por mí?

—La comisaría sur es un buen destino, hombre. Le he dicho que dentro de un par de años ya te habrás aclimatado. Otros inspectores necesitarían cinco años.

—¡Harry!

Bosch rompió a reír. Aquello había servido para liberar algo de tensión. La inminente reunión con Irving le preocupaba. El encuentro estaba al caer y aún no sabía bien cómo plantearlo.

—¿Me estás tomando el pelo? —gritó Chu, volviéndose hacia él—. Me quieres putear, ¿no?

—Pues sí, te estoy puteando, Chu. Así pues, tranquilízate. Todo cuanto la teniente me ha dicho es que han aprobado mi asignación al programa DROP. Vas a tener que seguir aguantándome tres años y tres meses más, ¿entendido?

—Ah... Bueno, es lo que querías, ¿no?

—Sí, es lo que quería.

Chu era demasiado joven para preocuparse por cosas como el DROP. Casi diez años atrás, Bosch se había jubilado del cuerpo con la pensión entera, en una decisión en la que le habían aconsejado mal. Tras vivir como un jubilado durante dos años, Harry volvió a ingresar en el cuerpo acogiéndose al plan de jubilación aplazada (DROP), que se había establecido para mantener en la policía a los inspectores experimentados, asignados a aquellas labores en que estaban especializados. En el caso de Bosch, lo suyo era la investigación de homicidios. El reingreso se produjo con un contrato de siete años. En el cuerpo, no todos estaban contentos con el programa, en especial los inspectores de brigada que aspiraban a uno de los prestigiosos puestos en la Brigada de Robos y Homicidios, en el centro de la ciudad.

Las normas del cuerpo hacían posible una extensión del programa DROP de tres a cinco años. Tras ello, la jubilación era obligatoria. Bosch había solicitado este segundo contrato el año anterior y, como inevitable resultado de la burocracia en el cuerpo, se había pasado más de un año esperando la respuesta que la teniente le había comunicado esa mañana, bastante después de la fecha de finalización del contrato inicial. La espera le había tenido de los nervios, pues estaba claro que podían obligarlo a jubilarse en cualquier momento, si la comisión decidía no ampliar su permanencia en el cuerpo. Por supuesto, la noticia había sido buena, pero ahora Bosch ya sabía seguro que sus días con la placa de policía estaban contados. Así pues, aquella buena noticia tenía un punto de melancólico. Cuando le llegara la notificación formal de la comisión, en ella vendría una fecha precisa que supondría su última jornada como policía. No podía evitarlo y sus pensamientos ahora se centraban en dicha perspectiva. Quizá él mismo fuese de los que siempre ven la botella medio vacía.

Finalmente, Chu paró de hacer preguntas. Harry, por su parte, trató de apartar el programa DROP de su mente. En su lugar, mientras seguía conduciendo hacia el oeste, se puso a pensar en Irvin Irving. El concejal se había pasado más de cuarenta años trabajando en el cuerpo de policía, pero nunca había conseguido llegar a lo más alto. Tras haberse pasado toda la carrera profesional preparándose y haciendo lo posible para que lo nombraran jefe del cuerpo, le habían quitado el cargo de las manos repentinamente, en el curso de un cataclismo de tintes políticos. Unos cuantos años después, se consiguió que saliera del cuerpo..., con la ayuda de Bosch. Completamente resentido, se presentó a las elecciones municipales, ganó en su circunscripción, lo nombraron concejal e hizo todo lo posible por vengarse del organismo en el que había trabajado durante tantas décadas. Había ido tan lejos como para votar en contra de toda proposición de aumento de sueldo para los agentes y de ampliación del propio cuerpo. Siempre era el primero en exigir una investigación independiente cuando supuestamente un agente cometía una infracción. Sin embargo, el golpe más bajo había llegado el año anterior, cuando respaldó con todas sus fuerzas la iniciativa de recortar una serie de gastos, que condujo a eliminar del presupuesto del cuerpo una partida de cien millones de dólares destinada a abonar las horas extras, lo que afectó negativamente a todos los agentes e inspectores del escalafón.

Bosch tenía claro que el actual jefe de policía había llegado a un acuerdo de algún tipo con Irving. Un *quid pro quo*. El jefe se había prestado a que fuese Bosch quien llevase la investigación, pero a cambio de alguna otra cosa. Nunca se había considerado muy ducho en tejemanejes políticos, pero Harry se dijo que no tardaría en averiguar de qué se trataba.

4

Situado en el extremo oriental de Sunset Strip, el Chateau Marmont era una icónica estructura que se recortaba ante las colinas de Hollywood y era conocida desde hacía décadas por su clientela de estrellas del cine, escritores, roqueros y sus acompañantes y séquitos. Bosch había estado en el hotel varias veces a lo largo de su carrera profesional, cuando un determinado caso le había llevado a buscar testigos y sospechosos. Estaba familiarizado con su vestíbulo de vigas vistas, con su jardín circundado por setos y con la disposición de sus espaciosas suites. Otros hoteles ofrecían una comodidad y un servicio personal extraordinarios. El Chateau era conocido por su estilo europeo de la vieja escuela y por su falta de interés en las actividades precisas de los huéspedes. La mayoría de los hoteles contaban con cámaras de seguridad —ocultas o no— en todos sus espacios públicos. En el Chateau había muy pocas cámaras. El elemento que diferenciaba al Chateau de los demás hoteles de Sunset Strip era la privacidad. Tras sus muros y altos setos había un mundo sin intrusiones, donde quienes no querían ser observados lo conseguían. Esto es, hasta que las cosas se torcían o los comportamientos privados se convertían en públicos.

Justo al dejar atrás Laurel Canyon Boulevard, el hotel aparecía entre la profusión de carteles publicitarios alineados junto a Sunset. Por las noches, quien pasaba por ahí sabía que el hotel existía gracias a un sencillo rótulo de neón (bastante modesto para los estándares de Sunset Strip), pero de día estaba apagado. La entrada al hotel se encontraba en Marmont Lane, una arteria que nacía en Sunset y rodeaba el edificio en dirección a las colinas. Al acercarse, Bosch advirtió que Marmont Lane estaba bloqueada por unas barreras que la policía había puesto allí temporalmente. Junto al seto de la fachada principal estaban aparcados dos coches patrulla y un par de furgonetas de los medios de comunicación. Eso les indicó que la muerte se había producido en la fachada occidental o en la parte posterior del hotel. Bosch aparcó tras uno de los vehículos blanquinegros.

—Los buitres ya han llegado —indicó Chu, señalando con un gesto de la cabeza las furgonetas de los periodistas.

Resultaba imposible mantener un secreto en una ciudad como Los Ángeles, sobre todo cuando el secreto era de este tipo. Siempre había un vecino que llamaba, un huésped del hotel o un agente de patrulla, cuando no un empleado forense interesado en impresionar a una rubia de la televisión. Las noticias volaban.

Salieron del coche y se acercaron a las barreras policiales. Bosch hizo una señal a uno de los agentes uniformados, indicándole que se alejara unos pasos de los dos equipos de cámaras, para hablar sin que los reporteros los escucharan.

—¿Dónde está? —preguntó Bosch.

El agente tenía aspecto de llevar por lo menos diez años en el cuerpo. En el distintivo de su camisa se leía: RAMPONE.

—Hay dos escenas —explicó—. Está la escena del estropicio, en la fachada lateral. Y está la habitación donde se alojaba el hombre. La habitación setenta y nueve del último piso.

Los agentes de policía tenían la costumbre de deshumanizar los horrores que a diario acompañaban su trabajo. El «estropicio» era su forma de referirse a quien se había tirado de una ventana.

Bosch había dejado el transmisor en el coche. Señaló con la cabeza el pequeño micrófono que Rampone llevaba sobre el hombro.

—Averigüe dónde están Glanville y Solomon.

Rampone ladeó la cabeza hacia el hombro y pulsó la tecla de transmisión. En un segundo localizó al equipo inicial de investigación en la habitación setenta y nueve.

—Muy bien. Dígales que se queden ahí. Vamos a mirar la escena exterior y luego subimos.

Bosch volvió al coche y cogió el transmisor, que estaba conectado al alimentador eléctrico. Acompañado por Chu, cruzó la barrera y echó a andar por la acera.

—Harry, ¿quieres que suba a hablar con esos dos? —preguntó Chu.

—No. Siempre hay que empezar por el cadáver; lo demás viene después. Siempre.

Chu estaba habituado a investigar casos fríos, en los que nunca había una escena del crimen que examinar. Tan solo había informes. Además, no llevaba muy bien lo de ver cadáveres. Esa era la razón por la que había escogido integrarse en la brigada de casos fríos. Nada de asesinatos recientes, escenas de homicidios o autopsias. Pero esta vez las cosas serían diferentes.

Marmont Lane era una calle angosta y empinada. Llegaron a la escena de la muerte, en la esquina noroeste del hotel. El equipo forense había puesto un toldo sobre la escena para evitar que desde los helicópteros de la televisión o desde las casas de las laderas de las colinas se pudiera ver nada.

Antes de situarse bajo el toldo, Bosch miró hacia arriba y vio que un hombre vestido con traje miraba hacia abajo, asomado a un balcón del último piso. Supuso que era Glanville o Solomon.

Bosch entró bajo el toldo y se encontró con un hervidero de actividad protagonizado por los especialistas en criminalística, los investigadores forenses y los fotógrafos de la policía. En el centro de la escena estaba Gabriel Van Atta, a quien Bosch conocía desde hacía años. Van Atta había trabajado en el LAPD durante veinticinco años como especialista en la supervisión de escenas de crímenes, antes de jubilarse y ponerse a trabajar en el departamento forense. En ese momento, cobraba un salario y una pensión, y seguía ocupándose de las escenas de crímenes. Bosch lo consideraba positivo para sus intereses. Sabía que Van Atta no le escondería nada. Le diría lo que pensaba exactamente.

Bosch y Chu estaban bajo el toldo, si bien a un lado. En ese momento, la escena del crimen era cosa de los especialistas. Bosch se dio cuenta de que al cadáver le habían dado la vuelta, apartándolo un poco del punto del impacto; habían llegado bastante tarde. Pronto lo trasladarían para que lo examinara el forense, cosa que le preocupaba un poco, pero era una consecuencia de haberse sumado tan tarde a la investigación del caso.

El horripilante alcance de los traumatismos provocados por una caída de siete pisos era perfectamente visible. Bosch casi podía sentir el asco de Chu al ver aquella imagen. Harry decidió echarle un cable.

—Hagamos una cosa. Yo me encargo de todo esto. Y luego te veo arriba.

—¿En serio?

—En serio. Eso sí, de la autopsia no vas a librarte.

—Trato hecho, Harry.

La conversación atrajo la atención de Van Atta.

—Harry Bosch —dijo—, pensaba que estabas llevando casos fríos.

—Este asunto es especial, Gabe. ¿Te importa si entro?

Se refería al círculo interior de la escena del crimen. Van Atta le hizo una seña para que lo hiciera. Mientras Chu daba media vuelta y se alejaba, Bosch agarró un par de patucos de papel de una caja expendedora y se los calzó sobre los zapatos. A continuación se puso unos guantes de goma, anduvo con cuidado entre la sangre coagulada en la acera y se acuclilló junto a lo que quedaba de George Thomas Irving.

La muerte lo arrebata todo, incluida la dignidad personal. El cuerpo desnudo y maltrecho de George estaba rodeado de esos técnicos que lo consideraban un simple elemento de su trabajo. Su cuerpo había quedado reducido a una suerte de rasgada bolsa de piel llena de huesos quebrados, órganos y vasos sanguíneos. Su cuerpo había sangrado por todos los orificios naturales, así como los numerosos que habían nacido como consecuencia del choque contra la acera. Tenía el cráneo roto, de tal forma que la cabeza y el rostro aparecían grotescamente desfigurados, como en el reflejo de uno de los espejos deformantes de la casa de la risa. El ojo izquierdo se había salido de su órbita y pendía inerte sobre la mejilla. El pecho se había aplastado por el impacto; numerosos huesos del costillar y de las clavículas le habían atravesado la piel.

Sin pestañear, Bosch estudió el cadáver, tratando de dar con lo inusual en una figura que nada tenía de usual. Observó la parte interior de los brazos en busca de pinchazos, así como las uñas en busca de restos ajenos al cuerpo.

—He llegado tarde —dijo—. ¿Hay alguna cosa que merezca la pena saber?

—Creo que este hombre se estrelló de cara contra la acera, lo cual es bastante raro, incluso en un suicidio —explicó Van Atta—. Y quiero mostrarte algo que hay aquí.

Señaló el brazo derecho de la víctima, antes de indicar el izquierdo. Tanto el uno como el otro estaban abiertos en el gran charco de sangre.

—Los dos brazos están rotos, Harry. Hechos añicos, de hecho. Y, sin embargo, no se dan las demás lesiones habituales, no hay rotura de piel.

—¿Y eso qué significa?

—Hay dos opciones. La primera es que estuviera completamente decidido a tirarse desde arriba y ni siquiera extendiera los brazos para amortiguar la caída. Si lo hubiera hecho, nos encontraríamos con roturas en la piel y fracturas abiertas. No es el caso.

—¿Y la otra?

—Es posible que la razón por la que no extendió los brazos para amortiguar la caída fuera que no estaba consciente cuando se estrelló contra el suelo.

—Quieres decir que lo empujaron.

—Pues sí, o, más probablemente, que lo dejaron caer. Vamos a tener que hacer unos modelos de las distancias, pero yo diría que cayó a plomo. Si le hubieran empujado, como tú dices, habría caído un par de palmos más allá de la fachada.

—Entendido. ¿Qué se sabe sobre la hora de la muerte?

—Hemos tomado la temperatura del hígado y hecho nuestros cálculos. No te lo estoy diciendo de forma oficial (ya me entiendes), pero pensamos que entre las cuatro y las cinco.

—Así que estuvo tirado en la acera durante una hora o más antes de que alguien lo viera.

—Puede pasar. Trataremos de precisar la hora de la muerte cuando hagamos la autopsia. ¿Podemos llevárnoslo ya?

—Si es todo lo que puedes decirme, sí, podéis llevároslo.

Unos minutos después, Bosch enfiló el caminillo de entrada al garaje del hotel. Vio un Lincoln Town Car color negro con matrícula del Ayuntamiento estacionado sobre los adoquines. El coche del concejal Irving. Al pasar junto a él, Bosch vio que un joven chófer estaba sentado al volante y que un hombre mayor y vestido con traje ocupaba el asiento del copiloto. La parte de atrás parecía desocupada, pero resultaba difícil determinarlo a través de los cristales tintados.

Bosch subió por las escaleras hasta el siguiente piso, en el que se encontraban el vestíbulo de entrada y el mostrador de recepción.

La mayoría de los inquilinos que se alojaban en el Chateau eran noctámbulos. El vestíbulo estaba desierto, salvo por Irvin Irving, sentado a solas en uno de los sofás, con un móvil pegado a la oreja. Cuando reparó en Bosch, finalizó la llamada y señaló un sofá situado frente al suyo. Harry quería seguir de pie y hacer su trabajo, pero era uno de esos momentos en los que había que someterse a una indicación ajena. Se sentó y sacó un cuaderno de notas del bolsillo trasero.

—Inspector Bosch —dijo Irving—. Gracias por venir.

—No he tenido más remedio, concejal.

—Supongo.

—En primer lugar, quisiera darle el pésame por la pérdida de su hijo. En segundo lugar, quisiera saber por qué quiere que me ocupe del caso.

Irving asintió con la cabeza y echó una rápida mirada a uno de los altos ventanales del vestíbulo. Tras las palmeras, los parasoles y las estufas exteriores había un restaurante al aire libre. También estaba vacío; en él tan solo se encontraban los camareros.

—Parece que aquí la gente no se levanta hasta el mediodía —observó.

Bosch no respondió. Seguía a la espera de obtener contestación a su pregunta. Desde siempre, el rasgo físico distintivo de Irving era el cráneo rasurado y reluciente. Lo llevaba así desde mucho antes de que estuviera de moda. En el cuerpo, Irving recibía el apodo de Don Limpio, porque se le parecía y porque era el tipo al que se recurría para adecentar los desastres que solían darse en una burocracia fuertemente consolidada y sometida a innumerables intereses políticos.

No obstante, en ese momento, Irving parecía exhausto. Tenía la piel floja y grisácea, y parecía ser más viejo de lo que era en realidad.

—Siempre había oído eso de que el peor dolor es el de perder a un hijo —repuso el concejal—. Ahora sé que es verdad. No importan la edad ni las circunstancias..., se supone que una cosa así nunca va a pasar. No está en el orden natural de las cosas.

Bosch no podía decir nada al respecto. Había estado con los suficientes padres a los que se les había muerto un hijo como para saber que lo que el concejal acababa de decir no admitía réplica. Irving tenía la cabeza gacha y los ojos fijos en el ornado patrón de la alfombra del suelo.

—Me he pasado cincuenta años trabajando para esta ciudad de una forma u otra —prosiguió—. Y ahora me encuentro con que no puedo fiarme de una sola alma de cuantas viven en ella. Por eso estoy recurriendo a un hombre al que en el pasado traté de destruir. ¿Por qué? Ni siquiera yo mismo termino de entenderlo. Supongo que porque en nuestros enfrentamientos se dio cierta integridad... por su parte. Usted nunca me gustó, ni tampoco me gustaban sus métodos, pero sí que le respetaba.

Levantó la vista y miró a Bosch.

—Inspector Bosch, quiero que me diga qué fue lo que le pasó a mi hijo. Quiero saber la verdad y creo que puedo confiar en usted para averiguarla.

—¿Sin que importe lo que pueda salir a relucir?

—Sin que importe lo que pueda salir a relucir.

Bosch asintió con la cabeza.

—Entonces puedo hacerlo.

Hizo amago de levantarse, pero se detuvo; Irving aún no había terminado.

—Usted dijo una vez que o bien todas las personas cuentan, o bien ninguna cuenta. Me acuerdo. Y ahora se trata de llevar esa fórmula a la práctica. ¿El hijo de su enemigo personal también cuenta? ¿Está dispuesto a esforzarse al máximo por él? ¿Está dispuesto a darlo todo por él?

Bosch se lo quedó mirando. Todas las personas cuentan, o bien ninguna cuenta. Era una regla que determinaba su comportamiento. Pero nunca lo había puesto en palabras. Sencillamente, se atenía a ella. Estaba seguro de que nunca se lo había dicho a Irving.

—¿Cuándo?

—¿Perdón?

—¿En qué ocasión le dije yo eso?

Dándose cuenta de que seguramente había dicho algo que no tenía que decir, Irving se encogió de hombros y adoptó la expresión de un anciano confuso, por mucho que sus ojos fueran tan relucientes como dos canicas negras en la nieve.

—Pues no me acuerdo, la verdad. Es algo que sé de usted, nada más.

Bosch se levantó.

—Voy a averiguar qué fue lo que le pasó a su hijo. ¿Puede decirme algo sobre por qué estaba aquí?

—No, nada.

—¿Cómo se ha enterado?

—El jefe de policía me llamó esta mañana. En persona. Vine de inmediato. Pero no me dejaron verlo.

—Hicieron bien. ¿Su hijo tenía familia? Además de usted, quiero decir.

—Una mujer y un hijo. El chico acaba de marcharse a la universidad. Justo he terminado de hablar por teléfono con Deborah. Soy yo quien le ha dicho la noticia.

—Si vuelve a llamarla, dígale que voy a ir a verla.

—Por supuesto.

—¿Cómo se ganaba la vida su hijo?

—Era abogado, especializado en relaciones corporativas.

Bosch aguardó a oír más, pero eso era todo.

—¿Relaciones corporativas? ¿Y eso qué significa?

—Significa que mi hijo conseguía que se hicieran las cosas. La gente recurría a él si quería lograr que se hiciera algo en la ciudad. Mi hijo había trabajado para la ciudad. Primero como policía y luego como abogado del Ayuntamiento.

—¿Y tenía un bufete?

—Un pequeño despacho en el centro, pero lo principal era su teléfono móvil. Así era como trabajaba.

—¿Cómo se llamaba su empresa?

—Era un bufete de abogados, Irving y Asociados, aunque en realidad no tenía ninguno asociado. Se encargaba de todo él mismo.

Bosch se dijo que tendría que volver a todo esto. Pero no tenía sentido lidiar con Irving cuando apenas tenía datos a través de los cuales filtrar las respuestas del concejal. Tendría que aguardar a saber más cosas.

—Me mantendré en contacto —dijo.

Irving levantó la mano y extendió dos dedos con una tarjeta de visita prendida en ellos.

—Aquí tiene mi teléfono móvil particular. Espero oír algo de usted hacia el final del día.

«¿O recortaré en otros diez millones de dólares el presupuesto para pagar las horas extras?» A Bosch no le gustó su tono. Pero cogió la tarjeta y caminó hacia los ascensores.

Durante el trayecto hasta la séptima planta estuvo pensando en la conversación con Irving, tan artificial. Lo que más le inquietaba era que supiese esa regla personal tan suya. Se había formado una idea bastante clara de cómo había conseguido esa información. Era algo de lo que tendría que ocuparse más adelante.

5

Los pisos superiores del hotel tenían forma de L. Bosch salió del ascensor en la séptima planta, se dirigió a su izquierda, dobló una esquina del pasillo y caminó hacia la habitación 79, situada al final del corredor. Un policía montaba guardia en la puerta. En ese momento, Bosch se acordó de algo y echó mano a su móvil. Llamó al de Kiz Rider, quien respondió al momento.

—¿Sabes cómo se ganaba la vida? —preguntó.

—¿De quién me estás hablando, Harry? —dijo ella.

—De quién va a ser. De George Irving. ¿Sabías que el hombre era una especie de conseguidor?

—Había oído que trabajaba como intermediario de algún tipo.

—Como conseguidor y como abogado. Mira, necesito que la oficina del jefe de policía tome cartas en el asunto y sitúe un agente de guardia en la puerta de su despacho hasta que me presente en el lugar. Que nadie entre ni salga.

—No hay problema. ¿Su trabajo como intermediario tiene algo que ver con el asunto?

—Nunca se sabe. Pero me quedaría más tranquilo si hubiera alguien vigilando el despacho.

—Eso está hecho, Harry.

—Luego hablamos.

Bosch se llevó el móvil al bolsillo y se acercó al agente apostado junto a la puerta de la habitación 79. Firmó en el papel que tenía en la tablilla, en el que también anotó la hora, y entró. Al momento, se encontró en una sala de estar con unas puertas dobles abiertas que daban al balcón orientado al oeste. El viento estremecía las cortinas. Bosch vio que Chu se encontraba en el balcón. Mirando hacia abajo.

Solomon y Glanville estaban en la sala. Y no parecían estar muy contentos. Al ver a Bosch, Jerry Solomon abrió las manos en un gesto que venía a decir: «¿Y esto qué coño es?».

—¿Qué quieres que te diga? —apuntó Bosch—. Cosas de las altas esferas. Hacemos lo que nos mandan.

—Aquí no vas a encontrar nada que no hayamos encontrado nosotros. Y la cosa está clara: el fulano se tiró.

—Es lo que le he dicho al jefe y al concejal, pero aquí estoy.

Ahora fue Bosch quien abrió las manos como diciendo: «¿Qué quieres que haga?».

—Entonces, ¿qué preferís: seguir ahí quejándoos o decirme qué habéis encontrado?

Solomon hizo un gesto con la cabeza dirigido a Glanville, su subordinado, que sacó una libretita del bolsillo trasero. Revisó unas cuantas páginas y empezó a referir lo sucedido. Chu entró desde el balcón para escucharle.

—La noche pasada, a las 20.50, un hombre que dice llamarse George Irving llama a recepción. Reserva una habitación para la noche y dice que está de camino. El hombre pide de forma específica una habitación del último piso y con balcón. Le dan a elegir y se queda con la 79. Facilita un número de tarjeta American Express para que le hagan la reserva. El número coincide con el de la tarjeta que hay dentro de su billetera, que está en la caja fuerte del dormitorio.

Glanville señaló un pequeño pasillo situado a la izquierda de Bosch. Harry vio que al final había una puerta abierta y, más allá, una cama.

—Bueno. El hombre se presenta a las 21.40 —prosiguió Glanville—. Deja que le aparquen el coche en el garaje, utiliza la tarjeta American Express para registrarse y sube a la habitación. Nadie más vuelve a verlo.

—Hasta que se lo encuentran estrellado en la acera de abajo —precisó Solomon.

—¿Cuándo? —preguntó Bosch.

—A las 5.51, uno de los currantes de la cocina se presenta al trabajo. Echa a andar por la acera para llegar a la entrada trasera, donde tiene que fichar. Se tropieza con el cuerpo. Un coche patrulla es el primero en llegar. Identifican al muerto de forma provisional y nos llaman a nosotros.

Bosch asintió con la cabeza y echó una mirada a la estancia. Junto al acceso al balcón había una mesa de escritorio.

—¿No dejó una nota?

—No hemos encontrado nada.

Bosch se fijó en un reloj de mesa digital que estaba en el suelo, conectado a un enchufe en la pared cerca del pequeño escritorio.

—¿El reloj estaba en el suelo cuando llegasteis? ¿No se supone que tendría que estar en el escritorio?

—Está donde lo encontramos —respondió Solomon—. Y no sabemos dónde se supone que tenía que estar.

Bosch se acercó y acuclilló junto al reloj. Se puso unos guantes de goma nuevos, lo cogió con cuidado y lo examinó. Tenía un puerto para su conexión a un iPod o un iPhone.

—¿Sabemos qué tipo de móvil tenía Irving?

—Sí, un iPhone —respondió Glanville—. Está en la caja fuerte del dormitorio. Bosch miró la alarma del reloj. Estaba desconectada. Pulsó el botón para ver a qué hora había sido fijada. Los dígitos rojos se transformaron al instante. Hàbían usado la alarma por última vez a las cuatro de la madrugada.

Bosch volvió a dejar el reloj en el suelo y se levantó; las articulaciones de la rodilla le dolieron al hacerlo. Dejó la sala de estar a sus espaldas y cruzó las dobles puertas que daban al balcón. En este había una pequeña mesa y dos sillas. Entre las sillas estaba tirado un albornoz blanco de baño. Bosch se asomó al borde. Lo primero que observó fue que la barandilla tan solo llegaba hasta la parte superior de sus muslos. Le pareció muy baja y, aunque no sabía cuán alto era Irving, al momento se vio obligado a considerar la posibilidad de una caída accidental. Se preguntó si esa sería la razón por la que estaba aquí. No es plato de buen gusto admitir que ha habido un suicidio en la familia. Un tropezón y una caída accidental en una barandilla demasiado baja resultaban mucho más aceptables.

Miró hacia abajo y vio el toldo instalado por los de criminalística. También vio que el cuerpo, cubierto con una manta azul, estaba siendo trasladado a la furgoneta del forense.

—Ya sé lo que estás pensando —dijo Solomon a sus espaldas.

—¿Sí? ¿Y en qué estoy pensando?

—Que no se tiró. Que fue un accidente.

Bosch no contestó.

—Pero hay otras cosas que tener en cuenta.

—¿Como cuáles?

—El tipo está desnudo. La cama no está revuelta, y resulta que se registró sin equipaje. Repito: se registró en un hotel de su propia ciudad y sin llevar maleta. Pidió una habitación en el último piso y con balcón. Y entonces sube a la habitación, se quita la ropa, se pone el albornoz que te regalan en esta clase de lugares y sale al balcón a contemplar las estrellas o lo que sea. ¿Y entonces se quita el puto albornoz y se cae de morros desde el balcón por accidente…?

—Y sin gritar —agregó Glanville—. Nadie recuerda haber oído un grito. Por eso no lo han encontrado hasta esta mañana. Uno no se cae por accidente de un puto balcón sin ponerse a chillar como un loco.

—Siempre cabe la posibilidad de que no estuviera consciente —sugirió Bosch—. Quizá no estaba solo aquí arriba. Tal vez no fuera un accidente.

—Pero, hombre, ¿así que esta es la movida? —dijo Solomon—. El concejal quiere una investigación de asesinato y por eso te la encargan, para asegurarse de que va a tenerla.

Bosch le lanzó una mirada para decirle que se equivocaba al sugerir que Harry estaba cumpliendo órdenes de Irving.

—Mira, no es algo personal —añadió Solomon—. Lo único que estoy diciendo es que aquí no nos hemos encontrado con nada de todo eso. Con nota de suicidio o sin ella, esta escena lleva a una sola conclusión: el hombre se tiró.

Bosch no dijo nada. Se fijó en la escalera de incendios situada en el otro extremo del balcón. Llevaba al tejado y, también, al balcón situado más abajo, en el sexto piso.

—¿Alguien ha subido al tejado?

—Todavía no —dijo Solomon—. Estamos esperando instrucciones adicionales.

—¿Y qué hay del resto del hotel? ¿Habéis llamado a las puertas de las habitaciones?

—Lo que te acabo de decir: seguimos a la espera de nuevas instrucciones.

Solomon se estaba comportando como un burro, pero Bosch hizo caso omiso.

—¿Cómo habéis confirmado la identificación del cadáver? Tenía la cara destrozada.

—Pues sí. A este van a enterrarlo con el ataúd cerrado —intervino Glanville—. Eso está más que claro.

—Nos dieron su nombre y la matrícula del coche en la recepción —apuntó Solomon—. Antes de que subiéramos aquí y encontráramos la billetera en la caja fuerte. Nos dijimos que había que asegurarse, y cuanto antes. Hice que el coche patrulla trajera el LM, que aplicamos al dedo pulgar del fulano.

Cada una de las brigadas del cuerpo de policía contaba con un lector móvil que tomaba las huellas digitales y al instante las cotejaba con la base de datos de Tráfico. Sobre todo lo empleaban en los calabozos de las comisarías, para confirmar identificaciones, pues había habido muchos casos en los que delincuentes con órdenes de busca y captura daban nombres falsos cuando los detenían y conseguían salir en libertad bajo fianza antes de que sus carceleros se enterasen de que tenían en su custodia a un individuo buscado por la ley. Pero el cuerpo de policía siempre estaba tratando de dar con otras aplicaciones para su material, y el Armario y el Barril habían sido listos al recurrir a la nueva tecnología en este caso.

—Muy bien —dijo Bosch.

Se giró y miró el albornoz.

—¿Alguien le ha echado una mirada?

Solomon y Glanville se miraron el uno al otro, y Bosch adivinó lo sucedido. Ninguno de los dos lo había hecho, pensando que su compañero ya se había ocupado del asunto.

Solomon fue a inspeccionar el albornoz y Bosch volvió a entrar en la suite. Al hacerlo reparó en un pequeño objeto situado junto a una de las patas de la mesita de en frente del sofá. Se acuclilló para ver de qué se trataba, pero sin tocarlo. Era un pequeño botón negro que casi pasaba desapercibido sobre la alfombra de tonos oscuros.

Bosch recogió el botón para mirarlo de cerca. Seguramente era de la camisa del muerto. Volvió a dejarlo donde lo había encontrado. Advirtió que uno de los inspectores había entrado desde el balcón y se encontraba a sus espaldas.

—¿Dónde está su ropa?

—Perfectamente colgada en los percheros del armario —respondió Glanville—. ¿Y eso de ahí?

—Un botón. Lo más probable es que no sea nada. Pero encargaos de que el fotógrafo suba y le haga una foto antes de que lo recojamos. ¿En el albornoz hay alguna cosa?

—La llave de la habitación, nada más.

Bosch echó a andar por el pasillo. La primera estancia a la derecha era una pequeña salita con una mesa para dos junto a una pared. En la barra situada frente a la mesa había un despliegue de bebidas alcohólicas y tentempiés disponibles para que quien se alojara en la suite pudiera comprarlos. Bosch examinó la papelera del rincón. Estaba vacía. Abrió la pequeña nevera y vio que estaba llena de otras bebidas: cerveza, champán, refrescos y zumos de frutas. No parecía que hubiesen tocado ninguna de ellas.

Harry volvió al pasillo, echó una mirada al cuarto de baño y, finalmente, entró en el dormitorio.

Solomon estaba en lo cierto en lo referente a la cama. El cubrecamas estaba completamente liso y encajado bajo las esquinas del colchón. Nadie se había acostado o sentado en aquella cama desde que la habían hecho por última vez. Había un gran armario empotrado con un espejo en la puerta. Al acercarse, Bosch vio que Glanville estaba observándole desde el umbral de la habitación.

En el armario, las prendas de Irving —la camisa, los pantalones y la chaqueta— estaban colgadas en las perchas, mientras que la ropa interior, los calcetines y los zapatos se encontraban en un estante lateral, junto a una pequeña caja fuerte entreabierta. En el interior de la caja fuerte había una billetera y un anillo de casado, así como un iPhone y un reloj de pulsera.

La caja fuerte tenía una combinación digital de cuatro cifras. Solomon decía haberla encontrado cerrada y con la combinación echada. Bosch estaba seguro de que la gerencia del hotel tenía un lector electrónico que servía para abrir las cajas fuertes de las habitaciones. La gente a veces olvida la combinación o deja el hotel sin recordar que se les han quedado cosas en la caja fuerte. Este tipo de lectores prueban con rapidez las diez mil posibles combinaciones hasta que dan con la acertada.

—¿Cuál era el número de combinación?

—¿De la caja fuerte? Pues no lo sé. Igual la chica se lo ha dicho a Jerry.

—¿La chica?

—La subdirectora del hotel, es quien nos la ha abierto. Se llama Tamara.

Bosch sacó el teléfono móvil de la caja fuerte. Era del mismo modelo que el suyo. Sin embargo, cuando trató de acceder a los datos, resultó que estaba protegido con contraseña.

—¿Qué os jugáis a que la combinación de la caja fuerte es igual que la contraseña del móvil?

Glanville no respondió. Bosch devolvió el teléfono al interior de la caja fuerte.

—Lo que nos hace falta es que alguien venga a llevárselo todo en una bolsa.

—¿Lo que *nos* hace falta?

Bosch sonrió, sin que Glanville pudiera verlo. Separó las perchas y registró los bolsillos de la ropa. Estaban vacíos. A continuación, repasó la camisa, de un azul oscuro con los botones negros. Pronto descubrió que al puño derecho le faltaba un botón.

Notó que Glanville se acercaba y miraba por encima de su hombro.

—Creo que el botón que falta es el que está en el suelo —apuntó Bosch.

—Ya. ¿Y qué? —preguntó Glanville.

Bosch se volvió y le miró.

—No lo sé.

Antes de salir del dormitorio, Bosch se fijó en que una de las dos mesitas de noche estaba torcida. Una de sus esquinas estaba algo apartada de la pared; Bosch pensó que había sido cosa de Irving al desenchufar el reloj.

—¿Qué te parece? ¿Es posible que desenchufara el reloj para poder escuchar música con el iPhone? —preguntó, sin girarse hacia Glanville.

—Podría ser, aunque hay otro enchufe bajo el televisor. Quizá no lo vio.

—Quizá.

Bosch regresó a la sala de estar de la suite, seguido por Glanville. Chu estaba hablando por el móvil, y Harry le hizo una seña para que lo dejara. Chu puso la mano sobre el móvil y explicó:

—Me están contando algo interesante.

—Bueno, pues que te lo cuenten luego —zanjó Bosch—. Tenemos cosas que hacer.

Chu desconectó el móvil. Los cuatro inspectores se encontraban en el centro de la estancia.

—Os explico lo que vamos a hacer —dijo Bosch—. Vamos a ir llamando a todas las puertas del edificio y preguntándole a la gente qué es lo que han visto u oído. Vamos a cubrirlo tod...

—Por Dios... Vaya una forma de perder el tiempo —repuso Solomon, apartándose de los demás y mirando por una de las ventanas.

—No podemos dejar nada por revisar —dijo Bosch—. Si lo miramos absolutamente todo y al final establecemos que ha sido un suicidio, nadie podrá echarnos nada en cara. Así que ya podéis dividiros los pisos y empezar a llamar a las puertas.

—Los huéspedes de por aquí son todos aves nocturnas —observó Glanville—. Aún estarán durmiendo.

—Pues mejor. Así podremos hablar con ellos antes de que salgan del edificio.

—Ya. Así que nos ha tocado la china de despertar a todo dios —dijo Solomon—. ¿Y tú qué vas a hacer, si es que vas a hacer algo?

—Yo voy a bajar a hablar con el director. Quiero una copia del registro y la combinación de la caja fuerte. También quiero saber si en las cámaras hay algo y luego voy a mirar el coche de Irving en el garaje. Nunca se sabe. Es posible que dejase una nota allí. Y eso vosotros no lo habéis mirado.

—Íbamos a mirarlo a la que pudiéramos —respondió Glanville a la defensiva.

—Bueno, pues ya me ocupo yo —dijo Bosch.

—¿Y para qué quieres la combinación de la caja fuerte, Harry? —preguntó Chu.

—Para asegurarnos de que Irving fue quien la cerró.

Chu le miró con expresión confusa. Bosch decidió explicárselo más tarde.

—Chu, también quiero que subas por esa escalera de incendios de fuera y eches una mirada al tejado. Hazlo primero de todo, antes de ponerte a llamar a las puertas.

—Ahora mismo voy.

—Gracias.

Era un alivio que no le respondiesen con una queja. Bosch se giró hacia el Armario y el Barril.

—Y ahora viene la parte que no os va a gustar nada.

—¿En serio? —dijo Solomon—. No me digas.

Bosch se acercó a las puertas del balcón e indicó a los dos inspectores que se acercaran. Cuando lo hicieron, Harry señaló con el dedo los edificios situados en la ladera de enfrente. Por mucho que se encontraran en el séptimo piso, estaban al mismo nivel que muchas de las viviendas con ventanas que daban al Chateau.

—Quiero que preguntéis en todas esas casas —explicó—. Si hay hombres disponibles, que os envíen coches patrulla. Pero quiero que llaméis a las puertas de todas las casas. Es posible que alguien haya visto algo.

—¿No te parece que ya nos habríamos enterado? —objetó Glanville—. Si alguien ve que alguien se está tirando por un balcón, lo normal es que llame a la policía.

Bosch miró un segundo a Glanville y volvió a fijar los ojos en las casas de enfrente.

—Es posible que vieran algo antes de la caída. Es posible que vieran a nuestro hombre a solas en este lugar. Es posible que no estuviera a solas. Y es posible que vieran cómo lo tiraban, pero tal vez tengan demasiado miedo para involucrarse en el asunto. Son demasiados cabos sueltos, Armario. Alguien tiene que hacerlo.

—Yo soy el Barril. El Armario es él.

—Lo siento. No he notado la diferencia.

El desdén en la voz de Bosch era inconfundible.

6

Finalmente se marcharon del lugar de los hechos y enfilaron Laurel Canyon Boulevard ladera arriba hasta descender a San Fernando Valley. Por el camino, Bosch y Chu intercambiaron información sobre las dos horas anteriores, empezando por el hecho de que, tras haber llamado a todas las puertas del hotel, ni un solo huésped decía haber visto u oído nada en relación con la muerte de Irving. A Bosch le parecía sorprendente. Estaba seguro de que el impacto del cuerpo al estrellarse contra la acera tuvo que ser brutal, y sin embargo ni una sola persona había oído ruido alguno.

—Una pérdida de tiempo —concluyó Chu.

Bosch no estaba de acuerdo. Era importante saber que Irving no había gritado al caer. Apuntaba a las dos posibilidades mencionadas por Atta: Irving se había tirado de forma intencionada o estaba inconsciente cuando lo tiraron.

—Nunca es una pérdida de tiempo —dijo Harry—. ¿Alguno de vosotros ha llamado a las puertas de los bungalós que hay junto a la piscina?

—Yo no. Los bungalós están bastante lejos y al otro lado del edificio. No me ha parecido que…

—¿Y qué hay del Armario y el Barril?

—Me parece que tampoco.

Bosch sacó el móvil. Llamó a Solomon.

—¿Por dónde andáis? —preguntó.

—Estamos en Marmont Lane, llamando a las puertas de las casas. Lo que nos han dicho que hagamos.

—¿Habéis sacado algo en claro en el hotel?

—Pues no. Nadie oyó nada.

—¿Habéis preguntado en alguno de los bungalós?

Solomon vaciló un momento antes de responder:

—No. No nos han dicho que preguntáramos en los bungalós. Te acuerdas, ¿no?

La respuesta irritó a Bosch.

—Necesito que volváis y habléis con un huésped llamado Thomas Rapport; se aloja en el bungaló número dos.

—¿Y ese quién es?

—Se supone que es un escritor famoso o algo así. Se registró justo después de Irving, y es posible que hablara con él.

—Vamos a ver. Eso fue unas seis horas antes de que el fulano se tirase por el balcón. ¿Y quieres que hablemos con el siguiente tipo que se registró en la recepción?

—Exacto. Lo haría yo mismo, pero tengo que ir a ver a la mujer de Irving.

—El bungaló dos. Comprendido.

—Hoy. Podéis mandarme el informe por correo electrónico.

Bosch colgó, molesto por el tono empleado de Solomon. Al momento, Chu le hizo una pregunta:

—¿Cómo te has enterado de lo de ese tipo, Rapport?

Bosch se llevó la mano al bolsillo lateral de la americana y sacó un estuche de plástico transparente con un disco compacto en el interior.

—En ese hotel no hay muchas cámaras. Pero sí que hay una encima del mostrador de la recepción. En las imágenes aparece Irving registrándose, así como lo sucedido el resto de la noche, hasta que descubrieron el cuerpo. Rapport llegó justo después que Irving. Hasta es posible que subiera con él en el ascensor desde el garaje.

—¿Has mirado el disco?

—Solo la parte en la que está registrándose. Luego le echaré un ojo a lo demás.

—¿El director te ha dicho algo más?

—Me ha dado los registros de llamadas telefónicas del hotel y la combinación empleada en la caja fuerte de la habitación.

Bosch reveló que el número de la combinación era el 1492 y que no se trataba del número que venía dc fábrica. Quien había metido las pertenencias de Irving en la caja fuerte había tecleado el número o bien de forma intencionada, o bien al azar.

—Cristóbal Colón —dijo Chu.

—¿Y ahora qué me estás diciendo?

—Harry, aquí el extranjero soy yo. ¿Es que no estudiaste historia en el colegio? «En 1492, Colón cruzó el océano azul...» ¿Te acuerdas?

—Sí, claro, Colón. Pero ¿y qué tiene que ver con todo esto?

A Bosch le parecía muy poco probable que el número de la combinación estuviera inspirado en la fecha del descubrimiento de América.

—Y hay más —dijo Chu, agitado—. Hay cosas aún más antiguas que tienen que ver con el caso.

—¿De qué me estás hablando?

—El hotel, Harry. El Chateau Marmont es una réplica de una mansión francesa construida en el siglo XIII en el valle del Loira.

—Bueno, ¿y qué?

—Lo he mirado en Google. Era lo que estaba haciendo con el teléfono. Resulta que, por esa época, la estatura promedio de los europeos occidentales era de 1,60. Si el edificio es una copia, eso explica por qué los balcones son tan bajos.

—Las barandillas, sí. Pero ¿y eso qué tiene que ver con…?

—Una muerte accidental, Harry. El fulano sale al balcón a tomar un poco el aire o lo que sea y se cae por la barandilla. ¿Sabías que Jim Morrison, el cantante de los Doors, se cayó de un balcón igual en el Marmont, en 1970?

—Pues qué bien. Pero ¿y si vamos a tiempos un poco más recientes, Chu? ¿Estás diciendo que el hotel tiene una historia de…?

—No, no la tiene. Pero solo digo que…, bueno, ya me entiendes.

—No, no te entiendo. ¿Qué es lo que estás tratando de decirme?

—Lo que estoy diciendo es que, si hace falta establecer que ha sido un accidente, para que el jefe y los demás peces gordos estén contentos, pues ya tenemos la solución.

Acababan de dejar atrás la montaña y de cruzar Mulholland. Estaban descendiendo hacia Studio City, donde George Irving había vivido con su familia. Al llegar al siguiente cruce, Bosch torció por Dona Pegita. Detuvo el coche con brusquedad y se giró para encararse con su compañero.

—¿Qué te hace pensar que nuestro trabajo es contentar a los peces gordos?

Chu parecía confundido.

—Bueno…, yo no… Solo estoy diciendo que si lo que queremos es… Mira, Harry, yo no digo que sea eso lo que ha sucedido. Solo es una posibilidad.

—Y una mierda con la posibilidad. Hay dos posibilidades: o bien se registró en el hotel porque quería irse al otro mundo, o bien alguien le atrajo allí, hizo que perdiera el conocimiento y lo tiró por el balcón. No fue un accidente, y yo lo único que quiero es saber qué pasó. Si el fulano ese se suicidó, entonces es un suicidio y el concejal tendrá que aceptarlo y comerse el marrón.

—Muy bien, Harry.

—No quiero volver a oír hablar del valle del Loira, de los Doors y de cualquier otra distracción por el estilo. Es muy posible que la idea de acabar estampado en la acera del Chateau Marmont no la tuviera el fulano. Puede ser lo uno o puede ser lo otro. Y los politiqueos a mí me dan lo mismo; voy a averiguar qué fue lo que pasó.

—Entendido, Harry. Yo no he dicho nada, ¿vale? Solo estaba tratando de ayudar. De considerar todas las posibilidades. Es lo que tú mismo me has enseñado, ¿no?

—Claro.

Bosch volvió a poner el coche en marcha. Dio media vuelta y enfiló Laurel Canyon Boulevard. Chu hizo lo posible por cambiar de tema.

—¿Hay algo de interés en los registros de las llamadas?

—Irving no recibió ninguna llamada. Lo único que hizo fue llamar al garaje hacia la medianoche.

—¿Y para qué?

—Vamos a tener que preguntárselo al empleado del turno de noche. Se marchó antes de que pudiéramos hacerlo. En el despacho que hay en el garaje tienen otro registro de llamadas, donde pone que Irving telefoneó preguntando si se había dejado el móvil en el coche. El móvil lo encontramos dentro de la caja fuerte, de forma que o Irving andaba equivocado, o efectivamente había olvidado el móvil en el coche y alguien se lo subió a su habitación.

Guardaron silencio un momento. Finalmente, Chu preguntó:

—¿Has mirado su coche?

—Sí, y no hay nada.

—Mierda. Supongo que todo sería más fácil si hubiera dejado una nota o algo así.

—Sí. Pero no hay ninguna nota.

—Lástima.

—Sí. Lástima.

Hicieron el resto del trayecto a la casa de George Irving en silencio. Al llegar a la dirección que constaba en el carné de conducir de la víctima, Bosch vio un familiar Lincoln Town Car aparcado junto a la acera. Los mismos dos hombres de antes estaban sentados en los asientos delanteros. Eso significaba que el concejal Irving estaba en la casa. Bosch se preparó para otro enfrentamiento con el enemigo.

7

El concejal Irving abrió la puerta de la casa de su hijo. En realidad, apenas la entreabrió, y enseguida quedó claro que no quería que Bosch y Chu entraran.

—Concejal —dijo Bosch—, quisiéramos hacerle unas cuantas preguntas a la mujer de su hijo.

—Deborah está muy afectada, inspector. Lo mejor sería que volviesen en otro momento.

—Estamos llevando una investigación, concejal. Es importante, y no podemos dejarlo para otro día.

Se miraron fijamente, sin que ninguno de los dos diera su brazo a torcer.

—Ha pedido que el caso lo lleve yo y me dijo que actuara con rapidez —dijo Bosch finalmente—. Es lo que estoy haciendo. Va a dejarme pasar, ¿sí o no?

Irving terminó por ceder y dio un paso atrás, abriendo más la puerta. Bosch y Chu entraron en un vestíbulo con una mesa dispuesta para dejar llaves y paquetes.

—¿Qué han descubierto en la escena del crimen? —preguntó Irving con voz potente.

Bosch titubeó, dudando de si sería conveniente hablar con él del caso tan pronto.

—No mucho, por el momento. En un caso de este tipo, la autopsia es fundamental.

—¿Y cuándo van a hacerla?

—Aún no han fijado fecha.

Bosch consultó su reloj de pulsera.

—El cuerpo de su hijo no lleva nada más que dos horas en la morgue.

—Ya, pero supongo que insistiría usted en que se ocupen de él con rapidez.

Bosch trató de sonreír, pero sin mucho éxito.

—¿Y bien? ¿Puede llevarnos hasta su nuera?

—Entonces, ¿me está diciendo que no insistió en que se ocuparan de él con urgencia?

Bosch miró por encima del hombro de Irving y vio que la estancia daba a una sala de mayor tamaño y con una escalera de caracol. No había señal de que hubiera otras personas en la casa.

—Concejal, no me diga cómo tengo que llevar la investigación. Si quiere que la deje, pues muy bien, llame al jefe y haga que me aparte del caso. Pero, mientras siga al frente, voy a llevar la investigación como crea más conveniente.

Irving lo dejó correr.

—Por supuesto —dijo—. Voy a buscar a Deborah. Su compañero y usted pueden esperar en la sala de estar.

Les hizo pasar al interior y los condujo hasta la sala de estar. Y desapareció. Bosch miró a Chu y meneó la cabeza en el mismo momento en que este iba a hacer una pregunta que Harry supo que sería sobre cómo Irving se entrometía en la investigación.

Chu contuvo la lengua, y en ese momento regresó Irving, seguido por una mujer rubia y asombrosamente guapa. Bosch se dijo que tendría unos cuarenta y cinco años. Era alta y delgada, aunque no demasiado de ninguna de las dos cosas. Su expresión estaba teñida de dolor, pero aun así era guapa, con esa belleza de una mujer que estaba envejeciendo con tanta armonía como un buen vino. Irving la llevó de la mano hasta un sillón frente a una mesita baja y un sofá. Bosch se acercó, pero sin llegar a sentarse. Espero a ver qué pensaba hacer Irving; cuando quedó claro que el concejal tenía previsto quedarse durante la entrevista, Harry objetó:

—Hemos venido a hablar con la señora Irving y es preciso que lo hagamos a solas.

—Mi nuera quiere que esté a su lado en este momento —respondió Irving—. Así que no voy a irme a ninguna parte.

—Muy bien. Puede quedarse en otro lugar de la casa por si ella le necesita, pero es importante que nos deje hablar con la señora Irving a solas.

—No pasa nada, papá —dijo Deborah Irving—. ¿Por qué no vas a la cocina y te preparas algo de comer?

Irving miró a Bosch un largo instante, probablemente arrepintiéndose de haber pedido que Harry se ocupara del caso.

—Pero llámame si me necesitas —dijo.

Irving se fue de la sala, y Bosch y Chu se sentaron. Harry hizo las presentaciones.

—Señora Irving. Quiero...

—Puede llamarme Deborah.

—Deborah, entonces. Queremos expresarle nuestras condolencias por la muerte de su esposo. Y también le agradecemos su disposición a hablar con nosotros en este momento tan difícil.

—Gracias, inspector. Estoy más que dispuesta a hablar. Lo que pasa es que no creo tener ninguna respuesta para usted, y estoy tan anonadada por todo esto que...

Miró a su alrededor. Bosch comprendió qué era lo que andaba buscando. Las lágrimas volvieron a su rostro y Harry hizo una indicación a Chu.

—Tráele unos pañuelos de papel. En el baño debe de haber.

Chu se levantó. Bosch observó con atención a la mujer sentada frente a él, tratando de dar con indicios que señalaran que aquel dolor y aquel duelo eran verdaderos.

—No sé por qué ha tenido que hacer una cosa así —dijo ella.

—¿Por qué no empezamos por las preguntas fáciles? Las preguntas para las que hay respuestas. ¿Por qué no me dice cuándo fue la última vez que vio a su marido?

—Anoche. Se fue de casa después de cenar. Para no volver.

—¿Le dijo adónde iba?

—No. Dijo que necesitaba tomar el aire, que iba a bajar la capota del coche y conducir un poco por Mulholland. También me dijo que no me quedase esperándolo. No lo hice.

Bosch se mantuvo a la espera, pero la mujer no dijo más.

—¿Eso era inusual? ¿El hecho de que saliera a dar una vuelta en coche así como así?

—Llevaba un tiempo haciéndolo con mucha frecuencia. Pero yo no me creía eso de que simplemente saliera a conducir un rato.

—¿Quiere decir que salía a hacer otras cosas?

—Haga la conexión usted mismo, teniente.

—Soy inspector, no teniente. ¿Y por qué no hace usted esa conexión para mí, Deborah? ¿Sabe qué era lo que su marido hacía?

—No, no lo sé. Tan solo le estoy diciendo que no creo que simplemente estuviera conduciendo por Mulholland. Lo más probable era que estuviese viendo a alguien.

—¿Le preguntó al respecto?

—No. Iba a hacerlo, pero estaba esperando.

—¿A qué?

—No lo sé exactamente. Solo estaba esperando.

Chu volvió con una cajita de pañuelos de papel, que le entregó a la mujer. Pero el momento ya había pasado; ahora sus ojos eran fríos y duros. Incluso así seguía siendo hermosa, y Bosch encontró difícil creer que a un marido le diera por salir a conducir por las noches cuando la mujer que le estaba esperando en casa era Deborah Irving.

—Volvamos atrás un momento. Dice usted que se marchó después de cenar los dos juntos. ¿Cenaron en casa o fuera?

—En casa. Ni él ni yo teníamos mucha hambre. Así que nos comimos unos bocadillos.

—¿Se acuerda de a qué hora cenaron?

—A las siete y media, más o menos. Él se fue a las ocho y media.

Bosch sacó la libreta y tomó algunas notas. Se acordó de que Solomon y Glanville habían indicado que alguien —se suponía que George Irving— había reservado la habitación en el Chateau a las ocho y cincuenta minutos, veinte después de la hora en que Irving había salido de casa, según decía su mujer.

—Uno cuatro nueve dos.

—¿Perdón?

—¿Le dicen algo estos números? ¿Uno cuatro nueve dos? ¿1492?

—No entiendo lo que me está diciendo.

Parecía confusa de verdad. Bosch se había propuesto pillarla por sorpresa haciéndole preguntas que aparentemente no vinieran a cuento.

—Las pertenencias de su marido (su billetera, el móvil y el anillo de casado) estaban en la caja fuerte de la habitación del hotel. Y ese el número de combinación empleado para cerrarla. ¿Esas cifras tenían algún significado particular para su marido o para usted?

—No, que yo recuerde.

—Bien. ¿Su esposo estaba familiarizado de alguna forma con el Chateau Marmont? ¿Se había alojado allí antes?

—Ambos habíamos estado allí antes, juntos. Pero, como decía, no sé bien adónde iba cuando se marchaba en coche por las noches. Podía ser a cualquier sitio. No tengo ni idea.

Bosch asintió con la cabeza.

—¿Cómo describiría el estado mental de su marido la última vez que le vio?

Deborah Irving se lo pensó un buen instante. Se encogió de hombros y respondió que su esposo daba impresión de normalidad, que a su entender no parecía encontrarse alterado ni agobiado.

—¿Cómo describiría el estado de su matrimonio?

Sus ojos se posaron un momento en el suelo antes de afrontar los de Bosch.

—En enero íbamos a cumplir veinte años de casados. Veinte años es mucho tiempo. Ha habido momentos buenos y momentos malos, pero muchos más buenos que malos.

Bosch advirtió que no había respondido a su pregunta.

—¿Y ahora? ¿Era un momento bueno o malo?

La mujer hizo una larga pausa antes de contestar:

—Nuestro hijo..., nuestro único hijo..., en agosto se marchó a estudiar en la universidad. No ha sido fácil asumirlo.

—El síndrome del nido vacío —apuntó Chu.

Bosch y Deborah le miraron un segundo, pero Chu no añadió palabra. Parecía algo avergonzado por su interrupción.

—¿Qué día de enero era su aniversario de bodas? —preguntó Bosch.

—El 4.

—Entonces, ¿se casaron en el 4 de enero de 1992?

—¡Dios mío!

Se llevó las manos a la boca, avergonzada por no haber reconocido ese número. Las lágrimas volvieron a brotar y cogió unos pañuelos más de la cajita.

—¡Qué estúpida soy! Deben de pensar que soy una absoluta...

—No pasa nada —dijo Bosch—. Antes he mencionado las cifras sin indicar que pudieran corresponder a una fecha en concreto. ¿Tiene idea de si su marido utilizó ese número antes como combinación o contraseña?

Ella negó con la cabeza.

—No lo sé.

—¿Como clave en los cajeros automáticos?

—No. El número que usábamos era el de la fecha de nacimiento de nuestro hijo. Cinco, dos, nueve, tres.

—¿Como contraseña de su móvil?

—También usaba el cumpleaños de Chad. Lo sé porque he manejado el teléfono de George.

Bosch anotó la nueva fecha en su cuaderno. La gente de la Brigada de Investigación Científica había recogido el móvil como prueba; ahora lo estaban llevando a la comisaría del centro. Podría abrirlo acceder a sus registros de llamadas. Harry tenía que considerar lo que todo esto significaba. Por una parte, usar aquel aniversario apuntaba a que seguramente fue el propio George Irving quien estableció la combinación de la caja fuerte. Pero bastaba utilizar un ordenador para encontrar la fecha de una boda en los registros judiciales. De nuevo, la información recibida no excluía ni el suicidio ni el asesinato.

Una vez más, Bosch decidió tomar una nueva dirección.

—Deborah, ¿cómo se ganaba la vida su marido exactamente?

La mujer respondió con una versión más detallada de lo que Irvin Irving le había contado. George había seguido los pasos de su padre y había ingresado en el LAPD a los veintiún años. Pero después de trabajar durante cinco como agente de patrulla, dejó el cuerpo de policía y se matriculó en la Facultad de Derecho. Tras licenciarse, empezó a trabajar en el negociado de contratos del Ayuntamiento. Siguió empleado en dicho departamento hasta que su padre se presentó a las elecciones municipales y salió elegido concejal. George dejó de trabajar en el Ayuntamiento y abrió una consultoría privada. Su experiencia y los contactos con su padre y otros cargos en la Administración y la burocracia municipales le servían para facilitar que sus clientes tuvieran acceso a ciertas esferas de poder.

George Irving tenía un amplio abanico de clientes: desde empresas de remolque con grúa hasta compañías de taxis, proveedores de hormigón, contratistas de obras, empresas de limpieza de edificios municipales y abogados especializados en cuestiones que tuvieran que ver con el Ayuntamiento. Era un hombre capacitado para elevar una petición a los oídos precisos y en el momento exacto. Si uno quería hacer negocios con el Ayuntamiento de Los Ángeles, George Irving era el personaje al que recurrir. Su despacho estaba a la misma sombra del edificio del ayuntamiento, pero no era en el despacho donde hacía su trabajo. Irving siempre estaba moviéndose por las alas administrativas y las concejalías del ayuntamiento. Allí era donde trabajaba de verdad.

La viuda explicó que el trabajo de su marido les permitía vivir muy bien. Aquella casa donde estaban ahora tenía un valor de más de un millón de dólares, incluso en plena recesión económica. Su trabajo también facilitaba que hiciese enemigos. Clientes descontentos o quienes competían con sus clientes por los mismos contratos... En el mundo de George Irving también se daban desacuerdos y confrontaciones.

—¿Alguna vez le habló de una empresa o de una persona en particular que hubiera chocado con él o se la tuviera jurada?

—Nunca me dijo algo así. Pero el hecho es que tiene una secretaria. Que tenía una secretaria, mejor dicho. Lo más seguro es que ella sepa más que yo de todas estas cosas. George no me contaba mucho sobre su trabajo. No quería que me preocupara.

—¿Cómo se llama la secretaria?

—Dana Rosen. Lleva con él mucho tiempo, desde la época en el ayuntamiento.

—¿Hoy ha hablado con ella?

—Sí, pero antes de enterarme de...

—¿Antes de enterarse de la muerte de su marido?

—Sí. Cuando me levanté, me di cuenta de que no había vuelto a casa por la noche. Su móvil no respondía, así que a las ocho llamé al despacho y hablé con Dana para preguntarle si lo había visto. Me dijo que no.

—¿No volvió a llamarla después de saber que su esposo había muerto?

—No.

Bosch se preguntó si era posible que entre ambas hubiese un problema de celos. ¿Quizá Deborah pensaba que la mujer a la que su marido iba a visitar por las noches en automóvil no era otra sino Dana Rosen?

Apuntó el nombre y cerró la libreta. Se dijo que tenía bastante para empezar. No había entrado en todos los detalles, pero este no era el momento para una larga sesión de preguntas y respuestas. Estaba seguro de que volvería a hablar con Deborah Irving. Se levantó. Chu hizo lo mismo.

—Creo que ya está bien por ahora, Deborah. Está claro que es un momento difícil y que quiere estar con su familia. ¿Se lo ha dicho a su hijo?

—No. Papá ha sido quien se lo ha dicho. Le ha llamado. Chad vendrá en avión esta noche.

—¿Dónde está estudiando?

—En la Universidad de San Francisco.

Bosch asintió con la cabeza. Era una universidad sobre la que llevaba tiempo oyendo hablar, pues su hija estaba pensando en cursar estudios superiores y había mencionado la posibilidad de hacerlo allí. También se acordaba de que Bill Russell había jugado al baloncesto en su equipo.

Estaba claro que iba a tener que hablar con el hijo, pero no se lo dijo a Deborah. ¿Para qué?

—Y bien, ¿su marido tenía amigos? —preguntó—. ¿Algún amigo cercano?

—Pues no, la verdad. Solo tenía un verdadero amigo, pero últimamente no se habían visto mucho.

—¿Quién era?

—Bobby Mason. Se conocieron en la academia de policía.

—¿Bobby Mason sigue trabajando como policía?

—Sí.

—¿Y cómo es que últimamente no se veían?

—No lo sé. Supongo que porque no se veían, sencillamente. Estoy segura de que se trataba de una fase de su relación. Diría que los hombres son así.

Bosch no estaba seguro de lo que esas últimas palabras decían sobre los hombres. Él no creía tener un amigo íntimo, pero siempre se decía que él era distinto a todos. Y que la mayoría de los hombres tenían amigos, amigos íntimos incluso. Anotó el nombre de Mason, tras lo cual entregó a Deborah Irving una tarjeta de visita con su número de móvil y le invitó a llamarlo siempre que lo creyera conveniente. Prometió seguir en contacto con ella a medida que la investigación fuera progresando.

Le deseó buena suerte y se marchó con Chu. Antes de que llegaran al coche, Irvin Irving apareció en la puerta de la vivienda y los llamó.

—¿Iban a irse sin hablar conmigo?

Bosch entregó las llaves del coche a Chu y le dijo que saliera con él hasta la calle. Esperó hasta estar a solas con Irving y le dijo:

—Concejal, hay una cosa que tiene que quedar clara. Voy a mantenerle al corriente, pero no voy a estarle rindiéndole cuentas todo el tiempo. Hay una diferencia. Esta es una investigación policial, no del Ayuntamiento. Usted fue policía, pero ya no lo es. Oirá algo de mi boca cuando yo tenga algo que decirle.

Se giró y echó a andar hacia la calle.

—Acuérdese. Quiero escuchar un informe antes del final del día.

Bosch no contestó. Siguió andando como si no hubiese oído nada.

8

Bosch le indicó a Chu que condujera hasta Panorama City.

—Ya que estamos por aquí —dijo—, aprovecharemos para hacerle una visita a Clayton Pell. Si es que Pell está donde se supone que está.

—Pensaba que el caso Irving tenía prioridad —apuntó Chu.

—La tiene.

Bosch no dio más explicaciones. Chu asintió, aunque en ese momento tenía otra cosa en la cabeza:

—¿Y si comemos algo? —sugirió—. Hemos estado trabajando durante la hora del almuerzo, y estoy muerto de hambre, Harry.

Bosch también estaba hambriento. Miró el reloj de pulsera y vio que eran casi las tres.

—La casa de acogida está al final de Woodman —explicó—. Antes, en la esquina de Woodman con Nordhoff había un vendedor ambulante que hacía unos tacos muy buenos. Hace unos años me tocó comparecer en una vista en los juzgados de San Fernando y mi compañero y yo todos los días íbamos a comprarle unos tacos. Es un poco tarde, pero con algo de suerte igual sigue allí.

Chu era vegetariano, más o menos, pero la comida mexicana le gustaba.

—¿Sabes si ese vendedor vende burritos rellenos de judías?

—Probablemente. Y, si no, tiene tacos con gambas. Lo sé porque los he probado.

—Me parece buena idea.

Pisó el acelerador a fondo.

—¿Te referías a Ignacio? —preguntó Chu al cabo de un momento—. Cuando mencionaste a ese compañero tuyo, quiero decir.

—Sí, era Ignacio —respondió Bosch.

Bosch meditó sobre la suerte de su anterior compañero de trabajo, que había sido asesinado en una de las trastiendas de un mercado de alimentos dos años atrás, en el curso de la investigación en la que Harry y Chu se conocieron. Guardaron silencio durante el resto del trayecto.

La casa de acogida asignada a Clayton Pell estaba en Panorama City, el gran barrio situado en el centro geográfico de San Fernando Valley. El producto de la prosperidad y el entusiasmo propios de la segunda posguerra mundial, fue el primer distrito de planificación integral construido en Los Ángeles y sustituyó los kilómetros y kilómetros de naranjales y pastos por una interminable sucesión de económicas casitas prefabricadas y pequeños edificios de pisos que pronto se convirtieron en miembros emblemáticos del valle. Situado entre las cercanas fábricas de General Motors y la empresa cervecera Schlitz, su desarrollo vino a suponer la culminación de la utopía basada en el automóvil característica de Los Ángeles. Un empleo para cada hombre y un trayecto diario de ida y vuelta en coche. Un garaje en cada casa. Cada casa, con vistas panorámicas a las montañas que rodeaban el distrito. Un distrito al que solo podían acceder los ciudadanos blancos y nacidos en Estados Unidos. Por lo menos, eso era lo que se publicitaba en 1947, cuando fue establecida la retícula urbana y las parcelas salieron a la venta. Sin embargo, con el paso de las décadas desde el inicial momento de gloria en que se cortó la cinta de la comunidad del futuro, tanto General Motors como Schlitz habían trasladado sus fábricas a otros lugares, al tiempo que las vistas de las montañas habían salido perjudicadas por la contaminación. Las calles empezaron a atestarse de tráfico y de personas, la criminalidad aumentó de forma sostenida y la gente empezó a vivir en muchos de aquellos garajes. En las ventanas de los dormitorios se instalaron rejas de hierro, y en las antaño amplias y acogedoras entradas a los jardines interiores de los edificios de pisos ahora había puertas de seguridad. Las pintadas señalaban los territorios de las pandillas de delincuentes y, al final, el nombre de Panorama City, que antes representaba un futuro tan esplendoroso y sin limitaciones como las vistas de trescientos sesenta grados, hoy más bien resultaba una ironía cruel. Los residentes en varios puntos del en tiempos orgulloso nirvana suburbano ahora hacían lo posible por escapar a los cercanos vecindarios de Mission Hills, North Hills y hasta Van Nuys, para no tener nada que ver con Panorama City.

Bosch y Chu estaban de suerte. La furgoneta de los tacos La Familia seguía aparcada en la esquina de Woodman con Nordhoff. Chu encontró espacio para aparcar a tan solo un par de automóviles por detrás. Salieron del coche. El taquero estaba limpiando el interior de la furgoneta y guardándolo todo, pero se prestó a atenderlos. No le quedaban burritos, por lo que Chu pidió unos tacos con gambas; Bosch se decantó por la carne asada. El hombre les pasó un frasco de plástico con salsa a través de la ventanilla. Pidieron sendos refrescos de piña para regarlo todo; el almuerzo les salió por ocho dólares. Bosch entregó un billete de diez al vendedor y le dijo que se quedara la vuelta.

No había otros clientes, por lo que se llevó el frasco con salsa al coche. Harry tenía claro que toda la gracia de los tacos comprados en la calle estaba en la salsa. Comieron de pie, a uno y otro lado del capó, cuidando de no mancharse las ropas de salsa o grasa.

—No está nada mal, Harry —dijo Chu con un gesto de aprobación mientras comía.

Bosch asintió con la cabeza. Tenía la boca llena. Se tragó la comida y puso más salsa en su segundo taco. A continuación, le pasó el frasco de plástico a su compañero, situado al otro lado del capó.

—La salsa está muy rica —observó Harry—. ¿Has probado los platos de la furgoneta El Matador, en East Hollywood?

—No. ¿Dónde está?

—En la esquina de Western con Lex. Esto está bueno, pero yo diría que los tacos mejores de todos son los de El Matador. Claro está que ese vendedor solo trabaja por la noche, y es un hecho que por la noche todo sabe mejor.

—¿Nunca te ha parecido curioso eso de que Western Avenue se encuentre en East Hollywood? ¿Que el oeste se encuentre en el este?

—No lo había pensado. Pero, bueno, la próxima vez que andes por allí después del trabajo, acércate a El Matador, y luego me dices.

Bosch se dio cuenta de que no había visitado la furgoneta de El Matador desde que su hija se fue a vivir con él. Por entonces se decía que comer de pie junto al coche y comprar la comida en furgonetas callejeras no era lo más adecuado para ella. Pero seguramente las cosas ahora eran distintas. Se dijo que a su hija quizá le gustaría.

—¿Qué vamos a hacer con Pell? —preguntó Chu.

De vuelta a la realidad, Bosch le dijo que por el momento no quería revelar su verdadero interés en Clayton Pell. En este caso, había demasiados puntos oscuros. Lo primero que quería establecer era que Pell vivía donde se suponía que lo hacía, observarlo de cerca y, de ser posible, quizá charlar un rato con él sin despertar las sospechas del delincuente sexual.

—No va a ser fácil —dijo Chu, todavía con la boca llena.

—Tengo una idea.

Bosch desgranó su plan, tras lo cual hizo una pelota con el papel de aluminio y las servilletas de papel, que tiró a la papelera situada en la parte posterior de la furgoneta de los tacos. Devolvió el frasco con salsa al mostrador tras la ventanilla y se despidió del taquero con un gesto de la mano.

—*Muy sabroso* —dijo en español.

—*Gracias* —respondió también en su idioma.

Chu ya estaba sentado al volante cuando entró en el coche. Dieron media vuelta y volvieron a enfilar Woodman. El móvil de Bosch zumbó, y Harry miró la pantalla. El número correspondía a las oficinas centrales del cuerpo de policía, pero Bosch no lo reconoció. Respondió a la llamada. Era Marshall Collins, el responsable la Unidad de Relaciones con los Medios de Comunicación.

—Inspector Bosch, estoy haciendo lo posible por mantenerlos a raya… Pero vamos a tener que emitir un comunicado en relación con el caso Irving antes del final del día.

—Por el momento, no hay nada que comunicar.

—¿No puede proporcionarme algo? Me han hecho veintiséis llamadas. ¿Qué voy a decirles?

Bosch lo pensó un momento y se preguntó si sería posible utilizar de algún modo a los medios de comunicación para facilitar la investigación.

—Dígales que la causa de la muerte sigue bajo investigación. El señor Irving cayó desde el balcón de su habitación en el séptimo piso del Chateau Marmont. Por el momento no se sabe si ha sido un accidente, un suicidio o un homicidio. Se ruega que quien disponga de información sobre las últimas horas del señor Irving contacte con la Brigada de Robos y Homicidios, etcétera. Ya sabe usted cómo formularlo.

—Entonces, por el momento, no hay sospechosos.

—Eso no lo diga, porque significaría que estoy buscando a sospechosos. Todavía no hemos llegado a ese punto. No sabemos qué es lo que ha pasado y vamos a tener que esperar al resultado de la autopsia y a reunir nuevos datos sobre el caso.

—De acuerdo, entendido. Es lo que vamos a decir.

Bosch colgó y dio algunos detalles de la conversación a Chu. Cinco minutos después llegaron a los apartamentos Buena Vista. Era un edificio de dos pisos con un patio en su centro con imponentes puertas de seguridad y profusión de letreros que instaban a los desconocidos a mantenerse alejados. Los abogados en busca de clientes no eran bienvenidos, y los niños también tenían vetado el acceso. Protegido por una cubierta de plástico transparente, en la entrada enrejada había un anuncio de que el edificio albergaba a delincuentes sexuales en libertad condicional o vigilada y sometidos a tratamiento de forma continua. La gruesa hoja de plástico estaba rayada por los numerosos intentos de cubrirla con pintadas.

Bosch pulsó el timbre situado a la altura del codo, en una pequeña abertura en la verja de entrada. Esperó hasta que una voz de mujer respondió:

—¿Quién es?

—Cuerpo de policía. Tenemos que hablar con la persona que lleva todo esto.

—Ha salido.

—Entonces supongo que tendremos que hablar con usted. Abra.

Al otro lado de la verja había una cámara, situada a la distancia suficiente como para evitar actos vandálicos. Bosch volvió a meter la mano por la pequeña abertura y mostró su insignia de policía. Pasaron unos segundos y la cerradura de la entrada zumbó. Chu y él entraron.

Tras pasar por una especie de túnel de acceso, llegaron al patio central. Al situarse otra vez bajo la luz del día, Bosch vio a varios hombres sentados en círculo en unas sillas. Una sesión de terapia y rehabilitación. Harry jamás había confiado mucho en la posibilidad de rehabilitar a los depredadores sexuales. No le parecía que existiera más cura que la castración... Quirúrgica antes que química, a poder ser. Pero era lo bastante listo para no expresar abiertamente tales opiniones cuando la compañía lo desaconsejaba.

Examinó a los hombres sentados en círculo con la esperanza de reconocer a Clayton Pell, pero nada. Varios de ellos estaban sentados de espaldas a la entrada, mientras que otros permanecían encorvados y ocultaban sus rostros bajo gorras de béisbol o mantenían sus manos sobre la boca o el mentón, sumidos como estaban en profundas meditaciones. A su vez, muchos de ellos escudriñaban a Bosch y a Chu. Sin duda, los hombres del círculo se daban cuenta de que eran policías.

Unos segundos después se les acercó una mujer que llevaba una pequeña placa identificatoria en su vestimenta de hospital. La doctora Hannah Stone. Era atractiva, con el cabello rubio rojizo anudado en la nuca de forma profesional. Tendría unos cuarenta y cinco años, y Bosch se fijó en que llevaba el reloj en la muñeca derecha, donde cubría de forma parcial un tatuaje.

—Soy la doctora Stone. ¿Me permiten ver sus credenciales, caballeros?

Bosch y Chu abrieron sus billeteras. La doctora examinó las insignias y dijo:

—Vengan conmigo, por favor. Es mejor que estos hombres no los vean por aquí.

—Me temo que ya es un poco tarde —observó Bosch.

La mujer no respondió. Los condujo a un apartamento situado en la parte delantera del edificio, cuyas estancias habían sido transformadas en despachos y salas de terapia individuales. La doctora Stone explicó que era la directora del programa de rehabilitación. Su jefa, la directora del centro, iba a estar todo el día en el centro de la ciudad, asistiendo a una reunión sobre cuestiones presupuestarias. Esa mujer se expresaba con sequedad y yendo al grano.

—¿Qué puedo hacer por ustedes, inspectores?

En cada una de sus palabras había un tono defensivo, incluso en lo referente a lo de la reunión presupuestaria. La doctora sabía que los policías no creían en el trabajo que se realizaba en este lugar, una labor que ella consideraba necesario defender. Aquella mujer daba la impresión de ser muy poco propensa a dar su brazo a torcer.

—Estamos investigando un crimen —dijo Bosch—. Una violación y un asesinato. Tenemos la descripción de un sospechoso y creemos que puede encontrarse en este lugar. Un varón de raza blanca, de entre veintiocho y treinta años de edad. Tiene el pelo oscuro y su nombre de pila o apellido posiblemente empieza por la letra C. El sospechoso llevaba esa letra tatuada en el cuello.

Hasta el momento, Bosch no había dicho una sola mentira. La violación y el asesinato habían tenido lugar. Tan solo había obviado el hecho de que habían sucedido veintidós años atrás. La descripción era la de Clayton Pell, que Bosch había consultado en la base de datos de la junta estatal para la concesión de la libertad provisional. Así mismo, el resultado del análisis del ADN convertía a Pell en sospechoso, más allá de lo muy improbable de su participación en el doble crimen de Venice Beach.

—Y bien, ¿aquí hay alguien que se ajuste a esta descripción? —preguntó.

Stone titubeó antes de responder. Bosch esperaba que no le diera por defender a los hombres de su programa de rehabilitación. Por mucho que se dijera que estos programas tenían éxito, el índice de reincidencia de los criminales sexuales era demasiado alto.

—Hay una persona —dijo Stone finalmente—. Pero ha hecho unos progresos enormes en los últimos cinco meses. Me cuesta creer que…

—¿Cómo se llama? —la cortó Bosch.

—Clayton Pell. Es uno de los que está sentado en círculo en el patio.

—¿Cuándo está autorizado a salir de este centro?

—Puede hacerlo cuatro horas al día. Tiene un empleo.

—¿Un empleo? —preguntó Chu—. ¿Y dejan salir a estos tipos?

—Inspector, este no es un centro de detención. Todos estos hombres están aquí de forma voluntaria. Han salido de la cárcel en libertad condicional y tienen que presentarse en las oficinas del condado y encontrar un lugar donde vivir que se ajuste a las normas estipuladas para los agresores sexuales. El condado nos paga por llevar un centro residencial que se ajusta a dichas normas. Pero ninguno de ellos está obligado a vivir aquí. Lo hacen porque quieren volver a integrarse en la sociedad. Porque desean ser productivos. Porque no quieren hacer daño a nadie. Si vienen a vivir aquí, les ofrecemos terapia y oportunidades laborales. Les damos comida y cama. Pero tan solo pueden seguir viviendo aquí si se someten a nuestras normas. Trabajamos en estrecha colaboración con la junta de la libertad condicional y nuestro índice de reincidencia es menor que el promedio nacional.

—O sea que no es un índice perfecto —apostilló Bosch—. En la mayoría de los casos, un depredador lo sigue siendo siempre.

—En algunos casos. Pero no nos queda más opción que intentarlo. Una vez cumplidas sus condenas, estas personas tienen que ser puestas en libertad. Y este programa seguramente ayude a evitar que cometan otros crímenes en el futuro.

Bosch comprendió que Stone se sintiera insultada. Habían dado un primer paso en falso. No le convenía que la mujer se pusiera en su contra. Necesitaba su cooperación.

—Lo siento —dijo—. Estoy seguro de que este programa tiene mucho valor. Simplemente, estaba pensando en los detalles del crimen que estamos investigando.

Bosch se acercó al ventanal y contempló el patio.

—¿Quién de ellos es Clayton Pell?

Stone se acercó a su lado y señaló.

—El hombre con la cabeza rapada que está a la derecha. Ese es Pell.

—¿Cuándo se afeitó la cabeza?

—Hace unas semanas. ¿Cuándo tuvo lugar ese crimen que andan investigando?

Bosch se giró y la miró.

—Antes de eso.

Stone le miró y asintió con la cabeza. Había captado el mensaje. Su función era la de responder a preguntas, no la de hacerlas.

—Dice usted que Pell tiene un trabajo. ¿Qué es lo que hace?

—Trabaja en el Grande Mercado, cerca de Roscoe. Está empleado en el aparcamiento y se encarga de recoger los carros de la compra, de vaciar los cubos de basura y demás. Le pagan veinticinco dólares al día. Lo suficiente para pagarse los cigarrillos y las patatas fritas. Es adicto a las dos cosas.

—¿Qué horario tiene?

—Depende del día. El horario se lo marcan en el tablón de anuncios del centro. Hoy ha ido a trabajar pronto; justo acaba de volver.

Era bueno saber que su horario de trabajo estaba a la vista en el mercado. Les podía ser de ayuda si más tarde querían hablar con Pell lejos del centro de Buena Vista.

—Doctora Stone, ¿Pell es uno de sus pacientes?

Asintió con la cabeza.

—Tengo cuatro sesiones a la semana con él. Aunque Pell también trabaja con otros psicólogos del centro.

—¿Qué puede decirme de él?

—No puedo decirle nada que tenga que ver con nuestras sesiones. La confidencialidad entre médico y paciente existe incluso en este tipo de situación.

—Sí, claro, lo entiendo, pero los datos que tenemos sobre este caso indican que secuestró, violó y estranguló a una muchacha de diecinueve años. Necesito saber qué pasa por la mente de ese hombre que ahora está sentado en el patio.

—Un momento. Un momento.

La doctora levantó la mano en gesto terminante.

—¿Una *muchacha* de diecinueve años, ha dicho?

—Eso mismo. En el cuerpo de la chica fueron encontrados rastros de su ADN.

Una vez más, no era mentira, pero tampoco era toda la verdad.

—Eso es imposible.

—No me diga que es imposible. La ciencia no se equivoca. Y él…

—Bueno, pues la ciencia esta vez se ha equivocado. Clayton Pell no ha violado a ninguna chica de diecinueve años. Para empezar, Pell es homosexual. Y es un pedófilo. Casi todos los hombres que están aquí lo son. Son depredadores sexuales, condenados por abusar de menores. En segundo lugar, Pell hace dos años fue agredido por un grupo de presos en la cárcel. Y le castraron. De forma que Clayton Pell no puede ser su sospechoso, en absoluto.

Bosch oyó que su compañero respiraba hondo. Lo mismo que Chu, las palabras de la doctora lo habían dejado atónito, así como el hecho de que reflejaban lo que él mismo había estado pensando al entrar en el centro.

—La enfermedad de Clayton consiste en una obsesión por los niños prepúberes —prosiguió Stone—. Pensaba que habrían hecho ustedes los deberes antes de venir.

Bosch se la quedó mirando un largo instante mientras se ruborizaba. Le había salido el tiro por la culta. Y no solo eso: ahora había nuevos indicios que confirmaban que algo muy raro pasaba con el caso Lily Price.

Intentando sobreponerse a su enorme metedura de pata, se las ingenió para barbotar una pregunta:

—Niños prepúberes... ¿Se refiere a niños de ocho años? ¿De diez? ¿Por qué de esa edad?

—No puedo entrar en detalles —dijo Stone—. Está usted metiéndose en territorio confidencial.

Bosch volvió a situarse frente a la ventana y miró a Clayton Pell, quien estaba en la sesión formada por hombres sentados en círculo. Pell se sentaba erguido en la silla y daba la impresión de estar siguiendo atentamente la conversación. No era de los que escondían el rostro, ni tampoco daba muestras aparentes de sentirse afectado por el trauma sufrido.

—¿Los demás que están sentados lo saben?

—Soy la única que lo sabe y he cometido una irregularidad muy seria al decírselo. Las sesiones de grupo son de gran valor terapéutico para la mayoría de los residentes. Por eso vienen aquí. Por eso se quedan.

Bosch siempre podía alegar que en realidad se quedaban porque tenían alojamiento y comida. Pero levantó las manos en un gesto de rendición y disculpa.

—Háganos un favor, doctora —repuso—. No le diga a Pell que hemos estado haciendo preguntas sobre él.

—No iba a decírselo. Tan solo serviría para angustiarle. Si alguien me pregunta, me limitaré a decir que han venido a investigar el último acto de vandalismo.

—Buena idea. ¿Cómo ha sido el último acto de vandalismo?

—Con mi coche. Alguien ha pintado con aerosol en uno de los lados: «Me gustan los violadores de bebés». Si pudieran, nos echarían del barrio. ¿Ve a ese hombre que está sentado enfrente de Clayton? ¿El que tiene un parche en el ojo?

Bosch miró y asintió con la cabeza.

—Lo acorralaron mientras volvía andando al centro desde la parada del autobús, cuando regresaba de su trabajo. Los de la pandilla de esta zona, los T-Dub Boyz. Le sacaron un ojo con una botella rota.

Bosch se volvió hacia ella. Sabía que la doctora se estaba refiriendo a una pandilla latina del vecindario cercano al arroyo de Tujunga. Los pandilleros de origen hispano eran famosos por ser intolerantes y violentos con los pervertidos sexuales.

—¿Han detenido a alguien?

La mujer soltó una risa desdeñosa.

—Para detener a alguien, primero hay que emprender una investigación. Pero resulta que el vandalismo y la violencia que tienen lugar por aquí nunca llegan a ser investigados. Ni por su cuerpo de policía ni por nadie.

Bosch asintió con la cabeza sin sostenerle la mirada. Sabía que era cierto.

—Bueno, si no hay más preguntas, tengo que volver al trabajo.

—No, no hay más preguntas —dijo Bosch—. Vuelva a hacer su tan útil trabajo, doctora. Nosotros volveremos a hacer el nuestro.

9

Bosch entró en las oficinas centrales de la policía. Había estado en los archivos y llevaba un montón de carpetas bajo el brazo. Eran las cinco de la tarde pasadas, por lo que la sala de inspectores estaba casi desierta. Chu se había ido a casa, sin que Bosch pusiera objeción alguna. Él mismo tenía previsto marcharse y empezar a revisar las carpetas de archivo y el disco del Chateau Marmont en casa. Estaba metiendo las carpetas en un maletín cuando vio que Kiz Rider entraba en la sala de inspectores y se encaminaba directamente hacia él. Cerró el maletín enseguida. No quería que Rider le preguntara por las carpetas y se enterara de que no tenían nada que ver con el caso Irving.

—Harry, pensaba que íbamos a seguir en contacto... —dijo ella a modo de saludo.

—Y vamos a seguir en contacto, cuando haya motivo para hacerlo. Y hola también, Kiz.

—Mira, Harry, no tengo mucho tiempo para estar de cháchara contigo. El jefe me está presionando, y a él le están presionando Irving y los demás concejales que le apoyan en esto.

—¿En qué?

—En el deseo de saber qué es lo que le ha pasado a su hijo.

—Bueno, pues me alegro de que estés en disposición de soportar esa carga y quitársela de encima a los investigadores para que podamos hacer nuestro trabajo.

Rider soltó un profundo suspiro de desesperación. Bosch vio la cicatriz de trazado irregular situada justo debajo del cuello de su blusa. Se acordó del día en que a Kiz le dispararon. Fue el último día que trabajaron juntos como compañeros.

Harry se levantó y cogió el maletín que estaba sobre la mesa.

—¿Ya te vas? —soltó ella.

Bosch señaló el cartel que pendía de la pared más alejada.

—Son casi las cinco y media, y yo entro a las siete y media. El almuerzo me lo he comido en diez minutos, de pie junto al capó de mi coche. Te parezca lo que te parezca, hoy he estado trabajando unas dos horas extras, por mucho que el Ayuntamiento haya dejado de pagar las horas extras. Y sí, me voy a casa, porque mi hija está mala y a la espera de que le lleve un poco de sopa. A no ser que quieras llamar al Ayuntamiento para ver si me dan su autorización.

—Harry, soy yo, Kiz. ¿Por qué me estás hablando de esta manera?

—¿Por qué? Quizá porque estoy harto de las intromisiones en mi trabajo, ¿no te parece? Voy a decirte una cosa: tengo otro caso entre manos, el de una chica de diecinueve años a la que violaron y dejaron muerta en las rocas de la marina. Los cangrejos se estuvieron alimentando de su cuerpo. Es curioso, pero nadie del Ayuntamiento me ha llamado en relación con este otro caso.

Kiz asintió dándole la razón.

—Sé que no es justo, Harry. Tú siempre has pensado lo mismo: que o bien todas las personas cuentan, o bien ninguna persona cuenta. Pero las cosas no funcionan así en el mundo de la política.

Bosch se la quedó mirando un largo instante. Rider empezó a sentirse incómoda.

—¿Qué es lo que pasa?

—Fuiste tú, ¿verdad?

—¿Que fui yo…?

—Eso de «o bien todas las personas cuentan, o bien ninguna persona cuenta». Lo convertiste en una especie de lema personal y se lo dijiste a Irving. Y él luego trató de hacerme creer que lo sabía desde siempre, que se había enterado por su cuenta.

Rider meneó la cabeza, frustrada.

—Por Dios, Harry, ¿se puede saber qué problema hay? Su secretario nos llamó y preguntó quién era el mejor investigador en el departamento. Le dije que tú, y él entonces me llamó otra vez diciendo que Irving no quería que te encargases del caso porque siempre os habíais llevado mal. Pero respondí que sabrías olvidarte de eso porque, para ti, o bien todas las personas cuentan, o bien ninguna persona cuenta. Eso es todo. Si te parece una especie de confabulación, entonces dimito como amiga tuya.

Bosch estudió su rostro unos segundos. Kiz medio estaba sonriendo, sin tomarse en serio su disgusto.

—Lo pensaré. Ya te diré alguna cosa.

Salió de su cubículo y echó a andar por el pasillo.

—Un momento, por favor.

Bosch se giró hacia Rider.

—¿Qué quieres?

—Si no estás dispuesto a hablarme como un amigo, entonces háblame como un inspector. Yo soy teniente, y tú, inspector. ¿Qué es lo último que se sabe del caso Irving?

El humor en su rostro y sus palabras se había esfumado por completo. Kiz ahora estaba irritada.

—Lo último que se sabe es que estamos esperando la autopsia. En el lugar de los hechos no hay nada que nos conduzca a una conclusión definitiva. La muerte accidental la hemos descartado casi por completo. Ha sido un suicidio o un asesinato, y en este momento apostaría por el suicidio.

Rider se llevó las manos a las caderas.

—¿Por qué se descarta la muerte accidental?

El maletín de Bosch estaba atiborrado de carpetas y pesaba lo suyo. Harry se lo pasó a la otra mano, pues el hombro empezaba a dolerle. Hacía casi veinte años que había recibido un balazo en el curso de un tiroteo en un túnel y fueron necesarias tres operaciones quirúrgicas para reparar el manguito rotador del hombro. La lesión apenas le había estado molestando durante los siguientes quince años, pero ahora…

—Su hijo se registró sin llevar equipaje. Se desvistió y colgó las ropas ordenadamente en el armario. En una de las sillas del balcón había un albornoz. Cayó de bruces, pero sin gritar: en el hotel nadie oyó nada. Tampoco trató de amortiguar el impacto con los brazos. Por estas y otras razones, no me parece que haya sido un accidente. Si me estás diciendo que lo que necesitas es un accidente, entonces dímelo con claridad, Kiz, y a continuación búscate a otro chico de los recados.

En el rostro de Rider dejó ver su decepción.

—Harry, ¿cómo puedes decirme una cosa así? He sido tu compañera de equipo. Una vez me salvaste la vida, ¿y me crees capaz de devolverte el favor poniéndote en el disparadero de esa forma?

—No lo sé, Kiz. Yo solo estoy tratando de hacer mi trabajo, pero me parece que aquí hay mucho politiqueo.

—Lo hay, pero eso no quiere decir que no haya estado tratando de echarte un cable. El jefe te ha dejado claro que no pretende que amañes la investigación. Yo tampoco lo quiero. Lo único que te he pedido es un informe verbal..., y de repente me echas encima toda esta bilis.

Bosch comprendió que se había equivocado al convertir a Rider en el blanco de su ira y de sus frustraciones.

—Kiz, si me dices que las cosas son así, me lo creo. Y siento haberla tomado contigo. Tendría que haber sabido que, con Irving de por medio, todo iba a ser de esta manera. Simplemente mantenlo alejado de mí hasta que tengamos la autopsia. Cuando esté, podremos establecer algunas conclusiones. Y el jefe y tú seréis los primeros en conocerlas.

—Muy bien, Harry. Yo también lo siento.

—Hablamos mañana.

Bosch iba a salir cuando de pronto cambió de dirección y volvió junto a Kiz. Se medio abrazó con ella.

—¿Todo arreglado? —preguntó Rider.

—Pues claro —respondió él.

—¿Cómo tienes el hombro? He visto que te cambiabas de mano el maletín.

—El hombro está bien.

—¿Y a Maddie qué le pasa?

—Está griposa, nada más.

—Salúdala de mi parte.

—Lo haré. Nos vemos, Kiz.

Se marchó por fin y se dirigió a su casa. Mientras avanzaba entre el congestionado tráfico de la autovía 101, se sentía descontento en relación con los dos casos que estaba llevando. Y le irritaba que dicho descontento le hubiera llevado a mostrarse desagradable con Rider. La mayoría de los policías estarían encantados de contar con una fuente informativa en el seno de la oficina del jefe. Desde luego, él lo había estado apreciando. Pero ahora se había portado mal con Kiz, de una forma injustificable. Iba a tener que congraciarse con ella de alguna manera.

También se sentía poco feliz por el modo arrogante en que había desdeñado el trabajo de la doctora Stone. En muchos aspectos, la doctora estaba haciendo más que él. Estaba tratando de prevenir los crímenes antes de que tuvieran lugar. Estaba intentando evitar que las personas se convirtieran en víctimas. Él la había tratado como si fuera simpatizante de los depredadores sexuales, y estaba claro que no era el caso. En Los Ángeles no abundaban las personas que se esforzasen en hacer la ciudad más segura y habitable. La doctora Stone hacía el esfuerzo, y él se había mostrado desdeñoso con su labor. «Tendría que caérseme la cara de vergüenza», se dijo.

Echó mano al teléfono móvil y llamó a su hija.

—¿Estás bien?

—Sí. Me encuentro un poco mejor.

—¿La madre de Ashlyn ha ido a verte?

—Sí. Han venido las dos, después del colegio. Y me han traído una magdalena.

Esa mañana, Bosch había enviado un correo electrónico a la madre de su mejor amiga pidiéndole el favor.

—¿Te han llevado los deberes?

—Sí, pero no me encuentro lo bastante bien para hacerlos. ¿Te ha salido un caso? Hoy no me has llamado, así que se me ha ocurrido que igual te ha salido un caso.

—Perdona por no llamar. La verdad es que tengo dos casos nuevos.

A Bosch no se le escapó su habilidad a la hora de eludir el tema de los deberes escolares.

—¡Vaya!

—Pues sí. De forma que voy a llegar un poco tarde. Tengo que hacer una última visita y luego voy para casa. ¿Quieres que te lleve sopa de Jerry's Deli? Voy a acercarme a San Fernando Valley.

—De pollo con fideos.

—Hecho. Hazte un bocadillo si tienes hambre antes de que vuelva. Y asegúrate de que la puerta está bien cerrada.

—Tranquilo, papá.

—Y ya sabes dónde está la Glock, la pistola.

—Sí, lo sé, y sé cómo manejarla.

—Buena chica.

Colgó.

10

El tráfico de la hora punta hizo que necesitara cuarenta y cinco minutos para volver a Panorama City. Pasó junto a los apartamentos Buena Vista y se fijó en que había luz tras las persianas que dedujo que pertenecían al despacho donde había estado antes. También reparó en un caminillo que discurría por el lado del edificio y llevaba a un aparcamiento situado en la parte trasera y cercado por un vallado. En la entrada había un letrero de prohibido el paso, coronado por alambre de espino.

En la siguiente esquina torció a la izquierda y pronto llegó a un callejón que conducía a la parte posterior de los edificios de pisos que daban a Woodman. Llegó al aparcamiento vallado que había tras los apartamentos Buena Vista y se detuvo a un lado del callejón, junto a un contenedor verde. Examinó aquel aparcamiento bien iluminado y la valla de seguridad de dos metros y medio de altura que lo circundaba. En lo alto de la valla había tres hileras de alambre de espino. Una puerta conducía al contenedor de basuras, pero estaba cerrada con candado y coronada también por alambre de espino. Aquel recinto parecía bien protegido.

En el aparcamiento tan solo había tres coches. Uno de ellos era blanco, de cuatro puertas, con la pintura dañada. Se fijó bien en el automóvil y pronto vio que los supuestos daños en realidad eran una mano de pintura fresca. Las puertas del lado del conductor estaban cubiertas de una capa de pintura blanca —de tono algo distinto—, puesta allí con la intención de cubrir la pintada hecha con aerosol. Comprendió que se trataba del coche de la doctora Stone y que esta seguía trabajando en el interior del edificio. Bosch también reparó en que había otras inscripciones cubiertas con pintura en la pared posterior del edificio. Una escalera de mano estaba apoyada en la pared, junto a una puerta con letreros del mismo tipo que los que Bosch había visto antes.

Apagó el motor del coche y salió.

Veinte minutos después, estaba apoyado en el maletero del coche blanco en el aparcamiento cuando la puerta trasera del edificio de pisos se abrió y la doctora Stone salió. Iba acompañada por un hombre; ambos se detuvieron al ver a Bosch. El hombre trató de situarse delante de Stone para protegerla, pero la doctora le agarró el brazo y dijo:

—No hay problema, Rico. Es el inspector de policía que vino antes.

Siguió andando hacia el coche. Bosch se enderezó y dijo:

—No era mi intención asustarla. Tan solo quería hablar con usted.

Eso hizo que Stone ralentizara el paso mientras. Finalmente, se volvió hacia su acompañante.

—Gracias, Rico. Con el inspector Bosch estoy a salvo. Nos vemos mañana.

—¿Estás segura?

—Sí, gracias.

Rico volvió hasta la puerta y la abrió con una llave que sacó del bolsillo. Stone esperó hasta que estuvo dentro del edificio para encararse con Bosch.

—Inspector, ¿qué hace usted aquí? ¿Cómo ha entrado?

—Del mismo modo que esos pandilleros de las pintadas. Tienen ustedes un problema de seguridad.

Señaló el contenedor verde del otro lado del vallado.

—No sirve de mucho tener una valla cuando hay un contenedor de basuras al lado. Pueden usarlo para subirse y saltarla. Si yo he podido hacerlo a mi edad, para esos chavales de quince años es pan comido.

Abrió la boca ligeramente al mirar la valla y comprender lo evidente. A continuación, observó a Bosch.

—¿Ha vuelto solo para comprobar la seguridad de nuestro aparcamiento?

—No, he vuelto para disculparme.

—¿Por qué?

—Por mi actitud. Ustedes están intentando hacer algo positivo en este lugar y yo me he comportado como si fueran parte del problema. Lo siento.

A la doctora Stone aquello la pilló por sorpresa.

—Pero no por eso voy a decirle nada en lo referente a Clayton Pell.

—Lo sé. Pell no es la razón por la que estoy aquí. De hecho, ya he terminado la jornada.

Stone señaló el Mustang aparcado al otro lado de la valla.

—¿Es su coche? ¿Cómo va a volver a él?

—Es mi coche. Y, bueno, si fuese uno de esos pandilleros, echaría mano a esta escalera que han dejado aquí tan amablemente y cruzaría por encima de la valla otra vez. Pero con cruzarla una sola vez ya tengo bastante. Espero que sea tan amable de abrir el candado y dejarme salir.

Stone sonrió, y su sonrisa resultó ser cautivadora. Unos mechones de su cabello recogido se habían soltado y enmarcaban su rostro.

—Por desgracia, no tengo la llave de esta puerta. No me importaría verle trepar por la valla otra vez, pero supongo que es mejor que le lleve en coche.

—Me parece bien.

Bosch se sentó a su lado en el automóvil. Cruzaron la puerta de acceso y salieron a Woodman.

—¿Quién es Rico? —preguntó él.

—El enfermero que está de guardia por las noches —respondió Stone—. Trabaja de seis a seis.

—¿Es del barrio?

—Sí, pero es buen chaval. Confiamos en él. Si pasa algo o alguien monta un follón, al momento nos llama a mí o a la directora.

—Bien.

Llegaron al callejón, y Stone se detuvo tras el coche de Bosch.

—El problema es que el contenedor de basura tiene ruedas —dijo ella—. Aunque lo alejemos de la valla, no les cuesta nada volver a acercarlo.

—¿No pueden extender el vallado y mantener el contenedor dentro del recinto?

—Si presupuestáramos una cosa así, seguramente nos lo aprobarían dentro de tres años.

Bosch asintió con la cabeza. La crisis económica asomaba por doquier.

—Dígale a Rico que le quite la cubierta al contenedor. Así ya no tendrán una plataforma a la que subirse. Igual la cosa cambia.

Stone asintió con la cabeza.

—Quizá valga la pena probar.

—Y dígale a Rico que siga acompañándola al salir.

—Oh, ya se lo digo. Todas las noches.

Bosch hizo un gesto de asentimiento y llevó la mano a la portezuela. Pero en ese momento decidió dejarse llevar por el instinto. La doctora no tenía anillo de casada.

—¿En qué dirección está su casa? ¿Norte o sur?

—Eh… Sur. Vivo en North Hollywood.

—Bueno, pues resulta que voy a Jerry's Deli a comprar una ración de sopa de pollo para mi hija. ¿Qué le parece si nos vemos allí y comemos alguna cosa?

Stone titubeó. Bosch veía sus ojos a la débil luz del salpicadero.

—Eh, inspector…

—Llámeme Harry.

—Harry, no me parece que sea muy buena idea.

—¿En serio? ¿Y por qué no? Estoy hablando de comer un bocadillo un momento. Tengo que llevarle la sopa a mi niña.

—Bueno, pues porque…

Stone se detuvo y rompió a reír.

—¿Qué pasa?

—No sé. No importa. Sí, nos vemos allí.

—Bien. Pues, entonces, hasta ahora.

Salió del coche y se dirigió hacia el suyo. Durante el trayecto hasta Jerry's estuvo mirando por el retrovisor. Stone continuaba siguiéndole, pero Bosch estaba casi seguro de que en cualquier momento cambiaría de idea y torcería bruscamente a izquierda o derecha.

Pero Stone no lo hizo, y pronto estuvieron sentados el uno frente al otro en un reservado. Con aquella iluminación, pudo verle bien los ojos por primera vez. En ellos se percibía una tristeza que antes se le había escapado. Quizá tuviera que ver con su trabajo. Stone trataba con la forma más vil del ser humano: los depredadores, los que se aprovechaban de quienes eran más pequeños y débiles, gente a la que el conjunto de la sociedad detestaba.

—¿Cuántos años tiene su hija?

—El día 30 cumple los quince.

La mujer sonrió.

—Hoy se encuentra mal y por eso no ha ido al colegio. Casi no he tenido tiempo de hablar con ella. El día ha sido ajetreado.

—¿Viven solos los dos?

—Sí. Su madre, mi exmujer, murió hace un par de años. De vivir solo pasé a tratar de criar a una chavala de trece años. Ha sido una experiencia... interesante.

—Estoy segura.

Bosch sonrió.

—La verdad es que he disfrutado muchísimo de cada momento con ella. Me ha cambiado la vida a mejor. Aunque no sé si ella está mejor.

—Pero no hay otra alternativa, ¿verdad?

—No, tiene razón. No le queda más remedio que vivir conmigo.

—Estoy seguro de que es feliz, aunque no lo diga. Es difícil adivinar lo que pasa por la cabeza de las adolescentes.

—Pues sí.

Bosch miró su reloj. Ahora sentía remordimientos por haber antepuesto su propio bienestar. No iba a llegar a casa con la sopa hasta las ocho y media, por lo menos. El camarero se acercó y les preguntó qué deseaban beber. Bosch respondió que iban cortos de tiempo y que mejor les tomase la comanda entera. Stone pidió medio bocadillo de carne de pavo. Bosch, uno entero de pavo y la sopa para llevar.

—¿Y qué me dice usted? —preguntó, una vez que se hubo ido el camarero.

Stone le contó que llevaba más de diez años divorciada y que tan solo se había embarcado en una relación seria desde entonces. Tenía un hijo mayor que vivía en la zona de San Francisco y al que no veía mucho. En gran parte, su vida era su trabajo en el Buena Vista, donde llevaba cuatro años empleada, después de haber dado un giro a su carrera profesional. De tratar a profesionales narcisistas pasó a estudiar un año más en la universidad y a tratar a criminales sexuales.

Bosch se dijo que la decisión de cambiar su orientación profesional y ponerse a trabajar con los miembros de la sociedad más odiados constituía tal vez una suerte de penitencia, pero no la conocía lo suficiente como para ahondar en sus sospechas. Aquel sería un misterio que le llevaría su tiempo desentrañar, si es que tenía la oportunidad.

—Gracias por lo que dijo antes en el aparcamiento —repuso ella—. La mayor parte de los policías piensan que lo que hay que hacer con los individuos así es pegarles un tiro en la cabeza, sin más.

—Bueno..., no sin un juicio.

Bosch sonrió, pero Stone no le veía la gracia.

—Cada uno de esos hombres es un misterio. Lo mismo que usted, soy una investigadora. Intento averiguar qué fue lo que les pasó. Las personas no nacen siendo depredadoras. Y, por favor, no me diga que no cree en lo que estoy diciendo.

Bosch titubeó.

—No lo sé. Mi función más bien es la de presentarme cuando las cosas ya han pasado, para limpiar un poco los desperfectos. Lo único que sé es que en este mundo existe el mal. Lo he visto. De lo que no estoy seguro es de dónde procede.

—Bueno, pues mi trabajo es el de averiguar de dónde procede. Averiguar qué fue lo que les pasó a estas personas para que se convirtieran en lo que son. Si consigo averiguarlo, entonces puedo ayudarlos. Y si los ayudo, entonces estoy haciendo un bien a la sociedad. No es algo que la mayoría de los policías entiendan. Pero, en su caso, después de lo que me ha dicho antes, es posible que sí que lo comprenda.

Bosch asintió con la cabeza, aunque sentía remordimientos por estar escondiéndole algo. Stone lo adivinó al instante.

—¿Qué es lo que no me está diciendo?

Bosch meneó la cabeza, avergonzado por ser tan transparente.

—Mire, quiero decirle la verdad sobre mi visita de hoy.

La mirada de la doctora se endureció, como si estuviera pensando que la invitación a cenar había sido, en realidad, una suerte de encerrona.

—Un momento. No es lo que está pensando. Antes no le he mentido, pero tampoco le he dicho toda la verdad sobre Pell. Me refiero a este caso que estoy investigando. El caso en que se encontró ADN de Pell en el cuerpo de la víctima. Es un caso de hace veintidós años.

En el rostro de la doctora, la sospecha cedió su puesto al asombro.

—Lo sé —dijo él—. No tiene el menor sentido. Pero es lo que hay. Se encontró un rastro de su sangre en una muchacha que murió hace veintidós años.

—Pero él entonces tendría ocho años. Eso es imposible.

—Lo sé. Estamos considerando la posibilidad de que se trate de un error en el laboratorio. Mañana voy a investigar este punto, pero el hecho era que tenía que ver a Pell, pues, antes de que usted me dijera que era homosexual, era el sospechoso ideal..., de haber tenido acceso a una máquina del tiempo o algo por el estilo.

El camarero se presentó con los platos y una bolsa con un recipiente con la sopa. Bosch pidió que le trajera la cuenta enseguida, para poder pagar y marcharse tan pronto como terminasen de cenar.

—¿Qué es lo que quiere de mí? —preguntó Stone cuando volvieron a quedarse a solas.

—Nada. ¿A qué se refiere?

—¿De verdad piensa que voy a revelar información confidencial a cambio de medio sándwich de pavo?

Bosch no supo decir si estaba hablando en broma o no.

—No. Simplemente pensé que... había algo en usted que me gustó. Y hoy no me comporté del modo adecuado. Eso es todo.

Stone comió en silencio durante unos instantes. Bosch no insistió. Cada vez que sacaba a colación el caso que estaba investigando, todo parecía enfriarse entre ellos.

—Hay algo —repuso ella—. Es todo cuanto puedo decirle.

—Mire, lo mejor es que no me cuente nada. Hoy me he hecho con los expedientes de Pell en la junta para la concesión de la libertad condicional. Y en ellos van a estar todos sus informes psicológicos.

Con la boca llena, Stone esbozó una sonrisa sarcástica.

—Lo que encontrará serán análisis psicológicos del tipo estándar e informes de media página. Nunca pasan de la superficie.

Bosch levantó la mano para cortar por lo sano.

—Mire, doctora, no estoy tratando de conseguir que renuncie al secreto profesional. Mejor hablemos de otras cosas.

—No me llame doctora, por favor.

—Perdón.

—Llámeme Hannah, y punto.

—Muy bien. Hannah. Hannah, hablemos de otras cosas.

—Muy bien. ¿De qué?

Bosch guardó silencio mientras se esforzaba en pensar en algo. Muy pronto, los dos se echaron a reír.

Pero no volvieron a mencionar a Clayton Pell.

11

Eran las nueve cuando Bosch entró corriendo en la casa. Cruzó por el pasillo a toda prisa y miró por la puerta entreabierta del dormitorio de su hija. Maddie estaba en la cama, bajo los edredones y con el ordenador portátil abierto a su lado.

—Lo siento mucho, Maddie. Ahora mismo te caliento la sopa y te la traigo.

—No hay problema, papá. Ya he cenado.

—¿Qué has comido?

—Un sándwich de mantequilla de cacahuete y jalea.

Bosch sintió profundos remordimientos por su egoísmo. Entró en la habitación y se sentó en el borde de la cama. Antes de que pudiera volver a disculparse, su hija volvió a pillarle por sorpresa.

—No pasa nada, te digo. Te han salido dos casos nuevos, así que el día habrá sido de aúpa.

Bosch negó con la cabeza.

—No. La última hora la he pasado con otra persona. Una mujer a la que he conocido durante la investigación. Quedamos en Jerry's para comer un bocadillo, y al final se me ha hecho tarde. Mads, lo sient…

—Bueno, ¡pues mucho mejor! Has salido con alguien y todo. ¿Y quién es esa mujer?

—Bueno, pues nadie en especial. Una psicóloga que trata a criminales…

—Mola. ¿Es guapa?

Bosch reparó en que la pantalla del ordenador estaba abierta por la página de Facebook.

—Solo somos amigos. ¿Has hecho los deberes?

—No, no me sentía bien.

—Pensaba que me habías dicho que estabas mejor.

—Una recaída, ya ves.

—Mira, mañana tienes que ir al colegio. No es cuestión de que pierdas más clases.

—¡Ya lo sééé!

Bosch no quería discutir.

—Una cosa. Si no estás haciendo los deberes, ¿puedo usar tu ordenador un rato? Tengo que mirar un disco.

—Claro.

Maddie bajó la pantalla. Bosch se trasladó al otro lado de la cama, donde había más espacio. Sacó del bolsillo el disco con la grabación hecha por la cámara de seguridad instalada junto al mostrador de recepción del Chateau Marmont y se lo entregó. No estaba muy seguro de lo que había que hacer para verlo.

Maddie insertó el disco en una ranura lateral y tecleó para reproducir la grabación. En la esquina inferior de la pantalla había un contador de tiempo, y Bosch le pidió que fuera directamente al momento en que George Irving se registró en el hotel. La imagen era clara, si bien había sido tomada desde lo alto, de forma que el rostro de Irving no resultaba visible por entero. Tan solo había podido ver una vez la secuencia del momento en que se registró, y por eso quería mirarla de nuevo.

—¿Y esto qué es? —preguntó Maddie.

Bosch señaló la pantalla.

—El Chateau Marmont. Este hombre que se está registrando en la recepción fue a su habitación en el séptimo piso, anoche. Esta mañana lo han encontrado tirado en la acera de abajo. Tengo que averiguar si se tiró o si le tiraron *pa* abajo.

Maddie detuvo el disco.

—Si lo empujaron —lo corrigió—. ¡Papá, por favor! Cuando dices estas cosas, parece que seas un panarra.

—Perdón. Pero ¿y cómo es que conoces eso de «panarra»?

—Porque la palabra sale en un libro de Tennessee Williams. Me gusta leer. Un panarra es un hombre simple, tonto. Das pena cuando hablas de esta forma, papá.

—Tienes razón. Pero, ya que sabes tanto de lengua, ¿cómo se llaman esos nombres que se leen de igual manera al revés?

—¿Qué quieres decir?

—Bueno... Otto, por ejemplo. O Hannah.

—Un palíndromo. ¿Tu nueva novia se llama así?

—No es mi novia. Lo único que hemos hecho ha sido comer un bocadillo de pavo.

—Ya. Mientras tu hija enferma se estaba muriendo de hambre en casa.

—Venga ya. Has cenado un sándwich de mantequilla de cacahuete y jalea, el mejor bocadillo que se ha inventado nunca.

Bosch le soltó un pequeño codazo en el costado.

—En fin. Espero que por lo menos te lo pasaras bien con Otto.

Bosch estalló en una risotada, agarró a su hija y la abrazó.

—Por Otto no te preocupes. Siempre vas a ser la única chica de mi vida.

—Bueno, la verdad es que el nombre Hannah me gusta —reconoció ella.

—Estupendo. ¿Podemos mirar el disco de una vez?

Maddie pulsó el mando de reproducción. En silencio, miraron la pantalla del ordenador mientras Irving empezaba a registrarse ante el recepcionista de noche, que se llamaba Alberto Galvin. El segundo huésped pronto apareció a sus espaldas, esperando para registrarse él también.

Irving llevaba puesta la misma ropa que Bosch había visto en el armario de la suite. Puso una tarjeta de crédito en el mostrador de la recepción mientras Galvin imprimía unos papeles. Irving puso sus iniciales en el documento, firmó con rapidez y lo deslizó hacia el recepcionista, que le pasó una llave. A continuación, salió del encuadre de la cámara en dirección a los ascensores, al tiempo que Galvin emprendía el mismo proceso con el siguiente recién llegado.

El vídeo confirmaba que Irving se había registrado sin equipaje.

—Se tiró.

Bosch apartó la vista de la pantalla y miró a su hija.

—¿Por qué lo dices?

Maddie manipuló los controles del vídeo y volvió al instante en que Galvin pasaba el contrato a Irving a través del mostrador. Pulsó el mando de reproducción.

—Fíjate —dijo—. Ni siquiera mira el papel. Se limita a firmar donde el otro le dice.

—Sí. ¿Y?

—La gente siempre mira el papel en este momento, para asegurarse de que no los están estafando. Se fijan en el precio que pone en el papel. Pero este hombre no se fija en lo más mínimo. No le importa, porque sabe que nunca va a pagar esa cuenta.

Bosch observó el vídeo. Lo que Maddie decía era lo que aparecía en la pantalla. Pero no resultaba concluyente. Eso sí, Harry estaba orgulloso de su percepción. Se había fijado en que su capacidad de observación era cada vez más impresionante. Muchas veces le hacía preguntas sobre lugares en los que habían estado y acerca de escenas que habían presenciado. Su hija siempre retenía más detalles de los esperados.

Un año atrás le había dicho que de mayor quería ser policía. Una inspectora, lo mismo que él. Bosch no sabía si era una idea pasajera, pero la aceptó y empezó a transmitirle cuanto sabía. Uno de los ejercicios preferidos por ambos era el de ir a un restaurante como Du-par's, observar a los demás comensales e interpretar sus expresiones y sus gestos. Bosch estaba enseñándole a buscar indicios reveladores.

—Buena interpretación —dijo—. Pasa las imágenes otra vez.

Miraron el vídeo por tercera vez y en esta ocasión fue Bosch quien se fijó en algo.

—Fíjate. Después de firmar, lo primero que hace es mirar su reloj.

—¿Y?

—Me parece que no termina de encajar con lo que has dicho. ¿Qué importancia tiene el tiempo para un hombre que va a morir? Si iba a tirarse del balcón, ¿qué le importa la hora que sea? Su gesto más bien es el de quien tiene negocios de que ocuparse. Me hace pensar que iba a encontrarse con alguien. O que alguien iba a llamarle. Pero nadie le llamó.

Bosch ya lo había comprobado en el hotel, y nadie había telefoneado o ido a la habitación 79 después de que Irving se registrara. También tenía el informe de los técnicos que habían examinado el móvil de Irving después de que Bosch les hubiera proporcionado la contraseña que le había dado la viuda. Irving no había hecho ninguna llamada después de que a las cinco de la tarde telefonease a su hijo, Chad. La conversación había durado cinco minutos. Su mujer le había llamado tres veces a la mañana siguiente, cuando ya estaba muerto. A esas alturas, Deborah Irving estaba buscándolo. Las tres veces dejó un mensaje pidiéndole que le devolviese la llamada.

Bosch echó mano a los controles del vídeo y volvió a reproducir la secuencia en la que Irving se registraba. A continuación, pulsó el avance rápido para progresar con velocidad a través de la noche, durante los largos periodos en que no pasaba nada en el mostrador de recepción. Al cabo de un rato, su hija se aburrió y se giró de costado para ponerse a dormir.

—Igual tengo que salir otra vez —dijo él—. ¿No te importa?

—¿Vas volver a encontrarte con Hannah?

—No, tal vez tenga que volver al hotel. ¿No hay problema?

—Claro que no. Tengo la Glock.

—Eso mismo.

El verano anterior, Maddie había estado practicado en una galería de tiro, y Bosch consideraba que tenía buena puntería y sabía utilizar un arma atendiendo a las normas de seguridad. De hecho, estaba previsto que el siguiente fin de semana participase en una competición por primera vez. Más importante que su puntería era que comprendía lo que suponía un arma de fuego. Bosch esperaba que nunca llegase a usar la pistola fuera del campo de tiro. Pero, si ese momento llegaba, Maddie estaría preparada.

Se quedó sentado en la cama a su lado y siguió mirando el vídeo. No vio nada que le llamara la atención o le instara a concentrarse. Finalmente, decidió quedarse en casa.

Terminó de mirar el disco, se levantó sin hacer ruido, apagó la luz y fue al comedor. Iba a pasar del caso Irving al caso Lily Price. Abrió el maletín y sacó las carpetas que ese mediodía había recogido en la junta estatal para la concesión de la libertad provisional.

En la ficha del Clayton Pell adulto constaban tres condenas. Los suyos eran unos crímenes de motivación sexual que habían ido empeorando a lo largo de diez años de continua interacción con el sistema judicial. A los veinte años lo habían condenado por un delito de exhibicionismo, y a los veintiuno por exhibicionismo y detención ilegal. Tres años después, le tocó el premio gordo por el secuestro y la violación de un niño menor de doce años. Las dos primeras sentencias se saldaron con sendas estancias en la cárcel del condado, seguidas por la libertad provisional, pero la tercera vez lo condenaron a diez años de reclusión en la penitenciaría estatal de Corcoran, de los que terminó cumpliendo seis. Fue en Corcoran donde los otros presos le aplicaron su propia y bárbara justicia.

Bosch leyó los detalles. En los tres casos, la víctima era un niño varón de entre ocho y diez años. El primero de ellos era el hijo de una vecina. El segundo era un niño al que Pell se había llevado de la mano de una zona de juegos y al que había conducido a unos lavabos públicos cercanos. El tercer crimen se había dado con premeditación y alevosía. La víctima era un niño que se había bajado de un autobús escolar e iba andando a su casa, situada a tan solo tres manzanas de distancia; Pell se acercó al volante de su furgoneta y se detuvo al lado. Le dijo al pequeño que era integrante del equipo de seguridad de la escuela y le mostró una insignia. Agregó que tenía que llevarle a su casa, pues en la escuela se había dado un incidente y estaba obligado a informar de él a sus padres. El niño hizo lo que se le decía y subió a la furgoneta. Pell condujo hasta un claro y sometió al pequeño a distintos abusos sexuales en el interior del vehículo antes de dejarle marchar.

No dejó muestras de ADN en el cuerpo de la víctima; lo detuvieron porque se saltó un semáforo en rojo tras salir del vecindario. Una cámara situada en el cruce tomó la imagen de la matrícula de la furgoneta pocos minutos después de que el niño fuera encontrado vagando sin rumbo a varias manzanas de distancia. Pell se convirtió en sospechoso en razón de sus antecedentes. La víctima lo identificó en una rueda de reconocimiento y se presentó una denuncia formal. Pero la identificación resultaba un tanto dudosa —como suele pasar cuando la hace un niño de nueve años—, y a Pell le ofrecieron un trato. Se reconoció culpable de lo sucedido, y la condena fue de tan solo diez años. Pell seguramente pensaba que había salido bastante bien parado del asunto, hasta el día en que varios reclusos le acorralaron en la lavandería de Corcoran, lo sujetaron entre varios y le castraron con un cuchillo de fabricación artesanal.

Antes de cada condena, a Pell lo sometieron a pruebas psicológicas. Bosch sabía por experiencia que, en casos como este, los resultados de las pruebas sucesivas solían ser muy parecidos al de la primera prueba. Abrumados de trabajo, los psicólogos muchas veces se basaban en la primera evaluación efectuada al individuo. De forma que Bosch prestó cuidadosa atención al informe psicológico que se había realizado en la primera condena por exhibicionismo.

El informe exponía con detalle una niñez verdaderamente horrible y traumática. La madre de Pell era una heroinómana que llevaba a su hijo consigo a las casuchas de los traficantes y a los refugios de los yonquis. Muchas veces se pagaba las drogas prestando servicios sexuales a los camellos ante los mismos ojos de su hijo. El niño nunca fue a la escuela de forma regular ni recordaba haber tenido un verdadero hogar. Su madre y él estaban en movimiento constante, viviendo en hoteles, en moteles y en las viviendas de los hombres que los aguantaban durante un tiempo.

Bosch subrayó un largo párrafo en el que se describía una época concreta de la vida de Pell, cuando tenía ocho años. El entrevistado describía al psicólogo un piso en el que había vivido durante el que recordaba como el periodo más largo bajo un mismo techo. Su madre se había liado con un hombre llamado Johnny que la utilizaba sexualmente y que hacía que le comprara las drogas. Era frecuente que el niño se quedara bajo la custodia de Johnny cuando su madre salía a la calle a vender su cuerpo para conseguir drogas. A veces pasaba varios días seguidos fuera de casa, y entonces Johnny se sentía irritado y frustrado. O bien dejaba al pequeño encerrado en un gran armario durante largos periodos de tiempo, o le propinaba unas palizas brutales, muchas veces con un cinturón. El informe agregaba que Pell seguía conservando las cicatrices en la espalda y las nalgas que confirmaban la historia. Las palizas ya eran horrorosas de por sí, pero a aquel hombre además le dio por abusar sexualmente del niño, al que obligaba a satisfacerlo oralmente y al que amenazaba con palizas todavía peores si se atrevía a contárselo a su madre o a cualquier otra persona.

La situación se aclaró algo después, cuando la madre abandonó a Johnny para siempre. Pero los horrores de la niñez de Pell tomaron una nueva dirección a los trece años, cuando su madre sufrió una sobredosis en un hotel mientras el pequeño estaba durmiendo a su lado. Pell pasó a estar a cargo del Departamento de Servicios Familiares y para la Niñez; de ahí, fue pasando por una sucesión de hogares de acogida. Sin embargo, Pell nunca se quedaba mucho tiempo en ninguno de ellos y optaba por fugarse a la primer oportunidad. Según le explicó al psicólogo, llevaba viviendo por su cuenta desde los diecisiete años. Cuando le preguntaron si en algún momento había estado empleado, dijo que en la vida tan solo le habían pagado por prestar servicios sexuales a hombres mayores.

La suya era una horrible historia, y Bosch sabía que en muchos puntos coincidía con la que habían llevado muchos de los que vivían en las calles y en las prisiones: los traumas y las depravaciones conocidas en la niñez se manifestaban en la vida adulta, con frecuencia mediante comportamientos repetitivos. Era el misterio que Hannah Stone decía estar investigando.

Bosch examinó los otros dos informes psicológicos y encontró sendas variantes de la misma historia, aunque los recuerdos que Pell tenía de las fechas y edades eran ligeramente distintos. Sin embargo, la historia era la misma en lo fundamental, y su naturaleza repetida podía ser muestra tanto de desgana por parte de los psicólogos como de sinceridad por parte de Pell. Bosch adivinaba que era una mezcla de ambas cosas. Los psicólogos tan solo informaban de lo que habían oído o lo copiaban casi todo del informe previo. No se había tomado ninguna iniciativa para confirmar la historia de Pell o para encontrar a las personas que habían abusado de él.

Bosch sacó su cuaderno y escribió un resumen del episodio de ese tipo llamado Johnny. A estas alturas estaba seguro de que no se había dado un error en el manejo de las muestras. Por la mañana, Chu y él visitarían el laboratorio regional; en el futuro, aunque tan solo fuera eso, se podría decir que habían investigado exhaustivamente todas las posibilidades.

No obstante, estaba seguro de que en el laboratorio no habían cometido ningún error. Sintió que la adrenalina empezaba a fluirle por la sangre. Sabía que pronto se convertiría en un torrente imparable y que iba a actuar dejándose guiar por él. Ahora también creía saber quién había asesinado a Lily Price.

12

Por la mañana, llamó a Chu desde su coche y le dijo que visitara el laboratorio de criminalística por su cuenta.

—Pero ¿y tú qué vas a hacer? —le preguntó su compañero.

—Tengo que volver a Panorama City. Estoy siguiendo una pista.

—¿Qué pista, Harry?

—Tiene que ver con Pell. Anoche estuve leyendo su ficha y encontré algo. Tengo que comprobarlo. No creo que en el laboratorio se hayan equivocado, pero tenemos que asegurarnos, por si la cuestión sale a relucir en el juicio… Si es que algún día se celebra un juicio. Uno de los dos tiene que poder atestiguar que fuimos al laboratorio a preguntar.

—¿Y qué les digo cuando esté allí?

—Estamos citados con la subdirectora. Simplemente, dile que necesitas confirmar cómo se analizaron las muestras del caso. Y luego habla con el de la bata blanca que ha estado llevando el caso. Y ya está. Veinte minutos, como mucho. Anótalo todo.

—¿Y tú qué vas a hacer?

—Con un poco de suerte, hablaré con Clayton Pell sobre un hombre llamado Johnny.

—¿Cómo?

—Te lo explico luego, cuando esté de vuelta. Ahora tengo que salir.

—Harr…

Bosch colgó. No quería empantanarse con explicaciones. Eso solo servía para ralentizar las cosas. Lo que quería era dejarse llevar por la adrenalina.

Veinte minutos después, estaba otra vez en Woodman, tratando de encontrar una plaza de aparcamiento cerca de los apartamentos Buena Vista. No encontró ninguna, así que terminó por estacionar el coche junto a una boca de riego e hizo a pie la manzana de distancia que había hasta el centro de acogida. Se identificó y pidió hablar con la doctora Stone. Le abrieron la puerta de seguridad y entró.

Hannah Stone estaba esperándole sonriente en el pequeño vestíbulo de la zona de oficinas. Bosch se preguntó si tenía despacho propio o si había algún lugar en el que hablar en privado; la doctora le condujo a una de las salas de reuniones.

—Es lo único que hay —explicó—. El despacho lo comparto con otros dos psicólogos. ¿Qué es lo que pasa, Harry? No esperaba volver a verle tan pronto.

Bosch asintió con la cabeza, dando a entender que lo mismo sucedía en su caso.

—Quiero hablar con Clayton Pell.

Stone frunció el ceño, como si la petición le incomodara.

—Bueno, Harry, si Clayton es un sospechoso, entonces me está dejando en muy mala situación.

—No es sospechoso. Mire, ¿podemos sentarnos un momento?

Stone señaló un sillón —que Bosch supuso que era el destinado a sus pacientes— y se acomodó en una silla frente a él.

—Tengo que avisar de una cosa: lo que voy a decirle seguramente parece ser demasiada coincidencia como para que de verdad sea coincidencia —dijo Bosch—. Y, en realidad, yo no creo en las coincidencias. Pero lo que anoche estuvimos hablando tiene que ver con lo que estuve haciendo después de la cena, y por eso he venido. Necesito su ayuda. Necesito hablar con Pell.

—Pero ¿no porque sea un sospechoso?

—No, él por entonces no era más que un niño. Sabemos que no es el asesino. Pero sí que es un testigo.

Stone meneó la cabeza.

—He estado hablando con él cuatro veces por semana durante casi seis meses. Y diría que, si hubiera sido testigo del asesinato de esa chica, la cosa habría aflorado de alguna forma, subconsciente o no.

Bosch levantó la mano.

—No he dicho que fuera un testigo visual. No estuvo en el lugar de los hechos y lo más probable es que no sepa nada sobre la chica. Pero creo que sí que conoce al asesino. Me puede ayudar. Mire, fíjese en esto.

Abrió el maletín en el suelo, junto a sus pies. Sacó el antiguo expediente del asesinato de Lily Price y abrió los estuches de plástico con las desvaídas fotografías Polaroid tomadas en la escena del crimen. Stone se levantó y se acercó al sillón para mirarlas más de cerca.

—Bien, estas fotos están muy viejas y descoloridas, pero, si se fija en el cuello de la víctima, es posible ver la marca dejada por la ligadura. A la chica la estrangularon.

—Oh, por Dios... —dijo la doctora.

Bosch cerró la carpeta al momento y alzó la vista hacia ella. Stone se había llevado la mano a la boca.

—Lo siento. Pensaba que estaba acostumbrada a ver cosas así...

—Sí, sí. Lo estoy. Pero una nunca termina de acostumbrarse. Yo estoy especializada en las desviaciones y perversiones sexuales, pero ver el resultado de...

Señaló la carpeta cerrada.

—Por eso trato de evitar que sucedan estas cosas. Porque son horribles.

Bosch asintió con la cabeza, y Stone le dijo que le hablara otra vez de las fotos. Harry reabrió la carpeta y volvió a echar mano de los estuches de plástico. Escogió una foto en detalle del cuello de la víctima y señaló la borrosa marca en la piel de Lily Price.

—¿Ve lo que le estaba diciendo?

—Sí —respondió Stone—. Pobre chica.

—Bien. Y ahora fíjese en esta.

Cogió otra Polaroid del siguiente estuche y volvió a decirle que mirase bien la marca dejada por la ligadura. En la piel había una visible hendidura.

—Ya lo veo, pero ¿qué significa?

—Esta foto se tomó desde otro ángulo y muestra la línea superior de la ligadura. La primera foto muestra la línea inferior.

Comparó las dos imágenes y con el dedo resiguió las diferencias entre ambas.

—¿Lo ve?

—Sí. Pero no le sigo. Hay dos líneas. ¿Qué es lo que significan?

—Bueno, las dos líneas no encajan. Están a distintos niveles en el cuello. Eso significa que forman los bordes superior e inferior de la ligadura. Si las miramos en su conjunto, podemos hacernos una idea del ancho de la ligadura y, lo más importante, qué tipo de ligadura era.

Con el índice y el pulgar trazó dos líneas sobre una de las fotos, dibujando una ligadura de casi cinco centímetros de ancho.

—Es todo cuanto tenemos después de tanto tiempo —explicó—. Las fotos de la autopsia ya no estaban en el expediente. Así que solo nos quedan estas, que muestran que la ligadura en el cuello era de por lo menos cuatro centímetros dc ancho.

—¿Como si fuera un cinturón?

—Exacto. Y ahora fíjese en esto. Justo debajo de la oreja hay otra señal, otra hendidura.

Echó mano a otra de las fotos del segundo estuche.

—Parece un cuadrado.

—Eso mismo. Como el que podría dejar una hebilla cuadrada de cinturón. Y ahora pasemos a la sangre.

Volvió a coger el primer estuche y se concentró en las tres primeras instantáneas. Todas mostraban una mancha de sangre en el cuello de la víctima.

—Una simple gota de sangre que manchaba su cuello. Justo en el medio de la marca de la ligadura, de forma que posiblemente fue transferida por ella. Hace veintidós años, la teoría era la de que el asesino se hizo un corte, estaba sangrando, y una gota cayó sobre la chica. El asesino pasó la mano para limpiarla, pero la mancha quedó sobre la piel.

—Y usted piensa que fue una transferencia.

—Exacto. Y aquí es donde entra Pell. Era su sangre. Su sangre de cuando tenía ocho años. ¿Cómo llegó hasta allí? Bien, si seguimos con la teoría de la transferencia, la sangre procedía del cinturón. Así que, ahora, la verdadera cuestión ya no es saber cómo llegó hasta Lily, sino cómo llegó al cinturón.

Bosch cerró la carpeta y volvió a meterla en el maletín. Sacó el grueso expediente de la junta para la concesión de la libertad condicional. Lo levantó con ambas manos y lo agitó en el aire.

—Aquí está. Anoche, cuando me dijo que no podía revelar las confidencias hechas por sus pacientes, le respondí que tenía estos informes psicológicos hechos antes de cada juicio. Bueno, pues los estuve leyendo después de llegar a casa, y en ellos hay algo que encaja con lo que me estuvo diciendo sobre los comportamientos repetitivos y...

—A Clayton solían pegarle con un cinturón.

Bosch sonrió.

—Ándese con cuidado, doctora, pues no le conviene revelar declaraciones confidenciales. Y menos si no es necesario. Aquí está todo. Cada vez que se le sometía a un reconocimiento psicológico, Pell refería la misma historia. Cuando tenía ocho años, su madre y él vivían con un individuo que abusaba de él físicamente y, con el tiempo, también desde un punto de vista sexual. Probablemente, eso fue lo que le llevó a hacer las cosas que hizo. Pero entre los abusos físicos se contaban las palizas propinadas con un cinturón.

Bosch abrió el expediente y le entregó el primer informe psicológico.

—Le pegaban tan fuerte que, sin duda, sangraba —indicó—. En esta entrevista dice tener cicatrices en las nalgas de resultas de los golpes. Para dejar una cicatriz es preciso rasgar la piel. Y cuando la piel se rasga, lo que sale es sangre.

Bosch le vio leer con rapidez el informe, con los ojos fijos y concentrados. En ese momento notó que su móvil zumbaba, pero hizo caso omiso. Seguramente era su compañero, que llamaba para explicar que había terminado con la visita al laboratorio de los análisis de ADN.

—Johnny —dijo ella, devolviéndole el informe.

Bosch asintió con la cabeza.

—Creo que es nuestro hombre, y por eso necesito hablar con Pell para saber más de él. ¿Alguna vez le ha dicho su nombre completo? En estos reconocimientos siempre le llama Johnny, y nada más.

—No. En nuestras sesiones también se refiere a él como Johnny.

—Por eso tengo que hablar con él.

Stone guardó silencio, mientras meditaba sobre algo en lo que Bosch no parecía haber caído. Harry se decía que, probablemente, la doctora se sentiría tan interesada en esta pista como él.

—¿Qué sucede?

—Harry, tengo que considerar lo que puede suponer para él sacar todo esto a relucir. Lo siento, pero debo anteponer su bienestar personal a la buena marcha de su investigación.

Bosch hubiera preferido oír otra cosa.

—A ver un momento —dijo—. ¿Qué quiere decir con eso de «sacarlo todo a relucir»? Todo cuanto he dicho aparece en los tres informes psicológicos. Sin duda, Pell ha tenido que hablarle de este sujeto. No estoy pidiéndole que me revele sus confidencias. Lo que quiero es hablar con él directamente.

—Lo sé, y no puedo impedir que lo haga. Pero, en realidad, la cosa depende de Clayton. De si está dispuesto a hablar con usted o no. Pero lo que me preocupa es que Clayton es una persona muy frágil, como puede suponer, y...

—Puede hacer que hable conmigo, Hannah. Puede explicarle que le será de ayuda.

—¿Mentirle, quiere decir? No haré tal cosa.

Bosch se levantó, pues Stone no había vuelto a sentarse.

—No estoy hablando de mentir. Estoy hablando de decir la verdad. Todo esto le ayudará a sacar a este individuo de las sombras del pasado. Como en un exorcismo. Hasta es posible que sepa que este fulano se dedicaba a matar a chicas.

—¿Es que hay más de una?

—No lo sé, pero ya ha visto las fotos. No parecen propias de un caso aislado, de una vez en la vida, como si el asesino con eso se hubiera liberado de sus obsesiones y ahora pudiera convertirse en un buen ciudadano otra vez. Este es el crimen de un depredador, y los depredadores no dejan de depredar. Lo sabe tan bien como yo. No importa si todo esto pasó hace veintidós años. Si este tal Johnny sigue con vida, tengo que encontrarlo. Y Clayton Pell es la clave.

13

Clayton Pell accedió a hablar con Bosch, pero solo si la doctora Stone estaba presente. A Harry le parecía bien; de hecho, pensaba que la presencia de la doctora durante la entrevista podría serle de utilidad. Tan solo le dijo que era posible que Pell tuviera que comparecer como testigo en un posible juicio, por lo que Bosch iba a conducir la entrevistas de forma metódica y lineal.

Un enfermero condujo a Pell a la sala de reuniones, donde habían dispuesto tres sillas para la entrevista, una frente a las otras dos. Bosch se presentó y estrechó la mano de Pell sin vacilar. Pell era un tipo bajito y pequeño, de menos de uno sesenta de estatura y unos cincuenta kilos de peso. Bosch sabía que las víctimas de abusos sexuales en la niñez muchas veces sufrían de problemas de crecimiento. La alteración del crecimiento psicológico afectaba el crecimiento físico.

Con un gesto, invitó a Pell a tomar asiento. En tono afable, le preguntó si necesitaba alguna cosa.

—Un cigarrillo no me vendría mal —dijo Pell.

Al sentarse, levantó las piernas y las cruzó sobre la silla, en un gesto más bien infantil.

—A mí tampoco me vendría mal un pitillo, pero tampoco es cuestión de quebrantar las normas —repuso Bosch.

—Pues qué le vamos a hacer.

Stone había sugerido situar las tres sillas en torno a la mesa, para que la cosa no tuviera un aspecto tan formal, pero Bosch le había dicho que no. También estableció la disposición de los asientos para que él y Stone estuvieran a izquierda y derecha de la línea visual de Pell, de tal forma que este se viera constantemente obligado a mirar al uno y al otro. La observación de los movimientos de los ojos facilitaría a Bosch evaluar la sinceridad y la veracidad de Pell, que se había convertido en una figura trágica para Stone. Pero Bosch no se mostraba tan comprensivo. El traumático historial y la terrible niñez de Pell no importaban. Pell ahora era un depredador. Y, si no, que se lo preguntaran al niño de nueve años que había metido en su furgoneta. Bosch estaba empeñado en no olvidar en ningún momento que los depredadores se escondían y mentían, y esperaban a que sus oponentes revelaran sus propias debilidades. Con Pell no iba a equivocarse.

—Si les parece, podemos empezar ahora mismo —repuso—. Y si no les importa, iré tomando notas mientras hablamos.

—Por mí no hay problema —dijo Pell.

Bosch sacó la libreta. En su funda de cuero había repujada una insignia de agente del LAPD. Era un regalo de su hija, quien la había hecho fabricar por medio de una amiga de Hong Kong cuyo padre se dedicaba al negocio de los cueros. El repujado incluso mostraba su verdadero número de insignia, el 2997. Maddie le había regalado la libreta por Navidad. Era una de sus pertenencias más preciadas, porque se trataba de un regalo de su hija, pero también porque resultaba muy práctica. Cada vez que la abría para hacer una anotación, sus entrevistados veían la insignia de cuero, recordatorio de que detrás de Bosch estaba toda la fuerza y el poder del Estado.

—Bueno, ¿y todo esto de qué va? —preguntó Pell con una voz aguda y nasal—. La vieja doctora no me ha dicho nada del asunto.

Stone no pareció inmutarse por lo de «la vieja doctora».

—Va de un asesinato, Clayton —respondió Bosch—. Sucedido hace mucho tiempo, cuando era un niño de ocho años.

—Yo no sé nada de ningún asesinato, señor.

La voz resultaba chirriante. Bosch se preguntó si siempre lo habría sido o si se trataba de una de las consecuencias de la agresión sufrida en la cárcel.

—Eso ya lo sé. Y que sepa que usted no es en absoluto sospechoso de este crimen.

—Entonces, ¿por qué ha venido a verme?

—Buena pregunta, y ahora mismo voy a responderla, Clayton. Está aquí porque en el cuerpo de la víctima se encontraron muestras de su sangre y de su ADN.

Pell al momento se levantó de la silla.

—¡Pero bueno…! Yo me largo de aquí.

Se encaminó hacia la puerta.

—¡Clay! —lo llamó Stone—. ¡Escucha lo que tiene que decirte! ¡Tú no eres sospechoso! Por entonces tenías ocho años. Lo único que quiere averiguar es qué es lo que tú sabes.

Pell se la quedó mirando, señaló a Bosch y dijo:

—Usted puede fiarse de este hombre, pero yo no me fío. Los polis no hacen favores a nadie. Solo piensan en sí mismos.

Stone se levantó y dijo:

—Clayton, por favor. Dale una oportunidad. —Pell volvió a sentarse, de mala gana. Stone también tomó asiento. Pell fijó la vista en ella, obstinándose en no mirar a Bosch.

—Pensamos que el asesino tenía manchas de su sangre —explicó Bosch—. Y que, de alguna manera, la sangre acabó siendo transferida a la víctima. No creemos que usted tenga nada que ver con el crimen.

—¿Por qué no termina con esta comedia de una vez? —replicó Pell, levantando las muñecas juntas, como ofreciéndose a que se las esposaran.

—Clay, por favor —dijo Stone.

Pell agitó ambas manos en el aire; estaba hasta las narices. Era lo bastante pequeño como para girar el cuerpo por entero en el asiento y poner ambas piernas sobre el brazo derecho de la silla, dándole a Bosch la espalda como haría un crío que estuviera ignorando a su padre. Cruzó los brazos sobre el pecho, y Bosch vio el extremo superior de un tatuaje que emergía por el cuello de la camisa, por la parte de atrás.

—Clayton —dijo Stone con severidad—. ¿No te acuerdas de dónde estabas cuando tenías ocho años? ¿No recuerdas lo que me has estado diciendo una y otra vez?

Pell bajó la barbilla hacia el pecho y dio la impresión de ceder.

—Pues claro que me acuerdo.

—Entonces, responde a las preguntas del inspector Bosch.

Pell pareció considerarlo, durante unos diez segundos. Finalmente asintió con la cabeza.

—Muy bien. ¿Qué?

Bosch iba a responder a la pregunta, pero el móvil zumbó en su bolsillo. Pell lo oyó.

—Si responde a esa puta llamada, me largo por la puerta.

—No se preocupe. Los móviles me gustan muy poco.

Bosch aguardó a que cesaran los zumbidos y retomó el hilo.

—Dígame dónde y cómo vivía cuando tenía ocho años, Clayton.

Pell se giró en el asiento y miró a Bosch directamente.

—Por entonces vivía con un monstruo. Un sujeto que me daba unas tundas tremendas cuando mamá no estaba en casa.

Se detuvo. Bosch espero un instante y lo animó:

—¿Qué más, Clayton?

—Este hombre se dijo que con pegarme palizas no tenía bastante. Se dijo que también le gustaría que le hiciese unas mamadas. Un par de veces por semana. Así era mi vida por entonces, inspector.

—¿Y este hombre se llamaba Johnny?

—¿Y eso cómo lo sabe?

Pell miró a Stone, diciéndose que había estado divulgando sus confidencias.

—El nombre aparece mencionado en los informes psicológicos de las vistas —precisó Bosch al punto—. En las entrevistas mencionó a un hombre llamado Johnny. ¿Es el mismo hombre del que estamos hablando?

—Es como yo le llamo. Ahora, quiero decir. Porque me recordaba a Jack Nicholson en aquella película de Stephen King. El fulano aquel que decía «que viene Johnny» y se pasa media peli persiguiendo al niño con un hacha. Era lo mismo que me pasaba a mí, aunque aquel tipo iba sin hacha. El hacha no le hacía falta.

—¿Y cuál era su nombre de verdad? ¿Lo sabía?

—Pues no. Nunca llegué a saberlo.

—¿Está seguro?

—Claro que estoy seguro. Ese tipo me jodió la vida para siempre. Si hubiera sabido su nombre, me acordaría. Lo único que recuerdo era su mote, el apodo por el que todos le llamaban.

—¿Y qué apodo era ese?

Los labios de Pell trazaron una sonrisa minúscula. Tenía algo que los demás querían y se proponía utilizarlo en su favor. Bosch se daba cuenta. Los años pasados en la cárcel le habían enseñado a utilizar todos los trucos.

—¿Y yo qué me saco a cambio? —preguntó.

Bosch estaba preparado para la pregunta.

—Igual consigues quitar de la circulación para siempre al individuo que estuvo torturándote de esa forma.

—¿Y qué le hace pensar que sigue vivo?

Bosch se encogió de hombros.

—Es una suposición. Los informes indican que tu madre te tuvo a los diecisiete años. De forma que tendría unos veinticinco cuando se fue a vivir con este tipo. Y diría que él seguramente no era mucho mayor que ella. Hace veintidós años... Hoy probablemente tiene cincuenta y tantos años, y tal vez siga haciendo de las suyas.

Pell clavó la mirada en el suelo, y Bosch se preguntó si estaba viendo un recuerdo de aquella época.

Stone se aclaró la garganta e intervino:

—Clay, acuérdate de que hemos estado hablando del mal, de si las personas nacen malas de por sí o si son otros los que las convierten en malas. De comportamientos que pueden ser malos sin que la persona que los ejecuta lo sea...

Pell asintió con la cabeza.

—Ese puto cinturón tenía unas letras en la hebilla. Y siempre me pegaba con el cinturón. El hijo de puta. Al cabo de un tiempo, ya no podía aguantar más los golpes. Era más fácil darle lo que quería...

Bosch se mantenía a la espera. No era necesario hacer otra pregunta. Stone también parecía entenderlo así. Al cabo de unos instantes, Pell asintió con la cabeza por tercera vez y dijo:

—Todo el mundo le llamaba Chill. Incluida mi madre.

Bosch tomó nota.

—Dices que en la hebilla había unas letras. ¿Unas iniciales, quieres decir? ¿Qué letras eran?

—C. H.

Bosch lo anotó. Ahí estaba el subidón de adrenalina. Quizá no tuviera un nombre completo, pero iba acercándose. Una imagen cruzó por su mente durante una fracción de segundo. La de su puño llamando a una puerta. Aporreándola, mejor dicho. Una puerta que iba a abrir ese tal Chill.

Pell ahora se estaba soltando.

—El año pasado me acordé de Chill, cuando aparecieron las noticias sobre el Grim Sleeper. Chill también tenía unas fotos parecidas a las de ese fulano.

Grim Sleeper era el nombre dado tanto a un sospechoso de ser un asesino en serie como al equipo de investigadores que andaba buscándolo, buscando a un mismo individuo, sospechoso de haber asesinado a numerosas mujeres, con el problema de que entre unos crímenes y otros había grandes lapsos temporales, durante los que se suponía que el asesino «dormía» e hibernaba. El año anterior, la policía identificó y detuvo a un sospechoso. Este tenía centenares de fotos de mujeres en su haber. La mayoría de ellas aparecían desnudas y en posturas sexualmente sugestivas. Continuaba investigándose quiénes eran aquellas mujeres y qué había sido de ellas.

—¿Tenía fotos de mujeres? —preguntó Bosch.

—Sí, de las mujeres que se había follado. Fotos de ellas desnudas. Sus trofeos. También hizo fotos de mi madre. Las vi. Tenía una de esas cámaras en las que la foto salía de forma automática, de modo que no necesitaba llevar el carrete a revelar. Antes de que salieran las cámaras digitales.

—Una Polaroid.

—Eso es, sí. Una Polaroid.

—No es tan raro —terció Stone—. Muchos hombres lo hacen, cometan abusos físicos contra las mujeres o no. Es una forma de control. De sentirse propietario. Como quien lleva una contabilidad. Es el síntoma de una personalidad muy controladora. En el mundo de hoy, con las cámaras digitales y el porno en internet, cada vez es más corriente.

—Ya, bueno, pues supongo que Chill fue un pionero —dijo Pell—. Chill no tenía ordenador. Las fotos las guardaba en una caja de zapatos. Así fue como terminamos por irnos de su casa.

—¿Qué quiere decir? —preguntó Bosch.

Pell frunció los labios antes de responder:

—Me hizo una foto con su polla en mi boca. Y la metió en la caja de zapatos. Un día la saqué y la dejé donde mi madre pudiera verla. Nos fuimos de su casa ese mismo día.

—¿En esa caja de zapatos había otras fotos de hombres o de niños?

—Recuerdo haber visto una más. La de un niño como yo, pero no sé quién era.

Bosch hizo unas cuantas anotaciones más. Que Chill en apariencia fuera un depredador pansexual era parte fundamental del perfil que estaba saliendo a la luz. Le preguntó a Pell si se acordaba de dónde vivían él y su madre cuando estaban con ese tal Chill. Tan solo recordaba que era cerca de Travel Town, en Griffith Park, porque su madre acostumbraba a llevarle allí para que montara en los trenecitos.

—¿Ibais a pie o andando?

—En taxi, pero me acuerdo de que estaba cerca. Íbamos mucho. Me gustaba montar en aquellos pequeños trenes.

El dato tenía su valor. Bosch sabía que Travel Town se encontraba en el lado septentrional del parque, lo que probablemente indicaba que Pell había estado viviendo con Chill en North Hollywood o Burbank. Eso ayudaría a reducir el campo de investigación.

A continuación pidió una descripción de Chill. Pell se limitó a describirlo como de raza blanca, alto y musculoso.

—¿Tenía un trabajo?

—No de verdad. Creo que se ganaba la vida haciendo chapuzas o algo así. Tenía un montón de herramientas en el camión.

—¿Qué tipo de camión?

—Bueno, en realidad era una furgoneta. Una Ford Econoline. Allí era donde me obligaba a hacerle todas aquellas cosas.

Y también iba a ser en una furgoneta donde Pell más tarde iba a cometer el mismo tipo de crímenes. Por supuesto, Bosch no dijo palabra al respecto.

—¿Cuántos años tenía Chill por entonces? —preguntó.

—Ni idea. Pero seguramente tenía razón en eso que ha dicho antes. Unos cinco años más que mi madre.

—¿No tendrás ninguna foto suya entre tus cosas o guardada en otro lugar?

Pell soltó una risotada y miró a Bosch como si este fuera imbécil.

—¿Le parece que iba a guardar una foto suya? Ni siquiera tengo una foto de mi madre, hombre.

—Lo siento, pero tenía que preguntarlo. ¿Llegó a ver a este individuo con otras mujeres que no fueran su madre?

—¿Para acostarse con ellas, quiere decir?

—Sí.

—No.

—Clayton, ¿qué más recuerda de él?

—Lo que recuerdo era que siempre hacía lo posible para mantenerme alejado de su lado.

—¿Le parece que podría identificarlo?

—¿Ahora? ¿Después de tantos años?

Bosch asintió con la cabeza.

—No lo sé. Pero nunca voy a olvidarme del aspecto que tenía por aquel entonces.

—¿Recuerda alguna otra cosa sobre el lugar donde estuvieron viviendo con él? ¿Alguna cosa que pueda ayudarme a encontrarlo?

Pell lo pensó un momento y negó con la cabeza.

—No, compañero, solo me acuerdo de lo que le he dicho.

—¿Chill tenía animales de compañía?

—No, pero siempre me estaba pegando como a un perro. Supongo que su animal de compañía era yo.

Bosch miró a Stone, por si tenía algo que añadir.

—¿Tenía algún *hobby*? ¿Alguna afición?

—Creo que su afición era llenar de fotos aquella caja de zapatos —respondió Pell.

—Pero usted no llegó a ver en persona a ninguna de las mujeres de las fotografías, ¿verdad? —preguntó Bosch.

—Eso no quiere decir nada. Estaba claro que la mayoría de las fotos las había tomado en la furgoneta. Tenía un viejo colchón en la parte trasera. Chill no traía a esas pájaras a casa, ¿entiende?

La información era buena. Bosch tomó nota.

—Dice haber visto la foto de un niño. ¿También se tomó en la furgoneta?

Pell al principio no respondió. Él mismo había cometido sus propias perversiones en el interior de una furgoneta, y la asociación era evidente.

—No me acuerdo —respondió por fin.

Bosch pasó a otra cuestión.

—Dígame una cosa, Clayton. Si detengo a este individuo y es sometido a juicio, ¿está dispuesto a comparecer y declarar todo cuanto acaba de decirme?

Pell consideró la pregunta.

—¿Y yo qué me llevaría a cambio? —inquirió.

—Ya se lo he dicho —contestó Bosch—. Se llevaría una satisfacción. La satisfacción de poner a este sujeto fuera de la circulación para el resto de su vida.

—Eso no es nada.

—Bueno, yo no puedo promet…

—¡¡Mire lo que me hizo!! ¡¡Todo lo que ha pasado fue por su culpa!!

Se señaló el pecho. La cruda emoción de su estallido denotaba una ferocidad animal que sorprendía en un ser humano tan diminuto. A Bosch no dejó de impresionarle. Se dio cuenta de lo muy efectivo que Pell podía resultar si llegaba a declarar en una vista. Si se ponía a gritar estas palabras, de la misma manera, el resultado sería devastador para la defensa.

—Clayton, voy a encontrar a este tipo —prometió—. Y va a tener la oportunidad de decírselo a la cara. Seguramente le será de ayuda durante el resto de su vida.

—¿El resto de mi vida? Bueno, pues estupendo. Muchas gracias, hombre.

El sarcasmo era inconfundible. Bosch iba a responder, pero en ese momento llamaron a la puerta de la sala de reuniones. Stone se levantó para abrirla; otra psicóloga apareció en el umbral. La recién llegada le musitó algo a Stone, que a continuación se volvió hacia Bosch.

—En la puerta de entrada hay dos agentes de policía que preguntan por usted.

Bosch le dio las gracias a Pell por su tiempo y prometió seguir en contacto en lo referente a la investigación. Se dirigió hacia la puerta de entrada y aprovechó para consultar las llamadas del móvil. Vio que había cuatro sin responder: una de su compañero Chu, dos procedentes de un número que empezaba por 213 y que no reconoció, y otra más de Kiz Rider.

Los dos agentes de uniforme eran de la comisaría de Van Nuys. Dijeron que los había enviado allí la oficina del jefe de policía.

—No ha respondido a las llamadas al móvil ni a la radio de su coche —explicó el de mayor edad—. Nos han avisado de que tiene que ponerse en contacto con una tal teniente Rider, en la oficina del jefe. Dice que es urgente.

Bosch les dio las gracias y explicó que había estado en una reunión importante, por lo que había desconectado el móvil. Nada más irse los dos agentes, llamó a Rider, que respondió al instante.

—Harry, ¿por qué no te pones al teléfono?

—Porque estaba en mitad de una entrevista. Normalmente, no interrumpo una entrevista para atender llamadas. ¿Cómo me habéis encontrado?

—A través de tu compañero, que sí que se pone al teléfono. ¿Qué tiene que ver ese centro de acogida con el caso Irving?

No había forma de eludir la cuestión.

—Nada. Estoy aquí por otro caso.

Se hizo un silencio, mientras Rider hacía lo posible por reprimir su frustración e irritación.

—Harry, el jefe de policía te ha dejado claro que la investigación del caso Irving tiene prioridad. ¿Y por qué ahora…?

—Mira, estoy esperando los resultados de la autopsia. No puedo hacer nada respecto al caso Irving hasta que me lleguen los resultados y tenga un punto de partida.

—Ya. Pues voy a decirte una cosa.

Al momento, Bosch comprendió de dónde procedían aquellas dos llamadas que empezaban por 213 y a las que tampoco había respondido.

—¿El qué?

—La autopsia lleva media hora en marcha. Si te das prisa, igual llegas antes de que termine.

—¿Chu está allí?

—Sí, que yo sepa. Se supone que tiene que estar.

—Ahora mismo salgo.

Algo avergonzado, colgó.

14

Una vez que Bosch se hubo puesto la bata y los guantes, entró en la sala de autopsias, pero ya estaban volviendo a cerrar el cuerpo de George Irving con hilo encerado de sutura.

—Siento llegar tarde —se disculpó.

El doctor Borja Toron Antons señaló el micrófono que pendía del techo sobre la mesa de autopsia; Bosch se dio cuenta del error que acababa de cometer. La autopsia estaba siendo grabada, y ahora iba a constar de forma oficial que Bosch se había perdido casi todo el reconocimiento médico *post mortem*. Si el caso llegaba a culminar en un juicio, el abogado defensor estaría en condiciones de hacérselo saber al jurado. No importaba que Chu sí hubiera estado presente. En manos de un abogado competente, el hecho de que el principal investigador no estuviera donde se suponía que tenía que estar podía implicar connotaciones negativas, incluso de corrupción.

Bosch se situó junto a Chu, que tenía los brazos cruzados y la espalda apoyada en una mesa situada al pie de la de autopsias. Todo lo lejos que podía estarse de una autopsia sin encontrarse completamente ausente. A pesar de la mascarilla antigérmenes de plástico que Chu llevaba puesta, Bosch se fijó en que su compañero lo estaba pasando mal. Cierta vez le había confiado que se había propuesto trabajar en la Unidad de Casos Abiertos / No Resueltos porque quería investigar casos de asesinato, pero tenía problemas a la hora de estar presente en las autopsias. No soportaba la imagen del cuerpo humano sometido a mutilaciones. Por esta razón, los casos fríos resultaban perfectos para él. Chu leía los informes de las autopsias, pero no tenía que asistir a ellas, y a la vez seguía investigando asesinatos.

Harry tenía ganas de preguntarle si durante el reconocimiento había aparecido alguna cosa de interés, pero decidió esperar y preguntárselo directamente a Antons, lejos del micrófono. Miró la mesita de trabajo a espaldas del patólogo forense y contó los tubos de ensayo alineados en el soporte de muestras. Antons había llenado cinco tubos con muestras de la sangre de Irving, lo que implicaba que iba a pedir un análisis toxicológico completo. En una autopsia de rutina, se analiza la posible presencia en la sangre de doce grupos principales de drogas. Cuando el condado no repara en gastos o hay sospechas de importante consumo de drogas, el análisis se amplía a veintiséis grupos, lo que requiere cinco tubos de ensayo con muestras de sangre.

Antons terminó la autopsia describiendo la sutura final de la incisión en Y, tras lo cual se quitó uno de los guantes y desconectó el micrófono.

—Me alegro de que haya podido venir, inspector —dijo—. ¿Qué tal ha ido el partido de golf?

Con el micrófono apagado, el sarcasmo hacía que su acento español fuera más acusado.

—Quedé un par de hoyos por detrás —dijo Bosch, siguiendo la broma—. Pero, bueno, ya sabía que mi socio podía ocuparse de todo esto. ¿No es así, socio?

Palmeó la espalda a Chu. Al referirse a él como «socio», Bosch estaba enviándole un mensaje en clave. Al principio de trabajar juntos, se pusieron de acuerdo en que cuando uno tuviera que seguirle la corriente al otro, la clave sería la palabra «socio». El que de los dos la oyera tendría que respaldar lo que dijera su compañero.

Pero Chu esta vez hizo caso omiso.

—Ya, claro —dijo—. Pero te he estado llamando, hombre. Y no me has respondido.

—Será porque no me has estado llamando lo suficiente.

Bosch fijó una mirada, que a punto estuvo de fundir su mascarilla de plástico de Chu, y volvió a centrar la atención en Antons.

—Veo que quiere usted un análisis completo, doctor. Buena idea. ¿Alguna otra cosa que pueda decirme?

—Lo del análisis completo no ha sido idea mía. Los peces gordos me han indicado que lo haga. Eso sí, he señalado a su compañero una cosa que tiene que explicarse.

La mirada de Bosch fue de Chu al cadáver tumbado en la mesa.

—¿Una cosa que tiene que explicarse? ¿Está hablando del trabajo de investigación?

—Hay un arañazo o una contusión en la parte posterior del hombro derecho del cuerpo —dijo Chu—. Y no fue provocado por la caída, pues Irving se estrelló de cabeza.

—Una lesión previa a la muerte —aclaró Antons.

Bosch se acercó a la mesa. Se dio cuenta de que, al haber llegado tarde al lugar de los hechos, no había podido ver la espalda de la víctima. Cuando se presentó, Van Atta y sus colaboradores ya le habían dado la vuelta al cadáver. Ni Van Atta ni el Armario ni el Barril habían mencionado una lesión en el hombro previa a la muerte.

—¿Puedo verlo? —preguntó.

—Si insiste —dijo Antons, malhumorado—. Si hubiera llegado a tiempo, ya lo habría visto.

Extendió la mano hasta un estante situado sobre la mesa y sacó un par de guantes nuevos de una caja.

Bosch le ayudó a voltear el cadáver sobre la mesa. La espalda estaba empapada del fluido sanguinolento acumulado en la mesa cuyos altos rebordes llevaban a pensar en una gran bandeja. Antons echó mano de una manguera con boquilla de pistón que colgaba del techo y limpió el cuerpo de fluido. Bosch vio la contusión al momento. Tendría algo más de diez centímetros de largo y presentaba pequeños rasguños superficiales y un ligero amoratamiento. Su forma resultaba discernible en un patrón casi circular, como una serie de cuatro medias lunas que se repetían a un par de centímetros de distancia la una de la otra, inscritas en el hombro por encima de la línea del omóplato. Cada una de las medias lunas tenía unos cinco centímetros de altura.

Bosch sintió un escalofrío al darse cuenta de lo que era. Sabía que Chu era demasiado joven y novato en el trabajo para estar familiarizado con aquel patrón. Y Antons tampoco iba a reconocerlo. Tan solo llevaba cosa de una década trabajando como forense, después de haber venido de Madrid para estudiar en la UCLA y quedarse a vivir en Los Ángeles.

—¿Ha comprobado si hay hemorragia petequial? —preguntó Bosch.

—Por supuesto —respondió Antons—. Y no la hay.

La hemorragia petequial tenía lugar en los vasos sanguíneos que rodeaban los ojos. En caso de asfixia.

—¿Por qué me pregunta sobre la hemorragia petequial tras haber visto una abrasión en la parte posterior del hombro? —preguntó Antons.

Bosch se encogió de hombros.

—Para cubrir todas las posibilidades.

Antons y Chu se lo quedaron mirando, esperando que dijera algo más. Pero Bosch guardó silencio. Transcurrió un largo momento de silencio hasta que Bosch señaló la escoriación en la parte posterior del cadáver.

—Dice usted que esto es anterior a la muerte. ¿Hasta qué punto es anterior?

—Ya ve que la piel está rasgada. He tomado una muestra. Los niveles de histamina en la heridas indican que la herida se produjo muy poco antes de la muerte. Estaba diciéndole al inspector Chu que van a tener que ir otra vez al hotel. Es posible que el muerto se diera con la espalda contra alguna cosa, al subirse a la barandilla del balcón. Como ve, la herida tiene un dibujo definido.

Bosch sabía qué dibujo era aquel, pero por el momento no pensaba explicarlo.

—¿Al subirse a la barandilla? ¿Me está diciendo que ha sido un suicidio?

—No, por supuesto. Todavía no. Podría ser un suicidio. Podría ser un accidente. Hay que continuar con el seguimiento. Vamos a hacer el análisis toxicológico completo, y esta herida tiene que explicarse. Ya ha visto el dibujo. Tendría que serle de ayuda al mirar otra vez en el hotel.

—¿Ha mirado el hueso hioides? —preguntó Bosch.

Antons se llevó las manos a las caderas.

—¿Por qué iba a mirar el hioides de un hombre que se ha tirado por la ventana?

—Pensaba que aún no estaba seguro de que se hubiera tirado.

Antons no respondió. Cogió un escalpelo de un soporte.

—Ayúdeme a darle la vuelta.

—Un momento —dijo Bosch—. ¿Antes puedo hacer una foto?

—Ya he tomado fotos. Supongo que estarán imprimiéndose. Puede recogerlas al salir.

Bosch le ayudó a darle la vuelta al cadáver. Antons se valió del escalpelo para abrir el cuello y extraer el pequeño hueso en forma de U que protegía la tráquea. Lo limpió cuidadosamente en una cubeta y lo estudió en busca de fracturas con ayuda de una lupa iluminada y anclada a la mesa.

—El hioides está intacto —sentenció.

Bosch asintió con la cabeza. Aquello no demostraba ni una cosa ni la otra. Un experto podría haber estrangulado a Irving sin romperle el hueso o provocar que los ojos le sangraran. No significaba nada.

Pero las señales en la parte posterior del hombro tenían su importancia. Bosch sentía que la dinámica del caso estaba cambiando. Cambiando con rapidez. Y de una forma que aportaba un nuevo significado a la expresión «politiqueo».

15

Chu esperó hasta que se encontraron a mitad de camino en el aparcamiento.

—Pero, bueno, Harry, ¿se puede saber qué es lo que pasa? ¿A qué venía todo eso? —estalló.

Bosch echó mano al móvil. Tenía que hacer una llamada.

—Te lo explicaré en cuanto pueda. Ahora quiero que vayas a…

—¡La cosa no funciona así, Harry! Formamos un equipo, pero tú lo haces todo a tu aire. Esto no puede ser.

Chu se había detenido y tenía los brazos abiertos. Bosch se detuvo.

—Mira, estoy tratando de protegerte. Primero necesito hablar con una persona. Déjame hacerlo, y luego hablamos tú y yo.

Chu negó la cabeza, insatisfecho.

—Me estás matando con toda esta mierda, compañero. ¿Qué quieres que haga, que vuelva al despacho y me quede de brazos cruzados?

—No. Quiero que hagas muchas otras cosas. Quiero que vayas a Pertenencias y cojas la camisa de Irving. Llévala al SID y que analicen la parte interior del hombro en busca de rastros de sangre. Ayer nadie se fijó en mancha alguna, pero la camisa es oscura.

—Si hay sangre, sabremos cómo se hizo esas marcas mientras llevaba la camisa puesta.

—Eso es.

—¿Y eso qué nos dirá?

Bosch no respondió. Estaba pensando en el botón de camisa que habían encontrado en el suelo de la suite del hotel. Era posible que tratasen de estrangular a Irving, que este se debatiera y que el botón se hubiera soltado durante la pelea.

—Cuando termines con lo de la camisa, empieza a mover la orden de registro.

—¿Orden de registro de qué?

—Del despacho de Irving. Quiero tener una orden antes de entrar y empezar a mirar sus archivos.

—Son sus archivos, y él está muerto. ¿Para qué necesitamos una orden de registro?

—Porque el tipo era abogado y no quiero follones que tengan que ver con la confidencialidad con sus clientes cuando entremos. En este punto, quiero tener las espaldas completamente cubiertas.

—Mira, va a serme difícil escribir la solicitud de una orden de registro mientras no me cuentes una mierda.

—No, te va a ser fácil. Explica que estás llevando una investigación sobre la muerte de este hombre, que no está nada clara. Pon que había posibles señales de lucha (el botón en el suelo, la herida en la espalda anterior a la muerte) y que quieres acceder a sus papeles del trabajo para determinar si el muerto tenía problemas con algún cliente o adversario. Simple. Si no eres capaz, lo escribo yo mismo cuando vuelva.

—Claro que soy capaz. Aquí el escritor soy yo.

Era cierto. En su habitual división del trabajo y las responsabilidades, Chu siempre se encargaba de redactar el papeleo.

—Bien. Pues manos a la obra y deja de lloriquear de una vez.

—Oye, Harry, vete a la mierda. No estoy lloriqueando. A ti no te gustaría que te tratase de esta forma.

—Voy a decirte una cosa, Chu. Si mi compañero de trabajo fuera un profesional con muchos más años y experiencia, y me dijese que confiara en él y esperase a que me aclarara las cosas en el momento oportuno, creo que le diría que sí. Y además le daría las gracias por facilitarme las cosas.

Bosch dejó que Chu terminara de entender el mensaje antes de despedirse.

—Nos vemos allí después. Tengo que irme.

Echaron a andar hacia sus respectivos coches. Bosch miró de reojo a su compañero y le vio andar cabizbajo, con una expresión de perro maltratado en el rostro. Chu no entendía los problemas derivados del politiqueo, pero Bosch sí.

Tras sentarse al volante, telefoneó a Kiz Rider.

—Encuéntrate conmigo en la academia dentro de quince minutos. En la sala de vídeo.

—Imposible, Harry. Tengo que irme a una reunión presupuestaria.

—Vale, pero luego no te quejes ni me digas que no sé de qué va el caso Irving.

—¿No puedes decirme de qué se trata?

—No, tienes que verlo por ti misma. ¿A qué hora puedes quedar?

—No antes de la una. Ve a comer alguna cosa, y luego me encuentro contigo.

Bosch hubiese preferido no ralentizar las cosas, pero era importante que Rider supiera qué dirección estaba tomando el caso.

—Nos vemos entonces. Por cierto, ¿pusiste a alguien de guardia en el despacho de Irving, como te pedí ayer?

—Sí. ¿Por qué?

—Solo quería estar seguro.

Bosch desconectó sin darle tiempo a su superior de reprocharle su falta de confianza en ella.

Bosch llegó en quince minutos a Elysian Park y el complejo de la academia de policía. Entró en la cafetería del Revolver and Athletic Club y se sentó en un taburete frente a la barra. Pidió café y una hamburguesa Bratton, llamada así en honor al anterior jefe de policía. Se pasó la siguiente hora revisando sus apuntes y tomando notas adicionales.

Tras pagar la cuenta y echarle un vistazo a algunas de las muestras de la historia del cuerpo de policía expuestas en la pared de la cafetería, echó a andar a través del antiguo gimnasio, el lugar donde le concedieron la insignia un día lluvioso más de treinta años atrás. Entró en la sala de vídeo. En ella había una videoteca con todas las cintas educativas usadas por el cuerpo desde la aparición del vídeo. Le explicó al encargado —que no iba uniformado— lo que andaba buscando y se mantuvo a la espera mientras el hombre rastreaba la vieja cinta.

Rider se presentó unos minutos después, a la hora convenida.

—Muy bien, Harry. Ya estoy aquí. Por mucho que me resbalen las reuniones sobre el presupuesto que se prolongan el día entero, tengo que volver tan pronto como pueda. ¿A qué hemos venido?

—A mirar una cinta educativa, Kiz.

—¿Y eso qué tiene que ver con el hijo de Irving?

—Quizá todo.

El encargado entregó la cinta a Bosch. Rider y él fueron a una de las cabinas de visionado. Insertó la cinta en la máquina y pulsó la tecla de reproducción.

—Esta es una de las viejas cintas usadas en la instrucción de los agentes. El tema es la técnica de inmovilización mediante sujeción del cuello, más conocida en el mundo entero como la técnica del LAPD de inmovilización por asfixia o estrangulamiento.

—La inmovilización por estrangulamiento... Qué mal rollo —apuntó ella—. Esa técnica está prohibida desde antes de mi ingreso en el cuerpo.

—La inmovilización mediante sujeción está técnicamente prohibida. La inmovilización mediante control de la carótida sigue admitiéndose en situaciones de peligro de muerte. Y buena suerte al que le pille por medio.

—Ya. Pero, como decía, ¿a qué hemos venido, Harry?

Bosch señaló la pantalla.

—Antes usaban estas cintas para enseñar lo que había que hacer. Ahora las emplean para enseñar lo que no hay que hacer. Esta es la inmovilización mediante sujeción del cuello.

Hubo un tiempo en que la inmovilización mediante sujeción del cuello era un método habitual en la progresión en el uso de la fuerza por parte del LAPD, pero la técnica se prohibió después de que se atribuyeran muchas muertes a su empleo.

El vídeo mostraba a un instructor que aplicaba este tipo de inmovilización a un cadete voluntario de la academia. El instructor se situaba detrás del cadete y rodeaba su cuello con el brazo izquierdo. A continuación cerraba el círculo agarrando con fuerza el hombro del cadete. Este se debatía, pero al cabo de unos segundos perdía el conocimiento. El instructor lo depositaba en el suelo con cuidado y le palmeaba ligeramente los carrillos. El voluntario recuperaba el conocimiento de inmediato y daba la impresión de sentirse atónito por lo sucedido. Al momento salía del campo de imagen y otro cadete ocupaba su lugar. El instructor esta vez lo hacía todo más lentamente y explicaba los pasos que habían de seguirse en la técnica. A continuación daba algunos consejos para manejarse con los individuos que insistían en resistirse. El segundo era el que Bosch estaba esperando.

—Ahí —dijo.

Rebobinó la cinta y volvió a reproducir el segmento. El instructor denominaba esta nueva técnica «la mano por detrás». El brazo izquierdo rodeaba el cuello del cadete y la mano sujetaba su hombro derecho. Para impedir que el voluntario siguiera resistiéndose y se soltara del brazo, el instructor unía las manos como si fueran sendos ganchos sobre la parte superior del hombro y extendía el antebrazo derecho por la espalda del cadete. Poco a poco iba aumentando la presión sobre el cuello del cadete. Entonces el segundo voluntario perdía el conocimiento.

—No puedo creer que estrangularan a estos chavales así como así —comentó Rider.

—Lo más probable es que todos fueran voluntarios a la fuerza —dijo Bosch—, como sucede ahora con las pistolas Taser.

A cada uno de los agentes pertrechados con una de estas pistolas de electrochoque antes se les formaba para que supieran emplearla, lo que incluía recibir una de las descargas eléctricas disparadas por la Taser.

—Pero ¿qué es lo que me estás enseñando, Harry?

—Por la época en que prohibieron este tipo de inmovilización, me asignaron a la comisión de investigación de todas las muertes. Fue una orden. No me ofrecí voluntario.

—¿Y todo esto qué tiene que ver con George Irving?

—El problema fundamental era que los policías utilizaban esta técnica con demasiada frecuencia y de forma demasiado prolongada. Se supone que la carótida vuelve a abrirse de forma inmediata una vez que dejas de hacer presión, pero los agentes a veces mantenían la presión durante demasiado tiempo y los sospechosos morían. Y la presión de vez en cuando fracturaba el hueso hioides, que aplastaba la tráquea. Y la gente también moría. La inmovilización por sujeción del cuello fue prohibida, y el empleo de la inmovilización de la carótida quedó relegado a las situaciones de vida o muerte. Eso es harina de otro costal. Lo que a partir de ese momento quedaba claro era que uno ya no podía inmovilizar a una persona por estrangulamiento en una simple pelea callejera. ¿Me sigues?

—Te sigo.

—Yo me encargaba de las autopsias. Era el coordinador del asunto. Mi trabajo era reunir todos los casos sucedidos en los veinte años anteriores y tratar de dar con similitudes. En algunos de ellos se daba alguna anomalía. Sin un significado preciso, pero que estaba allí. Encontramos que en muchos casos había una herida en el hombro, con una marca peculiar. En una tercera parte, más o menos. La marca de unas medias lunas sobre el omóplato de la víctima.

—¿Qué marca era esa?

Bosch señaló la pantalla de vídeo. La cinta de instrucción estaba en pausa en el movimiento de «la mano por detrás».

—Era la técnica de la mano por detrás. Muchos de los policías llevaban relojes de tipo militar con grandes biseles exteriores de medición. Al aplicar la inmovilización por sujeción, si se ejercía esta otra técnica y se usaba la mano para terminar de inmovilizar el hombro, el bisel del reloj cortaba la piel o dejaba señales. En realidad, la cosa servía para demostrar que se había producido una lucha. Pero hoy me he acordado.

—¿En la autopsia?

Bosch sacó del bolsillo una foto de autopsia del hombro de George Irving.

—El hombro de Irving.

—¿No pudo hacérselo al caer?

—Irving se estrelló contra el suelo de cabeza. No es normal que tenga una herida así en la espalda. Y el forense confirmó que la herida era anterior a la muerte.

Los ojos de Rider se fueron oscureciendo mientras estudiaba la imagen.

—Entonces, ¿se trata de un homicidio?

—Es lo que empieza a parecer. Lo estrangularon hasta que perdió el conocimiento y lo tiraron por el balcón.

—¿Estás seguro de lo que dices?

—No, aquí no hay nada seguro. Pero, en mi opinión, es la dirección que está tomando el caso.

Rider asintió para decir que estaba de acuerdo.

—¿Y crees que esto lo hizo un policía o un antiguo policía?

Bosch negó con la cabeza.

—No, eso no lo creo. Es verdad que a los policías de cierta edad los adiestraron en el uso de la inmovilización. Pero no son los únicos. Militares, luchadores de artes marciales combinadas. Cualquier chaval puede aprender a usar esta técnica mirando un vídeo en YouTube. Pero hay una pequeña coincidencia.

—¿Coincidencia? Tú siempre has dicho que las coincidencias no existen.

Bosch se encogió de hombros.

—¿De qué coincidencia me estás hablando, Harry?

—Acabo de decirte que estuve en la comisión de investigación de las muertes causadas por esta técnica. El subcomisario Irving era quien estaba al frente de la comisión, en la comisaría central. Fue la primera vez que Irving y yo cruzamos nuestros caminos.

—Bueno, para ser una coincidencia, tampoco resulta tan impresionante.

—Seguramente. Pero quiere decir que Irving va a reconocer el significado de esas señales en forma de media luna en la espalda de su hijo tan pronto como le hablen de ellas o le enseñen una foto. Y no quiero que el concejal se entere de esto todavía.

Rider clavó la mirada en él.

—Irving no hace más que insistir ante el jefe, Harry. Y a mí también me insiste. Hoy ya ha llamado tres veces en relación con la autopsia. ¿Y quieres ocultarle una cosa así?

—No quiero que salga a relucir. Quiero que quienes hicieron esto se crean a salvo. Así no me verán venir.

—Esto no lo veo claro, Harry.

—¿Quién sabe lo que Irving puede hacer si se entera del asunto? Igual termina por decírselo a la persona menos indicada o monta una rueda de prensa y lo explica todo. Y entonces habremos perdido la ventaja que tenemos.

—Pero igualmente vas a tener que hablar con él como parte de la investigación del homicidio. Y entonces se enterará.

—En su momento se enterará, pero por ahora le diremos que la cosa sigue sin estar clara. Estamos esperando el análisis toxicológico de la autopsia. Por muy pez gordo que sea y muchas prisas que meta, el análisis no estará listo antes de dos semanas. Entre tanto, lo que estamos haciendo es mirar hasta debajo de las piedras, investigar cuidadosamente cada una de las posibilidades. No tiene por qué enterarse de esto, Kiz. No en este momento.

Bosch alzó la foto. Rider se pasó la mano por la boca con un ademán pensativo.

—Y creo que lo mejor sería que tampoco se lo dijeras al jefe —agregó Bosch.

—Por ahí no paso —contestó ella al momento—. El día que empiece a ocultarle cosas será el día que ya no mereceré mi trabajo.

Bosch se encogió de hombros.

—Como quieras. Pero procura que la cosa no salga del edificio.

Rider asintió con la cabeza. Había llegado a una conclusión.

—Voy a darte cuarenta y ocho horas. Y luego volvemos a hablar. El jueves por la mañana quiero saber hasta dónde has llegado con todo esto, y entonces decidiremos otra vez.

Era lo que Bosch estaba tratando de conseguir: margen de maniobra.

—De acuerdo. El jueves.

—Esto no quiere decir que no quiera saber de ti hasta el jueves. Quiero que me mantengas informada. Si aparece algo nuevo, me llamas.

—Entendido.

—¿Y ahora mismo qué vas a hacer?

—Estamos pidiendo una orden para registrar el despacho de Irving. Tenía una secretaria, que seguro que conoce muchos de sus secretos. Y sabe quiénes eran sus enemigos. Necesitamos hablar con ella, pero quiero hacerlo en el despacho de Irving, para que nos pueda mostrar los archivos y demás.

Rider asintió con la cabeza en señal de conformidad.

—Bien. ¿Y dónde está tu compañero?

—Redactando la solicitud. Queremos tener las espaldas cubiertas, bien cubiertas.

—Muy listos. ¿Chu está enterado de lo de la técnica de inmovilización?

—Aún no. Quería explicártelo antes a ti. Pero va a saberlo antes del final de la jornada.

—Gracias, Harry. Tengo que volver a esa reunión sobre los presupuestos. Averiguar cómo hacer más con menos.

—Ya. Pues buena suerte.

—Y tú cuídate. Este caso puede ser problemático.

Bosch hizo saltar la cinta del reproductor.

—Como si no lo supiera —respondió.

16

Como George Irving había sido miembro del colegio de abogados de California, obtener una orden de registro que permitiera a los investigadores acceder a su despacho y a sus archivos fue una tarea que se prolongó durante casi todo el mediodía y la tarde del martes. El juez del tribunal superior Stephen Fluharty firmó el documento después del nombramiento de un «alguacil especial» cuya función sería la de tomar nota de todos aquellos documentos examinados o incautados por la policía. Este alguacil especial también era un abogado y, en consecuencia, no estaba sometido a la necesaria rapidez a la que estaban acostumbrados unos investigadores de homicidios que llevaban un caso activo. Así que estableció la hora del registro a una hora conveniente para él, las diez de la mañana del miércoles.

El despacho de Irving y asociados tenía dos cuartos y estaba en Spring Street, frente al aparcamiento del *Los Angeles Times*. Así pues, George Irving había estado trabajando a tan solo dos manzanas de distancia del Ayuntamiento. Y más cerca aún del edificio administrativo de la policía. Bosch y Chu se presentaron a la hora convenida del miércoles por la mañana y se encontraron con que en la puerta no había ningún agente de policía, aunque sí había una persona en el interior.

Entraron y vieron una mujer de más de setenta años en la antesala, metiendo carpetas en unas cajas de cartón. La mujer se identificó como Dana Rosen, la secretaria de George Irving. Bosch le había telefoneado la víspera para asegurarse de que estuviera presente durante el registro del despacho.

—¿Cuando llegó había un agente de policía en la puerta? —preguntó Bosch.

Rosen le miró con expresión confusa.

—No, no había nada.

—Bueno, se supone que no podemos empezar hasta que llegue el alguacil especial. El señor Hadlow. Tiene que mirarlo todo antes de que los pongamos en las cajas.

—Oh, por Dios... Estas son mis propias carpetas. ¿Me está diciendo que no puedo llevármelas?

—No, solo le estoy diciendo que vamos a tener que esperar. Dejemos todo eso por ahora y salgamos fuera un momento. El señor Hadlow va a presentarse en cualquier instante.

Salieron a la acera. Bosch cerró la puerta y pidió a Rosen que la cerrase con llave. A continuación, sacó el móvil y llamó a Kiz Rider. No se molestó en saludarla.

—Pensaba que habías puesto un agente de uniforme en la puerta del despacho de Irving.

—Y lo he hecho.

—Pues aquí no hay nadie.

—Te llamo dentro de un momento.

Bosch desconectó la llamada y examinó a Dana Rosen. No era lo que se esperaba. Se trataba de una mujer pequeña y atractiva, pero su edad la descartaba como posible amante de George Irving. Bosch había interpretado mal la conversación con la viuda. Dana Rosen podría haber sido la madre de Irving.

—¿Cuánto tiempo llevaba trabajando para George Irving? —preguntó Bosch.

—Eh, mucho tiempo. Coincidimos en su etapa en los servicios jurídicos del Ayuntamiento. Y luego, cuando se marchó, me ofreció un empleo y…

Se detuvo, pues el móvil de Bosch había empezado a zumbar. Era Rider.

—El mando de guardia en la comisaría central esta mañana ha decidido reasignar la unidad de vigilancia a patrullar las calles. Pensaba que ya habíais registrado el lugar.

Bosch comprendió que el despacho había estado sin vigilancia durante casi tres horas, tiempo más que suficiente para que alguien se presentara antes que ellos y se llevara los documentos que le viniera en gana. Sus sospechas aumentaban tanto como su rabia.

—¿Quién es ese fulano? —preguntó—. ¿Está conectado de alguna manera con el concejal?

Irvin Irving llevaba años fuera del cuerpo de policía, pero seguía teniendo contactos con muchos agentes a los que había tutelado o premiado con ascensos durante sus años como mando superior.

—Es una mujer —aclaró Rider—. La capitana Grace Reddecker. Por lo que entiendo, ha sido un simple error. Ella no está metida en politiqueos…, no de esa forma.

Lo que, por supuesto, significaba que Reddecker tenía sus conexiones políticas en el cuerpo —era imprescindible tenerlas para estar al frente de una comisaría—, aunque no estaba metida en componendas políticas a mayor escala.

—¿No es una protegida de Irving?

—No. Consiguió el ascenso después de que Irving se fuera del cuerpo.

Bosch vio que se acercaba un hombre vestido con traje. Adivinó que se trataba del alguacil especial.

—Tengo que dejarte —le dijo a Rider—. Más tarde me ocupo del asunto. Espero que sea lo que dices, un simple error.

—No creo que haya nada más, Harry.

Bosch desconectó la llamada en el momento en que el hombre del traje llegaba por la acera. Un hombre alto, con el pelo castaño rojizo y el rostro bronceado por la práctica del golf.

—¿Richard Hadlow? —preguntó Bosch.

—El mismo.

Bosch hizo las presentaciones, y Rosen abrió la puerta del despacho para que entraran. Hadlow procedía de uno de los más caros bufetes de abogados de Bunker Hill. La tarde anterior, el juez Fluharty le había designado alguacil especial de oficio, a ejercer su labor de forma desinteresada. El hecho de que no cobrara significaba que no iban a darse retrasos. Hadlow había fijado que el registro tuviese lugar a una hora cómoda para él, pero ahora que estaban aquí sin duda trataría de terminar pronto para poder volver a dedicarse a sus clientes de pago. Lo que a Bosch le iba bien.

Entraron en los despachos y acordaron una forma de proceder. Hadlow examinaría los archivos para asegurarse de que en ellos no había contenidos sujetos a confidencialidad antes de pasárselos a Chu para su lectura. A todo esto, Bosch seguiría hablando con Dana Rosen para determinar qué aspectos del trabajo de Irving resultaban relevantes y recientes.

Los archivos y la documentación siempre eran importantes en una investigación, pero Bosch era lo bastante astuto para comprender que Rosen constituía el activo más valioso en el despacho. Ella podía contarles los intríngulis de la actividad de Irving.

Mientras Hadlow y Chu se ponían a trabajar en el despacho interior, Bosch cogió la silla del mostrador de la recepción y la situó frente a un sofá del antedespacho. Invitó a Rosen a sentarse, cerró bien la puerta de entrada y comenzó la entrevista formal.

—¿La *señora* Rosen? —preguntó con intención.

—No, nunca he estado casada. Puede llamarme Dana, no se preocupe.

—Pues bien, Dana, ¿le parece que sigamos con la conversación que empezamos en la acera? Me decía que llevaba trabajando con el señor Irving desde su época en los servicios jurídicos del Ayuntamiento.

—Sí. Fui su secretaria en el Ayuntamiento antes de que me contratara cuando fundó Irving y asociados. Si incluye ese periodo, llevaba dieciséis años trabajando con él.

—¿Se puso a trabajar con él inmediatamente después de que Irving dejara el Ayuntamiento?

Asintió con la cabeza.

—Nos fuimos el mismo día. La oferta me convenía. Yo era funcionaria del Ayuntamiento, de forma que empecé a cobrar una pensión al jubilarme y me puse a trabajar aquí. Treinta horas a la semana. Fácil y agradecido.

—¿Hasta qué punto estaba involucrada en el trabajo del señor Irving?

—No demasiado. Él no pasaba mucho tiempo aquí. Más o menos me encargaba de llevar el papeleo y mantener ordenados los archivos y todo lo demás. Respondía al teléfono y tomaba los mensajes. Él nunca organizaba sus reuniones en el despacho. Casi nunca.

—¿Tenía muchos clientes?

—No tantos, pero sí selectos, a decir verdad. Cobraba mucho por sus servicios, y la gente esperaba que consiguiera resultados. Y él trabajaba duro para lograrlos.

Bosch había sacado la libreta, pero hasta el momento no había tomado una sola nota.

—¿En qué andaba metido últimamente?

Por primera vez, Rosen no respondió en el acto. En su rostro se pintó una expresión de confusión.

—En vista de que me está haciendo tantas preguntas, ¿tengo que suponer que George no se suicidó?

—Todo cuanto puedo decirle es que no descartamos ninguna posibilidad. La investigación sigue abierta, y aún no hemos determinado la causa de la muerte. Hasta que lo hagamos, vamos a continuar investigando concienzudamente todas las posibilidades. Pero… ¿puede responder a mi pregunta? ¿Quiénes eran los clientes principales del señor Irving en los últimos tiempos?

—Bueno, tenía dos clientes con los que estaba trabajando de forma intensiva. Uno era la compañía cementera Western, y el otro, la empresa de grúas Tolson. El Ayuntamiento estudió sus ofertas la semana pasada y, bueno, George consiguió su objetivo en los dos casos. De forma que ahora estaba empezando a tomarse un respiro.

Bosch anotó los nombres de ambas compañías.

—¿Qué trabajo estuvo haciendo para estas empresas? —preguntó.

—Western se había presentado al concurso para la construcción del nuevo aparcamiento situado junto al edificio central de la policía. Y Tolson estaba volviendo a presentarse como empresa concesionaria del GOP de las comisarías de Hollywood y Wilshire.

La concesión del garaje oficial de la policía significaba que Tolson continuaría encargándose de todos los remolques de vehículos pedidos por esas dos comisarías de policía. Un negocio lucrativo, como seguramente también lo era el vertido de hormigón para construir un aparcamiento. Bosch había oído o leído que el nuevo aparcamiento municipal iba a ser de seis pisos y que su función principal sería la de proporcionar plazas a los empleados de los numerosos edificios administrativos que el Ayuntamiento tenía en el centro.

—Así pues, ¿estos eran sus principales clientes en los últimos tiempos? —preguntó.

—Eso mismo.

—¿Y se supone que estaban contentos con los resultados conseguidos?

—Por completo. Western ni siquiera era la empresa que ofrecía el presupuesto más bajo, y Tolson esta vez se encontraba con otra compañía competidora muy fuerte. Y además estaba a punto de aparecer un grueso expediente muy negativo para Tolson. George esta vez no lo tenía fácil, pero se las arregló para salir adelante.

—¿Y cómo casa todo esto con el hecho de que su padre fuera concejal? ¿No había un conflicto de intereses?

Rosen asintió enfáticamente con la cabeza.

—Por supuesto. Por tal motivo, el concejal se abstenía de votar cada vez que uno de los clientes de George aspiraba a hacer negocios con el Ayuntamiento.

A Bosch le pareció raro. La circunstancia de que su padre estuviera en el Ayuntamiento parecía indicar que George Irving siempre partía con ventaja. Pero, si su padre se abstenía de votar en tales cuestiones, la ventaja desaparecía.

¿O quizá no?

Bosch se dijo que incluso si el viejo Irving hacía gala de abstenerse en las votaciones, los demás concejales sabían que les convenía apoyar a su hijo para que el padre respaldara sus propias iniciativas políticas.

—¿Había clientes que estuvieran descontentos con el trabajo de George?

La mujer respondió que no recordaba ningún cliente que se sintiera molesto por el trabajo de George Irving. Al contrario, los empresarios que competían con sus clientes a la hora de conseguir contratos con el Ayuntamiento sí tenían motivos para estar descontentos.

—¿Se acuerda de si en alguno de estos casos el señor Irving se llegó a considerar amenazado?

—No, que ahora mismo recuerde.

—Dice usted que la cementera Western no fue la que presentó el presupuesto más bajo para la construcción del garaje. ¿Quién lo presentó, entonces?

—Una empresa llamada Consolidated Block. Presentaron un presupuesto inferior, con el objetivo expreso de obtener el contrato. Sucede muchas veces. Pero los urbanistas del Ayuntamiento suelen darse cuenta. En este caso, George les echó una mano. El Departamento de Urbanismo recomendó que el Ayuntamiento contratara a Western.

—¿Y no le llegaron amenazas por lo sucedido? ¿No hubo rencores?

—Bueno, no creo que en Consolidated Block se sintieran muy felices por lo que pasó, pero no nos llegó nada de todo eso, o yo no me enteré. Era una simple cuestión de negocios.

Bosch se dijo que Chu y él iban a tener que revisar ambos contratos y el trabajo que Irving había hecho para conseguirlos. Pero decidió pasar a otras cuestiones.

—¿Qué otro trabajo le había salido a Irving a continuación?

—Pues no había mucho, la verdad. George estaba hablando de tomarse las cosas con más calma. Su hijo se había ido a la universidad, y él y su mujer estaban pasando por el síndrome del nido vacío. Tengo claro que George echaba mucho de menos a su hijo. Su marcha lo había dejado algo deprimido.

—Entonces, ¿no tenía clientes activos?

—Estaba hablando con gente, pero tan solo tenía un precontrato. Con los taxis Regent. Regent se propone conseguir la concesión de Hollywood el año próximo, y en mayo volvieron a contratarnos para trabajar con ellos.

Bosch quiso saber más, y Rosen explicó que el Ayuntamiento otorgaba concesiones geográficas a las compañías de taxis. La ciudad estaba dividida en seis zonas de taxis. En cada una de ellas operaban dos o tres empresas concesionarias, en función de la población del distrito. La división en concesiones establecía en qué puntos de la ciudad una empresa podía recoger a pasajeros. Por supuesto, una vez que el pasajero había subido al taxi, este era libre de dirigirse al lugar que le indicaran.

El sistema de concesiones territoriales permitía que los taxis estuvieran estacionados en las paradas o ante los hoteles, y que recorrieran las calles en busca de clientes o aceptaran peticiones telefónicas en la zona designada por el Ayuntamiento. En las calles, en ocasiones, la competencia para hacerse con clientes era feroz. Lo mismo pasaba con la competencia para obtener una concesión territorial. Rosen explicó que los taxis Regent ya tenían una concesión en South Los Angeles, si bien la compañía estaba tratando de conseguir otra concesión, más lucrativa, en Hollywood.

—¿Cuándo iba a otorgarse la concesión? —preguntó Bosch.

—No antes de Año Nuevo —respondió Rosen—. George estaba empezando a ocuparse de preparar la solicitud.

—¿Cuántos concesionarios están autorizados a operar en Hollywood?

—Tan solo dos, por periodos de un par de años. El sistema de concesiones funciona de manera escalonada, así que una de las concesiones es renovada o reasignada cada año. Regent está esperando que llegue el nuevo año, porque la compañía concesionaria que aspira a la renovación del contrato tiene problemas y resulta vulnerable. George les dijo a sus clientes que esperasen a intentarlo al año siguiente.

—¿Cómo se llama esta compañía que resulta vulnerable?

—Black and White. Más conocida como B&W.

Bosch sabía que la compañía de taxis B&W había tenido problemas unos diez años atrás porque sus vehículos estaban pintados de forma demasiado parecida a los coches de la policía. EL LAPD se había quejado, y la empresa había pasado a pintar los automóviles en un ajedrezado blanquinegro. Pero Bosch no creía que Rosen se estuviera refiriendo a esto cuando decía que la compañía era vulnerable.

—Dice que B&W tenía problemas. ¿Qué clase de problemas?

—Bueno, para empezar, en los cuatro últimos meses han sufrido cuatro detenciones por conducción en estado de embriaguez.

—¿Cómo? ¿Los conductores iban borrachos?

—Justamente, y eso es lo peor que le puede pasar a una empresa de taxis. Como puede suponer, a los de la comisión del Ayuntamiento no les hace ninguna gracia. ¿Y qué concejal va a votar a favor de una compañía con semejante historial? Así pues, George estaba bastante seguro de que Regent iba a hacerse con la concesión. Regent tiene un historial limpio en este sentido. Y es una empresa cuyos propietarios pertenecen a una minoría racial.

Y él tenía un padre que era un importante concejal del Ayuntamiento, y el Ayuntamiento era el que designaba a los miembros de la comisión que otorgaba las concesiones. Le interesaba esta información, porque todo tenía que ver con el dinero. Con el dinero que unos ganaban y otros dejaban de ganar. El dinero que muchas veces tenía que ver con las motivaciones para un asesinato. Se levantó, asomó la cabeza por la puerta del segundo despacho y les dijo a Hadlow y a Chu que necesitaba cualquier documentación referente a la cuestión de las concesiones de los taxis.

Volvió a sentarse frente a Rosen y de nuevo se centró en los aspectos más personales del caso.

—¿George guardaba documentación personal en este despacho?

—Sí. Pero los papeles los guardaba en el cajón del escritorio, y yo no tengo la llave.

Bosch se sacó del bolsillo las llaves que habían estado en poder del aparcacoches del Chateau Marmont y que habían incautado, igual que el coche de Irving.

—Enséñeme ese cajón.

Bosch y Chu salieron del despacho de Irving al mediodía y se encaminaron de regreso al edificio central de la policía. Chu llevaba consigo una caja con los documentos y demás material incautado con la aprobación de Hadlow y con los poderes conferidos por la orden de registro. Entre ellos estaban los archivos referentes a los últimos asuntos llevados o preparados por George Irving, así como sus documentos personales, como varias pólizas de seguro y la copia de un testamento fechado tan solo dos meses atrás.

Mientras caminaban, hablaron de lo que iban a hacer a continuación. Convinieron en quedarse trabajando en el despacho durante el resto de la jornada. Tenían numerosos documentos que examinar, como el testamento de Irving y los diversos proyectos en que había estado metido. También estaban pendientes de recibir el informe de Glanville y Solomon sobre el huésped que se había registrado después de Irving en el Chateau Marmont, así como acerca de la investigación efectuada entre los demás huéspedes del hotel y entre el vecindario de la ladera situada frente a la fachada posterior.

—Ha llegado el momento de empezar a escribir el libro de asesinato —dijo Bosch.

Era de una sus ocupaciones preferidas.

17

El mundo seguramente se había vuelto digital, pero Harry Bosch no se había sumado a la revolución. Había aprendido a manejar un móvil y un portátil. Escuchaba música en un iPod y de vez en cuando leía el periódico en el iPad de su hija. Sin embargo, a la hora de elaborar un libro de asesinato seguía e iba a seguir siendo el hombre de siempre; lo suyo era el plástico y el papel. Era un dinosaurio. No importaba que el cuerpo de policía estuviera digitalizando los archivos y que en el nuevo edificio central no hubiera espacio para estanterías que albergaran gruesas carpetas azules. Bosch era un hombre que se atenía a las tradiciones, sobre todo cuando consideraba que dichas tradiciones eran útiles para detener a asesinos.

Para Bosch, el libro de asesinato era parte fundamental de toda investigación, tan importante como cualquier prueba o indicio de valor. Era la base en la que reposaba el caso, el compendio de todas las iniciativas tomadas, las entrevistas efectuadas, las pruebas o posibles pruebas encontradas. Era un elemento físico con su peso, su profundidad y su sustancia. Era verdad que siempre resultaba posible reducirlo a un archivo digital de ordenador y meterlo en un lápiz de memoria, pero —por las razones que fuesen— el libro de asesinato entonces le resultaba menos real y más ilusorio, lo que le parecía una falta de respeto hacia los muertos.

Bosch necesitaba ver el producto de su trabajo. Necesitaba que se le recordase de forma constante cuál era su misión. Necesitaba ver que las páginas crecían a medida que la investigación avanzaba. Y tenía absolutamente claro que no iba a cambiar su forma de dar caza a unos asesinos, con independencia de que le quedaran treinta y nueve meses o treinta y nueve años en el trabajo.

Tras volver a su unidad, se dirigió a las taquillas de almacenamiento situadas en la pared posterior de la sala. Cada uno de los inspectores del grupo tenía asignada una taquilla, que no era mucho mayor que media taquilla de gimnasio, pues el nuevo edificio de la policía había sido construido pensando en el mundo digital, y no en los incondicionales de los métodos del viejo mundo. Bosch sobre todo utilizaba su taquilla de almacenamiento para guardar las viejas carpetas azules correspondientes a antiguos casos de asesinato que habían sido resueltos. Estos informes habían sido sacados de los archivos y digitalizados para ahorrar espacio. Tras ser escaneados, los documentos iban a parar a la trituradora de papeles, mientras que las carpetas azules terminaban en los contenedores municipales de basuras. Pero Bosch había recuperado a tiempo una docena de tales carpetas vacías, que conservaba disponibles en la taquilla de almacenamiento.

Abrió la taquilla y cogió una de las preciadas carpetas, cuyo plástico azul aparecía desvaído por el tiempo, y fue al cubículo de trabajo que compartía con Chu. Su compañero estaba sacando los documentos de Irving de la caja y poniéndolos sobre el archivador que había entre sus dos escritorios.

—Harry, Harry, Harry… —dijo Chu al ver la carpeta—. ¿Cuándo vas a cambiar? ¿Cuándo vas a dejar que me sume al mundo digital?

—Dentro de unos treinta y nueve meses —respondió Bosch—. Después podrás meter tus fichas de asesinato en la cabeza de un alfiler, si es eso lo que quieres. Pero hasta entonces, yo…

—… vas a seguir trabajando como llevas haciéndolo toda la vida. Muy bien, mensaje captado.

—Ya lo sabes.

Bosch se sentó al escritorio y abrió la carpeta. A continuación, abrió el ordenador portátil. Había preparado varios informes para incluirlos en el libro de asesinato. Empezó a enviarlos a la impresora central de la unidad. Se acordó de los informes pendientes de Solomon y Glanville, y miró si en el cubículo había algún sobre procedente de otra comisaría.

—¿Ha llegado algo de Hollywood? —preguntó.

—Nada —dijo Chu—. Échale un ojo a tu correo electrónico.

Pues claro. Bosch lo abrió y vio que tenía dos mensajes de Jerry Solomon, de la comisaría de Hollywood. Cada uno de ellos llevaba un archivo adjunto, que descargó y envió a la impresora. El primero era un resumen de la investigación realizada en el hotel por Solomon y Glanville. El segundo resumía las averiguaciones hechas en el vecindario cercano.

Bosch fue a la impresora y cogió las hojas impresas. Al volver vio a la teniente Duvall de pie frente a la puerta de su cubículo. A Chu no se le veía por ninguna parte. Bosch sabía que Duvall quería contar con una puesta al día del caso Irving. Durante las últimas veinticuatro horas le había enviado dos mensajes de texto y un correo electrónico, a los que él no había respondido.

—Harry, ¿ha recibido mis mensajes? —preguntó.

—Los he recibido, pero cada vez que iba a responderle alguien ha llamado y me ha distraído. Lo siento, teniente.

—¿Por qué no vamos a mi despacho, para que no se den más distracciones de este tipo?

No lo había pronunciado como una pregunta. Bosch dejó las hojas impresas en el escritorio y siguió a la teniente a su despacho. Duvall le dijo que cerrase la puerta.

—¿Eso que está escribiendo es un libro de asesinato? —preguntó antes de que tomaran asiento.

—Sí.

—¿Me está diciendo que lo de George Irving ha sido un homicidio?

—Es lo que empieza a parecer. Pero la cosa todavía no puede ser difundida.

Durante los siguientes veinte minutos, Bosch le hizo un resumen de la investigación. La teniente convino en mantener en secreto la nueva orientación del caso hasta que apareciesen más pruebas o resultara de ventaja estratégica hacer pública la información.

—Manténgame informada, Harry. Y empiece por responder a mis mensajes.

—De acuerdo. Así lo haré.

—Y comience a usar los imanes, pues quiero saber dónde está mi gente.

La teniente había puesto en la sala de inspectores una pizarra con imanes que podían moverse para informar de si un inspector se encontraba o no en el edificio. La mayoría de los integrantes de la unidad consideraba que era una pérdida de tiempo. El comisario de guardia solía saber dónde estaba cada uno, como lo sabría la teniente si alguna vez saliera de su despacho o por lo menos abriera las persianas.

—Muy bien —dijo Bosch.

Chu estaba en el cubículo cuando Bosch volvió.

—¿Por dónde andabas? —preguntó.

—Estaba charlando con la teniente. ¿Y tú?

—Eh, he salido a la calle un momento. Esta mañana no he desayunado.

Chu cambió de tema y señaló un documento en la pantalla de su ordenador.

—¿Has leído el informe del Armario y del Barril sobre su investigación?

—Aún no.

—Han hablado con un fulano que vio a alguien en la escalera de incendios. La hora no coincide, pero qué casualidad, ¿no?

Bosch volvió a su escritorio y encontró la impresión del informe sobre la investigación en las casas de la ladera. En lo fundamental, era un listado de direcciones consecutivas en Marmont Lane. Bajo cada dirección estaba anotado si les habían abierto la puerta y si habían entrevistado al residente de turno. Utilizaban la clase de abreviaturas que Bosch llevaba más de veinte años viendo en los informes similares del LAPD. Había multitud de NEC, lo que significaba «nadie en casa», y muchas de NVN, para indicar que «nadie vio nada». Pero una de las entradas era de varias frases de extensión.

El vecino Earl Mitchell (varón, blanco, 13-4-61) informa de que tenía insomnio y fue a la cocina a por una botella de agua. Las ventanas traseras de la casa dan directamente a la parte lateral y posterior del Chateau Marmont. El vecino dice haber visto que un hombre estaba bajando por la escalera de incendios. El vecino fue al telescopio que tiene en la sala de estar y estuvo mirando el hotel. No volvió a ver al hombre en la escalera de incendios. El vecino no llamó al LAPD. Según informa, vio al desconocido hacia

```
las 0:40, la hora que marcaba su despertador
cuando se levantó para ir a por agua. Según
cree recordar, en el momento en que lo vio,
el desconocido se encontraba entre el quin-
to y el sexto piso y bajando hacia la acera.
```

Bosch no sabía si el informe lo había escrito el Armario o el Barril. Quien lo hubiera redactado había utilizado frases más bien cortas y rápidas, pero no porque fuera un devoto de los libros de Hemingway. Simplemente, se había atenido a la norma del LAPD de ir al grano en los informes. Cuantas menos palabras hubiera en un informe, menores serían los flancos susceptibles de ser atacados por abogados o críticos de la policía.

Bosch llamó a Jerry Solomon. Al responder, Solomon dio la impresión de encontrarse dentro de un coche con las ventanillas abiertas.

—Soy Bosch. He estado mirando vuestro informe y tengo un par de preguntas.

—¿Podemos hablar dentro de diez minutos? Estoy en el coche con gente. No son del cuerpo.

—¿Tu compañero está contigo o puedo llamarle?

—No, está aquí conmigo.

—Muy bonito. ¿Es que vais a almorzar a estas horas?

—Oye, Bosch, no hemos…

—Llamadme tan pronto como estéis de vuelta en la comisaría.

Harry colgó y se concentró en el segundo informe, que hacía referencia a las preguntas que les habían hecho a los huéspedes del hotel; lo habían redactado de forma parecida al anterior, con la salvedad de que aquí no había direcciones, sino números de habitaciones. Una vez más, eran frecuentes los NEC y los NVN. Con todo, el Armario y el Barril se las habían apañado para hablar con el hombre que se había registrado en el hotel justo después de Irving.

```
Thomas Rapport (varón, blanco, 21-7-56, re-
sidente en NY) llegó al hotel desde el ae-
ropuerto a las 21.40. Recuerda haber visto
a George Irving en la recepción. No cruza-
ron palabra, y Rapport no volvió a ver a Ir-
ving. Rapport es escritor y se encuentra en
la ciudad para revisar un guion en los es-
tudios Archway. (Confirmado.)
```

Otro informe completamente incompleto. Bosch consultó su reloj. Habían pasado veinte minutos desde que Solomon le pidiera diez de margen. Cogió el teléfono y le llamó otra vez.

—Pensaba que se suponía que ibas a llamarme al cabo de diez minutos —dijo a modo de saludo.

—Y yo pensaba que eras tú el que iba a llamarme —contestó Solomon, que se hizo el confuso.

Bosch cerró los ojos un instante para liberarse de su frustración. No valía la pena enzarzarse en discusiones con un policía de colmillo retorcido como Solomon.

—Tengo preguntas que haceros sobre los informes que me habéis mandado.

—Pues pregunta. Eres el jefe.

Mientras conversaban, Bosch abrió un cajón y sacó una perforadora de papel. Empezó a perforar los informes recién impresos y a insertarlos en los dientes metálicos de la carpeta color azul. Le resultaba relajante ir confeccionando el libro de asesinato mientras se las tenía con Solomon.

—Muy bien. En primer lugar, este tal Mitchell que vio al hombre en la escalera de incendios, ¿ha explicado de alguna forma la repentina desaparición del fulano? Quiero decir, primero lo ve entre el quinto y el sexto piso, y luego, cuando mira por el telescopio, el fulano se ha esfumado. ¿Qué fue lo que pasó entre el primer y el cuarto piso?

—Es fácil de explicar. Según dice Mitchell, cuando terminó de apuntar con el telescopio y enfocarlo, el fulano ya no estaba. Es posible que hubiera terminado de bajar por la escalera y es posible que hubiera entrado en alguno de los pisos que dan a la escalera.

Bosch estuvo a punto de preguntarle por qué no lo habían puesto en el informe por escrito, pero ya sabía por qué, de igual modo que sabía que, de haber estado llevando el caso, el Armario y el Barril se habrían limitado a establecer que la muerte de George Irving constituía un suicido.

—¿Cómo sabemos que el fulano no era Irving? —preguntó.

La pregunta tenía trampa, y Solomon necesitó un momento para responder:

—Supongo que no lo sabemos. Pero ¿qué podía estar haciendo Irving en la escalera?

—No lo sé. ¿Hay alguna descripción? ¿Cabello, ropas, raza?

—Mitchell estaba demasiado lejos para verlo. Le pareció que el fulano era de raza blanca y tuvo la impresión de que era un empleado de mantenimiento. Alguien que trabajaba en el hotel, ya me entiendes.

—¿A medianoche? ¿Qué le hizo pensar algo así?

—Según dice, llevaba el pantalón y la camisa del mismo color. Como una especie de uniforme.

—¿De qué color?

—Gris claro.

—¿Habéis preguntado en el hotel?

—¿Preguntado qué?

En su voz volvía a resonar aquel falso tono de confusión.

—Vamos, Solomon, deja de hacerte el tonto de una vez. ¿Habéis preguntado si había alguna razón por la que algún empleado o huésped del hotel pudiera estar en la escalera de incendios? ¿Habéis preguntado de qué color es el uniforme que llevan sus empleados de mantenimiento?

—No, yo no he preguntado nada de eso, Bosch. Porque no hacía falta. El fulano estaba bajando por la escalera de incendios más de dos horas antes de que Irving se la pegara contra la acera. La cosa no tiene nada que ver. Hacernos subir por esa calle haciendo preguntas ha sido una completa pérdida de tiempo. Eso sí que ha sido tonto de verdad.

Bosch sabía que si perdía los estribos con Solomon, el inspector ya no le sería de ninguna utilidad durante el resto de la investigación. Y ahora mismo no podía permitirse algo así. Una vez más, Harry cambió de tema.

—Muy bien. En el informe pone que habéis hablado con este escritor, Thomas Rapport. ¿Hay más detalles sobre sus motivos para estar en Los Ángeles?

—No lo sé. Parece que es un guionista de cine muy cotizado. El estudio ha hecho que se aloje en uno de esos bungalós que hay detrás del edificio del hotel, donde murió John Belushi. La noche sale por dos mil dólares, y Rapport dice que va a estar toda la semana en la ciudad. Según explica, está reescribiendo un guion.

Por lo menos, Solomon acababa de responder a una de las preguntas que Bosch tenía *in mente*: ¿durante cuántos días iban a poder contactar personalmente con Rapport?

—Entonces, ¿el estudio le envió una limusina al aeropuerto? ¿Cómo llegó al hotel?

—Eh…, no. En el aeropuerto cogió un taxi. Su vuelo aterrizó antes de lo previsto, y el coche de estudio aún no había llegado, así que tomó un taxi. Rapport dice que por eso Irving se registró antes que él. Los dos llegaron a la vez, pero Rapport tuvo que esperar a que el taxista imprimiese un recibo, y el hombre se tomó su tiempo. Rapport estaba más bien mosqueado al respecto. Había llegado de la Costa Este y estaba muerto de cansancio. Lo que quería era meterse en el bungaló cuanto antes.

Bosch sintió un rápido estremecimiento en la barriga. Era el instinto, pero también la seguridad de que en el mundo había un orden. Era una sensación que acostumbraba a tener en el momento en que las piezas de un caso empezaban a encajar.

—Jerry —repuso—, ¿Rapport te ha dicho a qué compañía pertenecía el coche que le llevó al hotel?

—¿A qué compañía?

—Sí, ya me entiendes: Valley, Yellow Cabs... A qué empresa de taxis. Siempre lo pone en la puerta del coche.

—No me lo ha dicho, pero ¿y esto qué tiene que ver?

—Es posible que nada. ¿Tienes el número de móvil de este hombre?

—No, pero va a quedarse una semana en el hotel.

—Vale. Comprendido. Voy a decirte una cosa, Jerry: quiero que tú y tu compañero volváis al hotel y preguntéis por el hombre de la escalera de incendios. Averiguad si esa noche había alguien trabajando que pudiera ser ese hombre. Y averiguad qué tipo de uniformes llevan los de mantenimiento.

—Por favor, Bosch. Eso pasó al menos dos horas antes de que Irving se la pegara. Más, probablemente.

—Como si fue dos días antes. Quiero que vayáis y lo preguntéis. Enviadme el informe cuando lo sepáis. Esta noche, como muy tarde.

Bosch desconectó el móvil. Se giró y miró a Chu.

—Déjame ver la carpeta de Irving sobre esa compañía de taxis que era cliente suya.

Chu miró entre el montón de carpetas y entregó una a Bosch.

—¿Qué es lo que pasa? —preguntó.

—Nada, todavía. ¿En qué estás trabajando?

—El seguro. Por el momento, todo está en orden. Pero tengo que hacer una llamada.

—Lo mismo que yo.

Bosch echó mano al teléfono del escritorio y llamó al Chateau Marmont. Tuvo suerte. Cuando le pusieron con el bungaló de Thomas Rapport, el escritor cogió la llamada.

—Señor Rapport, le habla el inspector Bosch, del LAPD. Tengo unas cuantas preguntas que hacerle en relación con la entrevista que le hicieron mis compañeros. ¿Le viene bien hablar ahora?

—Eh, pues no, la verdad. En este momento estoy en mitad de una escena.

—¿De una escena?

—La escena de una película. Estoy escribiendo la escena de una película.

—Entiendo, pero hablar conmigo solo le llevará unos minutos. Y es muy importante para la investigación.

—¿Ese hombre se tiró o lo empujaron?

—No lo sabemos con seguridad, señor. Pero, si responde a un par de preguntas, estaremos más cerca de saberlo.

—Adelante, inspector. Soy todo suyo. A juzgar por su voz, me lo imagino como una especie de Colombo.

—Muy bien, señor. ¿Puedo empezar?

—Sí, inspector.

—El domingo por la noche llegó usted al hotel en taxi. ¿Correcto?

—Correcto, sí. Llegué directamente desde el aeropuerto. Estaba previsto que Archway enviara un coche, pero llegué pronto, y el coche no estaba. No quería esperar, así que cogí un taxi.

—¿Se acuerda del nombre de la compañía de taxis a la que pertenecía su vehículo?

—¿La compañía? ¿Como la compañía Checkers, por ejemplo?

—Eso mismo, señor. En la ciudad operan varias compañías diferentes. Estoy tratando de averiguar el nombre que aparecía en la puerta de su taxi.

—Lo siento, pero no lo sé. Había una fila entera, y me subí al que me tocó primero, eso es todo.

—¿Recuerda de qué color era?

—No. Lo único que recuerdo era que por dentro estaba bastante sucio. Tendría que haber esperada que llegase el coche del estudio.

—Según les ha dicho a los inspectores Solomon y Glanville, tardó un poco en entrar en el hotel porque el taxista tuvo que imprimirle el recibo. ¿Tiene ese recibo a mano?

—Un momento.

Bosch aprovechó la espera para abrir la carpeta de Irving referente a la empresa concesionaria de taxis y echó una ojeada a los documentos. Encontró el contrato que Irving había firmado con Regent cinco meses atrás, así como una carta dirigida a la comisión municipal que asignaba las concesiones. La misiva informaba de que los taxis Regent se proponían competir por la concesión de Hollywood cuando llegara el momento de renovarla, el año siguiente. Asimismo, la carta enumeraba los problemas «de rendimiento y confianza» suscitados por la empresa que actualmente tenía la concesión, los taxis Black and White. Antes de que Bosch terminara de leer la carta, Rapport se puso al teléfono.

—Aquí lo tengo, inspector. El taxi era de la empresa Black and White.

—Gracias, señor Rapport. Una última pregunta: ¿en el recibo aparece el nombre del conductor?

—Eh… Pues no. Tan solo aparece un número. El conductor número veintiséis. ¿Le sirve de ayuda?

—Sí, señor. De mucha ayuda. Y, bueno, este bungaló en el que se encuentra está muy bien, ¿verdad?

—Sí que está bien, sí. Supongo que ya sabe quién murió en este lugar.

—Lo sé, sí. Pero la razón por la que se lo pregunto es para saber si cuenta con una máquina de fax.

—No tengo que mirarlo: lo sé perfectamente porque hace una hora he enviado unas cuantas páginas al estudio. ¿Quiere que le mande un fax con la copia del recibo?

—Justamente, señor.

Bosch le dio el número de fax del despacho de la teniente. Duvall sería la única en ver el recibo.

—Se lo mando tan pronto como cuelgue, teniente —dijo Rapport.

—Inspector, nada más.

—Me olvido de que usted en realidad no es Colombo.

—No, señor, no lo soy. Eso sí, voy a hacerle una pregunta más.

Rapport se echó a reír.

—Dispare.

—El área de aparcamiento del Chateau es un poco pequeña. ¿Su taxi llegó antes que el del señor Iving, o fue al revés?

—Al revés. Llegamos justo después que él.

—Y cuando Irving salió de su coche, ¿pudo verle?

—Sí. Se quedó un momento junto al coche y entregó las llaves al encargado del garaje. Este anotó el nombre en un recibo, arrancó la mitad inferior y se la dio. Lo normal.

—¿El conductor de su taxi también vio todo esto?

—No lo sé, pero, como estaba sentado frente al parabrisas, podía verlo todo mejor que yo.

—Gracias, señor Rapport, y buena suerte con esa escena que está escribiendo.

—Espero haberle sido de ayuda.

—Lo ha sido.

Bosch colgó y, a la espera de que llegase el fax de Rapport, telefoneó a Dana Rosen, la secretaria de George Irving; le preguntó por la carta a la comisión municipal que había encontrado en la carpeta referente a los taxis Regent.

—¿Es una copia? ¿O es que no llegaron a enviar el original?

—Sí que lo mandamos. Enviamos una copia individual a cada uno de los miembros de la comisión. Fue el primer paso que dimos para anunciar que aspirábamos a conseguir la concesión de Hollywood.

Bosch miró la carta una vez más. Estaba fechada dos lunes atrás.

—¿Les llegó alguna respuesta? —preguntó.

—Aún no. De haber llegado, estaría en la carpeta.

—Gracias, Dana.

Bosch colgó y se puso a examinar otra vez la carpeta de los taxis Regent. Encontró un fajo de impresiones sujeto con un clip que Irving seguramente había utilizado para respaldar las alegaciones esgrimidas en la carta. Había una copia de un artículo aparecido en *Los Angeles Times* en el que se informaba de la detención de un taxista de Black and White, el tercero en cuatro meses, por conducir su vehículo en estado de embriaguez. El artículo también mencionaba que otro conductor de B&W había sido considerado responsable de un accidente sucedido a principios de año, accidente del que había salido gravemente herido un matrimonio que viajaba en el asiento trasero. El fajo contenía copias de los informes de detención por conducir en estado de embriaguez, así como numerosas multas de tráfico impuestas a los conductores de

B&W. Las multas eran tanto por saltarse un semáforo en rojo como por aparcar en doble fila, y seguramente tenían que ver con las detenciones efectuadas por conducir bajo los efectos del alcohol.

Teniendo en cuenta esos informes, se comprendía que Irving considerase que B&W era una empresa vulnerable. Hacerse con la concesión de Hollywood seguramente iba a ser el trabajito más fácil de cuantos había hecho en la vida.

Bosch echó una ojeada a los informes de detención; algo le llamó la atención. En todos ellos figuraba el mismo número de insignia en la casilla donde se identificaba al agente responsable de la detención. Tres detenciones en cuatro meses. Demasiada coincidencia que un mismo agente hubiera realizado las tres detenciones. Sabía que era posible que el número de identificación simplemente fuera el del agente asignado a calabozos que hubiera efectuado la prueba de alcoholemia en la comisaría de Hollywood después de que los taxistas hubieran sido puestos bajo custodia por otros agentes. Pero incluso algo así resultaba poco frecuente y nada ajustado al protocolo de actuación.

Echó mano del teléfono y llamó a la oficina de personal del cuerpo de policía. Dio su nombre y número de insignia, y les dijo que necesitaba la identificación de otro número. Le pusieron con una oficinista de nivel medio que consultó el ordenador y facilitó a Bosch el nombre, el rango y el destino.

—Robert Mason, tres, Hollywood.

O sea, Bobby Mason. El amigo de toda la vida de George Irving... Hasta hacía poco.

Bosch dio las gracias y colgó. Anotó aquella información y pensó al respecto. Le resultaba imposible aceptar como coincidencia que Mason hubiera detenido por conducir borrachos a tres taxistas de B&W en un momento en que se suponía que seguía siendo amigo del hombre que representaba a la compañía competidora de B&W para obtener la concesión de Hollywood.

Rodeó con un círculo el nombre de Mason en sus notas. Estaba claro que iba a tener que hablar con este agente de patrulla. Pero todavía no. Necesitaba saber muchas más cosas antes de dar ese paso.

A continuación estudió los informes de arresto, en los que aparecían las causas de la detención. En cada uno de los casos, el agente había observado que el taxista conducía de forma errática. En uno de ellos, el informe indicaba que bajo el asiento del conductor habían encontrado una botella de Jack Daniel's medio vacía.

Bosch reparó en que el informe no mencionaba de qué capacidad era la botella. Durante un segundo, pensó en la elección de las palabras «medio vacía», en lugar de «medio llena», así como en las distintas interpretaciones que podían derivarse de una u otra adjetivación. En ese momento, Chu se acercó y se apoyó en el escritorio.

—Harry, veo que tienes algo…

—Sí, es posible. ¿Te apetece salir a dar una vuelta?

18

Los taxis Black and White estaban en Gower, al sur de Sunset Boulevard. Era un barrio industrial lleno de negocios vinculados al sector del cine. Empresas de vestuario, tiendas de cámaras, almacenes con objetos de atrezo. B&W estaba en uno de los dos antiguos platós de rodaje, situados el uno junto al otro. La compañía de taxis operaba en uno de ellos, mientras que su vecino albergaba una empresa de alquiler de vehículos para el cine. Bosch había estado antes en esta última empresa, durante la investigación de un caso. Eso sí, se había tomado su tiempo a la hora de recorrer las instalaciones. Aquello era una especie de museo con todos los modelos de coche que le habían fascinado en la adolescencia.

Las puertas de hangar de B&W estaban abiertas de par en par. Bosch y Chu entraron. En el momento de ceguera momentánea durante el que sus ojos se ajustaron a la transición de la luz del sol a la oscuridad, estuvieron a punto de ser arrollados por un taxi que se dirigía a la calle. Tuvieron que saltar hacia atrás y dejar que el Impala de carrocería ajedrezada pasara entre los dos.

—Mamón —espetó Chu.

Había automóviles estacionados y a la espera, mientras unos cuantos mecánicos vestidos con grasientos monos de trabajo ponían a punto otros coches levantados sobre gatos hidráulicos. En el extremo de la vasta extensión había un par de mesas de pícnic, situadas junto a un par de máquinas dispensadoras de refrescos y tentempiés. Un puñado de conductores remoloneaban junto a las máquinas mientras aguardaban a que los mecánicos terminasen de arreglar sus coches.

A su derecha había un pequeño despacho, cuyas ventanas estaban tan sucias que resultaban opacas. Eso sí, Harry vio formas y movimiento al otro lado, por lo que indicó a Chu que le siguiera hacia allí.

Bosch llamó a la puerta una vez y entró sin aguardar respuesta. Pasaron a un despacho en el que había tres escritorios pegados a las paredes rebosantes de papeleo. Dos de ellos estaban ocupados por unos hombres que no se habían girado para ver a los recién llegados. Ambos llevaban puestos unos auriculares con micrófono incorporado. El hombre de la derecha estaba despachando un vehículo para efectuar una recogida en el Roosevelt Hotel. Bosch esperó a que terminase.

—Perdón —dijo.

Ambos hombres se giraron para ver a los intrusos. Bosch ya tenía la placa en la mano.

—Necesito hacerles un par de preguntas.

—Mire, estamos trabajando y no podemos…

Un teléfono sonó, y el hombre sentado ante el escritorio de la izquierda pulsó una tecla en este para activar sus auriculares.

—Black and White… Sí, señorita, tardará entre cinco y diez minutos. ¿Desea que le avisemos de su llegada?

Escribió algo en una nota adhesiva amarilla, que arrancó del taco y entregó al coordinador para que enviara un coche a la dirección anotada.

Hizo girar su silla y se encaró con Bosch y Chu.

—Ya lo ven —dijo—. No tenemos tiempo para sus mierdas.

—¿De qué mierdas me está hablando?

—No lo sé, las que hoy tengan programadas. Ya sabemos cómo se lo montan.

Llegó otra llamada, anotó la información para entregarse al coordinador. Bosch se situó en el espacio entre los dos escritorios. Si el hombre pretendía entregarle la nota al coordinador, tendría que pasar a través de Bosch.

—No sé de qué me está hablando.

—Ya. Bueno, pues yo tampoco —dijo el tipo del escritorio—. Lo mejor es olvidarse del asunto. Que tengan un buen día.

—Pero resulta que sigo teniendo que hacerles un par de preguntas.

El teléfono volvió a sonar, pero Bosch esta vez se adelantó: pulsó la tecla una vez, para conectar la llamada, y una segunda vez, para desconectarla.

—¿Qué coño está haciendo? Tenemos trabajo que hacer, para que lo sepa.

—Yo también tengo trabajo que hacer. El cliente seguramente llamará a otra compañía. Es posible que a Taxis Regent, por ejemplo.

Bosch escudriñó su rostro en busca de una reacción y vio que el tipo fruncía los labios con rabia.

—Y bien, ¿quién es el conductor veintiséis?

—Nosotros no asignamos números a los conductores. Se los asignamos a los coches.

—En este caso, dígame quién estuvo conduciendo el coche veintiséis hacia las nueve y media del sábado por la noche.

El hombre se arrellanó en el asiento. Su mirada eludió a Bosch y transmitió un mudo mensaje al coordinador.

—¿Tiene una orden judicial? —preguntó este—. No vamos a darle el nombre de un empleado para que luego nos vengan con una nueva detención amañada.

—No necesito ninguna orden —dijo Bosch.

—¡Y una mierda! —gritó el tipo.

—Lo que necesito es su cooperación, y si no la consigo, esos clientes perdidos van a ser el menor de sus problemas. Además, al final, sea como sea, conseguiré lo que quiero. Así pues, decídanse de una vez.

Los dos empleados de B&W intercambiaron un par de miradas. Bosch por su parte miró a Chu. Si no se tragaban el farol, tal vez necesitaran forzar la situación. Bosch examinó el rostro de Chu en busca de titubeos. No vio ninguno.

El coordinador abrió una carpeta situada a un lado del escritorio. Bosch vio que era un horario de algún tipo. Le dio la vuelta a tres páginas hasta llegar al domingo.

—Muy bien. El sábado por la noche, el coche lo estuvo conduciendo Hooch Rollins. Y ahora váyanse, los dos.

—¿Hooch Rollins? ¿Cuál es su verdadero nombre?

—¿Y cómo coño quiere que lo sepamos? —exclamó.

Bosch estaba empezando a irritarse seriamente con ese tipo. Dio un paso en su dirección y le clavó la mirada. El teléfono sonó.

—No responda —dijo Bosch.

—¡Nos están jodiendo el trabajo, hombre!

—Ya volverán a llamarlos.

Bosch volvió a clavarle los ojos.

—¿Hooch Rollins está trabajando ahora mismo?

—Sí. Hoy tiene doble jornada.

—Pues bien, llámele por radio y dígale que vuelva ahora mismo.

—Ya. ¿Y cómo quiere que le convenza?

—Dígale que tiene que cambiar de coche. Que tienen un vehículo mejor para él. El camión acaba de traerlo.

—No va a creérselo. Aquí no viene ningún camión. Estamos a punto de quedarnos sin negocio, gracias a ustedes.

—Haga que se lo crea.

Bosch miró con aspereza al empleado, que llamó a Hooch Rollins.

Bosch y Chu salieron del despacho y hablaron de lo que iban a hacer cuando Rollins se presentara. Convinieron en esperar a que saliera del coche para dirigirse a él.

Unos minutos después, un taxi desvencijado cuya carrocería no habían lavado desde por lo menos hacía un año entró en el gran aparcamiento. El conductor llevaba un sombrero de paja. Salió del auto y preguntó, a nadie en particular:

—¿Dónde está ese nuevo carro que me han traído?

Bosch y Chu se le acercaron por uno y otro lado. Cuando estuvieron lo bastante cerca para imponerse a Rollins en caso de necesidad, Bosch dijo:

—¿El señor Rollins? Somos inspectores de policía y tenemos que hacerle unas preguntas.

Rollins los miró confuso. En sus ojos apareció un destello de vacilación: dudaba entre plantarles cara o emprender la huida.

—¿Cómo?

—Digo que tenemos que hacerle unas preguntas.

Bosch le mostró la placa, para que comprendiese que se trataba de un asunto oficial. De la ley no se escapaba nadie.

—¿Y yo qué he hecho?

—Nada, que sepamos, señor Rollins. Queremos hablar con usted sobre algo que posiblemente vio.

—No estarán pensando en trincarme sin motivo como a los otros conductores, ¿verdad?

—Nosotros no sabemos nada de eso. ¿Será tan amable de acompañarnos a la comisaría de Hollywood para hablar con un poco de tranquilidad?

—¿Es que estoy detenido?

—No, por el momento. Contamos con que está dispuesto a cooperar y a responder a unas pocas preguntas. Y luego le traeremos de vuelta.

—Amigo, si me voy con ustedes, hoy no voy a sacarme ningún dinero.

Bosch estaba a punto de perder la paciencia.

—Es un momento, señor Rollins. Por favor, sea tan amable de cooperar con nosotros.

Rollins dio la impresión de leer en la voz de Bosch y comprender que iban a llevárselo a comisaría por las buenas o por las malas. El pragmatismo de quien ha crecido en la calle le llevó a optar por la alternativa menos desagradable.

—Muy bien, pues vamos de una vez. No van a esposarme ni nada por el estilo, ¿verdad?

—Nada de eso —respondió Bosch—. Vamos en plan de amigos.

Durante el camino, Chu fue sentado detrás junto a Rollins, al que no habían esposado. Bosch llamó a la cercana comisaría de Hollywood y reservó una sala de interrogatorios en la planta de inspectores. Hicieron el trayecto en cinco minutos y poco después llevaron a Rollins a una mesa cuadrada con tres sillas. Bosch le indicó que tomara asiento en el lado donde había una única silla.

—¿Le apetece alguna cosa antes de empezar? —preguntó Bosch.

—Una Coca-Cola, un pitillito y un polvito.

Rollins se echó a reír. Los detectives no le secundaron.

—¿Lo dejamos en una Coca-Cola? —dijo Bosch.

Rebuscó en el bolsillo, sacó varias monedas y seleccionó cuatro de veinticinco centavos. Se las entregó a Chu, que era el inspector de menor rango y a quien correspondía ir a las máquinas expendedoras que había en el pasillo trasero.

—Y bien, Hooch, ¿puede decirme cuál es su verdadero nombre?

—Richard Alvin Rollins.

—¿Cómo es que le pusieron ese apodo?

—Pues no lo sé, oiga. Me llaman así desde siempre.

—¿Qué quería decir antes, cuando dijo que no estaríamos pensando en trincarle sin motivo como a los demás?

—No lo decía en serio, hombre.

—Sí que lo decía en serio. Está más que claro. Así que dígame que es eso de que están trincándolos sin motivo. Lo que me diga no va a salir de este cuarto.

—Bueno, hombre, pues ya sabe. Todos tenemos claro que van a por nosotros, con esas detenciones por conducir borrachos y demás.

—¿Le parece que han sido unas detenciones injustificadas?

—Vamos, hombre, todo eso es una simple jugada política. ¿Qué quiere que me parezca? Piense en lo que le hicieron al cabrón del armenio, por ejemplo.

Bosch recordó que uno de los conductores detenidos se llamaba Hratch Tartarian. Supuso que Rollins se estaba refiriendo a él.

—¿Qué pasó con el armenio?

—Estaba sentado en la fila tan tranquilamente cuando los policías se presentaron y le obligaron a salir del coche. Se negó a hacerse la prueba de la alcoholemia, pero entonces encontraron la botella debajo del asiento, y ya estaba liada. Amigo, esa botella siempre está debajo del asiento. Nunca sale del coche, y nadie conduce borracho. Uno simplemente la lleva para echar un traguito por la noche, para estar a gusto. Pero todos nos preguntamos cómo es que los agentes sabían que llevaba la botella bajo el asiento.

Bosch se arrellanó en la silla y trató de entender cuanto acababa de oír. Chu volvió y dejó una lata de Coca-Cola delante de Rollins. A continuación, se sentó frente a una de las esquinas de la mesa, al lado de Bosch.

—¿Y quién está detrás de esta conspiración para hundirlos? ¿Quién es el responsable?

Rollins abrió las manos como diciendo que la respuesta era obvia.

—El concejal, y su hijo es el que hace el trabajo sucio y se encarga de todo. El que se encargaba, quiero decir. Ahora está muerto.

—¿Y eso cómo lo sabe?

—Porque lo he visto en el periódico. Todo el mundo lo sabe.

—¿Usted llegó a ver al hijo? ¿En persona, quiero decir?

Rollins guardó silencio un largo instante. Su mente parecía tratar de detectar qué clase de trampa le estaban tendiendo. Decidió no mentir.

—Durante unos diez segundos. El domingo me tocó llevar pasaje al Chateau Marmont y lo vi entrar. Eso es todo.

Bosch asintió con la cabeza.

—¿Cómo es que sabía quién era?

—Porque había visto una foto de él.

—¿Dónde? ¿En el periódico?

—No. Alguien se hizo con una foto de él después de que nos llegara la carta.

—¿Qué carta?

—La de Black and White, hombre. Nos llegó una copia de la carta que este Irving había enviado a los del Ayuntamiento diciéndoles que iban a por nuestra concesión. Que iban a obligarnos a cerrar el negocio. Uno de los del despacho buscó al hijo de puta en Google. Imprimieron una foto y nos la enseñaron a todos. Y luego la pegaron en el tablón de anuncios junto con la carta. Querían que los conductores estuviéramos avisados y supiéramos cómo estaba la cosa. Que este pájaro estaba empeñado en hundirnos y más valía que no hiciéramos el tonto.

Bosch comprendió la estrategia.

—Y luego lo reconoció cuando llegó al Chateau Marmont el domingo por la noche.

—Eso es. Vi que era el capullo que estaba tratando de dejarnos sin curro.

—Beba un poco de Coca-Cola, hombre.

Bosch necesitaba una pausa para pensar en todo eso. Mientras Rollins abría la lata y bebía, pensó en las siguientes preguntas que iba a hacer. En ese asunto había varios aspectos que le habían pillado a pie cambiado.

Rollins terminó de beber un largo trago y dejó la lata en la mesa.

—¿A qué hora terminó el turno el domingo por la noche? —preguntó Bosch.

—A ninguna hora. Tengo que hacer jornadas dobles; mi chica está a punto de tener un hijo y no tiene seguro médico. Empecé un segundo turno, lo mismo que hoy, y estuve trabajando hasta que se hizo de día. Hasta el lunes.

—¿Cómo iba vestido esa noche?

—Pero ¿qué es toda esta mierda, hombre? Me dijo que yo no era sospechoso.

—Y no va a serlo mientras siga respondiendo a mis preguntas. ¿Cómo iba vestido, Hooch?

—Como de costumbre. Con una camisa Tommy Bahama y unos pantalones de estilo militar. Si te pasas dieciséis horas metido en el coche, hay que llevar algo cómodo.

—¿De qué color era la camisa?

Rollins se llevó la mano al pecho.

—Es esta camisa.

Era de color amarillo brillante y con el dibujo de una tabla de surf. Bosch estaba seguro de que la camisa no era realmente una Tommy Bahama, sino una imitación. Pero le parecía que casi nadie podía confundir su color con el gris. A no ser que se hubiera cambiado de ropa, Rollins no era el hombre de la escalera de incendios.

—¿Y a quién dijo que había visto a Irving en el hotel?

—A nadie.

—¿Está seguro, Hooch? No le conviene empezar a mentirnos. Porque entonces lo vamos a tener complicado para dejarle marchar.

—No se lo dije a nadie, hombre.

Que de repente le respondiera sin mirarle a los ojos le dejó claro que estaba mintiendo.

—Está metiendo la pata, Hooch. Pensaba que era lo bastante listo como para saber que no íbamos a hacerle una pregunta sobre la que no supiéramos la respuesta.

Bosch se levantó. Metió la mano bajo el faldón de la americana y sacó las esposas que llevaba prendidas al cinturón.

—Solo se lo dije al supervisor de mi turno —dijo Rollins con rapidez—. Se lo dije de pasada, por la radio. ¿A que no sabes a quién acabo de ver? Eso dije, o algo por el estilo.

—Ya. ¿Y el supervisor adivinó que se trataba de Irving?

—No, tuve que decírselo. Pero eso fue todo.

—¿El supervisor de su turno le preguntó dónde había visto a Irving?

—No, porque ya lo sabía. Le había llamado antes diciendo que iba a dejar a mi pasajero. Ya sabía dónde estaba.

—¿Y usted qué más le dijo?

—Nada más. Eso fue todo, y se lo dije por decir algo.

Bosch se detuvo para ver si su compañero añadía algo. Rollins se mantuvo en silencio, con los ojos fijos en las esposas que Harry tenía en la mano.

—Muy bien, Hooch, ¿cómo se llama este supervisor con quien habló el domingo por la noche?

—Mark McQuillen. Es el Alcachofa del turno nocturno.

—¿El Alcachofa?

—Es el de la centralita, pero le llaman el Alcachofa porque en el escritorio, antiguamente, había un micrófono o algo así. La alcachofa. Por cierto, alguien me dijo que McQuillen antes había sido poli.

Bosch se quedó mirando a Rollins un largo instante mientras trataba de situar el nombre de McQuillen. Rollins tenía razón en que era un expolicía. Harry volvió a tener la sensación de que algunas cosas estaban empezando a encajar. Con una rapidez mareante. Mark McQuillen era un nombre del pasado. Del pasado de Bosch y del pasado del cuerpo de policía.

Finalmente, Harry emergió de sus pensamientos y contempló a Rollins.

—¿Qué le dijo McQuillen al enterarse de que había visto a Irving?

—Nada. Bueno, creo que preguntó si el pájaro estaba registrándose en el hotel.

—¿Y usted qué le dijo?

—Que eso me parecía. Porque acababa de dejar su coche en el garaje. Ese garaje es muy pequeño, así que está reservado a los huéspedes del hotel. Si uno simplemente va al bar, o lo que sea, tiene que hablar con el aparcacoches de la calle.

Bosch asintió con la cabeza. Rollins estaba en lo cierto.

—Muy bien, vamos a llevarle otra vez a su lugar de trabajo, Hooch. Si le cuenta a alguien lo que hemos estado hablando, terminaré por enterarme. Y si eso sucede, puedo asegurarle que tendrá problemas.

Rollins alzó las manos en gesto de rendición.

—Mensaje captado —dijo.

19

Tras dejar a Rollins en la compañía de taxis, se dirigieron al centro de la ciudad, al edificio central del LAPD.

—Y bueno, ese McQuillen —dijo Chu, como Bosch sabía que iba a hacer—, ¿quién es? Ya he visto que el nombre te sonaba de algo.

—Es un antiguo poli, como dice Hooch.

—Pero ¿lo conoces? ¿O lo conociste?

—Oí hablar de él. Pero no llegué a conocerlo en persona.

—Ya, pero ¿cuál es su historia?

—McQuillen fue un policía al que sacrificaron en el altar de los dioses de las componendas. Perdió el empleo por hacer las cosas tal y como le habían enseñado a hacerlas.

—Déjate de tantos rodeos, Harry. ¿Qué es lo que pasa?

—Lo que pasa es que tengo que subir al décimo piso y hablar con alguien.

—¿Con el jefe?

—No, con el jefe no.

—Ya veo que esta vez tampoco vas a decirle nada a tu compañero hasta que lo consideres oportuno.

Bosch no respondió. Estaba dándole vueltas al asunto.

—¡Harry! Te estoy hablando.

—Chu, cuando lleguemos, quiero que hagas una búsqueda por el sobrenombre de alguien.

—¿De quién?

—De alguien apodado Chill que vivía en la zona de North Hollywood o Burbank hace veinticinco años.

—¿Y esto qué coño es? ¿Es que ahora me estás hablando del otro caso?

—Quiero que encuentres a ese tipo. Sus iniciales son C. H., y la gente le llamaba Chill. El apodo tiene que ser una variante de su nombre de pila.

Chu meneó la cabeza.

—Yo ya no puedo más, hombre. Así no puedo trabajar. Luego voy a decírselo a la teniente.

Bosch asintió con un gesto y dijo:

—¿Luego? ¿Quieres decir que primero vas a hacer esa búsqueda?

Bosch no llamó a Kiz Rider para avisar, sino que subió en ascensor al décimo piso y entró en las oficinas sin que nadie lo hubiera invitado. En la entrada había dos escritorios con sendos secretarios sentados tras ellos. Se dirigió al de la izquierda.

—Inspector Harry Bosch. Necesito ver a la teniente Rider.

El secretario era un joven agente vestido con un uniforme pulcro y bien planchado, con el apellido RIVERA en el pecho. Cogió un tablero que tenía en un lado del escritorio y lo estudió un momento.

—Aquí no aparece su nombre. ¿La teniente le espera? Ahora está reunida.

—Sí.

Rivera pareció sorprenderse por la respuesta. De nuevo volvió a consultar el tablero.

—Siéntese un momento, teniente. Comprobaré si puede atenderle.

—Muy bien.

Rivera no se movió del asiento, a la espera de que Bosch se alejara del escritorio. Harry fue hacia una hilera de sillas situadas junto a unos ventanales que daban al complejo de edificios de las oficinas municipales. La característica aguja del ayuntamiento dominaba el panorama. Bosch se quedó de pie. Una vez que Harry estuvo a cierta distancia del escritorio, Rivera descolgó el teléfono e hizo una llamada, tapándose la boca con la mano al hablar. No tardó en colgar, pero no miró a Bosch en absoluto.

Este se volvió hacia los ventanales y miró a la calle. Vio que un equipo de televisión subía por la escalinata del Ayuntamiento, a la espera de que algún político hiciera sus declaraciones. Se preguntó si sería Irving quien saldría y bajaría por la escalera de mármol.

—¿Harry?

Se volvió. Era Rider.

—Ven conmigo.

Bosch hubiera preferido que no dijese eso. Aun así, la siguió cuando se giró y cruzó la doble puerta que daba al pasillo. Una vez que estuvieron a solas, Kiz se encaró con él.

—¿Qué es lo que pasa? Tengo gente en el despacho.

—Tenemos que hablar. Ahora.

—Pues hablemos.

—No, así no. La cosa está que arde. Todo está saliendo de la forma en que te advertí. El jefe tiene que saberlo. ¿Quién está en tu despacho? ¿Es Irving?

—No. No seas tan paranoico.

—Entonces, ¿por qué tenemos que hablar en un pasillo?

—Porque la oficina está llena de gente y porque eres tú quien exige absoluta confidencialidad en este asunto. Dame diez minutos, y nos vemos donde Charlie Chaplin.

Bosch echó a andar hacia el ascensor y pulsó el botón. Tan solo había uno, de bajada.

—Nos vemos allí.

El edificio Bradbury estaba a una manzana de distancia. Bosch entró por una puerta lateral situada en Third y llegó al mal iluminado vestíbulo de acceso a las escaleras. Allí había un banco para sentarse; junto a este se alzaba una escultura de Charlie Chaplin con sus características ropas de vagabundo. Bosch tomó asiento a la sombra de Charlie y se puso a esperar. El Bradbury era el edificio más antiguo y más bonito del centro. En él había oficinas particulares, así como algunas oficinas del LAPD, entre ellas las salas de vista empleadas por la brigada de Asuntos Internos. Era un lugar extraño para mantener un encuentro discreto, pero Bosch y Rider lo habían usado otras veces en el pasado. Bastaba con que Rider sugiriese encontrarse junto a Charlie Chaplin para dejar las cosas claras.

Rider llegó con casi diez minutos de retraso sobre los diez minutos que le había dicho, pero Bosch no se molestó. Había aprovechado el tiempo para pensar en la historia que iba a contarle. Era complicada y estaba aún formándose, incluso con margen para la improvisación.

Justo había terminado de pensar en cómo contarla cuando un mensaje de texto hizo zumbar su teléfono móvil. Lo sacó del bolsillo; debía de ser Rider para cancelar la cita. Pero el mensaje era de su hija:

> Voy a estudiar con Ash. Cenaré en su casa.
> Su madre hace una pizza buenísima. ¿OK?

Sintió un ligero remordimiento por alegrarse de lo que leía. Si esa noche su hija le dejaba libre, tendría más tiempo para ocuparse de sus casos. Y también podría volver a ver a Hannah Stone, si conseguía dar con un motivo plausible para hacerlo. Escribió una respuesta dando su aprobación, pero diciéndole a su hija que estuviera de vuelta a las diez. Y que le llamara si necesitaba que fuera a recogerla en coche.

Bosch estaba metiéndose el móvil en el bolsillo cuando llegó Rider. Kiz vaciló un momento mientras sus ojos se acostumbraban a la oscuridad y terminó por sentarse a su lado.

—Hola —dijo.

—Hola —respondió él.

Bosch aguardó un momento a que terminara de acomodarse, pero Rider no estaba para perder el tiempo.

—¿Y bien?

—¿Estás lista?

—Pues claro. Estoy aquí, ¿no? Cuéntame la historia.

—Bueno, pues las cosas están así. George Irving tiene una consultoría que en realidad es una empresa de intermediación. Irving vende sus influencias, el contacto con su padre y con la facción de la que este forma parte en el Ayuntamiento. Y…

—¿Tienes pruebas documentales de todo esto?

—Por el momento no se trata más que de una historia, Kiz. Y estamos hablando a solas. Déjame que te la cuente, y después puedes preguntarme, cuando haya terminado.

—Muy bien. Adelante.

La puerta que daba a la calle se abrió. Entró un agente uniformado que se quitó las gafas de sol y miró a su alrededor, medio cegado en un principio, hasta que su mirada se fijó en Bosch y en Rider, a quienes identificó como policías.

—¿Asuntos Internos es aquí? —preguntó.

—En el tercer piso —respondió Rider.

—Gracias.

—Buena suerte.

—Claro.

Bosch esperó a que el agente se fuera al vestíbulo principal, donde estaban los ascensores.

—Muy bien. Como te decía, George se dedica al tráfico de influencias en el Ayuntamiento y, por extensión, en las distintas comisiones municipales. En algunos casos, puede hacer incluso más. Puede decantar la balanza en uno u otro sentido.

—No te pillo. ¿A qué te refieres?

—¿Sabes cómo funcionan las concesiones de taxis en esta ciudad?

—Ni idea.

—Mediante zonas geográficas y por contratos de dos años. Cada dos años se estudia la posible renovación de la concesión.

—Entendido.

—Y, bueno, no sé si es George quien habla con ellos o son ellos los que hablan con él, pero una compañía de taxis llamada Regent, que tiene una concesión en South Los Angeles, contrata a George para conseguir otra concesión en Hollywood, más lucrativa. Allí están los hoteles de lujo, hay muchos turistas en las calles, y se puede ganar mucho más dinero. La empresa que hoy tiene la concesión es Black and White.

—Creo que ya veo por dónde vas. Pero ¿no te parece que al concejal Irving le conviene ser transparente en este asunto? Porque está claro que se daría un conflicto de intereses si votara a favor de una compañía representada por su hijo.

—Pues claro que se daría un conflicto de intereses. Pero la primera votación la efectúa la comisión que otorga las concesiones de taxis. ¿Y quién nombra a los integrantes de la comisión? El Ayuntamiento. Y, claro, cuando el Ayuntamiento tiene que ratificar la decisión tomada por la comisión, Irving se muestra muy noble y cita un conflicto de intereses para no tomar parte en esta segunda votación. En principio, parece todo impecable, pero ¿qué me dices de las componendas que se dan entre bambalinas? Cuando yo me abstenga de votar, tú vota lo que yo te diga, y la próxima vez votaré a tu favor. Ya sabes cómo van estas cosas, Kiz. Pero lo que George ofrece va todavía más allá. Digamos que ofrece unos servicios aún más completos. Regent le contrata para prestar estos servicios más completos, y un mes después de que Regent lo contratara, la compañía que hoy tiene la concesión, los taxis B&W, empieza a tener problemas.

—¿Qué clase de problemas?

—Estoy intentando decírtelo. Menos de un mes después de que Regent contrate a George Irving, la policía empieza a detener a conductores de B&W por conducir borrachos o por cometer infracciones de tráfico. De forma que la compañía empieza a tener mala fama.

—¿Cuántas detenciones?

—Tres. La primera la hicieron un mes después de que Regent fichara a Irving. Y luego hay un accidente de tráfico, del que se considera responsable al conductor de B&W. También hay varias infracciones de tráfico que llevan a pensar en unos conductores irresponsables: exceso de velocidad, pasarse señales y semáforos en rojo.

—Ahora que lo dices, creo que en el *Times* escribieron algo sobre las detenciones por conducir en estado de embriaguez.

—Sí, tengo el artículo y estoy bastante seguro de que George Irving fue el que les puso sobre aviso. Todo formaba parte de un plan organizado para hacerse con la concesión de taxis en Hollywood.

—Entonces, ¿me estás diciendo que el hijo fue a hablar con el padre y le pidió que sometiera a presión a los de Black and White? ¿Y que el padre a continuación fue a hablar con alguien del cuerpo?

—Aún no sé con seguridad cómo sucedió tal cosa. Pero los dos (el padre y el hijo) siguen teniendo contactos dentro del cuerpo. El concejal cuenta con sus simpatizantes, y el hijo fue policía durante cinco años. Un agente que era muy amigo suyo está de patrulla en Hollywood. Tengo todos los atestados de detención y multas puestas a los conductores de B&W. El mismo policía (ese amigo de George Irving) hizo las tres detenciones por conducir bajos los efectos del alcohol y puso dos de las multas de tráfico. Un tipo llamado Robert Mason. ¿Qué probabilidad estadística tenía de hacer las tres detenciones?

—Puede pasar. Haces una detención y luego ya sabes hacia dónde seguir mirando.

—Ya, lo que tú digas, Kiz. Pero uno de los tres detenidos ni siquiera estaba circulando. Estaba aparcado en una fila de taxis en La Brea. Mason se presentó y le hizo salir del coche.

—Bueno, pero ¿las detenciones fueron correctas o no? ¿Soplaron por el alcoholímetro?

—Soplaron, y las detenciones fueron correctas, que yo sepa. Pero el hecho es que las tres se sucedieron pocas semanas después de que contrataran a Irving. Y, después, Regent utilizó las detenciones por conducir borrachos, las multas de tráfico y el informe del accidente como alegaciones fundamentales en su intento de convencer a la comisión para que no renovara la concesión de Black and White en Hollywood y les cediera la licencia a ellos. George Irving lo montó todo, y la cosa huele pero que muy mal, Kiz.

Rider asintió con la cabeza, viniendo a darle la razón a Bosch.

—Bien, pero, suponiendo que esté de acuerdo contigo, sigue habiendo una cuestión sin aclarar: ¿cómo es que nos lleva todo esto hasta la muerte de George Irving? ¿Y por qué?

—No estoy seguro del porqué, pero déjame…

Bosch se detuvo; les llegó un fuerte griterío procedente del vestíbulo. Al cabo de unos segundos, las voces dejaron de oírse.

—Bien, déjame pasar a la noche en que Irving se estrelló contra la acera. George llega en coche a las nueve cuarenta, le deja las llaves al encargado del garaje y sube al vestíbulo a registrarse. A esa misma hora, llega un escritor de la Costa Este llamado Thomas Rapport. Rapport viene en taxi desde el aeropuerto y llega al hotel inmediatamente después que Irving.

—No me digas más. Rapport llega en un taxi de la compañía Black and White.

—¿Sabes una cosa, teniente? Tendrías que trabajar como inspectora.

—En su momento lo intenté, pero mi compañero de trabajo resultó ser un capullo.

—Algo he oído. Pero, en fin, es verdad que el coche era de B&W. Y el hecho es que el conductor reconoció a Irving mientras este entregaba las llaves de su coche al del garaje. En la central de Black and White habían hecho correr una foto de Irving después de que les llegara una copia de la carta enviada por Regent a la comisión municipal. Este conductor, un hombre llamado Rollins, reconoce a Irving, conecta la radio y dice algo así como: «Mira tú por dónde, el enemigo público número uno anda por aquí». Se lo dice al encargado de su turno, que está al otro lado de la radio. El encargado del turno de noche. Un hombre llamado Mark McQuillen.

Bosch se detuvo, a la espera de que Rider reconociese el nombre. Pero Rider no lo reconoció.

—McQuillen —repitió—. Más conocido con el sobrenombre de McKillin. ¿Te suena?

Rider negó con la cabeza.

—Antes de tu época —dijo Bosch.

—¿Quién es?

—Un antiguo policía. Tendrá unos diez años menos que yo. En su momento se convirtió en el símbolo de la inmovilización por estrangulamiento. De la controversia. Y lo sacrificaron para contentar a la plebe.

—No entiendo, Harry. ¿De qué plebe me estás hablando? ¿De qué sacrificio?

—Ya te dije que estuve en la comisión de investigación que se formó para aplacar a los vecinos de South Los Angeles que decían que esa clase de inmovilización era una forma legal de asesinato. Los policías la utilizaban, y en el sur se produjeron muchas muertes. La verdad era que no hacía falta formar una comisión para cambiar el protocolo de actuación. Podrían haberlo cambiado, y ya está. Pero decidieron formar una comisión para venderle a la prensa la historia de que el cuerpo se tomaba muy en serio las protestas de la opinión pública.

—Ya, pero ¿todo esto que tiene que ver con McQuillen?

—Yo era el último mono en aquella comisión. Me limitaba a reunir datos. Estaba asignado a las autopsias. Pero tengo clara una cosa: las estadísticas no distinguían entre grupos raciales o geográficos. Es verdad que en South Los Angeles se habían producido más muertes por el uso de la inmovilización por estrangulamiento. Había muchos más muertos entre los afroamericanos. Pero los porcentajes venían a ser los mismos. Porque allí se producían muchos incidentes en los que era necesario recurrir al uso de la fuerza. Cuantas más confrontaciones, riñas, peleas y resistencia a las detenciones, más necesario era recurrir a la inmovilización por asfixia. Y cuantas más veces se recurría a esta técnica, mayor era el número de muertes. Pura cuestión matemática. Pero nada resulta tan sencillo cuando estamos hablando de racismo.

Rider era de raza negra y había crecido en South Los Angeles. Pero Bosch estaba hablando de policía a policía y no sentía reparo en ser abierto al respecto. Ambos habían trabajado como integrantes de un mismo equipo y se habían encontrado juntos en situaciones límite. Rider conocía a Bosch todo lo bien que era posible conocerlo. Eran como hermanos y no se cortaban al hablar entre ellos.

—McQuillen estaba asignado al turno de patrulla nocturna en la comisaría de la calle 77 —indicó—. Le gustaba la acción, y casi todas las noches tenía que entrar en acción. No me acuerdo de la cifra precisa, pero en cuatro años tuvo que recurrir más de sesenta veces al uso de la fuerza. Estoy hablando de incidentes oficialmente registrados, los únicos que constan en las estadísticas, como sabes. En el curso de esos incidentes echó mano de la inmovilización por estrangulamiento muchas veces, con el resultado de dos muertes en tres años. Al examinar todas las muertes producidas por el uso de esta técnica, resultaba que ningún otro policía había estado implicado en más de una de ellas. Pero él estaba implicado en dos, porque la había utilizado más que ningún otro agente. Así que cuando la comisión se formó...

—Se fijaron en él de forma especial.

—Eso mismo. Cada uno de los incidentes en los que empleó la fuerza se estudió en su momento, y se determinó que McQuillen había obrado de forma correcta. También en los dos casos mortales. Un consejo interno de evaluación estableció que en ambos había recurrido a la inmovilización por estrangulamiento ajustándose al protocolo de actuación. Pero resulta que una vez es cuestión de mala suerte. Dos veces, ya se da un patrón. Alguien filtró la historia y le dio su nombre al *Times*, que por entonces estaba metiéndole presión de mala manera a la comisión. Escribieron un artículo y McQuillen se convirtió en el rostro de todo cuanto funcionaba mal en el cuerpo de policía. No importaba que nunca se hubiera probado que se extralimitase en su actuación. Le habían señalado. Era un policía asesino. El director de la coalición de ministros religiosos empezó a dar una rueda de prensa tras otra. Fue él quien empezó a llamarle McKillin*, y el nombrecito se hizo famoso.

Bosch se levantó del banco y empezó a pasearse mientras seguía hablando:

—La comisión recomendó que se dejase de emplear la técnica de inmovilización por estrangulamiento, y eso fue lo que pasó. Lo divertido es que el cuerpo indicó a los agentes que hicieran mayor uso de las porras... De hecho, te exponías a una sanción si se te ocurría salir del coche patrulla sin la porra en la mano o el cinturón. A todo esto, por esa época empezaron a aparecer las pistolas Taser, en el mismo momento en que se dejaba de lado la técnica de inmovilización mediante sujeción. ¿Y qué fue lo que pasó entonces? El caso Rodney King. Un vídeo que escandalizó al mundo entero. Una grabación en la que a un hombre le disparaban con una Taser y le pegaban una paliza con las porras, cuando el simple uso adecuado de la inmovilización habría bastado para dejarlo inconsciente en cuestión de segundos.

—Ya —dijo Rider—. Nunca lo había visto así.

Bosch asintió con la cabeza.

* Del verbo *to kill*: «matar», «asesinar». *(N. del T.)*

—Y, en fin, no bastó con abandonar la técnica de la inmovilización. Había que ofrecerle un sacrificio a la enfurecida plebe, y el sacrificado fue McQuillen. Le suspendieron de empleo y sueldo por unas acusaciones que siempre me parecieron amañadas y de naturaleza política. La investigación de las dos muertes terminó por determinar que en el segundo caso no se había ajustado al protocolo en la progresión en el uso de la fuerza. En otras palabras, la inmovilización por estrangulamiento que provocó la muerte se ejecutó bien, pero todo lo que hizo antes estaba mal hecho. McQuillen compareció ante Asuntos Internos y lo expulsaron del cuerpo. A continuación, pusieron el caso en manos del fiscal del distrito, pero este se inhibió. Recuerdo haber pensado que McQuillen había tenido suerte de que el fiscal no se sumara al jolgorio general y le pusiera una denuncia. McQuillen trató de recuperar el puesto de trabajo por la vía judicial, pero no tenía ninguna posibilidad. Estaba acabado, como suele decirse.

Bosch calló, para ver si Rider tenía algo que decir. Con los brazos cruzados sobre el pecho, Kiz contemplaba las sombras. Bosch comprendió que estaba considerándolo todo, para ver cómo podía incidir esa historia en el presente.

—Bien —dijo finalmente—. Hace veinticinco años, una comisión dirigida por Irvin Irving termina con la carrera profesional de McQuillen en un proceso que, al menos desde su punto de vista, resultó injusto e infundado. Y ahora nos encontramos con que el hijo de Irving, y posiblemente también el propio concejal, tratan de arrebatarle la concesión a la compañía en la que McQuillen está empleado como... ¿como coordinador en el turno de noche?

—Sí, podríamos llamarlo así.

—Lo que permite suponer que McQuillen asesinó a George Irving. Veo la relación, pero me cuesta creer en la motivación, Harry.

—Pero tampoco sabemos nada sobre McQuillen, ¿verdad? No sabemos si sigue resentido, y el hecho es que la oportunidad se presentó por sí sola. Un conductor llama y dice: «Adivina a quién acabo de ver». Están las marcas circulares en el hombro, que son prueba irrefutable de que a George le aplicaron la inmovilización por asfixia. También tenemos a un testigo que vio a alguien en la escalera de incendios.

—¿Qué testigo? No me has dicho nada sobre ningún testigo.

—Me he enterado hoy mismo. Tras hacer preguntas en las casas situadas en la ladera que hay detrás del hotel, ha aparecido un vecino que dice haber visto a un hombre en la escalera de incendios el domingo por la noche. Sin embargo, asegura haberlo visto a la una menos veinte, mientras que el forense ha establecido que la muerte se produjo entre las dos y las cuatro de la madrugada. De forma que hay un desajuste de dos horas. Y a la una menos veinte, el hombre de la escalera de incendios estaba bajando, y no subiendo por ella. Sin embargo, sea como sea, había un hombre en la escalera de incendios, eso está claro. El testigo lo ha descrito como vestido con una especie de uniforme, de color gris. Hoy he estado en la central de los taxis Black and White. Los mecánicos que reparan los coches van vestidos con monos color gris. McQuillen pudo haberse puesto uno de esos monos antes de subir por la escalera de incendios.

Bosch abrió las manos en el aire, como diciendo que eso era todo. Y es que eso era todo lo que tenía. Rider guardó silencio un largo instante antes de preguntar lo que Harry sabía que iba a preguntar:

—Tú siempre me decías que hay que preguntarse cuáles son las inconsistencias. «Hay que estudiar bien tu teoría y encontrar las inconsistencias. Porque, si no lo haces tú, el abogado de la defensa se encargará de encontrarlas.» Y bien, Harry, ¿cuáles son las inconsistencias?

Bosch se encogió de hombros.

—La diferencia horaria es una inconsistencia. Y tampoco tenemos prueba alguna de que McQuillen estuviera en la habitación de Irving. Hemos mirado en las bases de datos todas las huellas digitales encontradas en la habitación y en la escalera de incendios. Las de McQuillen hubieran aparecido.

—¿Cómo explicas la diferencia horaria?

—McQuillen estaba reconociendo el lugar por anticipado. Fue entonces cuando el testigo lo vio. No lo vio después, cuando McQuillen volvió a la habitación.

Rider asintió con la cabeza.

—¿Y qué me dices de las señales en el hombro de Irving? ¿Sería posible vincularlas al reloj de pulsera de McQuillen?

—Quizá, pero no sería determinante. Eso sí, con suerte, tal vez podríamos encontrar muestras de ADN en el reloj. Pero diría que la principal inconsistencia la ofrece el propio Irving. Para empezar, ¿qué estaba haciendo en el hotel? La posibilidad de que McQuillen fuera el asesino se basa en la casualidad. El taxista ve a Irving. Se lo dice a McQuillen, quien profundamente resentido por lo sucedido hace años, todavía presa de la rabia, sufre un arrebato. Al final de su turno, coge un mono de mecánico y se dirige al hotel. Sube por la escalera de incendios, se las arregla para entrar en la suite de Irving y lo estrangula. Le quita la ropa, que dobla y cuelga de las perchas con cuidado, pero se deja un botón en el suelo. A continuación, arroja el cadáver por el balcón, de forma que parezca un suicidio. Como teoría no está mal, pero ¿qué estaba haciendo Irving en el hotel? ¿Iba a encontrarse con alguien? ¿Estaba esperando a alguien? ¿Y por qué metió sus cosas (la billetera, el móvil y lo demás) en la caja fuerte de la habitación? Si no podemos responder a estas preguntas, las inconsistencias son de padre y muy señor mío.

Rider asintió con la cabeza.

—¿Y qué propones que hagamos?

—Vosotros no tenéis que hacer nada. *Yo* voy a seguir investigando todo esto. Pero es preciso que tanto tú como el jefe tengáis claro que la investigación terminará por llegar hasta el concejal. Si le aprieto las clavijas a Robert Mason para saber por qué empezó a trincar a los conductores de B&W, es muy posible que Mason implique a Irvin Irving de forma directa. El jefe tendría que saberlo.

—Lo sabrá. ¿Es lo próximo que te propones hacer?

—Todavía no estoy seguro. Pero quiero averiguar cuantas más cosas mejor antes de ocuparme de McQuillen.

Rider se levantó. Estaba impaciente por irse.

—¿Vuelves al edificio? —preguntó—. Si quieres, vamos andando juntos.

—No, ve tú —dijo Bosch—. Creo que voy a hacer unas cuantas llamadas.

—Muy bien, Harry. Buena suerte. Y ándate con cuidado.

—Sí, lo mismo digo. Ándate con cuidado allí arriba.

Rider le miró, sabedora de que Bosch se estaba refiriendo al décimo piso del edificio de la policía. Sonrió, y Harry le devolvió la sonrisa.

20

Bosch volvió a sentarse en el banco y reflexionó un momento. Echó mano al móvil y llamó al de Hannah Stone, que le había dado su número de teléfono había dado al despedirse el lunes por la noche.

Respondió al momento, por mucho que Bosch hubiera llamado sin identificador de llamada.

—Hola, soy Harry Bosch.

—Pensé que podía ser usted. ¿Alguna novedad?

—No, hoy estoy trabajando en otra cosa. Pero mi compañero está tratando de averiguar más cosas sobre ese individuo, Chill.

—Muy bien.

—¿Alguna cosa nueva por su parte?

—No. Simplemente he estado trabajando en lo mismo de siempre.

—Bien hecho.

Se produjo un silencio algo incómodo, y Bosch echó toda la carne en el asador.

—Mi hija esta noche va a estar estudiando en casa de una amiga, de forma que estoy libre. Y me estaba preguntando… Bueno, ya sé que hace muy poco que nos hemos visto, pero quería saber si le apetecería cenar juntos otra vez esta noche.

—Eh…

—Si no le va bien, tampoco pasa nada. Sé que le estoy llamando sin avisar. Yo…

—No, no, no se trata de eso. Lo que sucede es que los miércoles y los jueves tenemos unas sesiones nocturnas, y se supone que esta noche me toca trabajar.

—¿No tienen una pausa para la cena?

—Sí, pero es muy corta. Mire, ¿le parece si le llamo dentro de un rato?

—Sí, pero no hace falta que…

—Estaría encantada de cenar con usted, pero primero tengo que ver si alguien está dispuesto a cambiarme el turno. Si alguien me sustituye esta noche, mañana le devuelvo el favor. ¿Puedo llamarle dentro de un rato?

—Naturalmente.

Bosch le dio su número y colgaron. Se levantó, le dio una palmadita en el hombro a Charlie Chaplin y se encaminó hacia la puerta.

Cuando llegó a su cubículo de trabajo, Chu estaba trabajando en el ordenador portátil y no levantó la mirada.

—¿Has encontrado ya a mi fulano?

—Todavía no.

—¿Cómo pinta la cosa?

—No muy bien. Hay novecientas once variantes de «Chill» en la base de datos de sobrenombres. Solo en California. Así que no te hagas muchas ilusiones.

—¿Es el número total o el correspondiente a la época que te dije?

—La época no importa. A tu hombre del año 88 lo pudieron meter en la base de datos antes o después. En función de si lo detuvieron o interrogaron en algún momento o si fue víctima de algún delito. Hay muchas posibilidades. Tengo que comprobarlas todas.

Chu estaba hablando en tono seco. Bosch comprendió que seguía sintiéndose irritado porque le había apartado de la investigación del caso Irving.

—Lo que dices seguramente es verdad, pero creo que valc la pena centrarnos un poco más en el tiempo... Antes del 92, digamos. Tengo la intuición de que, si llegaron a tomarle los datos, seguramente fue antes de ese año.

—Muy bien.

Chu empezó a teclear. Seguía sin mirar a Bosch en absoluto.

—Al entrar he visto que la teniente está a solas en su despacho. Si quieres, puedes ir a hablar con ella sobre lo del traslado.

—Quiero terminar con esto.

Bosch estaba respondiendo al farol de Chu, y ambos lo sabían.

Su teléfono zumbó, y vio que el prefijo era el 818, el de San Fernando Valley. Al responder, salió del cubículo y echó a andar por el pasillo, para hablar con privacidad. Era Hannah Stone, quien le llamaba desde el trabajo.

—No voy a poder encontrarme con usted antes de las ocho, por una cuestión de trabajo. ¿Le viene bien?

—Claro, no hay problema.

Tan solo iba a poder estar noventa minutos con ella, a no ser que llamase a su hija y le permitiera volver más tarde a casa.

—¿Está seguro? No parece muy...

—No, no hay problema. Yo también puedo quedarme a trabajar un poco más. Estoy en el despacho y tengo mucho que hacer. ¿Dónde quiere que nos encontremos?

—¿Qué le parece si esta vez quedamos en un sitio a mitad de camino? ¿Le gusta el sushi?

—Eh, pues no lo sé. Pero supongo que puedo probarlo.

—¿Me está diciendo que nunca ha probado el sushi?

—Hum... Verá, es que el pescado crudo no es lo mío.

No quería mencionar que el pescado crudo le llevaba a pensar en su época en Vietnam. El pescado rancio que encontraban en los túneles del enemigo. Ese hedor imposible de quitarse de encima.

—Bueno, pues olvidémonos del sushi. ¿Le gusta la comida italiana?

—Me encanta. Vayamos a un italiano.

—¿Conoce Ca'Del Sole, en North Hollywood?

—Puedo encontrarlo.

—¿A las ocho?

—Allí estaré.

—Nos vemos dentro de un rato, Harry.

—Nos vemos.

Bosch desconectó la llamada e hizo otra que también quería hacer en privado. Heath Witcomb y él se conocían desde su época de fumadores en la comisaría de Hollywood. Eran incontables las veces que habían compartido cigarrillos junto al gran cenicero situado en la parte trasera de la comisaría, hasta que Bosch dejó el vicio para siempre. Witcomb era sargento de patrulla y, como tal, estaba en situación de conocer a Robert Mason, el agente que había detenido a tres veces a conductores de B&W por conducir bajos los efectos del alcohol. Witcomb seguía siendo fumador.

—Estoy ocupado, Harry —le respondió—. ¿Qué es lo que te hace falta?

—Llámame la próxima vez que salgas a fumarte un pitillito.

Bosch desconectó. Al entrar otra vez en la sala de inspectores, se tropezó con Chu.

—Harry, ¿dónde estabas?

—He salido a fumar.

—Pero si tú no fumas, Harry.

—Ya. Pero ¿qué hay de nuevo?

—Chilton Hardy.

—¿Lo has encontrado?

—Creo que sí. Parece ser el tipo que estás buscando.

Entraron en el cubículo, y Chu se sentó ante el ordenador. Bosch asomó la cabeza sobre su hombro para mirar la pantalla. Chu pulsó el espaciador para reactivar el ordenador. La pantalla se iluminó, y en ella apareció una foto de carné de un hombre de raza blanca y unos treinta años de edad, con el pelo oscuro y peinado con puntas. Su expresión era sombría al mirar a la cámara, que contemplaba con unos ojos tan azules como fríos.

—Chilton Aaron Hardy —dijo Chu—. Conocido como Chill.

—¿De cuándo son estos datos? —preguntó Bosch—. ¿Y dónde estaban?

—De 1985. Comisaría de North Hollywood. Detenido por causar lesiones a un agente de policía. Por entonces tenía veintiocho años y vivía en un piso en Cahuenga, junto a Toluca Lake.

Toluca Lake era un barrio situado cerca de Burbank y Griffith Park. Bosch sabía que estaba muy cerca de Travel Town, el lugar al que Clayton Pell solía ir a montar en los trenecitos cuando vivía con Chill.

Harry hizo un cálculo mental. De seguir con vida, Chilton Hardy ahora tendría cincuenta y cuatro años.

—¿Has mirado en el Departamento de Tráfico?

Chu no lo había hecho. Abrió otra pantalla e insertó el nombre de Hardy en la base estatal de datos, donde constaban las identidades de los veinticuatro millones de conductores registrados en California. Chu pulsó la tecla de entrada y aguardó a ver si Hardy era uno de ellos. Pasaron varios segundos, y Bosch empezó a decirse que su nombre no iba a aparecer. Por lo general, quienes tenían un asesinato a sus espaldas acostumbraban a cambiar de aires.

—Bingo —dijo Chu.

Bosch acercó el rostro a la pantalla. Había dos resultados. Chilton Aaron Hardy, de setenta y siete años, todavía con el carné de conducir y vecino de Los Alamitos. Y Chilton Aaron Hardy júnior, de cincuenta y cuatro, residente en Woodland Hills, un barrio residencial de Los Ángeles.

—Topanga Canyon Boulevard —dijo Bosch, leyendo la dirección del Hardy más joven—. No fue muy lejos.

Chu asintió con la cabeza.

—West Valley.

—Me parece un poco raro. ¿Cómo es que el pájaro se quedó por aquí?

Chu no respondió, pues sabía que Bosch estaba pensando en voz alta, sencillamente.

—Veamos la foto —dijo Harry.

Chu amplió la foto del carné de conducir de Chilton Hardy júnior. En los veintiséis años transcurridos desde su detención en North Hollywood había perdido la mayor parte del cabello, y su piel había adquirido una tonalidad amarillenta. Su rostro mostraba las arrugas propias de quien ha tenido una existencia complicada. Pero los ojos seguían siendo los mismos. Fríos y despiadados. Bosch contempló la foto largamente y dijo:

—Muy bien. Buen trabajo. Imprímela.

—¿Vamos a hacerle una visita al señor Hardy?

—Aún no. Con este individuo vamos a ir paso a paso y sobre seguro. Hardy se ha estado sintiendo lo bastante tranquilo como para seguir viviendo en la ciudad todos estos años. Tenemos que prepararlo todo bien y actuar con cautela. Imprime tanto la foto antigua como la nueva y haz dos ruedas de reconocimiento, de seis cada una.

—¿Vamos a enseñárselas a Pell?

—Sí, y quizá vayamos a dar una vuelta en coche con él.

Mientras Chu se afanaba en la impresión de las fotografías, Bosch volvió a sentarse ante su escritorio. Iba a llamar a Hannah Stone para informarle del plan que habían trazado cuando recibió un mensaje de texto de su hija:

Le he dicho a la madre de Ashlyn que estás trabajando en un caso importante. Dice que puedo quedarme a dormir. ¿OK?

Antes de responder, Bosch se tomó su tiempo para pensar. Al día siguiente, Maddie tenía que ir al colegio, pero se había quedado en casa de Ashlyn otras veces, cuando Bosch estaba de viaje por asuntos de trabajo. La madre de Ashlyn era muy amable y, de una forma u otra, pensaba estar contribuyendo a la causa de la justicia al cuidar de Maddie mientras Bosch se dedicaba a perseguir a asesinos.

No obstante, le resultó inevitable preguntarse si en esta ocasión había otros factores en juego. ¿Era posible que su hija estuviera facilitándole las cosas para que estuviera con Hannah?

Estuvo a punto de llamarla, pero se limitó a responder con otro mensaje de texto, pues no quería que Chu le oyera hablar con ella:

¿Estás segura? No voy a tardar tanto. Puedo recogerte en el camino de vuelta a casa.

Maddie respondió enseguida que estaba segura y que prefería quedarse con su amiga. Según añadía, después del colegio habían pasado por casa para coger algo de ropa. Bosch finalmente dio su conformidad.

A continuación llamó a Hannah para decirle que iba a verla antes de las ocho. Stone se prestó a que Bosch y

Chu usaran una de las salas de terapia para poder mostrarle las fotografías a Pell.

—¿Qué le parece si nos llevamos a Pell en coche un rato? ¿Las normas lo autorizan?

—¿Adónde piensan llevarlo?

—Tenemos una dirección. Creemos que se trata del lugar donde vivía con su madre y ese individuo. Es un edificio de pisos, y quiero ver si lo reconoce.

Stone guardó silencio un momento, mientras consideraba si era conveniente o no que Pell viera el lugar donde habían abusado de él cuando era niño.

—No hay normas al respecto —dijo finalmente—. Pell puede salir del centro. Pero creo que lo mejor sería que yo también fuese. Clayton puede reaccionar de forma negativa. Quizá lo mejor sea que esté con él.

—Pensaba que tenía unas reuniones. Y que tenía trabajo hasta las ocho.

—Simplemente necesito cumplir con las horas que me han sido asignadas. Hoy he llegado tarde, porque pensaba que esta noche iba a tener que llevar unas sesiones. Nos hacen auditorías para asegurarse de que cumplimos con nuestras horas, y no quiero que nadie diga que no trabajo las seis horas al día que me tocan.

—Entendido. Bueno, pues estaremos ahí dentro de una hora, más o menos. ¿Pell habrá vuelto de su trabajo?

—Ya está aquí. Les estaremos esperando. ¿Todo esto va a cambiar nuestro plan de cenar juntos?

—No por mi parte. Me hacía ilusión volver a cenar con usted.

—Bien. Lo mismo digo.

21

Bosch y Chu condujeron por separado a San Fernando Valley, para no tener que volver al centro y vérselas con el tráfico de la hora punta después de su excursión. Chu no tendría más que dirigirse por la autovía 134 a su casa en Pasadena, mientras que Bosch podría quedarse en San Fernando Valley hasta que se fuera a cenar con Hannah Stone.

Mientras recorrían la autovía 101, Bosch recibió la respuesta de Witcomb, de la comisaría de Hollywood:

—Lo siento, Harry. Estaba ocupado y luego me he olvidado de llamarte. ¿En qué puedo ayudarte?

—¿Conoces a un agente de patrulla de tu comisaría llamado Robert Mason?

—Bobby Mason, sí. Pero tiene el turno de noche, y yo, el de mañana, así que tampoco lo conozco tanto. ¿Qué pasa con él?

—He estado echándole un ojo a los atestados de unas detenciones que ha hecho, que tienen que ver con un caso que estoy llevando, y necesito hablar con él.

—Estás llevando el caso del Chateau Marmont, el del chaval de Irvin Irving, ¿no es así?

—Exacto.

—¿De qué clase de detenciones estamos hablando?

—Por conducir en estado de embriaguez.

—¿Y eso qué tiene que ver con lo del Chateau Marmont?

Bosch no respondió, con la esperanza de que su silencio llevara a Witcomb a comprender que su propósito era el de obtener información, no el de divulgarla.

—Es una simple comprobación —dijo finalmente—. ¿Qué sabes de Mason? ¿Le va todo bien?

Bosch estaba viniendo a hablar en código, para saber si Mason tenía fama de ser un policía corrupto, de alguna forma.

—Por lo que he oído, ayer estaba muy afectado —apuntó Witcomb.

—¿Por qué?

—Por lo del Chateau. Parece que Mason era un viejo amigo del hijo del concejal. Y que hasta habían sido compañeros de clase en la academia de policía.

Bosch enfiló el desvío a Lankershim Boulevard. Había quedado en recoger a Chu en el gran aparcamiento público situado junto a la estación de metro de Studio City.

Decidió no decirle mucho a Witcomb, pues no quería revelar la importancia de todas aquellas cosas.

—Sí, he oído que se conocían desde entonces —repuso.

—Eso parece —convino Witcomb—. Pero es todo lo que sé, Harry. Como decía, Mason trabaja por la noche, y yo, por el día. Y, por cierto, justo estoy a punto de irme de la comisaría. ¿Alguna otra cosa más?

Era su forma de decir que no quería seguir hablando sobre un compañero de la comisaría. Bosch más o menos lo entendía.

—Sí. ¿Sabes cuál es el sector de patrulla habitual de Mason?

La comisaría de Hollywood contaba con ocho sectores geográficos de patrulla.

—Lo puedo averiguar en un momento. Estoy en el despacho de vigilancia.

Bosch esperó un momento, y Witcomb finalmente respondió:

—Mason hoy está asignado a 6-Adam-65. Supongo que es su sector habitual.

Los periodos de patrulla eran de veintiocho días. El «seis» inicial designaba la comisaría de Hollywood, mientras que «Adam» era el nombre de la unidad de patrulla, y el número 65 indicaba el sector asignado. Bosch no se acordaba bien de los sectores geográficos de la comisaría de Hollywood, pero dijo al azar:

—El 65 se refiere al corredor de La Brea, ¿no es eso?

—Justamente, Harry.

Bosch pidió a Witcomb que mantuviera esta conversación en secreto, le dio las gracias y finalizó la llamada.

Harry meditó cuanto acababa de escuchar y comprendió que Irvin Irving tenía una buena vía de escape. Si, efectivamente, Mason había estado deteniendo a los conductores de B&W para facilitar que Regent obtuviera la concesión, era posible que lo hiciera a petición exclusiva de su viejo amigo y compañero de estudios George Irving. Resultaría muy difícil demostrar que el concejal Irvin Irving tenía algo que ver con el asunto.

Bosch entró en el aparcamiento, que recorrió en busca de su compañero. Había llegado antes que Chu, por lo que se detuvo a esperar en el carril principal. Con la mano en el volante, tamborileó con los dedos sobre el salpicadero y se dio cuenta de que estaba decepcionado porque había entendido que las acciones de Irvin Irving posiblemente no estaban relacionadas con la muerte de su hijo. Si algún día el concejal era acusado de tráfico de influencias para conseguir la concesión de taxis en Hollywood, siempre iba a darse la posibilidad de duda razonable, o eso le parecía a Harry. Irving podría alegar que toda la operación había sido planificada y ejecutada por su difunto hijo, y Bosch le consideraba perfectamente capaz de hacerlo.

Bajó la ventanilla para que entrara un poco de aire fresco. Para evadirse al sentimiento de decepción, se puso a pensar en Clayton Pell y en cómo iban a manejarse con él. A continuación, se centró en Chilton Hardy, y se dijo que la posibilidad de verle la cara al posible asesino de Lily Price resultaba demasiado tentadora para posponerla.

La puerta lateral se abrió, y Chu ocupó el asiento vecino. Bosch había estado tan absorto en sus meditaciones que no le había oído entrar y aparcar su Miata.

—Hola, Harry.

—Hola. Mira, una cosa, he cambiado de idea en lo referente a ir a Woodland Hills. Quiero hacerle un *reco* a la casa de Hardy, y hasta echarle un vistazo a nuestro hombre.

—¿Un *reco*?

—Un reconocimiento. Quiero hacerme una idea del lugar, para cuando volvamos en serio. Y luego vamos a ver a Pell. ¿Te parece bien?

—Me parece bien.

Bosch salió del aparcamiento y enfiló la autovía 101 una vez más. El tráfico era intenso en dirección a Woodland Hills, al oeste. Veinte minutos después salió a Topanga Canyon Boulevard y puso rumbo al norte.

La dirección de Chilton Hardy que habían encontrado en la base de datos del Departamento de Tráfico correspondía a un edificio de pisos de dos plantas situado a menos de medio kilómetro del centro comercial que era el eje de West Valley. El complejo de apartamentos era grande, iba de la acera a un callejón trasero y contaba con un aparcamiento subterráneo. Tras pasar por delante dos veces, Bosch aparcó junto a la acera de la fachada, y Chu y él salieron del vehículo. Al examinar el edificio, Bosch lo encontró extrañamente familiar. La fachada era de color gris y tenía unas molduras blancas que le daban cierto aspecto náutico, completado por los toldos a franjas blancas y azules que cubrían las ventanas.

—¿Este lugar te suena de algo? —preguntó Bosch.

Chu estudió el edificio un momento.

—No. ¿Tendría que sonarme?

Bosch no respondió. Se acercó a la puerta de seguridad, en la que había un portero electrónico. Los nombres de los cuarenta y ocho inquilinos del edificio estaban escritos junto a los números de sus apartamentos. Bosch examinó el listado y no vio el nombre de Chilton Hardy. Según la base de datos de tráfico, se suponía que Hardy vivía en el apartamento 23. Pero el apellido que aparecía junto al número 23 era Phillips. Bosch volvió a tener esa extraña sensación de familiaridad. ¿Es que había estado antes en este lugar?

—¿Qué te parece? —preguntó Chu.

—¿Cuándo le expidieron el carné de conducir?

—Hace dos años. Es posible que entonces viviera aquí. Y que luego se haya marchado.

—También es posible que nunca haya vivido aquí.

—Sí, y que escogiera una dirección al azar para marear la perdiz.

—O que la dirección no fuera tan al azar.

Bosch se giró y miró el edificio otra vez, mientras consideraba si valía la pena investigar más la cuestión, a riesgo de alertar a Hardy —si estaba ahí— de que la policía andaba tras él. Contempló el letrero que se alzaba en la acera.

APARTAMENTOS DE LUJO ARCADE
APARTAMENTO EN ALQUILER
DOS DORMITORIOS / DOS BAÑOS
PRIMER MES GRATUITO
INFORMACIÓN EN EL INTERIOR

Bosch decidió que por el momento no iba a llamar al apartamento 23. En su lugar, pulsó el timbre situado junto al número uno, el correspondiente a la portería.

—¿Sí?

—Venimos a ver el apartamento en alquiler.

—Hay que concertar cita antes.

Bosch volvió a mirar los timbres y reparó en que junto al interfono emergía la lente de una cámara. Comprendió que el portero seguramente le estaba mirando, cosa que no le gustó.

—Hemos venido a propósito. ¿Quieren alquilarlo o no?

—Hay que concertar cita. Lo siento.

A la mierda, pensó Bosch.

—Policía. Abra ahora mismo.

Sacó la placa y la mostró a la cámara. Un momento después, sonó un zumbido y la puerta de seguridad se abrió. Bosch entró con el coche.

El acceso daba a una zona central en la que había una serie de buzones y un tablero de anuncios con avisos y notas relacionadas con el edificio. Casi al momento se les acercó un hombre bajito y oscuro, originario quizá del sur de Asia.

—Agentes —dijo—, ¿en qué puedo ayudarles?

Bosch se identificó, hizo otro tanto con Chu, y el hombre se presentó como Irfan Khan y añadió que era el conserje. Bosch le explicó que estaban conduciendo una investigación por la zona y buscando a un hombre que podría haber sido víctima de un crimen.

—¿Qué crimen? —preguntó Khan.

—Por el momento, no podemos decírselo —respondió Harry—. Simplemente, necesitamos saber si este hombre vive aquí.

—¿Cómo se llama?

—Chilton Hardy. Es posible que se haga llamar Chill.

—No, aquí no vive.

—¿Está seguro, señor Khan?

—Sí, seguro. Soy el conserje de la finca. Aquí no vive.

—Voy a enseñarle una fotografía.

—Muy bien, adelante.

Chu sacó la foto del actual carné de conducir de Hardy y se la mostró a Khan. El conserje la estuvo mirando sus buenos cinco segundos y negó con la cabeza.

—Lo que les estoy diciendo: este hombre no vive aquí.

—Este hombre no vive aquí, entendido. ¿Y usted, señor Khan? ¿Cuánto tiempo lleva aquí?

—Tres años. Y soy un buen trabajador.

—¿Y este caballero nunca ha vivido aquí? ¿Es posible que viviera aquí hace dos años, por ejemplo?

—No. Me acordaría.

Bosch asintió con la cabeza.

—Muy bien, señor Khan. Gracias por su cooperación.

—Yo siempre coopero.

—Sí, señor.

Bosch se giró y echó a andar hacia la entrada. Chu le siguió. Al llegar al coche, Harry contempló el edificio un largo instante antes de sentarse frente al volante.

—¿Le crees? —preguntó Chu.

—Sí —dijo Bosch—. Supongo que sí.

—¿Y qué piensas?

—Que hay algo que se nos escapa. Vamos a ver a Clayton Pell.

Puso el coche en marcha. Mientras conducía de vuelta a la autovía, mentalmente seguía viendo los toldos blancos y azules.

22

Era una de las pocas veces que había dejado que condujese Chu. Bosch estaba sentado en la parte de atrás junto a Clayton Pell. Quería estar a su lado, por si se producía una reacción violenta. Unos minutos antes, al ver las dos series de imágenes de reconocimiento, en ambos casos había señalado la foto de Chilton Hardy. Tras eso se había sumido en una rabia sorda y profunda. Bosch se daba cuenta y quería estar junto a él por si era necesario hacer algo al respecto.

Hannah Stone estaba sentada junto a Chu, de tal forma que Bosch podía verla tan bien como a Pell. Stone tenía una expresión inquieta. Estaba claro que le preocupaba reabrir las heridas de Pell.

Bosch y Chu habían planeado el trayecto antes de llegar al edificio Buena Vista y recoger a Pell. Desde el centro de acogida fueron a Travel Town, en Griffith Park, para que Pell pudiera ver el que parecía ser uno de los escasos buenos recuerdos de su niñez. Pell quería salir y ver los trenes, pero Bosch le dijo que no había tiempo para hacerlo. Lo cierto era que no quería que Pell viese a los niños montados en los trenecitos.

Chu acababa de torcer a la derecha por Cahuenga y empezaba a dirigirse al norte hacia la dirección en la que Chilton Hardy supuestamente había estado residiendo durante el periodo en que Clayton Pell vivió con él. Habían convenido en no señalarle a Pell el edificio de pisos, a la espera de que fuese él mismo quien lo reconociera.

Cuando se encontraban a dos manzanas de distancia, Pell empezó a dar muestras de reconocer la zona.

—Sí, vivíamos por aquí. Pensaba que aquello era una escuela y quería que me dejasen ir.

Señaló una guardería privada tras cuyas vallas había un jardín con un columpio. Bosch entendía que un niño de ocho años pudiera pensar que se trataba de una escuela.

Estaban acercándose al edificio, que se hallaba en el lado de la ventanilla de Pell. Chu redujo la velocidad y fue acercándose a la acera, de una forma que a Bosch le pareció demasiado reveladora, pero pasaron de largo ante la dirección sin que Pell dijera una sola palabra.

No era una catástrofe, pero se sintió decepcionado. Estaba pensando en un posible juicio. Si estuviera en situación de atestiguar que Pell había señalado el edificio de apartamentos sin ayuda de nadie, la versión de Pell resultaría más sólida. Si se veían obligados a llamarle la atención sobre aquel lugar, un abogado defensor siempre podría alegar que Pell estaba manipulando a los policías y ofreciendo un testimonio nacido de fantasías de venganza.

—¿Ha visto alguna cosa? —preguntó Bosch.

—Sí, creo que hemos pasado por delante. Pero no estoy seguro.

—¿Quiere que demos media vuelta?

—Si no hay problema.

—Claro. ¿Por qué lado estaba mirando?

—Por mi lado.

Bosch asintió con la cabeza. De pronto, las cosas tenían mejor aspecto.

—Inspector Chu —dijo—. En lugar de dar media vuelta, gire a la derecha y dé la vuelta, para que el edificio siga quedando por el lado de Clayton.

—Entendido.

Chu torció a la derecha, volvió a girar en la misma dirección y recorrió tres manzanas de distancia. A continuación giró a la derecha y volvió a salir a Cahuenga por la esquina de la guardería. Volvió a torcer a la derecha, y se encontraron a tan solo una manzana y media de la dirección indicada.

—Sí, allí es —dijo Pell.

Chu avanzaba muy por debajo del límite de velocidad. Un coche hizo sonar la bocina detrás de ellos y terminó por adelantarlos. Ninguno de los ocupantes del coche de policía hizo caso.

—Aquí es —repuso Pell—. Me parece.

Chu se detuvo junto a la acera. Era la dirección que tenían. Todos guardaron silencio mientras Pell contemplaba los apartamentos Camelot por la ventana. Era un bloque de dos pisos con la fachada estucada y con unos redondos torreones decorativos en sus esquinas frontales. Resultaba uno de los típicos edificios de apartamentos que afeaban la ciudad desde que se construyeron en la época esplendorosa de los años cincuenta. Habían sido diseñados y construidos para que durasen treinta años, pero llevaban casi el doble de tiempo en pie. El estucado estaba resquebrajado y descolorido, la línea del tejado ya no era recta, y sobre uno de los torreones había extendida una cubierta de plástico azul como remedio provisional para las goteras.

—Por entonces era más bonito.

—¿Está seguro de que se trata de este lugar? —preguntó Bosch.

—Sí, seguro. Me acuerdo de que parecía una especie de castillo y me hacía ilusión venir a vivir aquí. Pero, claro, yo no sabía que…

No terminó la frase; siguió contemplando el edificio. Se había girado a medias en el asiento, de forma que estaba dándole la espalda a Bosch. Harry vio que Pell apoyaba la frente contra la ventanilla. Sus hombros empezaron a temblar y de su pecho brotó un sonido bajo, un poco similar a un silbido, mientras rompía a llorar.

Bosch levantó la mano y fue a ponerla en el hombro de Pell, pero se detuvo. Titubeó un segundo y la retiró. Sentada en su asiento, Stone se había percatado. En aquella fracción de segundo, Bosch advirtió que estaba disgustada con él.

—Clayton —dijo Stone—. Está bien… Es bueno que veas esto, que le hagas frente a tu pasado.

Se acercó a Pell y puso la mano en su hombro, justo lo que Bosch había sido incapaz de hacer. No volvió a mirar a Harry.

—Está bien…

—Espero que detengan a ese mamón, ese hijo de puta… —dijo Pell, con la voz estrangulada por la emoción.

—Esté seguro de ello —indicó Bosch—. Vamos a detenerlo.

—Espero que lo maten. Espero que se resista y lo manden al otro barrio.

—Vamos, Clayton —dijo Stone—. No hay que pensar en este tipo de…

Pell se sacudió la mano de su hombro.

—¡Quiero que lo maten!

—No, Clayton.

—¡Sí! ¡Mírenme! ¡Miren lo que soy! Todo es por su culpa.

Stone se arrellanó en el asiento.

—Creo que Clayton ya ha visto lo suficiente —dijo con voz tensa—. ¿Podemos irnos de una vez?

Bosch se echó hacia delante y palmeó el hombro de Chu.

—Vámonos —dijo.

Chu puso el coche en marcha y se dirigió al norte. El trayecto discurrió en silencio; ya era de noche cuando llegaron al edificio Buena Vista. Chu se quedó en el automóvil mientras Bosch acompañaba a Pell y a Stone a la entrada de seguridad.

—Gracias, Clayton —dijo Bosch, mientras Stone abría la puerta lateral con su llave—. Sé que todo esto ha sido difícil para usted. Le agradezco su disposición a ayudarnos. Va a sernos de gran apoyo en este caso.

—Su caso me da lo mismo. ¿Van a detenerlo?

Bosch titubeó un momento y asintió con la cabeza.

—Creo que sí. Todavía nos queda trabajo por hacer, pero vamos a hacerlo, y luego vamos a encontrar a ese hombre. Se lo prometo.

Pell entró por la puerta abierta sin añadir palabra.

—Clayton, vete a la cocina y mira si hay algo para cenar —indicó Stone.

Pell levantó la mano e hizo una seña de haberla oído, mientras se adentraba por el patio central. Stone se giró para cerrar la puerta, pero Bosch seguía allí. Hannah fijó la mirada en él, y Harry se dio cuenta de su decepción.

—Supongo que al final no iremos a cenar —dijo.

—¿Por qué no? ¿Su hija...?

—No, mi hija está en casa de una amiga. Pero pensaba que... Bueno, yo estaría encantado de cenar con usted. Eso sí, tengo que llevar a mi compañero a Studio City, para que recoja su coche. ¿Todavía quiere que nos encontremos en el restaurante?

—Pues claro. Aunque no hace falta que esperemos hasta las ocho… Después de todo… Creo que por hoy he trabajado bastante.

—Muy bien. Dejo a Chu y voy al restaurante a encontrarme con usted. ¿Le parece bien? ¿O prefiere que vuelva a recogerla?

—No. Nos vemos allí. Perfecto.

23

Llegaron al restaurante con más de media hora de adelanto sobre la hora para la que habían hecho la reserva, y les dieron un tranquilo reservado en un comedor de la parte trasera, junto a una chimenea. Pidieron sendos platos de pasta y un Chianti que Hannah escogió. La comida era buena, y estuvieron hablando de esto y aquello durante la cena… Hasta que Stone preguntó a Bosch directamente:

—Harry, ¿cómo es que has sido incapaz de consolar un poco a Clayton en el coche? Me he fijado. Te ha resultado imposible tocarle.

Bosch bebió largamente de su copa antes de responder.

—En ese momento me pareció que no quería que le tocasen. Estaba rabioso.

Hannah negó con la cabeza.

—No, Harry, lo he visto. Y necesito saber por qué un hombre como tú es incapaz de ser comprensivo con un hombre como él. Necesito saberlo antes de que yo… Antes de que tú y yo podamos ir más allá.

Bosch bajó la mirada y dejó el tenedor en el plato. Estaba tenso. Tan solo hacía dos días que conocía a esta mujer, pero no podía negar que le atraía o que entre ambos se había establecido una conexión de algún tipo. No quería echar a perder la velada, pero no sabía qué decir.

—La vida es demasiado corta, Harry —dijo Stone—. No puedo perder el tiempo ni estar con alguien que no entiende lo que hago y es incapaz de sentir un mínimo dc compasión por quienes han sido víctimas.

Bosch finalmente encontró su voz:

—Yo tengo compasión. Mi trabajo es lograr que haya justicia para víctimas como Lily Price. Pero ¿qué me dices de las víctimas de Pell? A Pell le arruinaron la vida, pero él también ha arruinado la vida de otros, y en la misma medida. ¿Qué se supone que tengo que hacer? ¿Darle una palmadita en el hombro y decirle que no pasa nada? Sí que pasa algo, y siempre va a pasar algo, cosa que, por otra parte, él sabe perfectamente.

Abrió las palmas de las manos para dejar claro que era su opinión personal, que estaba hablando con toda la sinceridad del mundo.

—Harry, ¿tú crees que en el mundo existe el mal?

—Por supuesto. Si no existiera, estaría sin trabajo.

—¿Y de dónde procede?

—¿Qué quieres decir?

—Me estoy refiriendo a tu trabajo. Tú tienes que vértelas con el mal casi todos los días. ¿Y de dónde procede ese mal? ¿Cómo es que las personas se convierten en malas? ¿Es algo que está en el aire? ¿Es algo que uno pilla, como quien pilla un resfriado?

—No me subestimes. Es más complicado que todo eso. Lo sabes muy bien.

—No te subestimo. Estoy tratando de descubrir qué es lo que piensas, para poder tomar una decisión. Me gustas, Harry. Mucho. Todo cuanto he visto de ti, menos ese gesto feo que has tenido hoy en el coche. No quiero embarcarme en algo para luego descubrir que contigo estaba equivocada.

—¿Y esto qué es? ¿Una especie de entrevista de trabajo?

—No. Simplemente, estoy tratando de saber quién eres.

—Esto se está pareciendo demasiado a esas citas rápidas para ligar que la gente hoy organiza por internet. Quieres saberlo todo antes de que pase alguna cosa. Y creo que hay algo que no me estás diciendo.

Stone no respondió, cosa que le confirmó que allí había algo.

—Hannah, ¿de qué se trata?

Stone hizo caso omiso de su pregunta e insistió:

—Harry, ¿de dónde procede el mal?

Bosch soltó una risa y meneó la cabeza.

—Las personas no hablan de estas cosas cuando quieren conocerse un poco mejor. ¿Por qué te importa tanto lo que pienso al respecto?

—Porque me importa. ¿Qué me respondes?

Bosch se daba cuenta de la seriedad en sus ojos. La cuestión era importante para ella.

—Mira, lo único que puedo decirte es que nadie sabe de dónde viene el mal, ¿no? Pero el mal existe y es responsable de cosas verdaderamente horrendas. Y mi trabajo es investigar el mal y erradicarlo de la sociedad. No necesito saber de dónde viene para hacer mi trabajo.

Hannah pensó un momento antes de responder.

—Bien dicho, Harry, pero no es suficiente. Llevas mucho tiempo trabajando en lo tuyo. Alguna que otra vez tienes que haberte planteado de dónde procede esa oscuridad que se da en ciertas personas. ¿Cómo es que el corazón se vuelve negro?

—¿Estamos hablando de si se trata de algo innato o adquirido? Porque si se trata de eso, yo…

—Sí, es eso. ¿Y tú qué votas?

Bosch tuvo ganas de sonreír, pero comprendió que no era el mejor momento.

—Yo no voto, porque tampoco…

—No, tienes que votar. En serio. Quiero saberlo.

Hannah estaba echada hacia delante sobre la mesa, hablando cn un susurro urgente. Se arrellanó en la silla cuando el camarero se presentó y empezó a retirar los platos. Bosch agradeció la interrupción, pues le daba tiempo para pensar. Pidieron café, pero no postre. Una vez que el camarero se hubo marchado, Bosch decidió lanzarse a la piscina.

—Bueno, lo que yo pienso es que el mal puede ser adquirido. Está claro que eso fue lo que le pasó a Clayton Pell. Sin embargo, por cada Pell que se cobra venganza y hace daño a otras personas, hay alguien que ha tenido una niñez exactamente igual pero que no se cobra venganza ni hace daño a nadie. Así que hay algo más. La ecuación no está tan clara. ¿La gente nace con algo que está dormido y tan solo aflora a la superficie bajo determinadas circunstancias? No lo sé, Hannah. La verdad es que no lo sé. Y no creo que nadie lo sepa. Con seguridad. Tan solo tenemos teorías, y en el fondo da lo mismo, porque nadie va a evitar el dolor causado a otras personas.

—¿Quieres decir que mi trabajo es inútil?

—No, pero tu trabajo, como el mío, tiene lugar después de que el dolor haya sido causado. Es verdad que, con un poco de suerte, tus esfuerzos servirán para evitar que muchas de estas personas vuelvan a hacer lo mismo. Pero ¿para qué sirve a la hora de identificar y detener al individuo que nunca ha roto un plato, que nunca ha quebrantado las leyes o hecho algo que ponga en alerta de lo que está por llegar? ¿Y por qué tenemos que estar hablando de todo esto, Hannah? Cuéntame qué es lo que no me estás diciendo.

El camarero regresó con el café. Hannah le indicó que trajera la nota. Bosch se dijo que era mala señal. Hannah quería alejarse de su lado. Quería irse cuanto antes.

—¿Así quedamos? ¿Pedimos la nota y te marchas sin responder a mi pregunta?

—No, Harry, no quedamos así. He pedido la nota porque ahora quiero que me lleves a tu casa. Pero primero hay algo que tienes que saber sobre mí.

—Entonces, dímelo.

—Tengo un hijo, Harry.

—Ya lo sé. Me dijiste que está viviendo en la zona de San Francisco.

—Sí. En la cárcel de San Quentin, adonde voy a visitarlo con regularidad.

Hasta cierto punto, Bosch estaba esperando una confesión por el estilo. Pero no esperaba que se tratara de su hijo. Quizá un antiguo marido o amante. Pero no su hijo.

—Lo siento, Hannah.

Fue lo único que se le ocurrió decir. Ella meneó la cabeza, como si no quisiera que la compadecieran.

—Mi hijo hizo algo terrible —dijo—. Algo malo de verdad. Y sigo sin explicarme de dónde vino ese mal ni por qué.

Con la botella de vino bajo el brazo, Bosch abrió la puerta de su casa y dejó que Hannah pasara primero. Harry se mostraba tranquilo, aunque no era así como se sentía. Habían estado hablado de su hijo casi una hora más. Bosch principalmente se había contentado con escuchar. Pero, al final, todo cuanto pudo ofrecerle fue su comprensión, una vez más. ¿Los padres son responsables de los pecados de sus hijos? Muchas veces sí, pero no siempre. Hannah era la psicóloga. Y lo sabía mejor que él.

Bosch encendió el interruptor situado junto a la puerta.

—¿Qué te parece si tomamos una copa en el porche trasero? —sugirió.

—Eso suena estupendo —dijo ella.

La condujo a través dc la sala de estar hacia la puerta corrediza que daba al porche.

—Tu casa es muy bonita, Harry. ¿Cuánto hace que vives aquí?

—Diría que casi veinticinco años. El tiempo pasa volando. Hice que la renovaran una vez. Después del terremoto del 94.

Les recibió el ruido sibilante procedente de la autovía situada en el fondo del desfiladero. El aire era fresco en el porche, expuesto a los cuatro vientos. Hannah se acercó a la barandilla y contempló las vistas.

—¡Vaya!

Se giró, con la mirada en el cielo.

—¿Dónde está la luna?

Bosch señaló el Mount Lee.

—Tras la montaña, seguramente.

—Espero que vuelva a salir.

Bosch tenía la botella prendida por el gollete. Era el vino sobrante del restaurante, que había traído consigo a sabiendas de que en casa no tenía nada. Harry había dejado de beber en casa después de que Maddie se instalara a vivir con él, y también era poco frecuente que bebiese fuera de casa.

—Voy a poner algo de música y a traer un par de copas. Vuelvo enseguida.

Una vez en el interior conectó el lector de CD, aunque sin estar seguro de qué álbum estaba insertado en el aparato. Al momento, oyó el saxofón de Frank Morgan y se dijo que todo iba sobre ruedas. Se encaminó por el pasillo con rapidez e hizo una limpieza apresurada de su dormitorio y cuarto de baño. Cogió sábanas limpias del armario e hizo la cama. Fue a la cocina, cogió dos copas de vino y volvió a salir al porche.

—Me preguntaba si te había pasado algo —apuntó Hannah.

—Tenía que arreglar un poco la casa —explicó él.

Sirvió el vino. Brindaron, bebieron un sorbito, y Hannah finalmente se acercó. Se besaron por primera vez. Siguieron abrazados hasta que Hannah se apartó de su cuerpo.

—Siento haberte hecho pasar por todo esto, Harry. Por mi culebrón personal.

Bosch meneó la cabeza.

—De culebrón, nada. Estamos hablando de tu hijo. Nuestros hijos son nuestros corazones.

—«Nuestros hijos son nuestros corazones.» Bonito. ¿De quién es?

—No lo sé. De cosecha propia, supongo.

Hannah sonrió.

—No suena como la típica frase de un investigador endurecido por la vida.

Bosch se encogió de hombros.

—Quizá es que no soy un investigador endurecido por la vida. Estoy viviendo con una niña de quince años. Creo que ha conseguido ablandarme un poco.

—¿Te ha echado para atrás el hecho de que fuera tan sincera contigo?

Bosch sonrió y negó con la cabeza.

—Me ha gustado eso que has dicho de que no hay que perder el tiempo. La otra noche nos dimos cuenta de que entre nosotros existe algo. Y aquí estamos. Si es así, yo tampoco quiero perder el tiempo.

Hannah dejó la copa en la barandilla y acercó su cuerpo al de Harry.

—Aquí estamos, sí.

Bosch dejó su copa junto a la de Hannah. Se acercó a su vez y llevó la mano a su nuca. Dio un nuevo paso al frente y la besó; con la otra mano apretó su cuerpo contra el de él.

Unos segundos después, Hannah apartó los labios de su boca; estaban de pie, mejilla contra mejilla. Hannah metió la mano bajo su chaqueta y empezó a acariciarle el costado.

—Olvidémonos de la luna y del vino —musitó—. Quiero que entremos en la casa. Ahora.

—Yo también.

24

A las diez y media de la noche, Bosch acompañó a Hannah Stone a su coche. Hacía unas horas le había seguido con su automóvil desde el restaurante. Harry le había dicho que esa noche no podía quedarse a dormir y ella no puso ninguna objeción. Al llegar junto al coche, se fundieron en un estrecho abrazo. Bosch se sentía muy contento. Habían pasado un rato maravilloso en la cama. Hacía mucho que esperaba compartir lecho con una mujer como Hannah.

—Llámame cuando llegues a casa, ¿de acuerdo?

—Tampoco va a pasarme nada.

—Ya lo sé, pero llámame de todas formas. Quiero saber que has llegado a casa bien.

—De acuerdo.

Se miraron un largo instante.

—Lo he pasado muy bien, Harry. Espero que tú también hayas disfrutado.

—Sabes que sí.

—Estupendo. Quiero volver a repetir.

Bosch sonrió.

—Lo mismo digo.

Hannah se separó y abrió la puerta del coche.

—Pronto —dijo, mientras entraba en el vehículo.

Harry asintió con la cabeza. Sonrieron. Hannah puso el auto en marcha y se alejó.

Harry contempló las luces traseras desaparecer tras una curva y se dirigió a su propio coche.

Entró en el aparcamiento trasero de la comisaría de Hollywood y aparcó en la primera plaza libre que encontró. Esperaba no llegar demasiado tarde. Salió del coche y echó a andar hacia la puerta posterior de la comisaría. El móvil zumbó en su bolsillo; lo sacó. Era Hannah.

—¿Ya estás en casa?

—Sin problema. ¿Tú dónde estás?

—En la comisaría de Hollywood. Tengo que ver a alguien que trabaja en el turno de noche.

—Por eso antes me has echado de tu casa, ¿no?

—Eh, bueno, ahora que lo mencionas, creo que fuiste tú la que dijo que tenía que irse.

—Ah. Vale, como digas. Que te diviertas.

—Es una cuestión de trabajo. Te llamo mañana.

Bosch atravesó la puerta doble y enfiló el pasillo que llevaba a la sala de guardia. En el banquillo situado a un lado del pasillo había dos detenidos esposados y a la espera de ingresar en los calabozos. Su aspecto era el de dos macarras de Hollywood en horas bajas.

—Oye, amigo, ¿vas a echarme una mano? —preguntó uno de ellos cuando Bosch pasó por su lado.

—No, esta noche no —le contestó.

Harry asomó la cabeza por el umbral de la sala de guardia. Había dos sargentos de pie, el uno junto al otro, examinando la gráfica de las patrullas de madrugada. No había ningún teniente a la vista. Eso le indicó que el siguiente turno estaba en el piso de arriba, recibiendo instrucciones, y que no se había perdido el cambio de turno. Llamó con los nudillos a la ventana de cristal situada junto a la puerta. Los dos sargentos se volvieron hacia él.

—Bosch, de la Brigada de Robos y Homicidios. ¿Adam 65 anda por aquí? Necesito hablar con él diez minutos.

—Acaba de marcharse. Es el primero en salir.

El cambio de turno se hacía de forma escalonada —un coche cada vez—, para evitar que las calles se quedaran sin que nadie las patrullara durante un tiempo concreto. Por lo general, el primer coche en salir era el del agente más veterano o el del equipo de patrulla que anteriormente había tenido la noche más complicada.

—¿Podrían decirle que volviera un momento a la sala de inspectores? Le estaré esperando allí.

—No hay problema.

Bosch volvió andando por el pasillo, pasó junto a los dos detenidos, torció por la izquierda, enfiló un pasillo posterior, dejó atrás el almacén de material y entró en la sala de inspectores. Harry había trabajado muchos años en la Brigada de Hollywood, antes de ser trasladado a Robos y Homicidios, por lo que conocía bien la comisaría. Como era de esperar, la sala de inspectores estaba desierta. Bosch pensaba que quizá se encontraría con algún agente de patrulla ocupado en redactar su informe, pero allí no había nadie.

Sobre las áreas de trabajo había unos letreros de madera que pendían del techo y designaban las distintas unidades. Bosch entró en el área de Homicidios y buscó el escritorio de Jerry Edgar, su antiguo compañero. Lo identificó gracias a la fotografía de Tommy Lasorda, el viejo entrenador de los Dodgers, adherida al tabique del cubículo. Bosch se sentó y trató de abrir el cajón de los bolígrafos, pero estaba cerrado. Tuvo una idea, se levantó y miró por todos los escritorios y mesas de la sala de inspectores hasta encontrar un montón de periódicos viejos en una mesa de descanso situada en la parte anterior de la estancia. Se acercó y miró en las secciones de deportes de los periódicos. Finalmente, encontró lo que buscaba: uno de los ubicuos anuncios del tratamiento farmacéutico de la disfunción eréctil. Arrancó el anuncio y volvió a sentarse al escritorio de Edgar.

Justo estaba terminando de insertar el anuncio por la rendija superior del cajón del escritorio de Edgar cuando una voz le sorprendió a sus espaldas.

—¿Robos y Homicidios?

Bosch se giró en la silla de Edgar. Un agente de uniforme estaba de pie en la puerta que daba al pasillo trasero. Tenía el pelo gris y muy corto, y era de complexión musculosa. Tendría unos cuarenta y cinco años, pero daba la impresión de ser más joven, a pesar del cabello canoso.

—Yo mismo. ¿Robert Mason?

—Sí. ¿Qué es lo que…?

—Acérquese para que podamos hablar, agente Mason.

Mason se acercó. Bosch reparó en el gran tamaño de sus bíceps bajo las mangas cortas de la camisa. Era el tipo de policía empeñado en que los elementos problemáticos vieran con claridad a lo que iban a tener que enfrentarse.

—Siéntese —lo invitó.

—No, gracias —respondió Mason—. ¿Qué es lo que pasa? Estoy de guardia y quiero irme de aquí cuanto antes.

—Tres detenciones por conducir en estado de embriaguez.

—¿Cómo?

—Ya me ha oído. Tres conductores detenidos por conducir borrachos.

Bosch estaba mirándole a los ojos, buscando alguna señal.

—Muy bien, tres conductores detenidos por conducir borrachos. ¿Qué quiere decir?

—Quiero decir que las coincidencias no existen, Mason. Y que el hecho de que detuviera a tres conductores de los taxis B&W el verano pasado por el mismo motivo va más allá de toda posible coincidencia. Por cierto, no me llamo Robos y Homicidios. Mi nombre es Bosch y estoy investigando la muerte de su amiguete George Irving.

En ese momento vio la señal, aunque fue solo cuestión de un instante. Mason iba a escoger mal su respuesta, aunque lo que dijo no dejó de sorprender a Bosch.

—Lo de George Irving ha sido un suicidio.

Bosch se lo quedó mirando un momento.

—¿En serio? ¿Cómo lo sabe?

—Porque es la única explicación. Lo demuestra que fuera a ese lugar, a ese hotel. George se suicidó, y la cosa no tuvo nada que ver con los taxis Black and White. Está metiendo la pata hasta el fondo, colega.

Bosch estaba empezando a irritarse con este arrogante capullo.

—Dejémonos de estupideces, Mason. Puede usted elegir. Puede sentarse y contarme lo que hizo y quién le dijo que lo hiciera, y entonces igual sale medio bien parado de esta. O puede seguir ahí de pie soltando idioteces, y entonces me dará lo mismo lo que vaya a pasarle.

Mason cruzó los brazos sobre su ancho pecho. Su idea era la de convertir la situación en un mano a mano de voluntades, con la idea de ver quién se echaba antes atrás, pero este no era un juego en el que unos bíceps prominentes le diesen ventaja alguna. Al final iba a salir perdiendo.

—No quiero sentarme. No tengo nada que ver con este caso, con la salvedad de que tengo claro que mi amigo se tiró por el balcón. Y punto.

—Entonces, explíqueme lo de esas tres detenciones.

—No tengo por qué explicarle una mierda.

Bosch asintió con la cabeza.

—Es verdad. No tiene por qué hacerlo.

Se levantó y echó una ojeada al escritorio de Edgar, para asegurarse de que no había tocado nada. Se acercó y le señaló al pecho.

—Acuérdese bien de este momento. Porque este es el momento en que la pifió, colega. Este es el momento en que podía haber salvado el empleo, pero en que terminó por perderlo. El turno de noche se ha acabado para usted.

Bosch echó a andar hacia el pasillo, diciéndose que era una contradicción ambulante. Un hombre que el lunes por la mañana decía que nunca iba a investigar a un policía y que ahora estaba investigando a un policía. Estaba decidido a exprimir a este agente para saber la verdad sobre George Irving.

—Oiga, espere un momento.

Bosch se detuvo y se giró. Mason bajó los brazos, en señal de rendición, o eso le pareció a Harry.

—Yo no hice nada malo. Me limité a responder a la petición directa de un concejal del Ayuntamiento. No se trataba de una petición que implicara ninguna acción específica. Tan solo se trataba de una alerta, como las que nos dan al principio de cada turno, todos los días. «Peticiones del Ayuntamiento», las llamamos. Yo no hice nada malo, y si se propone buscarme un problema, se ha equivocado de hombre.

Bosch guardaba silencio sin moverse, pero ya estaba harto. Se acercó a Mason y señaló una silla.

—Siéntese.

Esta vez, Mason se sentó, en una de las sillas del módulo de Robos. Bosch se acomodó otra vez en la de Edgar: ahora estaban sentados el uno frente al otro en el pasillo que separaba Robos de Homicidios.

—Bien. Hábleme de esta petición del Ayuntamiento.

—Yo conocía a George Irving desde hacía mucho. Ingresamos al mismo tiempo en la academia. Y seguimos siendo amigos después de que se fuera a estudiar Derecho. Fui el padrino de su boda. Qué demonios, incluso les pagué la suite de la luna de miel.

Con un gesto señaló en la dirección del despacho del teniente, como si esa fuera la suite nupcial.

—Nos veíamos por nuestros cumpleaños, el 4 de julio... También conocía a su padre, a quien vi en muchas de esas celebraciones a lo largo de los años.

—Entendido.

—Y, bueno, el mes de junio pasado (ahora no me acuerdo de la fecha exacta) fui a una fiesta que habían organizado para el hijo de George. Él...

—Chad.

—Chad, eso es. Chad se acababa de graduar del instituto, con unas notas magníficas, por lo que le habían aceptado en la Universidad de San Francisco. Montaron una fiesta en su honor, a la que fui con Sandy, mi mujer. El concejal estaba en la fiesta. Estuvimos charlando, de tonterías del cuerpo de policía, y también trató de justificar por qué el Ayuntamiento nos estaba jodiendo vivos con el recorte en las horas extras y demás. Al final me dijo, como de pasada, que le había llegado la queja de una votante que aseguraba haber cogido un taxi en la puerta de un restaurante de Hollywood y haberse encontrado con que el conductor estaba borracho. Esta mujer decía que el coche apestaba como una destilería y que el taxista estaba como una cuba. El concejal añadió que, a unas cuantas manzanas de distancia, la mujer tuvo que decirle al conductor que se detuviera y se bajó del coche. Esta señora decía que el taxi era de la compañía Black and White, de forma que el concejal me pidió que vigilase un poco a los conductores de esta compañía, pues podían dar problemas. Sabía que mi turno era el de noche, de forma que igual veía alguna cosa. Y eso fue todo. Nada de persecuciones ni mierdas por el estilo. Cuando estuve de patrulla hice lo que se me pedía, y nadie puede echarme nada en cara por lo que hice en ese momento. Cada una de esas detenciones estaba justificada.

Bosch asintió con la cabeza. Si la historia era cierta, Mason no había hecho nada malo. Pero su versión de los hechos volvía a situar a Irvin Irving en pleno centro del escenario. Un fiscal de distrito o un gran jurado inevitablemente formularía la pregunta: ¿el concejal estaba utilizando sutilmente sus influencias para ayudar al cliente de su hijo? ¿O lo que le motivaba era la seguridad pública? La línea de separación entre una cosa y otra era muy fina, y Bosch dudaba que la cuestión alguna vez llegase a ser planteada a un gran jurado. Irving era demasiado listo. Con todo, a Bosch le había llamado la atención algo que Mason había dicho al final. Que nadie podía reprocharle lo que había hecho «en ese momento»:

—¿El concejal le explicó cuándo o cómo le había llegado esta queja?

—Pues no, no me lo explicó.

—¿Durante el verano les llegaron otras alertas de este tipo?

—No, que yo recuerde, pero lo más fácil es que no me enterase, si quiere que le diga la verdad. Llevo bastantes años en el cuerpo. Soy un veterano, y por eso me permiten ciertos «privilegios», por así decirlo. Normalmente, soy el primero en salir cuando llega el cambio de turno, por ejemplo. O tengo prioridad a la hora de cogerme los días de vacaciones, por ejemplo. Ese tipo de cosas. Así que muchas veces no estoy presente cuando pasan lista, dan las instrucciones del día y toda esa mierda. Porque tengo el culo pelado de tanto estar sentado en ese cuartucho y escuchar la misma cantinela noche tras noche. Pero mi compañero de equipo, que es novato, sí que está presente, y luego me dice todo cuanto tengo que saber.

De forma que esta petición del Ayuntamiento sí se notificó. Pero yo no estaba allí en ese momento.

—Sin embargo, su compañero nunca le dijo que hubieran notificado una petición así, ¿correcto?

—No, pero ya estábamos atendiendo el asunto, de forma que tampoco tenía por qué decírmelo. Después de esa fiesta, empecé a darles el alto a los taxis durante mi primer turno de noche. Así que mi compañero tampoco necesitaba decirme que habían dado instrucciones al respecto. ¿Me explico?

—Se explica.

Bosch sacó el cuaderno y lo abrió. En sus páginas no había anotación alguna que tuviera que ver con Mason, pero quería ganar tiempo para aclarar sus pensamientos y considerar qué iba a preguntar a continuación. Empezó a pasar las páginas.

—Bonito cuaderno —dijo Mason—. ¿Es el número de su placa?

—Exacto.

—¿Dónde se puede comprar una virguería así?

—En Hong Kong. ¿Usted sabía que su amigo George Irving era el representante de una compañía de taxis que estaba tratando de arrebatarle la concesión a Black and White? ¿Sabía que esas detenciones por conducir en estado de embriaguez iban a facilitarle el trabajo a George?

—Como he dicho, por entonces no lo sabía. No el verano pasado.

Mason se frotó las palmas de las manos, que a continuación pasó por los muslos. Se estaban acercando a algo que le resultaba embarazoso.

—Entonces, ¿más tarde llegó a enterarse de cuanto acabo de decirle?

Mason asintió, pero sin decir palabra.

—¿Cuándo? —urgió Bosch.

—Eh, pues hace unas seis semanas.

—Cuénteme.

—Una noche di el alto a un taxi. Porque el conductor se había saltado un stop. El taxi era de Black and White y, nada más verme, el fulano empezó a lloriquear y a decir que si era injusto, que si esto, que si lo otro. Yo me decía, sí, hombre, sí, lo que tú digas, menudo cabronazo estás tú hecho. Pero el conductor entonces va y me dice: «Entre usted y el hijo de Irving nos van a hundir de verdad», y yo en ese momento me dije: «¿Qué coño?». Le ordené que me explicara exactamente qué era lo que quería decir con eso. Y así fue como me enteré de que mi amigo Georgie era el representante de una compañía competidora de Black and White.

Bosch acercó su rostro al de Mason y apoyó los codos en las rodillas. Estaban llegando al meollo del asunto.

—¿Y qué hizo a continuación?

—Fui a hablar con George. Me encaré con él y le dije de todo, pero tampoco me sirvió de mucho. Su padre y él me habían estado utilizando, y se lo solté tal cual. Le dije que habíamos terminado, y ya no volví a verlo más.

Bosch asintió con la cabeza.

—¿Y por eso piensa que se suicidó?

Mason soltó una risa apagada.

—No, hombre, no. Si me utilizó de esa forma, yo tampoco era tan importante en su vida. Creo que se mató, pero por otras razones. Creo que no soportaba que Chad se fuera de casa..., y es posible que hubiera otras cosas. La familia tenía sus secretos, no sé si me explico.

Mason no sabía sobre McQuillen o las señales en la espalda de George Irving. Y Bosch consideró que tampoco era el momento de decírselo.

—Muy bien, Mason, ¿tiene alguna cosa más que decirme?

Mason negó con la cabeza.

—¿No ha llegado a hablar de todo esto con el concejal?

—Todavía no.

Bosch pensó un momento al respecto.

—¿Mañana va a ir al funeral?

—Aún no lo he decidido. Es mañana por la mañana, ¿no?

—Eso mismo.

—Supongo que lo decidiré mañana mismo. Fuimos amigos durante mucho tiempo. Pero, al final, las cosas se torcieron.

—Bueno, pues igual nos vemos allí. Ya puede marcharse. Y gracias por contarme lo sucedido.

—Claro.

Mason se levantó y echó a andar hacia el pasillo, cabizbajo. Mientras le veía irse, Bosch pensó en lo caprichoso de las investigaciones y las relaciones personales. Había llegado a la brigada seguro de que iba a encontrarse con un policía corrupto, que se había pasado de la raya. Pero ahora consideraba que Mason era otra de las víctimas de Irvin Irving.

Y en lo alto del listado de víctimas de Irving estaba el propio hijo del concejal. Mason quizá no tuviera que preocuparse de enfrentarse con Irvin Irving, porque era muy posible que Bosch se le adelantara.

25

En el funeral de George Irving, que tuvo lugar el jueves por la mañana, había mucha gente. Sin embargo, Bosch no sabía discernir si todos los asistentes se encontraban allí para rendirle un último homenaje a George Iving o para reforzar los vínculos con su padre, el concejal del Ayuntamiento. Muchos de los miembros de la élite política de la ciudad estaban presentes, al igual que los mandos principales del cuerpo de policía. Incluso había acudido el rival del concejal Irving en las próximas elecciones. Ese hombre, que no tenía la menor oportunidad de ganarlas, parecía haber establecido una tregua para mostrarle sus respetos al muerto.

Bosch se encontraba en la periferia de los reunidos en torno a la tumba, contemplando el desfile de peces gordos que se acercaban a ofrecer sus condolencias a Irvin Irving y a los demás familiares del fallecido. Era la primera vez que veía a Chad Irving, la tercera generación de la familia. Físicamente, se parecía mucho más a su madre. Estaba junto a ella, con la cabeza gacha y sin apenas levantar la mirada cuando alguien le tendía la mano o le cogía por el brazo. Daba la impresión de estar hundido, mientras que su madre se mostraba estoica y no lloraba, posiblemente sumida en una nebulosa de fármacos.

Bosch estaba tan absorto en la observación de las permutaciones familiares y políticas de la escena que no reparó en que Kiz Rider se apartaba un momento del jefe de policía. De pronto, apareció por el lado izquierdo de Harry, tan silenciosa como un asesino a sueldo.

—¿Harry?

Bosch se giró.

—Teniente Rider. Me sorprende verte aquí.

—He venido con el jefe.

—Sí, ya lo he visto. Y menuda pifia.

—¿Por qué lo dices?

—Porque en este momento no creo que sea buena idea mostrarle apoyo a Irvin Irving.

—¿Las cosas han progresado desde que hablamos ayer?

—Sí, podríamos decir que sí.

Bosch resumió la entrevista con Robert Mason y la clara inferencia de que el concejal era cómplice en el intento de conseguir que Regent se hiciera con la concesión de Hollywood que hasta ese momento tenía Black and White. Terminó por decir que su intervención seguramente desencadenó los acontecimientos que condujeron a la muerte de George Irving.

—¿Mason está dispuesto a prestar testimonio?

Bosch se encogió de hombros.

—No se lo pregunté, pero sabe cómo funcionan estas cosas. Es policía y le gusta el trabajo que hace, lo suficiente como para romper su amistad con George Irving al darse cuenta de que le estaban utilizando. Sabe que, si le llaman como testigo y se niega a declarar, su carrera en el cuerpo se habrá terminado para siempre. Yo creo que sí que prestará declaración. Me sorprende que no esté aquí hoy. Me parecía que esta mañana iba a haber follón.

Rider echó una mirada al gentío. El servicio había concluido, y los asistentes estaban empezando a desperdigarse entre las lápidas en dirección a sus automóviles.

—No nos conviene un follón en este lugar, Harry. Si lo ves, llévatelo de aquí.

—Esto está acabando. Y él no ha venido.

—Ya. ¿Y ahora qué vas a hacer?

—Hoy es el gran día. Voy a llevarme a McQuillen a comisaría para hablar con él.

—No tienes indicios suficientes para acusarle de algo.

—Seguramente, no. Pero mi compañero ahora mismo está otra vez en el hotel con un equipo de recogida de muestras. Van a repasarlo todo otra vez. Si conseguimos situar a McQuillen en la suite o en la escalera de incendios, el caso está cerrado.

—Es mucho suponer.

—Si lleva reloj, también es posible que podamos asociarlo a las marcas en la espalda del muerto.

Rider asintió con la cabeza.

—Es posible, pero, como tú mismo dijiste antes, tampoco sería definitivo. En caso de juicio, nuestros especialistas declararían que las marcas se corresponden con su reloj, pero él siempre podría hacer que otros especialistas declarasen que no se corresponden.

—Ya. Mira una cosa, creo que alguien va a venir a hacerme compañía un rato. Quizá sea mejor que te vayas.

Rider miró a la pequeña multitud que seguía en el cementerio.

—¿Quién?

—Irving lleva un rato mirándome como si no estuviera mirándome. Creo que va a venir a hablar conmigo. Y diría que está esperando a que te marches.

—Muy bien, pues te dejo solo. Buena suerte, Harry.

—Seguramente la voy a necesitar. Nos vemos, Kiz.

—Sigue en contacto conmigo, ¿eh?

—Entendido.

Rider se alejó en dirección al pequeño corrillo que se había formado en torno al jefe de policía. Casi al momento, Irvin Irving aprovechó para acercarse a Bosch. Antes de que Harry pudiera saludarle, el concejal le dijo lo que estaba pensando:

—Resulta terrible enterrar a un hijo sin saber por qué murió.

Bosch tuvo que refrenarse. Había decidido que ese no era el momento de enfrentarse a él. Todavía quedaba trabajo por hacer. Primero McQuillen, y luego Irving.

—Comprendo —dijo—. Espero tener algo para usted muy pronto. Dentro de uno o dos días.

—No es suficiente, inspector. No he sabido nada de usted, y lo que he oído no me reconforta. ¿Está investigando otro caso en paralelo a la muerte de mi hijo?

—Señor, yo llevo varios casos abiertos, y el trabajo no puede dejarse de lado porque un político use sus influencias y me asigne una nueva investigación. Todo cuanto necesita saber es que sigo con el caso y voy a ponerle al día antes del final de la semana.

—No basta con que me ponga al día, Bosch. Quiero saber qué fue lo que pasó y quién le hizo esto a mi hijo. ¿Está claro?

—Está claro, sí. Pero ahora me gustaría hablar un momento con su nieto. ¿Podría usted...?

—No es buen momento.

—No va a haber un buen momento, concejal. Y si me exige resultados, no puede impedirme que vaya echando la red. Necesito hablar con el hijo de la víctima. En este momento, nos está mirando. ¿Puede hacerle una seña para que se acerque?

Irving miró en dirección a la tumba y vio a Chad a solas. Le hizo un gesto para que viniera. El joven se acercó, y el concejal hizo las presentaciones.

—Concejal, ¿le importa si hablo con Chad unos minutos a solas?

Irving le miró como si se sintiese traicionado pero no quisiera que su nieto se diera cuenta.

—Por supuesto —dijo—. Estoy en el coche. Nos iremos pronto, Chad. Otra cosa, inspector, quiero saber de usted pronto.

—Así será, señor.

Bosch cogió a Chad Irving por el brazo y le apartó de su abuelo con delicadeza. Echaron a andar hacia un bosquecillo que había en el centro del cementerio. Allí estarían a la sombra y en privado.

—Chad, lamento la muerte de tu padre. Estoy investigando y confío en que pronto averiguaré qué pasó.

—Muy bien.

—Siento molestarte en este momento tan difícil, pero tengo que hacerte unas cuantas preguntas antes de que te vayas.

—Como quiera. La verdad es que no sé nada.

—Entiendo, pero tenemos que hablar con todos los miembros de la familia. Es el procedimiento habitual. Para empezar, ¿cuándo hablaste con tu padre por última vez? ¿Te acuerdas?

—Sí. El domingo por la noche.

—¿De alguna cosa en particular?

—Pues no. Sencillamente me llamó, y estuvimos hablando de chorradas unos minutos. De la universidad y cosas así. Pero me pilló en mal momento, pues tenía que salir. Así que tampoco hablamos mucho.

—¿Adónde tenías que ir?

—Había quedado para estudiar con unos compañeros.

—¿Tu padre te dijo algo sobre su trabajo? ¿O sobre alguna cosa que le preocupara?

—No.

—¿Qué crees que le pasó, Chad?

El chaval era corpulento y desgarbado, y su rostro estaba poblado de acné. Meneó la cabeza con violencia al oír la pregunta.

—¿Y cómo puedo saberlo? No tenía idea de que iba a suceder algo así.

—¿Tienes idea de por qué fue al Chateau Marmont y alquiló una habitación?

—Ni idea.

—Muy bien, Chad. Esto es todo. Discúlpame por hacerte estas preguntas. Pero estoy seguro de que quieres saber qué fue lo que pasó.

—Sí.

Chad bajó la mirada.

—¿Cuándo vuelves a la universidad?

—Creo que voy a quedarme con mi madre el fin de semana, por lo menos.

—Seguramente le vendrá bien.

Bosch señaló el camino del cementerio, en el que estaban aparcados los coches.

—Creo que tu madre y tu abuelo están esperándote. Gracias por dedicarme tu tiempo.

—Vale.

—Buena suerte, Chad.

—Gracias.

Bosch le vio irse andando hacia su familia. El muchacho le daba lástima. Parecía estar regresando a una vida de exigencias y expectativas sobre las que no tenía ni voz ni voto. Pero Bosch no podía dedicar mucho tiempo a tales pensamientos. Tenía trabajo que hacer. Echó a andar hacia su propio coche, sacó el móvil y llamó a Chu. Su compañero respondió después de media docena de timbrazos.

—Sí, Harry.

—¿Qué han encontrado?

Bosch había solicitado a la teniente Duvall que el mejor equipo de recogida de muestras del LAPD volviera al Chateau Marmont y efectuara un nuevo barrido de la habitación 79 usando todos los medios de detección posibles. Bosch quería que la suite fuera examinada mediante aspiración, láser, luz negra y cola extrafuerte. Quería que emplearan todo cuando pudiera detectar indicios que pudieran haber pasado por alto y, posiblemente, indicar la presencia de McQuillen en la habitación.

—No hay nada. Por el momento, claro.

—Ya. ¿Han mirado en la escalera de incendios?

—Es por donde han empezado. Nada.

Bosch no podía decir que estuviera decepcionado, pues sabía que era improbable que hallasen algo, sobre todo en la escalera de incendios, que llevaba casi cuatro días expuesta a los elementos.

—¿Me necesitáis para alguna cosa?

—No. Creo que están a punto de acabar. ¿Cómo ha ido el funeral?

—Como todos los funerales. No hay mucho más que decir.

Para que Chu asumiera la dirección de la segunda recogida de muestras en la escena del crimen, Bosch le había explicado en términos generales la dirección que estaba tomando la investigación.

—Y, bueno, ¿qué es lo siguiente que vamos a hacer?

Bosch subió a su coche y conectó el motor.

—Creo que es hora de hablar con Mark McQuillen.

—Muy bien. ¿Cuándo?

Había estado pensando al respecto, pero todavía no había decidido cómo, cuándo y dónde.

—Lo decidiremos cuando vuelvas a la central.

Bosch colgó y dejó caer el móvil en el bolsillo de la americana. Se aflojó un poco la corbata mientras salía del cementerio. El móvil zumbó de forma casi inmediata; Harry supuso que era Chu, con alguna nueva pregunta, pero el nombre en la pantalla era el de Hannah Stone.

—Hannah.

—Hola, Harry. ¿Cómo estás?

—Acabo de salir de un funeral.

—¿Cómo? ¿De quién?

—De alguien a quien nunca llegué a conocer. Cosas del trabajo. ¿Cómo va todo en el centro?

—Sin problemas. Ahora tengo un rato de descanso.

—Muy bien.

Bosch se mantuvo a la espera. Sabía que Hannah no estaba llamando para matar el rato.

—Me preguntaba si habías estado pensando en lo de anoche.

Lo cierto era que Bosch había estado absorto en el caso Irving desde su encuentro con Robert Mason la víspera.

—Por supuesto —dijo—. Para mí ha sido estupendo.

—También ha sido estupendo para mí, pero no preguntaba por eso. Me refería a lo que te dije. Antes.

—No estoy seguro de entenderte.

—Lo que te dije sobre Shawn. Mi hijo.

Bosch se extrañó. No sabía qué era lo que Hannah quería.

—Bueno… Pues no lo sé, Hannah. ¿Qué es lo que se supone que tengo que estar pensando?

—No importa, Harry. Tengo que dejarte.

—Un momento, Hannah. Por favor. Has sido tú quien me ha llamado, ¿o es que no te acuerdas? No cuelgues ni te enfades conmigo. Sencillamente dime: ¿qué es lo que se supone que tengo que estar pensando en lo referente a tu hijo?

Bosch sintió que algo le oprimía las entrañas. Tenía que considerar la posibilidad de que Hannah se hubiera tomado lo sucedido anoche como un medio para llegar a un objetivo deseado que tenía menos que ver con ellos que con su hijo. Para Bosch, su hijo era un caso perdido. Cuando tenía veinte años, Shawn había drogado y violado a una chica. La suya era una historia triste, terrible. Se confesó culpable y fue a la cárcel. Habían pasado cinco años desde entonces, y Hannah estaba dedicando su vida a entender de dónde procedía aquel impulso de su hijo. ¿Era algo genético? ¿Era algo innato o aprendido? En cierto modo, Hannah también se encontraba en una prisión, de otro tipo; Bosch se había compadecido de ella al escucharla.

Sin embargo, ahora no estaba tan seguro de lo que ella quería de él. ¿Esperaba que le dijera que su hijo no tenía la culpa del crimen que había cometido? ¿O que su hijo no era malo? ¿O quizá estaba esperando alguna clase de ayuda concreta en lo tocante al encarcelamiento de su hijo? Bosch no lo sabía, pues ella no había dicho nada al respecto.

—Nada —repuso Hannah—. Lo siento. Lo que pasa es que no quiero que lo que te he contado estropee nuestra relación, eso es todo.

Sus palabras tranquilizaron un poco a Harry.

—Pues entonces no mezcles una cosa con otra, Hannah. Deja que las cosas fluyan de forma natural. Tan solo nos conocemos desde hace unos días. Estamos a gusto juntos, pero es posible que nos hayamos apresurado un poco. Deja que todo suceda de forma natural y no mezcles las cosas —insistió—. Todavía no.

—Pero tengo que hacerlo. Es mi hijo. ¿Tienes idea de lo que siento al vivir con lo que hizo? ¿Y al pensar que ahora está en esa cárcel?

Bosch volvió a sentir aquella opresión en las entrañas. Comprendía que se había equivocado con ella. Su soledad y su necesidad de relacionarse con alguien le habían llevado a cometer un error. Llevaba mucho tiempo esperando que algo así sucediera, pero había hecho una elección desastrosa.

—Hannah —dijo—, ahora mismo estoy ocupado. ¿Podemos hablar de todo esto más tarde?

—Como quieras.

Le respondió como si en realidad le estuviera diciendo: «Vete a la mierda, Harry». Pero Bosch fingió no haberlo captado.

—Muy bien. Te llamo tan pronto como esté libre. Adiós, Hannah.

—Adiós, Harry.

Bosch colgó y reprimió el impulso de tirar el teléfono por la ventanilla del coche. La idea de que Hannah Stone pudiera ser la mujer que terminara de llenar la existencia que llevaba con su hija había sido una ensoñación estúpida. Había ido demasiado rápido. Había sido demasiado rápido a la hora de soñar.

Se metió el móvil en el bolsillo de la americana y sepultó los pensamientos sobre Hannah Stone y aquella relación fallida tan profundamente como George Irving había sido enterrado.

26

Bosch entró en el cubículo vacío y al momento vio el montón de grandes sobres en el escritorio de Chu. Dejó el maletín en su propio escritorio, fue al de su compañero y examinó los sobres. Chu había recibido los extractos y demás documentación relativa a las tarjetas de crédito de George Irving. La revisión de todas las compras hechas con tarjeta era un importante componente de la investigación minuciosa de una muerte. Lo que se podría descubrir en ese sentido contribuía a establecer el perfil económico del fallecido.

El último sobre era más delgado y procedía del laboratorio de Criminalística. Bosch lo abrió, preguntándose a que caso correspondería.

El sobre contenía el informe del análisis de la camisa de George Irving. Las pruebas de laboratorio determinaban que en la camisa azul marino de vestir había restos de sangre y materia celular —piel—, en el interior de la tela correspondiente al hombro derecho. Aquello encajaba con las marcas en forma de media luna halladas en el hombro de Irving durante la autopsia.

Bosch se sentó ante el escritorio de Chu, volvió a leer el informe y pensó en lo que podía indicar. Se daba cuenta de que existían dos posibilidades. La primera, que Irving llevase la camisa puesta cuando lo asfixiaron y que las contusiones en el hombro hubieran tenido lugar cuando el reloj del estrangulador apretó la camisa contra su piel.

La segunda, que se puso —o le pusieron— la camisa después de que se produjeran las contusiones y que se diera una transferencia de sangre y piel.

Bosch descartó la segunda hipótesis porque el botón que encontraron en el suelo indicaba que posiblemente se había producido una lucha mientras Irving aún llevaba la camisa puesta, y dado que este había caído desnudo hacia su muerte, era muy improbable que le pusieran la camisa sobre las contusiones para luego volver a quitársela.

Se concentró en la primera hipótesis. Sugería que habían sorprendido a Irving por la espalda y lo habían inmovilizado estrangulándolo. No sin que se produjera una lucha. El botón de la manga derecha se soltó de la camisa, y el estrangulador recurrió a la maniobra de la mano en el hombro para controlar a su víctima. Las contusiones y abrasiones superficiales tuvieron lugar a través de la camisa.

Bosch estuvo dándole vueltas unos cuantos minutos. Lo mirase como lo mirase, todo le llevaba a pensar en McQuillen. Como le había dicho a Chu, había llegado el momento de hablar con McQuillen.

Se sentó ante su propio escritorio y pensó en cómo hacerlo. Decidió que no iba a detenerle. Trataría de que McQuillen se trasladara de forma voluntaria al edificio central de la policía para responder a sus preguntas. Si no accedía, sacaría las esposas y le detendría.

McQuillen era un antiguo policía, por lo que su detención podía resultar complicada. Casi todos los expolicías tenían armas de fuego y sabían cómo usarlas. Haría que Chu buscase su nombre en el registro de armas federal, aunque sabía que dicha búsqueda no sería concluyente. Los policías continuamente se hacían con armas de fuego en la calle. No todas estas armas terminaban en el depósito del cuerpo de policía. La búsqueda en la base de datos federal tan solo serviría para establecer si McQuillen tenía o no posesión legal de armas.

A partir de todo esto, Bosch decidió que no iría a hablar con McQuillen a su casa, pues en ella seguramente tendría a mano las armas conocidas o desconocidas de las que pudiera ser propietario. Por las mismas razones, tampoco era recomendable contactar con él en su coche.

Bosch ya había visto el interior del aparcamiento y el despacho de los taxis Black and White. Eso le concedía una ventaja estratégica. Y era muy poco probable que McQuillen tuviera armas en su lugar de trabajo. Una cosa era conducir un taxi en las calles más peligrosas de Hollywood y otra muy diferente gestionar vehículos que enviaba a un lugar u otro.

El teléfono del escritorio sonó y en la pantalla apareció el nombre LATIMES. Un periodista, se dijo. Estuvo tentado de no responder, pero se lo pensó mejor y contestó:

—Unidad de Casos Abiertos / No Resueltos.

—¿Podría hablar con el inspector Bosch?

—Yo mismo.

—Inspector, soy Emily Gomez-Gonzmart y le llamo desde la redacción del *Los Angeles Times*, al otro lado de la calle. Estoy preparando un artículo sobre la investigación del asesinato de George Irving y quisiera hacerle unas preguntas.

Bosch guardó silencio unos instantes. De pronto, tuvo unas ganas enormes de fumar un cigarrillo. Ya conocía a la periodista. La llamaban GoGo, porque no paraba de moverse cuando se trataba de investigar una noticia.

—¿Inspector?

—Sí, perdone, es que me ha pillado en pleno trabajo. Habla usted de un asesinato. ¿Qué le hace pensar que estamos investigando un asesinato? Estamos investigando una muerte, sí. Pero no decimos que haya sido un asesinato. Aún no hemos llegado a esa conclusión.

—Bueno, mi información es que están investigando un asesinato y que pronto van a detener a un sospechoso, si es que no lo han hecho ya. Este sospechoso es un antiguo agente de policía enemistado con el concejal Irving y su hijo desde hace tiempo. Por eso le estoy llamando, inspector. ¿Puede confirmar todo esto? ¿Y han hecho alguna detención relacionada con el caso?

Lo preciso de la información lo asombró.

—Mire, yo no confirmo nada. No hay ninguna detención. Y no estoy seguro de cuál es el origen de esa información, pero no es correcta.

De repente, su voz se transformó. Se convirtió en una especie de susurro; en ella detectó algo más íntimo y sarcástico.

—Inspector —dijo—, los dos sabemos que mi información es correcta. Vamos a publicar el artículo, y me gustaría que hiciera unas declaraciones para que aparecieran en el texto. Al fin y al cabo, usted es quien dirige la investigación. Pero, si no puede o no quiere hablar conmigo, lo escribiré sin su ayuda y pondré la verdad: que usted se niega a hacer declaraciones.

La cabeza de Bosch era un torbellino. Sabía cómo funcionaba la prensa. El artículo saldría en el periódico del día siguiente, pero, bastante antes de que el diario estuviera en las calles, el texto aparecería en la página web del *Los Angeles Times*. Y cuando apareciese en el universo digital, lo leería cada editor de cada programa de radio y televisión de la ciudad. Al cabo de una hora de que el artículo apareciese en la edición electrónica del diario, todos los demás medios de comunicación se harían eco del asunto. Y, con independencia de que su nombre apareciese en el artículo o no, McQuillen sabría que Bosch iba a por él.

Eso Bosch no podía permitirlo. No podía dejar que los medios de comunicación dictasen sus movimientos, de ningún modo. Se dio cuenta de que era necesario llegar a un acuerdo de algún tipo con la periodista.

—¿Quién es su fuente? —preguntó, para ganar un poco de tiempo.

GoGo se echó a reír, como Bosch sabía que iba a hacer.

—Por favor, inspector. Sabe usted que no puedo revelar mis fuentes. Si prefiere hablar *off the record*, le ofrezco la misma confidencialidad. Prefiero ir a la cárcel antes que revelar mis fuentes. Pero me gustaría que hiciese unas declaraciones públicas al respecto.

Bosch levantó la cabeza y miró hacia fuera del cubículo. La sala de inspectores estaba prácticamente vacía. Tim Marcia estaba sentado ante su escritorio, cercano al despacho de la teniente. La puerta del despacho estaba cerrada, como de costumbre, y era imposible saber si la teniente estaba detrás o si estaba fuera y reunida.

—No me importaría hacer unas declaraciones públicas —dijo—. Pero sabe que, en un caso como este, tan relacionado con la política y demás, no puedo hacerlas sin permiso. Me podría costar el empleo. Tendrá que esperar a que me den permiso.

Esperaba que la mención de una posible pérdida del empleo llevara a GoGo a mostrarse comprensiva y que eso le hiciera ganar un poco de tiempo. Nadie quiere que otra persona pierda el trabajo por su culpa. Ni siquiera una periodista fría y calculadora.

—Inspector Bosch, tengo la impresión de que lo que quiere es ganar tiempo como sea. Con sus declaraciones o sin ellas, tengo el artículo casi listo y voy a entregarlo hoy mismo.

—Muy bien. En ese caso, ¿cuánto tiempo puede darme? Volveré a llamarla.

Se produjo una pausa, y Bosch creyó oír que la periodista estaba tecleando en su ordenador.

—Tengo el cierre a las cinco. Necesito saber de usted antes de esa hora.

Bosch consultó su reloj. Tan solo había logrado arrancarle tres horas. Lo suficiente para hacer hablar a McQuillen, o eso pensaba. Una vez que este se encontrara bajo custodia, ya no importaría lo que apareciese en internet o que todos los periodistas de la ciudad le llamaran o contactaran con el Departamento de Prensa de la policía.

—Deme su número directo —dijo—. La llamaré antes de las cinco.

Nada más colgar, Bosch llamó a Kiz Rider al móvil. Le respondió en el acto. Daba la impresión de estar en un coche.

—¿Sí, Harry?

—¿Estás sola?

—Sí.

—Los del *Times* están al corriente del asunto. Los ha informado el jefe o el concejal. Sea como sea, me van a joder vivo si publican la noticia demasiado pronto.

—Un momento, un momento. ¿Cómo lo sabes?

—Porque una periodista acaba de llamarme. Sabe que estamos investigando un asesinato y que hay un sospechoso que es un antiguo policía. Se lo han contado todo.

—¿Quién es esa periodista?

—Emily Gomez-Gormant. Es la primera vez que hablo con ella, pero conozco su forma de trabajar. Al parecer, la llaman GoGo porque no para quieta cuando se trata de investigar una noticia.

—Ya, pero no es una de las nuestras.

GoGo no estaba en el listado de periodistas de confianza con los que el jefe de policía departía. Eso significaba que su fuente era Irvin Irving o algún subalterno del concejal.

—¿Y dices que sabe que hay un sospechoso? —preguntó Rider.

—Justamente. Lo sabe todo, menos el nombre del sospechoso. Sabe que estamos a punto de hacerle hablar.

—Bueno, ya conoces a los periodistas. Muchas veces fingen saber más de lo que saben en realidad, para liarte y conseguir que confirmes una cosa u otra.

—Esta mujer sabe que hay un sospechoso que es expolicía, Kiz. No se estaba tirando un farol. Te digo que lo sabe todo. Y sugiero que los del décimo piso llaméis a Irving ahora mismo y le hagáis comerse toda esta mierda. Es su hijo, y está tumbándonos el caso. ¿Y para qué? ¿Es que puede sacar alguna ventaja política de todo esto?

—No, para nada. Por eso no estoy convencida de que la filtración haya sido cosa suya. Y la verdad es que yo estaba en el despacho cuando el jefe le llamó y le puso al corriente de las novedades. No le dijo quién era el sospechoso, porque sabía que Irving entonces querría saber el nombre. No se lo dijo. Sí que le habló de las señales en el hombro y de la inmovilización por asfixia, pero no dijo que existiera un sospechoso con nombre y apellido. Solo añadió que seguíamos investigando el asunto.

Bosch guardó silencio mientras pensaba en qué significaba todo eso. Todo apuntaba a la maniobra de algún pez gordo. Estaba claro que no podía fiarse más que de Kiz Rider.

—Harry, estoy en el coche. Sugiero que entres en la página de internet del *Times* y busques artículos anteriores de esa periodista. A ver con qué te encuentras. Mira si ha escrito artículos relacionados con Irving. Es posible que esté en contacto con algún subalterno del concejal y que la cuestión quede clara en las cosas que ha escrito.

Era una buena idea.

—Sí, voy a hacerlo, pero no tengo mucho tiempo. Todo esto me obliga a no perder más tiempo con McQuillen. Tan pronto como vuelva mi compañero de equipo, vamos a por él.

—¿Estás seguro de que es buen momento?

—Me parece que no nos queda más remedio. El artículo va a aparecer en internet a las cinco. Tenemos que echarle el guante antes de esa hora.

—Házmelo saber tan pronto como puedas.

—Prometido.

Bosch desconectó y al momento llamó a Chu, a quien suponía en camino desde el Chateau Marmont.

—¿Por dónde andas?

—Estoy viniendo. No hemos encontrado nada, Harry.

—No importa. Vamos a echarle el guante a McQuillen hoy mismo.

—Como tú digas.

—Eso es. Nos vemos aquí.

Colgó y dejó el móvil en el escritorio. Lo tamborileó con los dedos. Todo eso no le gustaba. Estaba viéndose obligado a llevar el caso bajo influencias externas. Le daba mala espina. Su plan había sido interrogar a McQuillen, y hasta ese momento había sido Bosch quien establecía el ritmo de la investigación. Ahora eran otros los que lo establecían, y se sentía como un tigre enjaulado. Aprisionado y furioso, dispuesto a sacar una zarpa por entre los barrotes y lastimar al primero que pasara.

Se levantó y fue al escritorio de Tim Marcia.

—¿La teniente está en el despacho?

—Pues sí.

—¿Puedo entrar un momento? Tengo que ponerla al corriente del caso que estoy llevando.

—Toda tuya... Si consigues que te abra la puerta.

Bosch llamó a la puerta de la agorafóbica teniente. Se hizo una pausa, Duvall dio su permiso, y Harry entró. Estaba sentada, trabajando frente al ordenador. Alzó la mirada para ver quién era, pero no dejó de teclear cuando dijo:

—¿Qué es lo que pasa, Harry?

—Lo que pasa es que hoy voy a traer a un fulano, por la cuestión del caso Irving.

Duvall volvió a levantar la vista.

—Trataremos de que venga de forma voluntaria. Pero, si la cosa no funciona, lo esposamos y lo trincamos.

—Gracias por mantenerme informada.

Su tono no sonaba sincero. Bosch no le había puesto al corriente durante las últimas veinticuatro horas y habían pasado muchas cosas en ese lapso. Bosch echó mano a la silla emplazada ante el escritorio y tomó asiento. Le ofreció una versión resumida de los hechos, tomándose diez minutos para llegar a la llamada efectuada por la periodista.

—Mis disculpas por no haberla mantenido informada —dijo—. Todo ha ido demasiado rápido. La oficina del jefe está al corriente, he estado hablando con su asistente en el funeral, y van a pegarle un buen chorreo al concejal.

—Bueno, pues supongo que casi mejor que no me haya mantenido informada. Al menos no soy sospechosa de haber hecho la filtración al *Times*. ¿Tiene alguna idea de quién ha sido?

—Supongo que Irving o alguno de los suyos.

—Pero ¿qué saca él con todo esto? Lo sucedido no le deja en muy buen lugar, que digamos.

Era la primera vez que Bosch lo veía desde este punto de vista. La teniente tenía razón. ¿Por qué razón Irving iba a filtrar una noticia que al final se volvería en su contra y le llevaría a aparecer como un político corrupto, aunque fuera en pequeña medida? No tenía sentido.

—Buena pregunta —dijo Bosch—. Pero no tengo la respuesta. Lo único que sé es que los del otro lado de la calle ya se han enterado, de una forma u otra.

Duvall miró las persianas cerradas sobre las ventanas que daban al edificio del *Los Angeles Times*. Se diría que su paranoia sobre la vigilancia a que la sometían los periodistas acababa de confirmarse. Bosch se levantó. Había dicho todo lo que tenía que decir.

—¿Hacen falta refuerzos, Harry? —preguntó Duvall—. ¿Chu y usted pueden arreglárselas por su cuenta?

—Eso creo. A McQuillen vamos a pillarlo por sorpresa. Y, como digo, nuestra intención es que venga a hablar de forma voluntaria.

Duvall lo pensó un momento y asintió con la cabeza.

—Muy bien. Manténgame al corriente. Y al momento, esta vez.

—De acuerdo.

—Esta misma noche, quiero decir.

—Hecho.

Bosch regresó al cubículo. Chu aún no había aparecido.

Harry empezaba a decirse que la filtración no procedía de la esfera de Irving, cosa que le llevaba a pensar en la oficina del jefe de policía y en la posibilidad de que se estuvieran dando unos pasos que Kiz Rider desconocía, o que estaba ocultándoselos. Fue al ordenador y abrió la página web del *Times*. Tecleó «Emily Gomez-Gonzmart» en la caja de búsqueda y pulsó el espaciador.

Pronto se encontró con una página llena de citas: los titulares de los artículos firmados por la periodista, en orden cronológico inverso. Se puso a leerlos y pronto llegó a la conclusión de que GoGo no cubría información política o municipal. Ninguno de los artículos publicados el último año la situaba en la proximidad de Irvin o George Irving. GoGo estaba especializada en los artículos largos de sucesos. La clase de noticias publicada con cierta posterioridad a los hechos en los que ampliaba la información sobre el crimen en sí, hablando de las víctimas y de sus familias. Bosch abrió unos cuantos de estos artículos, leyó los párrafos iniciales y volvió al listado.

Siguió buscando, en orden cronológico inverso, entre los artículos publicados a lo largo de más de tres años, sin dar con algo que conectara a Gomez-Gonzmart con los relacionados con el caso George Irving. Hasta que un titular de 2008 atrajo su atención:

Las tríadas cobran protección
a la comunidad china de la ciudad

Bosch abrió el texto. Era un artículo principal que empezaba hablando de la anciana propietaria de una herboristería en Chinatown, que llevaba más de treinta años pagando una cuota mensual de protección al jefe de una tríada. A continuación, el artículo informaba ampliamente sobre la historia de los comerciantes de ascendencia china que seguían la tradición, originaria de Hong Kong, de pagar protección a las tríadas o bandas criminales de su etnia. El artículo había sido inspirado por el reciente asesinato de un casero de Chinatown, por encargo de una de las tríadas, o eso se suponía.

Bosch se quedó helado al llegar al noveno párrafo del artículo.

«Las tríadas siguen vivas y florecientes en Los Ángeles», asegura David Chu, miembro del grupo del LAPD especializado en bandas asiáticas. «Se aprovechan de las personas, tal y como llevan haciendo trescientos años en Hong Kong.»

Harry se quedó mirando el párrafo unos cuantos segundos. Chu llevaba dos años trabajando con Bosch en la Unidad de Casos Abiertos / No Resueltos. Antes había estado en la unidad especializada en bandas asiáticas, en la que había conocido a Emily Gomez-Gonzmart, y se diría que había seguido con dicha relación.

Bosch apagó la pantalla y se giró en la silla. Chu continuaba sin aparecer. Hizo rodar la silla hasta el otro lado del cubículo y abrió el ordenador portátil de su compañero. La pantalla se iluminó, y Bosch hizo clic sobre el icono del correo electrónico. Miró a su alrededor otra vez, para asegurarse de que Chu no había entrado en la sala de inspectores. Abrió un nuevo mensaje y tecleó «GoGo» en la casilla de direcciones.

No pasó nada. Borró «GoGo» y tecleó «Emily». Automáticamente, apareció una dirección de correo electrónica que ya antes se había utilizado: emilygg@latimes.com.

A Bosch se lo llevaron los demonios. Miró en derredor una vez más y fue a la sección de mensajes enviados y buscó todos los que había mandado a esa dirección. Había muchos. Bosch se puso a leerlos y pronto se dio cuenta de que eran inocuos. Chu se valía del correo electrónico para concertar citas en la cafetería del *Times*, situada al otro lado de la calle. No había forma de determinar qué clase de relación tenía con esa periodista.

Bosch cerró la ventana del correo electrónico y apagó el portátil. Había visto lo suficiente. Sabía lo suficiente. Hizo rodar la silla hasta su propio escritorio y pensó en lo que iba a hacer. Era su propio compañero quien estaba comprometiendo la investigación. Aquello podía llegar a los juzgados si finalmente encausaban a McQuillen. Un abogado defensor que estuviera al corriente del irregular comportamiento de Chu podía ponerle fin tanto a su credibilidad personal como a la credibilidad del caso.

Pero no todo se limitaba al modo en que aquello podía perjudicar a la investigación. También estaba el daño irreparable que Chu le había hecho a la relación personal entre ambos. Por lo que a Bosch concernía, dicha relación había dejado de existir.

—¡Harry! ¿Preparado para ir a la guerra?

Bosch se giró en el asiento. Chu recién acababa de entrar en el cubículo.

—Sí —respondió—. Sí que lo estoy.

27

Un garaje para taxis era muy parecido al del parque móvil de una comisaría de policía. Funcionaba como un centro para llenar de combustible, mantener y dirigir los vehículos que continuamente salían a cubrir el entorno geográfico. Por supuesto, también era el lugar donde los conductores recogían sus automóviles. Los vehículos siempre estaban en funcionamiento, hasta que las averías mecánicas los dejaban fuera de circulación. Y todo funcionaba a un ritmo predecible. Coches que entraban y coches que salían. Mecánicos que entraban y mecánicos que salían. Coordinadores que entraban y coordinadores que salían.

Estacionados en Gower, Bosch y Chu estuvieron contemplando la fachada de los taxis Black and White durante casi una hora hasta que vieron al hombre que pensaron que era Mark McQuillen aparcar un coche en la acera y entrar andando por la puerta del garaje, que estaba abierta.. Tenía un aspecto distinto al esperado por Bosch. Harry estaba pensando en el McQuillen que recordaba de veinticinco años atrás. El McQuillen cuya fotografía había aparecido en todos los medios de comunicación cuando se convirtió en el chivo expiatorio de la comisión de investigación de la inmovilización por asfixia. El tiarrón de veintiocho años con el pelo cortado al cepillo y unos bíceps que parecían ser lo bastante fuertes para aplastar el cráneo de un hombre, por no hablar de su arteria carótida.

Pero el hombre que estaba entrando en el garaje de los taxis B&W tenía las caderas más anchas que los hombros, llevaba el pelo desgreñado y recogido en una descuidada coleta grisácea y tenía los andares de quien no otorga mucha importancia a la dirección que está siguiendo.

—Es él —dijo Bosch—. Creo.

Eran las primeras palabras que pronunciaba en veinte minutos. En ese momento, no tenía muchas cosas que decirle a Chu.

—¿Estás seguro? —le preguntó su compañero.

Bosch miró la copia que Chu había impreso de la fotografía del carné de conducir. Era de hacía tres años, pero estaba seguro de que se trataba del mismo hombre.

—Sí. Vamos.

Bosch no esperó a oír la respuesta de su compañero. Salió del auto y cruzó Gower en diagonal hacia el garaje. Oyó que la otra portezuela del coche se cerraba a sus espaldas y cómo los zapatos de Chu se apresuraban en el pavimento para llegar a su altura.

—Oye, ¿estamos juntos en esto o es que vas por libre? —exclamó Chu.

—Claro —dijo Bosch—. Juntos, juntos.

Por última vez, se dijo.

Sus ojos necesitaron un momento para acostumbrarse a la débil iluminación del garaje. Había más actividad que durante su anterior visita. El cambio de turno. Conductores y coches que entraban y salían. Se encaminaron directamente a la oficina de los coordinadores, pues no querían que alguien avisara a McQuillen de su llegada.

Bosch llamó a la puerta con los nudillos, insistentemente. Al entrar, en el despacho había dos hombres, como la vez anterior: McQuillen y otro al que tampoco habían visto esa vez. McQuillen estaba de pie ante su escritorio, rociando con aerosol desinfectante los auriculares que estaba a punto de encasquetarse. No pareció alterarse por la aparición repentina de dos hombres trajeados. Incluso saludó con un gesto de la cabeza, como si los estuviera esperando.

—Inspectores —dijo—. ¿Qué puedo hacer por ustedes?

—¿Mark McQuillen? —preguntó Bosch.

—El mismo.

—Inspectores Bosch y Chu, del cuerpo de policía. Queremos hacerle unas preguntas.

McQuillen asintió con la cabeza y se giró hacia el otro coordinador.

—Andy, ¿te apañas tú solo? Con un poco de suerte, no tardaré mucho en volver.

El otro individuo hizo un gesto afirmativo con la cabeza al tiempo que levantaba el pulgar.

—En realidad, es posible que la cosa lleve su tiempo —dijo Bosch—. Quizá sea mejor que llamen a otra persona.

McQuillen esta vez le habló a su compañero sin apartar la mirada de Bosch.

—Andy, llama a Jeff y dile que venga para aquí. Vuelvo a la que pueda.

Bosch se giró y señaló la puerta. McQuillen procedió a salir del despacho. Iba vestido con una ancha camisa con los faldones por fuera. Bosch se situó a sus espaldas, sin perder sus manos de vista. Cuando salieron al garaje, llevó la mano a la espalda de McQuillen, y lo dirigió hacia un taxi alzado por unos gatos hidráulicos.

—¿Le importaría poner los brazos en el capó de ese coche un minuto?

McQuillen obedeció, de tal forma que sus muñecas quedaron al descubierto por encima de las mangas de la camisa. Bosch vio lo primero que estaba esperando ver: un reloj de tipo militar en la muñeca derecha. Tenía un gran bisel de acero con los bordes dentados.

—No hay problema —dijo McQuillen—. Y le digo de antemano que a la derecha del cinturón hay un pequeño juguetito de dos disparos que me gusta llevar encima. El nuestro no es un trabajo muy seguro que digamos. Sé que el suyo es aún más complicado, pero aquí trabajamos durante toda la noche y la puerta del garaje siempre está abierta. Al final de cada turno nos quedamos con las ganancias de cada conductor, y los propios conductores a veces son tipos duros de pelar. No sé si me explico.

Bosch rodeó el voluminoso contorno de McQuillen y encontró el arma. La sacó y la levantó para mostrársela a Chu. Era una Derringer del modelo Cobra con el cañón ancho. Bonita y pequeña, pero bastante más sustancial que un juguetito. Podía disparar dos balas del calibre 38 y podía hacer daño en las distancias cortas. La Derringer era una de las armas de fuego que constaban a nombre de McQuillen en la base de datos federal consultada por Chu. Harry se la metió en el bolsillo.

—¿Tiene un permiso para llevar armas ocultas? —preguntó.

—La verdad es que no.

—Ya. Lo que me suponía.

Mientras terminaba de cachear a McQuillen notó la presencia de lo que le pareció un teléfono móvil en el bolsillo derecho de la camisa. Lo dejó donde estaba, fingiendo no haber reparado en él.

—¿Siempre cachean a la gente a la que van a interrogar? —preguntó McQuillen.

—Son las normas —dijo Bosch—. No podemos meterlo en el coche sin esposas a no ser que antes le hayamos cacheado.

Bosch no estaba refiriéndose exactamente a las normas del cuerpo de policía. Más bien estaba hablando de sus propias normas. Al ver que en la base de datos federal constaba la tenencia de una Derringer, Bosch había dado por supuesto que era el arma que McQuillen solía llevar encima. Era lo propio de una pistolita de bolsillo. La primera prioridad de Harry había sido quitársela, así como cualquier otra cosa que pudiera no constar en el registro federal.

—Muy bien —dijo—. Vamos.

Salieron del garaje al atardecer. A uno y otro lado de McQuillen, ambos inspectores le condujeron hasta el coche.

—¿Dónde va a tener lugar esta conversación de tipo voluntario? —preguntó McQuillen.

—En el edificio central —respondió Bosch.

—No he visto el nuevo edificio, pero, si está donde siempre, preferiría que fuésemos a la comisaría de Hollywood. Está cerca, así podré volver antes al trabajo.

Era la señal de que había empezado el juego del gato y el ratón. Desde el punto de vista de Bosch, lo principal era conseguir que McQuillen siguiera cooperando. Si de pronto se negaba a declarar y decía que quería un abogado, todo cambiaría radicalmente. Como expolicía, McQuillen era lo bastante listo para saber tal cosa. A su modo, estaba negociando con ellos.

—Podemos mirar si hay espacio libre —dijo Bosch—. Llámales y pregunta, socio.

Bosch había utilizado la palabra en código. Mientras Chu cogía el móvil, Bosch abrió la puerta trasera de su sedán y la mantuvo abierta para que McQuillen entrase. Tras cerrarla, le hizo un gesto terminante con la mano a Chu por encima del techo del coche. Su significado era: no vamos a ir a Hollywood.

Una vez que los tres estuvieron dentro del coche, Chu procedió a efectuar una falsa llamada al teniente al cargo de la sala de inspectores en la comisaría de Hollywood.

—Teniente, soy el inspector Chu, de Robos y Homicidios. Mi compañero y yo estamos en su sector y quisiéramos pedirles prestada una de sus salas de interrogatorio durante una hora, si es posible. Podemos estar ahí a las cinco. ¿Le parece bien?

Se hizo un largo silencio, y Chu dijo «ya veo» tres veces. Dio las gracias al supuesto teniente y desconectó el aparato.

—No hay suerte. Acaban de hacer un decomiso en un almacén de discos pirateados y tienen las tres salas llenas de discos. Durante un par de horas, por lo menos.

Bosch miró a McQuillen de reojo y se encogió de hombros.

—Parece que tendrá que visitar el nuevo edificio central, McQuillen.

—Parece.

Bosch estaba bastante seguro de que McQuillen no se había tragado aquel paripé. Durante el resto del trayecto intentó charlar un poco con él, con la idea de sonsacar información o conseguir que McQuillen bajase la guardia. Pero el antiguo agente conocía todos los trucos del oficio y se mantuvo en silencio durante casi todo el viaje. Eso le indicó a Bosch que el interrogatorio en el edificio central no iba a resultar fácil. Nada era más difícil que hacer hablar a un antiguo policía.

Sin embargo, tampoco pasaba nada. Bosch estaba preparado para afrontar el desafío y guardaba unos cuantos ases en la manga que McQuillen desconocía, o eso pensaba.

Ya en el edificio central, condujeron a McQuillen por la vasta sala de inspectores de la Brigada de Robos y Homicidios y le hicieron entrar en una de las dos salas de interrogatorio de la Unidad de Casos Abiertos / No Resueltos.

—Tenemos que ir a hacer unas comprobaciones —dijo Bosch—. Volvemos dentro de un momento.

—Ya sé cómo funciona la cosa —repuso McQuillen—. Nos vemos dentro de una hora más o menos, ¿no es así?

—No, no tanto tiempo. Volvemos enseguida.

La cerradura de la puerta se cerró de forma automática cuando salieron. Bosch fue por el pasillo, cruzó la siguiente puerta y entró en la sala de vídeo. Conectó las grabadoras de audio y vídeo, y a continuación se dirigió a la sala de inspectores. Chu estaba sentado a su escritorio, abriendo los sobres que contenían los extractos de las tarjetas de crédito de George Irving. Bosch ocupó su propio asiento.

—¿Cuánto tiempo piensas dejar que se vaya cocinando? —preguntó Chu.

—No lo sé. Quizá media hora. He fingido no haber visto su móvil al cachearlo. Es posible que haga una llamada, meta la pata al hablar y lo tengamos grabado en vídeo. Con un poquito de suerte.

—Ha pasado otras veces. ¿Te parece que va a salir de aquí esta noche?

—Lo dudo, la verdad. Incluso si no nos dice nada. ¿Te has fijado en su reloj?

—No. Lleva camisa de manga larga.

—Yo sí lo he visto. Y coincide. Lo detenemos, le quitamos el reloj y lo enviamos a Criminalística. Hay que buscar muestras del ADN y de la herida. El ADN llevará su tiempo, pero es posible que mañana al mediodía contemos con muestras de la herida. Y entonces podremos ir a hablar con el fiscal de distrito.

—Parece un buen plan. Voy a por un café. ¿Quieres algo?

Bosch se giró y se quedó mirando a su compañero. Chu estaba de espaldas a él, ocupado en ordenar y apilar los extractos de las tarjetas de crédito en un lado del escritorio.

—No, estoy bien.

—Mientras dejas que McQuillen siga cocinándose, igual aprovecho para sentarme y mirar todo esto. Uno nunca sabe.

Chu se levantó y metió los extractos de las tarjetas en una carpeta verde nueva.

—Uno nunca sabe, sí.

Chu se fue, y Bosch le observó alejarse. Se levantó y fue al despacho de la teniente. Asomó la cabeza por la puerta e informó a Duvall de que habían metido a McQuillen en una de las salas de interrogatorio y que estaba en el edificio de forma voluntaria.

A continuación, volvió a su escritorio y envió un mensaje de texto a su hija, para asegurarse de que había llegado a casa sin problemas tras el colegio. Maddie respondió al móvil, pues el teléfono era una extensión de su mano derecha, y ambos tenían por norma no retrasarse en responder a los mensajes:

Estoy en casa y bien. Pensaba que anoche habías estado trabajando.

Bosch no estaba seguro de qué era lo que le quería decir con eso. Por la mañana había hecho todo lo posible por borrar las huellas del paso de Hannah Stone por la casa. Le envió una respuesta de tipo inocente, pero ella entonces le asestó el golpe:

Dos copas de vino en el Bosch.

Tenían la costumbre de denominar el lavavajillas por el nombre del fabricante. Bosch comprendió que había dejado una pista. Pensó un momento y tecleó una respuesta:

> Estaban cogiendo polvo en el estante. Por eso las he lavado. Pero me alegro de que te ocupes de las cosas de casa.

No pensaba que Maddie le fuera a creer. Esperó un par de minutos y no le llegó respuesta. Tenía remordimientos por no decirle la verdad, pero no era el mejor momento para ponerse a debatir con ella su vida amorosa.

Se dijo que ya había dejado bastante margen a Chu y bajó en ascensor al vestíbulo. Salió del edificio central de la policía, cruzó Spring Street y entró en el edificio del *Los Angeles Times*.

El *Times* contaba con toda una cafetería en la planta baja. En el edificio de la policía no había más que máquinas expendedoras. En lo que se describió como un gesto de buena vecindad cuando la inauguración del edificio de la policía dos años atrás, el *Times* había ofrecido acceso a su cafetería a todos los funcionarios del cuerpo. Bosch siempre había pensado que se trataba de un gesto vacío, cuya principal motivación era el interés que la empresa editora —con problemas económicos— tenía de que por lo menos la cafetería resultase rentable, ya que ninguna de las demás secciones del antaño boyante negocio lo era ya.

Enseñó la placa en la puerta de seguridad, entró y se dirigió a la cafetería emplazada en el cavernoso espacio ocupado por la imprenta del periódico a lo largo de muchas décadas. Era una sala alargada con un mostrador de autoservicio en un lado e hileras de mesas en el otro. Recorrió la estancia con la mirada, con la idea de ver a Chu antes de que este le viera.

Chu estaba sentado a una mesa situada en el extremo del comedor, de espaldas a Bosch. Se encontraba en compañía de una mujer de aparente origen hispano, que tomaba notas en una libreta. Bosch se acercó a la mesa, echó mano a una silla y se sentó. Chu y la mujer se lo quedaron mirando como si quien acabara de sentarse a su lado fuese Charles Manson.

—He cambiado de idea en lo referente al café —dijo Bosch.

—Harry —soltó Chu—. Yo... estaba...

—Contándole a Emily todos los detalles del caso.

Bosch clavó la mirada en Gomez-Gonzmart.

—¿No es verdad, Emily? —dijo—. ¿O puedo llamarla GoGo?

—Mira, Harry, no es lo que piensas —adujo Chu.

—Ah, ¿no? ¿En serio? Porque a mí me parece que estás contándoselo todo a los del *Times*, con pelos y señales, y en casita, además.

Al momento agarró la libreta que estaba en la mesa.

—¡Oiga! —gritó Gomez-Gonzmart—. ¡Es mía!

Bosch leyó las notas apuntadas en la página abierta. Las había escrito de forma más o menos taquigráfica, pero vio la anotación *McQ* repetidas veces y la frase «análisis reloj = clave». Era suficiente para confirmar sus sospechas. Tendió la libreta a la periodista.

—Me voy —dijo ella, quitándole la libreta de las manos.

—No tan pronto —respondió Bosch—. Ustedes dos van a quedarse sentaditos mientras llegamos a un acuerdo.

—¡Usted no me dice lo que tengo que hacer! —le soltó ella.

—Tiene razón. No se lo digo —indicó Bosch—. Pero resulta que el futuro y la carrera profesional de su maromo ahora están en mis manos. Y, si algo de esto le importa, será mejor que se siente y me escuche.

Bosch se la quedó mirando. La mujer se llevó el bolso al hombro, como si fuera a marcharse.

—¿Emily? —dijo Chu.

—Mira, lo siento —respondió ella—. Tengo que escribir un artículo.

Se fue. Chu se había quedado completamente pálido. Miró el vacío, hasta que Bosch le sacó de su estupor.

—Chu, ¿se puede saber qué coño has estado haciendo?

—Yo pensaba que…

—Lo que pensaras da igual. Esta tipa te ha estado utilizando. La has cagado pero bien, y ya puedes ir pensando en alguna forma de pararle los pies. ¿Qué le has dicho exactamente?

—Yo… Que hemos traído a McQuillen y que vamos a interrogarlo. Y que, si el reloj se corresponde con las heridas, da igual que confiese o no.

Bosch estaba tan furioso que tuvo que reprimir el impulso de soltarle una colleja a Chu que fuera capaz de tumbarlo.

—¿Cuándo empezaste a hablar con ella?

—El día que nos asignaron el caso. A Emily la conocía de antes. Hace unos años me entrevistó para un artículo, y luego salimos unas cuantas veces. Siempre me gustó mucho.

—De forma que esta semana te ha llamado, te ha agarrado por la polla y te ha hecho cantar todo lo referente a mi caso.

Chu se giró y le miró directamente a los ojos por primera vez.

—Sí, Harry. Tú mismo lo has dicho. Tu caso. No *nuestro* caso, sino tu caso.

—Pero ¿por qué, David? ¿Por qué has hecho esto?

—Tú tienes la culpa. Y no empieces a llamarme David. Hasta me sorprende que sepas mi nombre.

—¿Cómo? ¿Que yo tengo la culpa? Pero ¿es que te has vuelto lo…?

—Tú, sí. Porque me mantienes al margen. No me cuentas una mierda y me mantienes al margen. Haces que me ocupe del otro caso mientras tú llevas este. Y no es la primera vez. Es lo de siempre. Y no es forma de tratar a un compañero. ¡Si me hubieras tratado como es debido, nunca habría hecho algo así!

Bosch recobró la compostura y calmó la voz. Se daba cuenta de que estaban llamando la atención de las mesas contiguas, llenas de periodistas.

—Ya no somos compañeros de equipo —dijo Bosch—. Cuando terminemos con estos dos casos, vas a pedir un traslado. Me da igual adónde vayas, pero no vas a seguir en Casos Abiertos / No Resueltos. Si no pides el traslado, haré saber lo que has hecho, traicionar a tu compañero y vender el caso a cambio de un par de polvos. Te convertirás en un paria, y no te van a querer en ninguna unidad. Estarás acabado.

Se levantó y se alejó. Oyó que Chu decía su nombre débilmente, pero no se giró.

28

McQuillen estaba esperando con los brazos cruzados sobre la mesa cuando Bosch volvió a entrar en la sala de interrogatorio. Consultó su reloj —según parecía, sin darse cuenta de la importancia que iba a tener en la entrevista inminente— y miró a Bosch.

—Treinta y cinco minutos —dijo—. Pensaba que iban a tenerme así una hora, cuando menos.

Bosch se sentó frente a él y dejó una delgada carpeta verde en la mesa.

—Lo siento —dijo—. He tenido que poner a algunas personas al corriente de la investigación.

—No hay problema. He llamado al trabajo. Tienen un sustituto para toda la noche si hace falta.

—Bien. Y creo que ya sabe por qué está aquí. Me gustaría que habláramos sobre el último domingo por la noche. Creo que, para protegerle y que todo esto sea formal, lo mejor es que le haga saber cuáles son sus derechos. Usted ha venido aquí de forma voluntaria, pero siempre quiero que la gente sepa en qué situación se encuentra.

—¿Me está diciendo que soy sospechoso de asesinato?

Bosch tamborileó los dedos sobre la carpeta.

—Eso ahora no puedo decírselo. Necesito que me proporcione unas cuantas respuestas y entonces llegaré a una conclusión al respecto.

Bosch abrió la carpeta y sacó la primera hoja. Era un impreso de aviso y renuncia a los derechos legales en el que constaban las protecciones constitucionales conferidas a McQuillen, entre ellas el derecho a contar con la presencia de un abogado durante un interrogatorio. Bosch lo leyó en voz alta y pidió a McQuillen que lo firmase. Le pasó un bolígrafo, y el antiguo policía reconvertido en coordinador de enviar taxis a un sitio y otro firmó sin vacilar.

—Y bien —dijo Bosch—, ¿sigue estando dispuesto a cooperar y a hablarme del domingo por la noche?

—Hasta cierto punto.

—¿Hasta qué punto?

—Aún no lo sé, pero conozco cómo funcionan estas cosas. Ha pasado cierto tiempo, pero hay cosas que no cambian. Usted está aquí con la idea de enchironarme. Yo solamente estoy aquí porque anda equivocado y estoy dispuesto a ayudarle, siempre que no terminen por romperme las pelotas. Esa es la cuestión.

Bosch se arrellanó en el asiento.

—¿Usted se acuerda de mí? —preguntó—. ¿Mi nombre le suena?

McQuillen asintió con la cabeza.

—Por supuesto. Me acuerdo de todos los que formaban parte de la comisión de investigación.

—Incluido Irvin Irving.

—Claro. Uno siempre se fija en el hombre que está al mando.

—Bueno, yo era uno de los soldados rasos, por decirlo así, de manera que mi opinión no contaba demasiado. Pero, para que lo sepa, siempre pensé que a usted le jodieron la vida. Necesitaban sacrificar a alguien, y usted les vino que ni pintado.

McQuillen juntó las manos sobre la mesa.

—Después de tantos años, todo eso me da igual, Bosch. No trate de hacerse el simpático conmigo.

Harry asintió y echó el rostro hacia delante. McQuillen estaba decidido a apostar fuerte. Era lo bastante listo o lo bastante tonto para pensar que podía plantarle cara sin llamar a un abogado. Bosch se dijo que iba a darle lo que andaba buscando.

—Bien, pues dejémonos de preámbulos, McQuillen. ¿Por qué tiró a George Irving del balcón del hotel?

En el rostro de McQuillen se pintó una pequeña sonrisa.

—Antes de hablar de todo eso, quiero algunas garantías.

—¿Qué garantías?

—La garantía de que no van a acusarme de nada en relación con la pistolita. De que no van a acusarme de nada en relación con algunos detalles que voy a darle.

Bosch negó con la cabeza.

—Dice que sabe cómo funcionan las cosas. Entonces también sabrá que no puedo llegar a un acuerdo de este tipo. Eso tendría que hablarlo con el fiscal de distrito. Yo siempre puedo decirle al fiscal que ha estado cooperando con nosotros. Incluso puedo pedirle que le den un respiro. Pero lo que no puedo es llegar a un acuerdo así con usted, y creo que ya lo sabe.

—Mire, usted está aquí porque quiere saber qué fue lo que le pasó a George Irving. Yo puedo decírselo. Y voy a decírselo, pero no sin estas garantías.

—Se refiere a la pistolita y a esos detalles que menciona, sean los que sean.

—Eso mismo. Me estoy refiriendo a algunas chorradas sin importancia que pasaron hace tiempo.

Bosch no le encontraba el sentido a sus palabras. Si McQuillen iba a reconocerse autor de la muerte de George Irving, las faltas como llevar un arma de fuego escondida bajo la ropa no tenían la menor importancia. Que

McQuillen estuviera preocupado por minucias de ese tipo le indicó a Bosch que no iba a reconocer ninguna culpabilidad en la muerte de Irving.

La cuestión ahora era dilucidar quién estaba llevando la voz cantante. Harry tenía que asegurarse de que seguía siendo él.

—Todo cuanto puedo prometerle es que haré lo posible por ayudarle —dijo—. Usted cuénteme qué fue lo que pasó el domingo por la noche; si es verdad, no voy a preocuparme demasiado por los detalles sin importancia. Es lo más que puedo hacer.

—Supongo que no me queda más remedio que fiarme de su palabra, Bosch.

—Tiene mi palabra. ¿Podemos empezar?

—Ya hemos empezado. Y mi respuesta es que yo no tiré a George Irving del balcón del Chateau Marmont. Fue el propio George Irving quien se tiró del balcón.

Bosch volvió a arrellanarse en la silla y tamborileó los dedos sobre la mesa.

—Vamos, McQuillen, ¿cómo quiere que me trague todo eso? ¿Cómo quiere que alguien vaya a tragárselo?

—Yo no quiero nada de usted. Lo único que le estoy diciendo es que yo no lo hice. Usted se ha equivocado en la reconstrucción de los hechos, por completo. Tiene algunas ideas preconcebidas, seguramente mezcladas con algunos datos circunstanciales, y al juntarlo todo ha llegado a la conclusión de que yo fui quien mató a ese tipo. Pero yo no lo maté, y no puede demostrar que lo hiciera.

—Es lo que usted espera, que no pueda demostrarlo.

—No, la esperanza no tiene nada que ver con todo esto. Tengo clarísimo que no puede demostrarlo, porque yo no lo hice.

—Empecemos por el principio. Usted odia a Irvin Irving por lo que le hizo hace veinticinco años. Le fastidió a lo grande, acabó con su carrera profesional, le amargó la existencia.

—Eso de «odiar» resulta complicado. Es verdad que en su momento le odiaba, pero de eso hace mucho tiempo.

—¿Y el domingo por la noche? ¿Seguía odiándole?

—En ese momento no estaba pensando en él.

—Cierto. Estaba pensando en su hijo, George, que ahora también estaba tratando de dejarle sin trabajo. ¿Usted odiaba a George el domingo por la noche?

McQuillen meneó la cabeza.

—No voy a responder a esa pregunta. No tengo por qué hacerlo. Y lo que yo pensara de él da lo mismo, porque yo no le maté. George se suicidó.

—¿Por qué está tan seguro?

—Porque me dijo que iba a hacerlo.

Bosch creía estar preparado para cualquier cosa que McQuillen pudiera decirle, pero no, no para eso.

—George le dijo que iba a hacerlo.

—Eso mismo.

—¿Cuándo se lo dijo?

—El domingo por la noche. En su habitación. Por eso estaba en el hotel. Me dijo que iba a tirarse por el balcón. Me marché antes de que lo hiciera.

Bosch guardó silencio, consciente de que McQuillen había dispuesto de varios días para preparar aquella respuesta. Siempre podía haber urdido una historia complicada que explicase todos los hechos. Pero en la carpeta que tenía delante seguía estando la fotografía de la herida en el omóplato de George Irving. Aquello lo cambiaba todo. Y McQuillen iba a ser incapaz de explicarlo.

—¿Por qué no me cuenta su versión de los hechos y me explica cómo llegó a mantener esa conversación con George Irving? Sin olvidarse de nada. Quiero todos los detalles.

McQuillen emitió un profundo suspiro.

—¿Se da cuenta de los riesgos que estoy corriendo al hablar con usted? Yo no sé qué es lo que tiene o cree tener. Puedo contarle la pura verdad, de pe a pa, y usted luego puede retorcerlo todo y usar mis propias palabras para joderme a base de bien. Y ni siquiera estoy hablando en presencia de un abogado.

—Las cosas se harán como usted quiera, Mark. Si quiere hablar, hable. Si quiere un abogado, llamamos a un abogado, y la conversación ha terminado. Y entonces vamos en otro plan muy distinto. Usted ha sido policía y es lo bastante despierto para saber cómo funcionan estas cosas. Sabe perfectamente que solo tiene una forma de salir de aquí y dormir en casa esta noche. Tiene que hablar. Y tiene que convencerme.

Bosch abrió la mano en el aire, como diciendo que la elección era completamente suya. McQuillen asintió con la cabeza. Se daba cuenta de que era ahora o nunca. Un abogado le diría que se negase a declarar, a la espera de que la policía sacara a relucir sus pruebas en un tribunal. Porque no convenía darles información que aún no obrara en su poder. Y era un buen consejo, pero no siempre. Había cosas que era mejor decir.

—Estuve en la habitación con él —afirmó—. El domingo por la noche. La madrugada del lunes, mejor dicho. Fui al hotel a enfrentarme con él. Estaba rabioso. Quería... No estoy seguro de qué era lo que quería. No quería que me amargaran la existencia otra vez y quería... asustarle, supongo. Plantarle cara. Pero...

Señaló con el dedo a Bosch.

—George Irving seguía con vida cuando salí de su habitación.

Bosch comprendió que lo que habían grabado hasta ese momento resultaba suficiente para detener a McQuillen y acusarle de asesinato. Acababa de reconocer que había estado con la víctima en el lugar de los hechos. Pero Bosch se mantuvo impasible. Aún podía conseguir más.

—Empecemos por el principio —dijo—. ¿Cómo sabía que George Irving estaba en el hotel? ¿Y cómo sabía cuál era su habitación?

McQuillen se encogió de hombros, como si esas preguntas fueran de lo más tonto.

—Puede suponerlo —indicó—. Hooch Rollins me lo dijo. Llevó a un pasajero al hotel el domingo por la noche, y casualmente vio que Irving entraba. Me llamó, porque una vez me había oído expresar mi opinión sobre los Irving en la sala de descanso. Después de las detenciones por embriaguez, convoqué una reunión y les expliqué a todos lo que estaba pasando y quién estaba detrás. Y les enseñé una foto de ese mierda, una imagen que encontré en internet.

—Así que Rollins le dijo que estaba entrando en el hotel. ¿Cómo sabía que tenía una habitación reservada? ¿Y cómo sabía el número de esa habitación?

—Llamé al hotel. Tenía claro que no iban a darme el número de su habitación, por razones de seguridad. Tampoco podía pedir que me pusieran con él. ¿Qué iba a preguntarle? «Oiga, amigo, dígame el número de su habitación.» No, así pues, llamé al hotel y pedí que me pusieran con el garaje. Hooch había visto que dejaba su coche en manos del encargado del garaje, así que llamé allí, dije que era Irving y pedí que miraran si me había dejado olvidado el móvil en mi coche. Entonces pregunté al encargado si se acordaba del número de mi habitación, si podría subírmelo en caso de encontrarlo. El hombre dijo que sí, que mi habitación era la 79, y que si encontraba el móvil haría que me lo subieran. Y, bueno, así conseguí el número de la habitación.

Bosch asintió con la cabeza. McQuillen había obrado de forma astuta. Pero aquí también se daba cierto elemento de premeditación. Estaba poco menos que reconociéndose responsable de un asesinato en primer grado. Según parecía, Bosch no tenía más que seguir haciéndole preguntas de tipo general, que McQuillen se encargaba de darle todo lo demás. El interrogatorio estaba yendo sobre ruedas.

—Esperé hasta el final del turno y fui hasta allí a medianoche —prosiguió McQuillen—. No quería que nadie me viera ni que me grabara ninguna cámara. Así pues, rodeé el edificio del hotel y encontré que en uno de los lados había una escalera de incendios. La escalera llevaba hasta el tejado. Pero en cada piso permitía acceder a un balcón, lo que me resultaba de lo más conveniente.

—¿Llevaba puestos unos guantes?

—Sí, unos guantes y un mono de mecánico que siempre llevo en el coche. En mi trabajo, uno nunca sabe cuándo va a tener que meterse debajo de un automóvil o algo parecido. Me dije que, si alguien me veía, me tomaría por un empleado de mantenimiento.

—¿Lleva todo eso en el coche? Pero si usted trabaja en la oficina.

—También soy uno de los propietarios de la empresa. Mi nombre no aparece en el contrato de la concesión municipal, porque en su momento pensé que no nos la darían si se percataban de que era uno de los socios. Pero tengo la tercera parte de Black and White.

Eso ayudaba a explicar por qué McQuillen estaba dispuesto a ir tan lejos en lo referente a Irving. Era otra cuestión difícil de explicar que el mismo sospechoso acababa de aclarar.

—Así pues, subió por la escalera de incendios hasta el tercer piso. ¿A qué hora lo hizo?

—Mi turno terminó a medianoche. Así que debían de ser las doce y media o algo parecido.

—¿Qué sucedió cuando llegó al séptimo piso?

—Tuve suerte. En el séptimo piso no había una salida que diese al pasillo. Tan solo había un largo balcón, con dos puertas de cristal que daban a dos habitaciones distintas. Una a la derecha y otra a la izquierda. Miré por la puerta de la derecha y allí estaba. Irving estaba allí, sentado en el sofá.

McQuillen se detuvo. Parecía estar rememorando lo sucedido aquella noche, lo que había visto a través de la puerta del balcón. Bosch tenía presente la necesidad de que la historia siguiera fluyendo, aunque con la menor participación posible por su parte.

—Así que lo encontró.

—Sí. Estaba allí sentado, bebiendo Jack Daniel's etiqueta negra, a morro de la botella. Daba la impresión de estar esperando a alguien.

—¿Y entonces qué pasó?

—Bebió un último lingotazo de la botella; de pronto, se levantó y echó a andar hacia mí. Como si supiera que estaba mirándolo desde el balcón.

—¿Y usted qué hizo?

—Me apreté contra la pared, junto a la puerta. Pensé que no podía haberme visto, que el reflejo interior del cristal se lo habría impedido. Simplemente, estaba saliendo al balcón. Así que me apreté contra la pared. Abrió la puerta y salió. Se acercó a la barandilla y arrojó la botella vacía lo más lejos que pudo. A continuación, se apoyó en la barandilla y se puso a mirar hacia abajo, como si fuera a vomitar o algo por el estilo. Comprendí que, cuando terminara de hacer lo que fuera a hacer y se girase, iba a encontrarme delante de sus narices. No tenía dónde esconderme.

—¿Irving vomitó?

—No, no llegó a hacerlo. Sencillamente estaba…

De repente, un puño llamó a la puerta con fuerza. Bosch dio un respingo en el asiento.

—Un momento. Dejémoslo ahí por el momento.

Se levantó y situó el cuerpo de tal forma que McQuillen no pudiera ver el pomo de la puerta. Tecleó la combinación de la cerradura y abrió. Chu estaba al otro lado; a Bosch le entraron ganas de estrangularlo. Pero salió de la sala con calma y cerró la puerta.

—¿Qué coño estás haciendo? Sabes perfectamente que no hay que interrumpir un interrogatorio. ¿Es que eres un novato?

—Mira, quería decírtelo. He conseguido que el artículo no se publique. Emily ha echado el freno.

—Estupendo. Pero podías decírmelo después del interrogatorio. Este tipo está a punto de cantar hasta la última nota, y ahora vienes y llamas a la puta puerta.

—No sabía si te estabas viendo obligado a llegar a algún acuerdo con él porque pensabas que el artículo iba a salir. Pero no va a salir, Harry.

—Luego hablamos del asunto.

Bosch se giró hacia la puerta de la sala de interrogatorio.

—Voy a arreglar las cosas entre nosotros, Harry. Te lo debo. Verás que voy a hacerlo.

Bosch se volvió hacia él.

—No me vengas con promesas. Si quieres hacer algo útil, deja de llamar a la puerta y ponte a conseguir una orden de decomiso del reloj de este fulano. Cuando lo enviemos a Criminalística, que sea con una orden judicial.

—Eso está hecho, Harry.

—Bien. Y marchando.

Bosch tecleó la combinación, volvió a entrar en la sala y tomó asiento frente a McQuillen.

—¿Alguna cosa importante? —preguntó McQuillen.

—No, una chorrada. ¿Por qué no seguimos con su versión de los hechos? Decía usted que Irving estaba en el balcón y...

—Sí, yo seguía a su espalda, pegado a la pared. Tan pronto como se girase para volver a entrar, iba a verme de todas todas.

—¿Y qué hizo?

—No sé... El instinto pudo conmigo. Di un paso adelante. Le sorprendí por la espalda y le agarré. Empecé a arrastrarlo hacia la habitación. Con todas esas casas en la ladera, tenía miedo de que alguien nos viera en el balcón. Quería meterlo en la habitación cuanto antes.

—Dice que le agarró. ¿Cómo le agarró?

—Por el cuello. Utilicé la inmovilización por asfixia, como en los viejos tiempos.

McQuillen miró a Bosch a los ojos al decirlo, como si el hecho tuviera algún significado particular.

—¿Se debatió? ¿Se resistió?

—Sí, se llevó un susto del carajo. Empezó a revolverse, pero estaba medio borracho. Conseguí que entrara por la puerta. Se revolvía como un puto pez fuera del agua, pero no tardó en suceder lo que siempre sucede: se quedó dormidito.

Bosch aguardó a que el otro prosiguiera, pero McQuillen guardó silencio.

—Perdió el conocimiento, quiere decir —repuso.

—Eso mismo —convino McQuillen.

—¿Y qué pasó a continuación?

—Recuperó la respiración casi al momento, pero estaba dormido. Ya le he dicho que se había pimplado una botella de Jack Daniel's casi entera. Estaba roncando. Tuve que sacudirle un poco para despertarlo. Finalmente, recobró el conocimiento, pero estaba borracho y confundido y no me reconoció en absoluto cuando me vio la cara. Tuve que decirle quién era y por qué estaba allí. Estaba en el suelo, medio apoyado en un codo. Y yo estaba de pie sobre su cuerpo, como el mismo Dios.

—¿Qué le dijo?

—Le dije que conmigo se había equivocado y que no iba a permitir que me jodiera la vida como me la había jodido su padre. Entonces fue cuando la cosa se puso rara, y es que yo no sabía cómo iba a reaccionar.

—A ver un momento. No termino de seguirlo. ¿Qué es eso de que «la cosa se puso rara»?

—Empezó a reírse de mí. Yo le había pillado por sorpresa, le había dejado sin respiración, y el cabrón lo encontraba todo muy divertido. Estaba tratando de darle un buen susto, pero el muy mamón estaba borracho como una cuba. Estaba en el suelo, partiéndose el culo de risa.

Bosch meditó sobre esas palabras. No le gustaba el rumbo que estaba tomando el interrogatorio, una dirección completamente inesperada.

—¿Fue todo lo que hizo? ¿Echarse a reír? ¿No le dijo nada?

—Sí, al final, cuando dejó de reírse. Fue entonces cuando me dijo que ya no tenía que preocuparme por nada.

—¿Qué más le dijo?

—Eso fue todo, más o menos. Me dijo que no tenía que preocuparme por nada y que podía irme a casa. Me hizo un gesto con la mano, como de despedida.

—¿Le preguntó por qué no tenía que preocuparse usted por nada?

—No me pareció necesario.

—¿Cómo es eso?

—Porque terminé por pillar la idea. El hombre había venido al hotel con la idea de matarse. Cuando salió al balcón y miró por la barandilla, estaba pensando por dónde iba a tirarse. Tenía decidido lanzarse al vacío, y por eso estaba metiéndose la botella de Jack Daniel's en el cuerpo, para reunir el valor necesario. Así que me marché de allí y... Y eso fue lo que hizo.

Bosch guardó silencio otra vez. La versión de McQuillen podía ser un complicado cuento chino urdido para exculparse de lo sucedido. Pero también resultaba lo bastante extraña para ser veraz. Había elementos que podían comprobarse. Aún no contaban con los resultados del análisis de alcohol en la sangre, pero la mención a la botella de Jack Daniel's resultaba una novedad. Ningún testigo había visto que George Iving se llevara una botella a la habitación.

—Hábleme de esa botella de Jack Daniel's —indicó.

—Ya se lo he dicho. Se la bebió entera y luego la tiró por el balcón.

—¿De qué tamaño era? ¿Estamos hablando de una botella normal, de tres cuartos de litro?

—No, no, más pequeña. De las de seis tragos.

—No le entiendo.

—Era una botella pequeña, del tamaño de una petaca, de las que dan para unos seis chupitos bien servidos. Yo también bebo Jack Daniel's, así que reconocí el tipo de botella. De seis tragos, solemos llamarlas.

Bosch se dijo que media docena de chupitos bien servidos podían suponer unos trescientos mililitros. Era posible que Irving llevara una botella del tamaño de una petaca en el bolsillo a la hora de registrarse. Harry recordó que en el mostrador de la cocina de la suite también había distintas botellas y tentempiés. Asimismo, era posible que Irving se hubiera hecho con la botella en la habitación.

—Muy bien. ¿Qué fue lo que pasó cuando Irving tiró la botella por el balcón?

—Oí que se hacía añicos en la oscuridad. Creo que fue a parar a la calle, al tejado de alguna casa o algo por el estilo.

—¿En qué dirección la tiró?

—Hacia delante.

Harry asintió con la cabeza.

—De acuerdo. Espere ahí sentado, McQuillen. Vuelvo dentro de un momento.

Bosch se levantó, abrió la cerradura y salió de la sala. Echó a andar por el pasillo en dirección a Casos Abiertos / No Resueltos.

Al pasar ante la sala de vídeo, la puerta se abrió, y Kiz Rider salió al pasillo. Había estado mirando el interrogatorio. Bosch no se sorprendió. Rider estaba al corriente de que iba a traer a McQuillen.

—Joder, Harry.

—Ya lo ves.

—Y, bueno, ¿tú le crees?

Bosch se detuvo y la observó.

—La historia tiene su qué, y hay elementos que podemos comprobar. Cuando entró en la sala de interrogatorio, McQuillen no tenía idea de qué datos teníamos (el botón en el suelo, las lesiones en el hombro, el testigo que le había visto en la escalera de incendios tres horas antes), y el hecho es que su versión se ajusta a todos esos datos.

Rider se llevó las manos a las caderas.

—Pero, a la vez, McQuillen reconoce haber estado en la habitación. Y que asfixió a la víctima hasta hacerle perder el sentido.

—McQuillen está arriesgando mucho al reconocer que estuvo en la habitación con él.

—¿Tú le crees?

—No lo sé. Hay algo más. McQuillen ha sido policía. Y sabe que…

Bosch se detuvo y chasqueó los dedos.

—¿Qué?

—Tiene una coartada. Eso es lo que no nos ha dicho. Irving cayó del balcón tres o cuatro horas después. McQuillen tiene una coartada y está esperando a ver si le detenemos. Si lo intentamos, entonces sacará la coartada a relucir y se irá tranquilamente por la puerta. Eso dejaría en ridículo al cuerpo y seguramente sería su pequeña venganza por lo sucedido hace años.

Bosch asintió con la cabeza. Seguramente, se trataba de eso.

—Pero la cosa está que arde, Harry. Irvin Irving está esperando que anunciemos una detención. Y dices que los del *Times* van a publicar la noticia ya mismo.

—Irving puede irse a la mierda. Lo que esté esperando me da lo mismo. Y mi compañero asegura que no tenemos que preocuparnos por lo del *Times.*

—¿Cómo es eso?

—No lo sé bien, pero ha conseguido que no publiquen la noticia. Mira, ahora tengo que decirle a Chu que vaya a investigar lo de la botella de Jack Daniel's. Y he de volver a la sala de interrogatorio para que me dé su coartada.

—Muy bien. Yo vuelvo al décimo piso. Llámame tan pronto como hayas terminado con McQuillen. Tengo que saber cómo está el asunto.

—Entendido.

Bosch fue por el pasillo hasta Casos Abiertos / No Resueltos. Chu estaba sentado ante su ordenador.

—Necesito que hagas una comprobación. ¿Has dicho a los del Chateau que pueden volver a utilizar la habitación?

—No. No me lo dijiste, así que no...

—Bien. Llama al hotel y pregunta si en las suites hay botellas de Jack Daniel's. No estoy hablando de botellines en miniatura, sino de botellas del tamaño de una petaca o así. Si en las suites ofrecen botellas de ese tipo, haz que comprueben si en la 79 falta una.

—Hice que precintaran la puerta.

—Pues que corten el precinto. Cuando termines de hacer todo esto, llama al laboratorio y pregunta si ya tienen el análisis de alcohol en la sangre de Irving. Voy a hablar con McQuillen otra vez.

—Harry, ¿quieres que vaya a avisarte cuando averigüe todo esto?

—No, no vengas. Quédate aquí y espérame.

Bosch tecleó la combinación, abrió la puerta y ocupó su silla inmediatamente.

—Vuelve muy pronto, ¿no? —dijo McQuillen.

—Sí, me había olvidado de algo. No me ha terminado de contar lo sucedido, McQuillen.

—Sí que se lo he contado. Le he contado exactamente lo que sucedió en la habitación.

—Ya, pero no me ha contado qué pasó luego.

—Que se tiró por el balcón, eso fue lo que pasó.

—No me refiero a eso. Me refiero a usted, a lo que hizo más tarde. Sabía lo que él iba a hacer y, en lugar de, por ejemplo, echar mano del teléfono y llamar a alguien para que tratara de evitarlo, se fue del hotel a toda velocidad y dejó que se tirase. Pero es listo y sabía que lo sucedido iba a tener consecuencias para usted. Era muy probable que alguien como yo lo interrogase.

Bosch se arrellanó en el asiento, fijó la mirada en McQuillen y asintió con la cabeza.

—Y por eso fue a buscarse una coartada.

McQuillen se mantuvo impasible.

—Ha venido aquí con la esperanza de que lo detuviéramos, para a continuación sacar su coartada a relucir y cubrir de ridículo al cuerpo por toda la mierda que tuvo que comerse en el pasado. Quizá con la idea de ponernos una denuncia por detención ilegal. Tenía pensado utilizar a Irving para vengarse a su modo.

McQuillen seguía inexpresivo. Bosch echó el rostro hacia delante.

—Puede decírmelo, McQuillen, que no voy a detenerle. No voy a darle ese gusto, con independencia de lo que pueda pensar sobre lo que le hicieron hace veinticinco años.

McQuillen asintió con la cabeza y abrió la mano, como diciendo que el intento había valido la pena.

—Tenía el coche aparcado frente al Standard, al otro lado de Sunset Strip. Allí me conocen.

El Standard era un lujoso hotelito situado a unas cuantas manzanas del Chateau.

—Los del Standard son buenos clientes nuestros. En realidad, el hotel está en la zona de West Hollywood, de forma que se halla fuera de nuestro sector oficial, pero tenemos comprados a los conserjes. Cuando un cliente necesita un taxi, siempre nos llaman. Y por eso siempre tenemos un coche aparcado cerca.

—Y se dirigió allí después de ver a Irving.

—Sí. En el Standard hay un restaurante llamado Twenty Four / Seven. Está abierto a todas horas, y encima de la barra hay una cámara de seguridad. Fui allí y me quedé sentado a la barra hasta el amanecer. Puede hacerse con la grabación y lo verá. En el momento en que Irving se tiró, yo estaba allí sentado, bebiendo café.

Bosch meneó la cabeza, como si la historia no terminara de cuadrar.

—¿Cómo sabía que Irving no iba a tirarse antes de que llegara al restaurante, cuando aún estaba en el Chateau o andando hacia allí? Porque el paseo tuvo que llevarle quince minutos por lo menos. Era arriesgado.

McQuillen se encogió de hombros.

—Irving estaba temporalmente incapacitado.

Bosch se lo quedó mirando un largo instante hasta que comprendió. McQuillen había hecho que Irving quedara inconsciente otra vez.

Bosch se acordó del reloj despertador en la habitación.

—Fue al dormitorio y cogió el despertador. Lo enchufó junto a su cuerpo y estableció la alarma a las cuatro de la madrugada, para asegurarse de que recuperaba el conocimiento. Para que pudiera dar el salto mientras usted estaba tomando café en el Standard, gozando de una coartada perfecta.

McQuillen volvió a encogerse de hombros. Había terminado de hablar.

—Es usted un cabrón de mucho cuidado, McQuillen. Y es libre de marcharse.

El tipo asintió con la cabeza, a todas luces satisfecho.

—Pues muchas gracias.

—No me las dé todavía. Voy a decirle una cosa: durante veinticinco años estuve convencido de que con usted habían cometido una injusticia. Pero ahora pienso que seguramente hicieron bien. Es usted una mala persona, lo que significa que era un mal policía.

—Usted no sabe una mierda sobre mí, Bosch.

—Hay algo que sí sé: subió a esa habitación con la idea de hacer algo. Uno no sube por una escalera de incendios simplemente para encararse con un fulano. Así que no me importa que en su momento cometieran una injusticia con usted. Lo que sí me importa es que usted sabía lo que Irving iba a hacer y no trató de evitarlo. En su lugar, dejó que lo hiciese. No, mejor dicho, *facilitó* que lo hiciese. Lo que para mí es importante. Si no es un crimen, tendría que serlo. Y cuando todo esto haya terminado, voy a hablar con todos los fiscales que conozco hasta encontrar a uno dispuesto a llevar el caso a un gran jurado. Esta noche puede irse de aquí, pero la próxima vez quizá no tenga tanta suerte.

McQuillen siguió asintiendo con la cabeza mientras Bosch pronunciaba esas palabras, con aire entre condescendiente e impaciente. Una vez que Harry hubo terminado, su respuesta fue fría.

—Bueno, pues supongo que ahora ya sé cuál es mi situación.

—Claro. Y me alegra serle de ayuda al respecto.

—¿Cómo vuelvo a Black and White? Prometieron llevarme en coche.

Bosch se levantó de la mesa y caminó hacia la puerta.

—Llame un taxi —respondió.

29

Bosch entró en el cubículo. Chu estaba colgando el teléfono.

—¿Qué te han dicho? —preguntó Harry.

Chu miró el taco de notas junto al teléfono y respondió:

—Sí, en las suites del hotel siempre hay una botella de Jack Daniel's. Una botella de tamaño petaca, de trescientos cincuenta mililitros. Y sí, en la suite 79 falta la botella correspondiente.

Bosch asintió con la cabeza. Otro elemento que confirmaba la versión de McQuillen.

—¿Qué hay del análisis de alcohol en la sangre?

—Aún no lo han hecho. En el laboratorio dicen que para la semana que viene.

Bosch meneó la cabeza, irritado consigo mismo por no haber recurrido a Kiz Rider y la oficina del jefe para que los del laboratorio acelerasen el análisis de sangre. Fue a su escritorio y empezó a apilar informes sobre el libro de asesinato. Dándole la espalda a Chu, preguntó:

—¿Cómo has conseguido que no publique el artículo?

—Llamé a GoGo. Le dije que, si lo publicaba, hablaría con su jefe y le diría que se dedicaba a conseguir información por medio de favores sexuales. Supongo que eso tiene que ser una falta de ética profesional, incluso en la redacción de los del *Times*. Es posible que Emily no perdiera el empleo, pero estaría marcada para siempre. Sabe perfectamente que todos empezarían a mirarla de otra manera.

—Has obrado como todo un caballero, Chu. ¿Dónde están los extractos de las tarjetas de crédito?

—Aquí. ¿Cómo está el asunto?

Chu le pasó la carpeta con los extractos enviados por las compañías de tarjetas de crédito.

—Me lo llevo todo a casa.

—¿Qué pasa con McQuillen? ¿Le detenemos?

—No. Ya se ha ido.

—¿Le has dejado marchar?

—Eso mismo.

—¿Y qué hago con la orden de decomiso del reloj? Iba a imprimirla ahora mismo.

—Ya no nos hace falta. McQuillen reconoce haber inmovilizado a Irving por asfixia.

—¿Que lo reconoce? ¿¡Y dejas que se marche!? ¿Es que te has…?

—Mira, Chu, ahora no tengo tiempo de explicarlo todo. Si no te convence lo que he hecho, puedes echarle un ojo la grabación. No, mejor aún. Quiero que vayas al hotel Standard, en Sunset Strip. ¿Sabes dónde es?

—Sí, pero ¿para qué quieres que vaya?

—En el hotel hay un restaurante abierto veinticuatro horas al día. Encima de la barra hay una cámara de seguridad. Entra y pide que te entreguen el disco de la cámara correspondiente a la noche del domingo al lunes.

—De acuerdo. ¿Qué hay en el disco?

—La coartada de McQuillen, o eso parece. Llámame para confirmarlo.

Bosch terminó de meter los informes en el maletín y echó mano al libro de asesinato, cuya carpeta era demasiado gruesa para caber en él. Echó a andar hacia la salida.

—¿Y ahora qué vas a hacer? —preguntó Chu.

Harry se giró y fijó la vista en él.

—Empezar de cero.

Otra vez echó a andar para salir de la sala de inspectores. Se detuvo frente al cuadro de situación de la teniente y pegó su imán a la casilla de salida. Cuando se giró hacia la puerta, Chu estaba plantado delante de él.

—No puedes hacerme esto —dijo.

—El que la ha hecho buena has sido tú. Tú mismo has elegido. No quiero tener nada más que ver contigo.

—Me equivoqué. Y te he dicho..., no, te he prometido que voy a arreglar lo sucedido.

Bosch dio un paso al frente y apartó ligeramente a su compañero para poder abrir la puerta. Salió al pasillo sin decirle nada más.

Durante el trayecto a casa, Bosch se adentró en East Hollywood y se detuvo junto a la furgoneta El Matador estacionada en Western. Recordó el comentario de Chu sobre lo incongruente de que Western Avenue se encontrara en East Hollywood. Estas cosas solo pasan en Los Ángeles, pensó mientras salía del coche.

No había cola delante de la furgoneta de comida para llevar, pues aún era pronto. El taquero estaba preparándolo todo para la noche. Bosch pidió que le sirviera carne asada suficiente para cuatro tacos en un recipiente para llevar y que le diera las tortillas de harina enrolladas y envueltas en papel de aluminio. Pidió guarnición de guacamole, arroz y salsa, y el hombre fue metiéndolo todo en una bolsa de plástico para llevar. Esperando frente al mostrador de la furgoneta, Bosch envió un mensaje de texto a su hija en el que le decía que iba a llegar a casa con comida porque tenía demasiado trabajo para ponerse a cocinar. Maddie respondió que le parecía bien, pues estaba muerta de hambre.

Veinte minutos después, entró en casa y encontró a su hija leyendo un libro; en la sala de estar sonaba música. Se quedó plantado en el umbral, con la bolsa con los tacos en una mano, el maletín en la otra y el libro de asesinato encajado bajo el brazo.

—¿Qué pasa? —dijo ella.

—¿Estás escuchando a Art Pepper?

—Sí. Me parece que es buena música para leer.

Bosch sonrió y entró en la cocina.

—¿Qué quieres beber?

—Tengo agua en la mesita.

Bosch preparó un gran plato de tacos para ella, con la guarnición al completo, y se lo llevó. Volvió a la cocina y se comió sus propios tacos, rebosantes de carne, de pie sobre el fregadero. Una vez que hubo terminado, agachó la cabeza y los regó con agua directamente del grifo. Se limpió el mentón con una servilleta de papel y se puso a trabajar en la mesa del comedor.

—¿Cómo ha ido el colegio? —preguntó, mientras abría el maletín—. ¿Te has saltado la comida otra vez?

—El colegio hoy ha sido un rollo, como siempre. Y me he saltado la comida porque tenía que estudiar para el examen de Matemáticas.

—¿Cómo te ha ido?

—Lo más seguro es que me suspendan.

Bosch sabía que su hija estaba exagerando. Maddie era buena alumna. Si detestaba las matemáticas, era porque no percibía que pudieran serle útiles en la vida. Y menos ahora que pensaba convertirse en policía. O tal cosa aseguraba.

—Estoy seguro de que te ha ido bien. ¿Estás leyendo un libro para la clase de Literatura? ¿Qué libro es?

Maddie levantó el libro para que lo viera. Era *La danza de la muerte*, de Stephen King.

—Es el libro opcional que he escogido.

—Un tocho bastante gordo para ser una lectura del colegio.

—Es muy bueno. ¿Es que estás tratando de esquivar la cuestión de las dos copas de vino? Primero no cenas conmigo y luego me vienes con todas estas preguntas.

Ahí le había pillado.

—No estoy esquivando nada. Tengo trabajo que hacer y ya te he explicado lo de las dos copas en el lavavajillas.

—Pero no me has explicado cómo es que en uno todavía había restos de carmín.

Bosch se la quedó mirando. No había reparado en aquellos restos de carmín.

—Me pregunto qué persona es la investigadora en esta casa —apuntó.

—No te hagas el sueco —dijo ella—. La cuestión es que no tienes por qué mentirme en lo referente a tu novia, papá.

—Mira, esa mujer no es mi novia y nunca va a serlo. La cosa no ha funcionado. Siento no haberte dicho la verdad, pero a estas alturas podemos olvidarnos del asunto. Si un día tengo novia, si es que llega ese día, te lo haré saber. Como espero que tú me lo hagas saber cuando tengas novio.

—Muy bien.

—Tú no tienes novio, ¿verdad?

—No, papá.

—Eso está bien. Eh, está bien que no lo mantengas en secreto, quiero decir. No quiero decir que esté bien saber que no tienes novio. No quiero ser un padre de ese tipo.

—Comprendido.

—Eso está bien.

—Entonces, ¿por qué estás tan enfadado?

—Yo no…

Bosch se detuvo, pues su hija estaba en lo cierto. Estaba enfadado por una cuestión y proyectando su irritación en otras direcciones

—Hace un minuto he dicho que no se sabe qué persona es la investigadora en esta casa —indicó Bosch.

—Sí. Lo he oído.

—Bien. El lunes por la noche, cuando ese vídeo del hombre que se estaba registrando en un hotel, acertaste de pleno. Me dijiste que el hombre se había tirado del balcón. Basándote en lo que viste en unas imágenes de treinta segundos, dijiste que se había tirado.

—¿Y?

—Bueno, pues que llevo una semana de perros, tratando de encontrar un asesinato allí donde no se ha producido. ¿Y sabes qué? Creo que tenías razón. Acertaste a la primera, y el que estaba equivocado era yo. Será que estoy haciéndome mayor.

En el rostro de Maddie se pintó una expresión de empatía.

—Papá, no te martirices. La próxima vez acertarás. Tú mismo me has dicho que te resulta imposible resolver todos los casos. Bueno, por lo menos aquí has terminado por acertar, aunque haya llevado su tiempo.

—Gracias, Mads.

Bosch se la quedó mirando. Adivinó que Maddie se sentía orgullosa de alguna cosa en particular.

—A ver, ¿qué es lo que pasa aquí? Cuéntamelo, anda.

—En la copa no había rastros de carmín. Era un farol. Te lo has tragado.

Bosch meneó la cabeza.

—¿Sabes una cosa, niña? Un día vas a ser tú la que corte el bacalao en la sala de interrogatorio. Con lo guapa que eres y con ese talento que tienes, la gente va a tener ganas de hacer cola para confesarlo todo de pe a pa.

Maddie sonrió y volvió a sumirse en la lectura. Bosch reparó en que había dejado un taco sin comer en su plato. Estuvo tentado de comérselo él, pero finalmente se puso a trabajar en el caso. Abrió el libro de asesinato y extendió los informes y extractos sobre la mesa.

—¿Tú sabes cómo funciona un ariete? —preguntó.

—¿Cómo? —dijo ella.

—¿Sabes lo que es un ariete?

—Pues claro. ¿Por qué me lo preguntas?

—Cuando me encuentro empantanado en un caso, como ahora, lo que hago es volver a los documentos, al libro de asesinato.

Señaló los papeles en la mesa.

—Yo todo esto lo veo como una especie de ariete. Uno lo agarra todo con fuerza y empuja hacia delante. Le pega a la puerta cerrada y se abre paso. Es lo que supone revisarlo todo otra vez. Insistir y seguir insistiendo, hasta que uno se abre paso con todo su empuje.

Maddie le miró con aire de sentirse extrañada por aquella confesión.

—Muy bien, papá.

—Disculpa. Sigue leyendo.

—Acabas de decir que ese hombre se tiró. Entonces, ¿cómo es que estás empantanado?

—Porque lo que pienso y lo que puedo demostrar son dos cosas diferentes. En un caso como este he de tenerlo todo atado y bien atado. Pero, bueno, el problema es mío. Tú sigue leyendo.

Maddie volvió a su lectura, y él también. Empezó por leer cuidadosamente todos los informes y resúmenes agrupados en la carpeta. Se dejó llevar por toda aquella información y trató de dar con nuevas perspectivas y colores. Si George Irving se había tirado del balcón, no bastaba con que Bosch simplemente lo creyera así. Tenía que ser capaz de demostrarlo, de probarlo ante las altas esferas y, lo más importante, de demostrárselo a sí mismo. Y todavía no estaba en disposición de hacerlo. El suicidio era un tipo de muerte con premeditación. Bosch tenía que encontrar una motivación, una oportunidad, un medio de realización. Tenía un poco de todo, pero no lo suficiente.

El cargador de discos compactos situó una nueva grabación en el lector, y Bosch pronto reconoció la trompeta de Chet Baker. La canción era *Night Bird,* de un disco publicado en Alemania. Bosch había visto a Baker interpretar el tema en un club de O'Farrell, en San Francisco, en 1982, la única vez que vio al trompetista en directo. A esas alturas, la apostura física de Baker y su atractiva imagen típicamente californiana al viejo estilo se habían esfumado completamente a causa de las drogas y la vida, pero aún era capaz de conseguir que la trompeta resonara como una voz humana en una noche oscura. Seis años después moriría tras caer por la ventana de un hotel en Ámsterdam.

Bosch miró a su hija.

—¿El disco lo has puesto tú?

Maddie levantó la mirada del libro.

—Es Chet Baker, ¿no? Sí, he pensado en ponerlo, dado el caso que estás llevando y ese poema que colgaste en el pasillo.

Bosch se levantó y fue al pasillo que daba al dormitorio. Encendió la luz. En la pared había enmarcada una página con un poema. Casi veinte años atrás, mientras Bosch se encontraba en un restaurante de Venice Beach, resultó que el autor del poema, John Harvey, empezó a dar un recital. Bosch tuvo la impresión de que ninguno de los comensales sabía quién era Chet Baker. Pero Harry sí lo sabía, y la resonancia del poema le encantó.

Se levantó y le preguntó a Harvey si podía comprarle una copia del poema. Harvey le regaló el papel del que había estado leyendo.

Seguramente, Bosch había pasado un millar de veces por delante del poema desde la última vez que lo había leído.

CHET BAKER

mira por la ventana de su cuarto
a la chica al otro lado del Amstel
montada en bicicleta, que levanta la mano y saluda,
y cuando la chica le sonríe
se acuerda de cuando todos los productores de Hollywood
querían contar la historia de su vida
en descenso acusado, pero tan solo porque estaba enamorado
de Pier Angeli, de Carol Lynley, de Natalie Wood;
de aquel día en el otoño del cincuenta y dos,
cuando se plantó en el estudio de grabación
y tocó los acordes perfectos de *My Funny Valentine*...
Y ahora aparta la vista de la muchacha que sonríe,
mira el cielo de un azul perfecto
y se dice que es uno de esos raros días en los que es capaz de volar.

Bosch volvió a la mesa y se sentó.

—He mirado en la Wikipedia —dijo Maddie—. Nunca ha llegado a saberse con seguridad si se tiró o se cayó. Hay quien dice que fueron unos traficantes de drogas los que le tiraron por la ventana.

Bosch asintió con la cabeza.

—Sí. A veces no hay forma de saberlo.

Volvió a sumirse en el trabajo, en la revisión de los informes acumulados. Al leer su propio atestado sobre la entrevista con el agente Robert Mason, tuvo la impresión de que había algo que se le escapaba. El atestado estaba completo, pero se dijo que había pasado alguna cosa por alto durante la conversación con Mason. Algo que no acertaba a definir. Cerró los ojos y trató de escuchar a Mason hablando y respondiendo a sus preguntas.

Lo vio sentado con la espalda erguida en la silla, haciendo gestos mientras hablaba, explicando que él y George Irving habían sido muy amigos. El padrino en su boda, había reservado la suite nupcial...

De pronto, lo encontró. Al mencionar la reserva de la suite nupcial, Mason había hecho el gesto de señalar hacia el despacho del teniente de brigada. De señalar hacia el oeste. En la misma dirección donde se encontraba el Chateau Marmont.

Se levantó y salió con rapidez al porche para hacer una llamada sin molestar a su hija, que estaba absorta en la lectura. Cerró la puerta corredera a sus espaldas y llamó al centro de comunicaciones del LAPD. Pidió al coordinador que mandara un mensaje por radio a Adam 65 indicándole que telefoneara a Bosch a su móvil. Harry agregó que era urgente.

Mientras facilitaba su número, oyó el pitido de una llamada en espera. Una vez que el coordinador leyó correctamente el nombre para asegurarse de que lo tenía, Bosch pasó a la llamada en espera. Era Chu. Harry no se anduvo con formalidades.

—¿Has ido al Standard?

—McQuillen está descartado. Estuvo toda la noche allí, como si tuviera la necesidad de que la cámara le grabase. Pero no te llamo por eso. Creo que he encontrado algo.

—¿El qué?

—He estado mirándolo todo y he encontrado algo que no cuadra. Estaba previsto que el chaval viniera.

—¿Qué quieres decir? ¿Qué chaval?

—El chaval de Irving. Estaba previsto que viniera de San Francisco. Lo pone en el extracto de American Express. Esta noche lo he estado mirando otra vez. El chaval, Chad Irving, tenía un billete de avión para venir a Los Ángeles antes de la muerte de su padre.

—Un momento.

Bosch entró en la casa otra vez y se sentó a la mesa. Revolvió los diferentes documentos hasta dar con el extracto de American Express. Era una impresión de todas las compras hechas por George Irving con la tarjeta de crédito durante los últimos tres años. Tenía veintidós páginas, y Bosch había estado estudiando cada una de ellas menos de una hora antes, sin encontrar nada que le llamara la atención.

—A ver, un momento. Tengo el extracto de American Express delante de las narices. ¿Dónde has encontrado eso?

—Está en el extracto por internet, Harry. A la hora de solicitar una orden de entrega de datos, siempre pido los extractos impresos y el acceso a la página electrónica. La estoy mirando ahora mismo y lo que he descubierto no aparece en el extracto impreso. La compra se cargó en la cuenta ayer, cuando ya nos habían enviado por correo el extracto en papel.

—Estás mirando el extracto por internet.

—Eso mismo. La última compra que aparece en el extracto impreso es el alquiler de la habitación en el Chateau, ¿correcto?

—Sí. Correcto.

—Bueno, pues American Airlines ayer cargó una compra por valor de trescientos nueve dólares.

—Entendido.

—He pensado en mirarlo todo otra vez y me he vuelto conectar a la página de American Express. Sigo teniendo acceso digital. Y me he tropezado con que American Airlines ayer cargó esa compra.

—¿Quizá Chad está usando la tarjeta de su padre? Es posible que le dieran un duplicado de la tarjeta.

—No. Al principio he pensado que podía ser el caso, pero no lo es. He llamado al Departamento de Seguridad de American Express. Parece que American Airlines ha cargado esa compra tres días después de que fuera efectuada. Y quien hizo la compra fue George Irving, por internet, el domingo a mediodía. Unas doce horas antes de que se cayera por el balcón. He hecho que los de American Express me dieran el localizador de vuelo. Un billete de San Francisco a Los Ángeles, de ida y vuelta. Con salida el lunes a las cuatro de la tarde, y regreso hoy a las dos, con la salvedad de que el regreso ha sido cambiado para el domingo que viene.

Chu había hecho un buen trabajo, pero Bosch aún no estaba dispuesto a felicitarle por ello.

—Pero, al comprar un billete de avión por internet, ¿luego no te mandan un correo electrónico confirmando la transacción? Lo digo porque estuvimos mirando el correo de Irving y no vimos ningún mensaje de American.

—Yo siempre vuelo con American y también compro los billetes por internet. La confirmación por correo electrónico tan solo te la envían si rellenas una casilla. También puedes hacer que envíen la confirmación a otra persona. Irving bien pudo pedir que mandasen la confirmación y el itinerario a su hijo directamente, pues era él quien iba a hacer el viaje.

Debía tener todo eso en cuenta. El nuevo dato era muy significativo. Irving había comprado a su hijo un billete a

Los Ángeles antes de morir. Podía haberlo hecho por la sencilla razón de que quería que su hijo fuera de visita, pero también podía ser que Irving tuviera claro lo que iba a hacer y quisiera asegurarse de que su chaval estuviera con su familia en el momento adecuado. Era otro dato que encajaba con la declaración hecha por McQuillen. Y con la de Robert Mason también.

—Creo que esto indica que Irving se mató —repuso Chu—. Tenía previsto suicidarse esa noche y por eso compró el billete, para que el chaval viniera a estar con su madre. También explica lo de la llamada. Irving llamó a su chaval esa noche para decirle lo del billete.

Bosch no respondió. Su móvil comenzó a zumbar. La llamada de Mason.

—He respondido, ¿verdad, Harry? —apuntó Chu—. Te dije que iba a arreglar lo sucedido.

—Buen trabajo, pero aquí no se ha arreglado nada.

Bosch reparó en que su hija había levantado la vista del libro que estaba leyendo. Había oído sus palabras.

—Mira, Harry, a mí me gusta mi trabajo —dijo Chu—. Y no quiero…

Bosch cortó:

—Tengo otra llamada. Y he de responder.

Colgó y pasó a la otra llamada. Era Mason, en respuesta a la solicitud hecha por el coordinador del centro de comunicaciones.

—Es por lo de esa suite nupcial que alquiló para los Irving. La alquiló en el Chateau Marmont, ¿verdad?

Mason guardó silencio unos instantes. Finalmente respondió:

—Por lo que veo, ni Deborah ni el concejal le contaron este detalle, ¿verdad?

—No, no me lo contaron. Por eso sabía usted que Irving se tiró. Porque estaba en la suite. En la misma suite.

—Sí. Me dije que las cosas seguramente no habían salido como esperaba y que por eso fue a ese lugar.

Bosch asintió con la cabeza, más para sí que en respuesta a las palabras de Mason.

—Muy bien, Mason. Gracias por llamar.

Bosch colgó. Dejó el móvil en la mesa y miró a su hija, que seguía leyendo en el sofá. Maddie dio la impresión de intuir su mirada y apartó los ojos de las palabras de Stephen King.

—¿Todo en orden? —preguntó.

—No —respondió él—. La verdad es que no.

30

Eran las ocho y media cuando Bosch se detuvo frente a la casa donde había vivido George Irving. Las luces seguían encendidas en el interior, pero la puerta del garaje estaba cerrada, y no se veía automóvil alguno en el caminillo del jardín. Bosch estuvo mirando unos minutos y no vio señales de actividad tras las ventanas iluminadas. Si Deborah Irving y su hijo estaban dentro, no lo parecía.

Echó mano al móvil y, según lo convenido, envió un mensaje de texto a su hija. La había dejado sola en casa, tras decirle que volvería antes de un par de horas y que le informaría de la llegada a su destino y de su partida después.

Maddie respondió al momento:

Todo bien. He terminado los deberes.
Estoy viendo *Castle* en el ordenador.

Bosch se metió el móvil en el bolsillo y salió del auto. Tuvo que llamar dos veces; cuando por fin se abrió la puerta, la propia Deborah Irving fue quien apareció en el umbral.

—¿Inspector Bosch?

—Mis disculpas por presentarme a estas horas, señora Irving. Necesito hablar con usted.

—¿No podemos esperar hasta mañana?

—Me temo que no, señora.

—Muy bien. Pase.

Abrió y le condujo hasta la sala y el sillón donde estuvo sentado al principio del caso.

—Hoy le vi en el funeral —dijo ella—. Chad me ha dicho que también habló con usted.

—Sí. ¿Chad sigue aquí?

—Va a quedarse hasta el fin de semana, pero ahora mismo no está en casa. Ha ido a ver a una antigua novia. Es un momento muy difícil para él, como entenderá.

—Sí, lo entiendo.

—¿Puedo ofrecerle un café? Tenemos una Nespresso.

Bosch no sabía qué significaba esa palabreja, pero negó con la cabeza.

—Estoy bien, señora Irving.

—Llámeme Deborah, por favor.

—Deborah.

—¿Ha venido a decirme que pronto va a efectuar alguna detención relacionada con el caso?

—Eh, no, no es eso. He venido a decirle que no va a darse ninguna detención.

Deborah le miró con expresión de sorpresa.

—Papá, eh, el concejal Irving me dijo que había un sospechoso. Que la cosa tenía que ver con los competidores de una de las compañías con las que George estaba trabajando.

—No. Estuve investigando en ese sentido, pero estaba equivocado.

Se fijó en la reacción de la mujer. Su rostro no delataba otra cosa que sorpresa.

—Usted fue quien me confundió —dijo—. Usted y el concejal, y hasta el propio Chad, no me dijeron toda la verdad. No tenía lo que necesitaba, y por eso he estado dando palos de ciego en busca de un asesino cuando en realidad nunca ha existido tal asesino.

De pronto, Deborah empezó a mostrarse indignada.

—¿Qué quiere decir? Papá me ha dicho que había muestras de una agresión, que a George lo estuvieron asfixiando. Me ha dicho que, seguramente, el responsable es un policía. No me diga que está tratando de cubrirle la espaldas a un compañero.

—No es el caso, Deborah, y creo que ya lo sabe. El día que me presenté aquí, el concejal le indicó lo que tenía que decirme, lo que convenía explicar y lo que convenía callar.

—No sé de qué me habla.

—Como el hecho de que la habitación alquilada por su marido era la habitación en la que pasaron su noche de bodas. Como el hecho de que estaba previsto que su hijo viniera a Los Ángeles el lunes. Estaba previsto antes incluso de que su marido saliera de casa esa noche.

Dejó que la mujer terminara de asimilar todo eso, que se diera cuenta de lo que tenía y de lo que sabía.

—Chad iba a venir porque ustedes dos tenían algo que decirle, ¿correcto?

—¡Esto es ridículo!

—¿En serio? Quizá sea mejor que primero hable con Chad, que le pregunte qué fue lo que le dijeron al enviarle el billete de avión el domingo a mediodía.

—Deje en paz a Chad. Ya está pasándolo bastante mal.

—Entonces cuéntemelo, Deborah. ¿Por qué lo esconde? No puede ser una cuestión de dinero. Hemos mirado las pólizas del seguro. Estaban en vigor, y en ellas no había ninguna cláusula referente a un posible suicidio. Usted va a llevarse el dinero, con independencia de si George se mató o no.

Deborah hizo amago de levantarse.

—¿Le dijo a George que iba a abandonarlo? ¿Es eso? ¿Por eso George utilizó la fecha de su boda como combinación de la caja fuerte en su habitación? Su hijo le había dejado, y ahora usted también iba a dejarle. Ya había perdido a su amigo Bobby Mason y lo único que le quedaba era un empleo como chico de los recados al servicio de su propio padre.

Deborah recurrió a lo que Bosch siempre consideraba la solución de último recurso de una mujer: se puso a llorar.

—¡Canalla! Va a destruir la reputación de un hombre. ¿Es eso lo que quiere? ¿Así va a estar contento?

Bosch se tomó su tiempo antes de responder:

—No, señora Irving, no es eso.

—Quiero que se vaya ahora mismo. ¡Hoy he enterrado a mi marido! ¡Y quiero que se vaya de mi casa!

—Me iré cuando me cuente lo que pasó.

—¡No tengo nada que contarle!

—Entonces será Chad quien me lo cuente. Voy a esperarle.

—Muy bien. Mire, Chad no sabe nada. Tiene diecinueve años. Es un chaval. Si habla con él, va a dejarlo marcado para siempre.

Bosch comprendió que todo tenía que ver con el hijo, que para ella lo primordial era evitar que supiera que su padre se había suicidado.

—Entonces tendrá usted que hablar conmigo primero. Es su última oportunidad, señora Irving.

Deborah agarró los brazos del sillón y bajó la cabeza.

—Le dije que nuestro matrimonio se había acabado.

—¿Y cómo se lo tomó?

—No se lo tomó bien. No lo había visto venir, porque no veía en qué clase de persona se había convertido. En un oportunista, en un chanchullero, en un recadero, como acaba de decir. Chad se había ido, y decidí hacer lo mismo. Ya no había nadie más en casa. No había razón para quedarme. No me iba detrás de algo o de alguien. Me marchaba para escapar de él.

Bosch echó el rostro hacia delante y apoyó los codos en las rodillas, facilitando que la conversación fuese más íntima.

—¿Cuándo tuvo lugar esa conversación? —preguntó.

—Una semana antes. Estuvimos hablándolo una semana entera, pero no cambié de idea. Le dije que hiciera venir a Chad, o yo misma iría a verlo para decírselo en persona. El domingo le compró el billete.

Bosch asintió con la cabeza. Todos los detalles encajaban.

—¿Y qué me dice del concejal? ¿Alguien se lo contó?

—No lo creo. Yo no se lo conté, y él no mencionó cosa alguna después de que..., cuando ese día vino y me dijo que George había muerto. No mencionó cosa alguna entonces ni lo ha hecho hoy en el funeral.

Bosch sabía que eso no significaba nada. Irving podía haber estado manteniendo en secreto lo que sabía, a la espera de ver qué dirección tomaba la investigación. En último término, tampoco importaba lo que Irving supiera o cuándo lo hubiera sabido.

—El domingo por la noche, cuando George salió de casa, ¿qué fue lo que le dijo?

—Ya se lo he contado antes. Me dijo que iba a dar una vuelta en coche. Eso fue todo. No me dijo adónde iba.

—¿En algún momento amenazó con suicidarse mientras estuvieron hablando durante la semana anterior a su muerte?

—No.

—¿Está segura?

—Por supuesto que estoy segura. No le estoy mintiendo.

—Dice usted que estuvieron hablándolo durante varias noches. ¿Él no aceptaba su decisión?

—Claro que no. Decía que no iba a permitir que me fuera. Yo respondía que no iba poder impedírmelo. Me marchaba de casa. Estaba preparada. No se trataba de una decisión tomada a la buena de Dios. Me he pasado mucho tiempo prisionera en un matrimonio sin amor, inspector. Empecé a idearlo todo el mismo día que Chad recibió la carta de la Universidad de San Francisco en la que confirmaban que lo habían admitido.

—¿Tenía un lugar al que ir?

—Un lugar, un trabajo, un coche… Lo tenía todo.

—¿Adónde pensaba ir?

—A San Francisco. Cerca de Chad.

—¿Por qué no me contó todo esto desde el principio? ¿Qué razón tenía para escondérmelo?

—Mi hijo. Su padre estaba muerto, y no estaba claro de qué manera. Chad no tenía por qué saber que el matrimonio de sus padres había llegado a su final. No quería hacerle pasar por eso.

Bosch meneó la cabeza. Según parecía, a aquella mujer no le importaba que su engaño hubiera podido acabar con McQuillen acusado de asesinato.

Se oyó un ruido procedente de otro punto de la casa, y Deborah pareció alarmarse.

—Es la puerta trasera. Chad acaba de entrar. No le diga nada de todo esto, se lo pido.

—Va a enterarse de todas maneras. Lo mejor sería que yo hablara con él. Seguramente, su padre se lo explicó cuando le dijo que quería que viniese a Los Ángeles.

—No, no se lo explicó. Yo estaba en la habitación cuando le llamó. George simplemente le dijo que necesitábamos que estuviera en casa unos días en razón de una emergencia familiar. George le aseguró que todos estábamos bien de salud, pero que necesitábamos que viniera. No le cuente todo esto. Ya se lo contaré yo misma.

—¿Mamá?

Era Chad, desde otro punto de la casa.

—Estoy en la sala de estar, Chad —respondió su madre.

Deborah miró a Bosch con ojos suplicantes.

—Por favor —susurró.

Chad Irving entró en la estancia. Iba vestido con un polo y pantalones vaqueros. Llevaba el cabello desgreñado, de forma sorprendentemente distinta al cuidadoso peinado que había lucido en el funeral.

—Chad —dijo Bosch—. ¿Cómo estás?

El muchacho asintió con la cabeza.

—Bien. ¿Cómo es que está aquí? ¿Ha detenido ya al asesino de mi padre?

—No, Chad —repuso su madre al instante—. El inspector Bosch sigue investigando lo sucedido con tu padre. Y tenía que hacerme unas cuantas preguntas referentes a su trabajo. Eso es todo. De hecho, el inspector Bosch estaba a punto de irse.

Era poco común que Bosch dejara que otra persona hablase en su nombre, mintiese y hasta estuviera prácticamente echándole de casa. Pero esta vez le siguió el cuento. Incluso se levantó del sofá.

—Sí, creo que ya tengo lo que necesitaba. Quisiera hablar un poco más contigo, Chad, pero creo que podemos dejarlo para mañana. Porque mañana seguirás estando aquí, ¿verdad?

Bosch lo dijo sin dejar de mirar a Deborah. El mensaje era claro. Si Deborah quería ser quien se lo dijera, mejor que lo hiciese esta noche. De lo contrario, Bosch estaría de regreso al día siguiente.

—Sí. Me quedo hasta el domingo.

Bosch asintió con la cabeza y dio un paso hacia la puerta.

—Señora Irving, tiene usted mi número. Llámeme si surge alguna otra cosa. No hace falta que me acompañen hasta la puerta.

Bosch salió de la sala de estar y, un momento después, de la casa. Dejó el caminillo a sus espaldas y cruzó el césped en diagonal hacia su coche.

En ese momento recibió un mensaje de texto. Era de su hija, como cabía esperar. Era la única persona que le enviaba mensajes de texto.

Me voy a la cama a leer. Buenas noches, papá.

De pie junto al coche, le respondió de inmediato.

Ahora mismo voy para casa... ¿O?

La respuesta de Maddie fue igual de rápida.

Ocean.

Era un juego al que solían jugar, un juego que tenía su finalidad. Harry le había enseñado el alfabeto fonético usado por el LAPD y acostumbraba a poner a prueba su memoria a la hora de enviarle un mensaje de texto. Otras veces, cuando iban juntos en coche, Bosch señalaba la matrícula de un coche y le pedía a Maddie que se la dijera en el código fonético.

Envió un nuevo mensaje a su hija:

UCE

Una chica estupenda.

Una vez en el coche, bajó la ventanilla y contempló la casa de los Irving. Las luces de la planta baja estaban apagadas. Pero la familia —lo que quedaba de ella— seguía despierta en el piso de arriba, manejándose con los destrozos que George Irving había dejado tras de sí.

Puso el motor en marcha y se dirigió a Ventura Boulevard. Cogió su móvil y llamó al de Chu. Miró el reloj del salpicadero y vio que tan solo eran las nueve y treinta y ocho. Había tiempo de sobra. La hora de cierre de la edición matinal del *Times* era a las once de la noche.

—¿Harry? ¿Todo en orden?

—Chu, quiero que llames a tu novia esa del *Times*. Dile que...

—No es mi novia, Harry. He cometido un error, pero me molesta que sigas hurgando en la herida.

—Bueno, pues a mí me molestas tú, Chu. Pero necesito que hagas una cosa. Llámala y cuéntale la historia. Sin dar nombres. Que ponga eso de «fuentes bien informadas». El LAPD...

—Harry, no va a fiarse de mí. Antes la he amenazado con arruinar su carrera profesional para que no publicara el artículo. Ni siquiera va a querer hablar conmigo.

—Sí que va a querer. Porque le interesa tener la primicia. Primero mándale un correo electrónico diciéndole que quieres arreglar las cosas con ella y que vas a contarle la historia. Luego llámala. Pero que no dé nombres en el artículo. Fuentes bien informadas. El cuerpo de policía mañana va a anunciar que el caso George Irving está cerrado. Se ha establecido que su muerte fue un suicidio. Asegúrate de decirle que, tras una semana de investigación, el LAPD ha determinado que Irving tenía problemas matrimoniales y estaba sometido a tremendas presiones y dificultades relacionadas con su trabajo. ¿Lo has pillado? Quiero que se lo digas con estas mismas palabras.

—Entonces, ¿por qué no la llamas tú mismo?

—Porque es tu chica, Chu. Ahora llámala, mándale un correo o un mensaje de texto y cuéntaselo todo tal y como acabo de decir.

—Va a querer saber más detalles. Todo esto es muy genérico. Querrá saber lo que llama los detalles reveladores.

Bosch pensó un momento.

—Dile que la habitación desde la que Irving se tiró había sido su suite nupcial veinte años atrás.

—Eso es bueno. Le gustará. ¿Qué más?

—Nada más. Es suficiente.

—¿Por qué tiene que ser ahora? ¿Por qué no mañana por la mañana?

—Porque, si el artículo aparece en la edición impresa de mañana, va a ser difícil cambiar la versión de los hechos. Justo lo que quiero evitar. Cosas que tienen que ver con los peces gordos y el politiqueo, Chu. La conclusión del caso no va a contentar al concejal del Ayuntamiento. Y, en consecuencia, tampoco va a contentar al jefe de policía.

—Pero ¿es la verdad?

—Sí, es la verdad. Y la verdad tiene que salir a relucir. Dile a GoGo que, si se porta, hay más material en reserva. Un material que le va a interesar publicar.

—¿Qué material?

—Te lo cuento luego. Ahora ponte con el asunto. O la chica no va a llegar al cierre.

—Harry, ¿siempre vamos a estar igual? Siempre me dices lo que tengo que hacer y cuándo tengo que hacerlo. ¿Es que yo no tengo nada que decir?

—Vas a tener mucho que decir, Chu. Con tu próximo compañero de equipo.

Bosch colgó. Durante el resto del trayecto a casa estuvo pensando en cuanto estaba poniendo en movimiento. En el periódico, en Irving y en Chu.

Estaba corriendo muchos riesgos y no dejaba de preguntarse si acaso era por que se había dejado confundir en el curso de la investigación. ¿Quizá ahora estaba castigándose a sí mismo? ¿O a los que le habían estado confundiendo?

Al emprender el ascenso por Woodrow Wilson hacia su casa recibió una nueva llamada. Supuso que sería Chu, confirmando que había telefoneado y que la noticia aparecería en la edición impresa del *Times* por la mañana. Pero no era Chu.

—Hannah, estoy trabajando.

—Ah. Pensé que podríamos hablar.

—Bueno, ahora mismo estoy solo y tengo unos minutos. Pero, como digo, estoy trabajando.

—¿En la escena de un crimen?

—No, en una entrevista, por así decirlo. ¿Qué es lo que pasa, Hannah?

—Bueno, dos cosas. ¿Hay alguna novedad en el caso relacionado con Clayton Pell? Clayton me lo pregunta cada vez que me ve. Me gustaría poder decirle algo.

—Bueno, pues no hay mucho más, la verdad. Digamos que he tenido que aparcar un poco el caso mientras me ocupaba de este otro asunto. Pero la cosa ya está casi resuelta, de forma que muy pronto voy a ocuparme otra vez del caso Pell. Puedes decirle eso a Clayton. Vamos a encontrar a Chilton Hardy. Eso lo garantizo.

—Muy bien, Harry.

—¿De qué otra cosa querías hablarme?

Bosch sabía de qué se trataba, pero era a ella a quien correspondía decirlo.

—Sobre nosotros, Harry... Entiendo que he complicado las cosas por culpa de los problemas con mi hijo. Siento haberlo hecho y espero no haberlo echado todo a perder. Me gustas mucho y me gustaría que volviéramos a vernos.

Bosch se detuvo frente a su casa. Su hija había dejado encendida la luz del porche. Sentado en el coche, respondió:

—Hannah... La verdad es que últimamente no paro de trabajar. Tengo dos casos entre manos y estoy tratando de resolverlos a la vez. ¿Por qué no hablamos de todo esto el fin de semana próximo o a primeros de la semana que viene? Te llamo, o llámame tú, si quieres.

—Muy bien, Harry. Hablamos la semana próxima.

—Sí, Hannah. Buenas noches, y que tengas un buen fin de semana.

Bosch abrió la portezuela y le costó lo suyo salir del coche. Estaba exhausto. La carga de la verdad resultaba pesada. Y todo cuanto quería era sumirse en un sueño oscuro en el que nada pudiera dar con él.

31

El viernes por la mañana, Bosch llegó tarde a la sala de inspectores, pues su hija se había retrasado al prepararse para ir al colegio. Cuando entró y se dirigió a su cubículo, los demás miembros de su unidad ya estaban en sus puestos de trabajo. Se dio cuenta de que todos le miraban con disimulo, lo que le indicó que el *Times* había publicado la historia que Chu le había contado a Emily Gomez-Gonzmart. Al entrar en el cubículo dirigió una mirada casual al despacho de la teniente y reparó en que la puerta estaba cerrada y las persianas echadas. O Duvall también se había retrasado o estaba escondiéndose.

En su escritorio había un ejemplar del *Times*, por cortesía de su compañero de equipo.

—¿Lo has leído ya? —preguntó Chu, sentado ante su escritorio.

—No. No estoy suscrito.

Bosch tomó asiento y dejó el maletín en el suelo junto a su silla. No tuvo que hojear el periódico para dar con el artículo, pues este aparecía en la esquina inferior izquierda de la primera página. Con leer el titular ya tuvo suficiente:

El LAPD establece que el hijo
del concejal se suicidó

Se fijó en que el artículo venía firmado por Emily Gomez-Gonzmart y otro periodista, Tad Hemmings, de quien Bosch nunca había oído hablar. Iba a leerlo cuando el teléfono del escritorio sonó. Era Tim Marcia, el Látigo, el responsable de la sala de inspectores.

—Harry, en la oficina del jefe quieren hablar contigo y con Chu. La teniente ya ha subido. Os están esperando.

—Pensaba tomarme un café, pero supongo que es mejor que vayamos.

—Sí. Es lo que yo haría en vuestro lugar. Y buena suerte. He oído que el concejal está en el edificio.

—Gracias por el soplo.

Bosch se levantó y se giró hacia Chu, que estaba al teléfono. Señaló el techo, indicando que tenían que subir. Su compañero puso fin a la llamada, se levantó y cogió la cazadora colgada del respaldo de la silla.

—¿La oficina del jefe? —preguntó.

—Sí. Nos están esperando.

—¿Cómo nos lo montamos?

—Tú di lo menos posible. Deja que sea yo el que responda a las preguntas. Si no estás de acuerdo con algo de lo que diga, no lo muestres ni me contradigas. Haz ver que estás de acuerdo, ¿entendido?

—Lo que tú digas, Harry.

A Bosch no se le escapó el sarcasmo.

—Sí. Lo que yo diga.

No había más que hablar. Subieron por el ascensor en silencio y, al llegar al piso décimo, los condujeron de inmediato a una sala de reuniones en la que los aguardaba el jefe de policía. Bosch nunca lo había tenido tan fácil a la hora de acceder a uno de los mandos del cuerpo, y más aún al mismísimo jefe de policía.

La sala de reuniones parecía sacada de un bufete de abogados del centro de la ciudad. Una mesa larga y pulimentada, una pared acristalada con vistas a los edificios de oficinas municipales. El jefe de policía estaba sentado presidiendo la mesa, flanqueado por Kiz Rider a su derecha. A uno de los lados de la mesa estaban sentados el concejal Irving y dos de sus colaboradores.

La teniente Duvall estaba frente a ellos, de espaldas a las vistas de la ciudad; con un gesto les indicó a Bosch y a Chu que se acomodaran en las sillas que había a su lado. Ocho personas en una reunión referente a un suicidio, se dijo Bosch. Y a nadie de cuantos estaban en el edificio les importaba una mierda que Lily Price llevara veinte años muerta ni que Chilton Hardy llevara otros tantos en libertad.

El jefe fue el primero en hablar.

—Muy bien, ya no falta nadie. Estoy seguro de que todos han leído el *Times* de hoy, en la edición impresa o por internet. Creo que todo el mundo está un poco sorprendido por la dirección que ha tomado este caso y...

—Más que sorprendido —terció Irving—. Quiero saber por qué el maldito *Los Angeles Times* ha recibido esta información antes que yo. Antes que la familia de mi hijo.

Clavó el dedo índice en la mesa para subrayar su disgusto. Por suerte, Bosch estaba sentado en una silla giratoria, lo que le permitía girarse de forma pausada y mirar los rostros situados frente a él y en el extremo de la mesa. No dio ninguna respuesta, a la espera de que la persona con mayor poder que había en la sala le indicara que hablase. Esa persona no era Irvin Irving, por muy empeñado que estuviera en clavar su rechoncho dedo en la mesa.

—Inspector Bosch —dijo el jefe finalmente—, cuéntenos qué es lo que sabe al respecto.

Bosch asintió con la cabeza y se giró de nuevo, hasta situarse directamente frente a Irving.

—En primer lugar, yo no sé nada sobre ese artículo del periódico. No he sido yo quien les ha contado la historia, aunque la cosa tampoco me sorprende. Desde el primer día, en esta investigación ha habido más filtraciones que en una red de pescar. No sé si la filtración esta vez ha tenido lugar en la oficina del jefe, en el Ayuntamiento o en Robos y Homicidios, pero el hecho es que la noticia que han publicado es veraz. Y quisiera corregir una cosa que ha dicho el concejal. En realidad, ha sido la mujer de George Irving la que nos ha facilitado la información que nos ha sido más útil a mi socio y a mí para determinar que la muerte fue un suicidio.

—¿Deborah? —apuntó Irving—. Ella no les ha dicho nada.

—No nos dijo nada el primer día. Es cierto. Pero durante una entrevista posterior se mostró más franca en lo tocante a la situación de su matrimonio y a la vida y el trabajo de su marido.

Irving se arrellanó en el asiento y arrastró el puño por la mesa.

—En esta oficina, ayer me dijeron que se estaba investigando un homicidio, que en el cuerpo de mi hijo había indicios de una agresión anterior al impacto fatal y que era probable que un policía o antiguo policía estuviera implicado. Esta mañana leo el periódico y me encuentro con algo completamente distinto. Leo que se trata de un suicidio. ¿Saben cómo se llama esto? Tomarse la revancha. También se llama ocultación, y voy a solicitar formalmente al Ayuntamiento que una comisión independiente revise su supuesta investigación. Asimismo, voy a pedirle al fiscal de distrito, el que salga elegido en las elecciones del mes que viene, que revise todo este caso y la forma en que ha sido llevado.

—Irv —dijo el jefe—. Usted pidió que pusiéramos al inspector Bosch al frente del caso. Se comprometió a aceptar sus conclusiones, pero estas ahora no le gustan. ¿Y por eso quiere que nos embarquemos en una investigación de la investigación?

El jefe llevaba tanto tiempo en el cuerpo que tenía la prerrogativa de dirigirse al concejal por su nombre de pila. Ninguno de los demás presentes en la sala se atrevería a tal cosa.

—Pedí que fuera él porque pensaba que era lo bastante íntegro para ajustarse a la verdad, pero es evidente que...

—Harry Bosch es más íntegro que cualquier otra persona que yo haya conocido. Más que cualquier otra persona en esta sala.

Era Chu quien había hablado, y todos los presentes se lo quedaron mirando asombrados por su estallido. Incluso Bosch estaba atónito.

—No empecemos con los ataques personales —recriminó el jefe—. Lo primero que tenemos que hacer es...

—Si llega a establecerse una investigación de la investigación —intervino Bosch—, lo más probable es que termine usted en el banquillo de los acusados, concejal.

Todos se quedaron de una pieza. Pero Irving se recuperó enseguida de su asombro.

—¡Cómo se atreve! —exclamó con la rabia en los ojos—. ¿Cómo se atreve a decir una cosa así delante de otras personas? ¡Voy a hacer que le retiren la placa! Llevo casi cincuenta años trabajando para el Ayuntamiento, y nunca nadie me ha acusado de irregularidad alguna. Falta menos de un mes para que sea reelegido por cuarta vez, y no va a ser usted quien lo evite o influya en los ciudadanos que quieren que los represente.

Se hizo el silencio. Uno de los asistentes de Irving abrió una carpeta de cuero en cuyo interior había un cuaderno de esos que solían usar los abogados. Hizo una anotación, y Harry supuso que sería: «Retirar placa Bosch».

—Inspector Bosch —dijo Rider—. ¿Por qué no explica un poco esto que acaba de decir?

—George Irving se las daba de especialista en negociar con el Ayuntamiento, pero en realidad no era mucho más que un chanchullero, un correo, un chico de los recados. Tenía sus contactos tras haber trabajado como policía y abogado del Ayuntamiento, pero su contacto principal era su padre, el concejal. Si un cliente quería algo, lo que George hacía era llevarle el recado a su padre. Si un cliente quería una subcontrata de construcción o una concesión de taxis, tenía que ir a hablar con George, que era quien podía conseguirla.

Bosch miró directamente a Irving al mencionar una concesión de taxis. Detectó un ligero temblor en una de sus pestañas; era revelador. No estaba diciendo nada que el anciano no supiera de antemano.

—¡Esto es un escándalo! —exclamó Irving—. ¡Que alguien ponga fin a todo esto! Este hombre está resentido conmigo desde hace tiempo y por eso está determinado a empañar el trabajo de toda una vida.

Bosch guardó silencio. Tenía claro que ese era el momento en que el jefe de policía iba a escoger bando. O él, o Irving.

—Creo que vale la pena escuchar lo que el inspector Bosch tiene que decir.

No se dejó intimidar por la acerada mirada de Irving; comprendió que el jefe estaba asumiendo un riesgo enorme. Estaba plantándole cara a uno de los personajes más poderosos en el Ayuntamiento. Estaba apostando por Bosch, y Harry se dijo que debía agradecérselo a Kiz Rider.

—Adelante, inspector —indicó el jefe.

Bosch echó la cabeza hacia delante y fijó la mirada en el jefe.

—Hace dos meses, George Irving rompió con su mejor amigo, un agente de policía a quien conocía desde que estuvieron juntos en la academia. La amistad terminó cuando este agente comprendió que George y su familia habían estado utilizándolo, sin que él supiera nada, con la idea de que uno de los clientes de George consiguiera una lucrativa concesión de taxis. El concejal pidió de forma directa al agente que empezara a hacer constantes pruebas de alcoholemia a los conductores de la compañía que actualmente tiene la concesión, sabedor de que un historial lleno de pruebas de alcoholemia y detenciones dificultaría que le renovaran la concesión.

Irving proyectó el rostro hacia delante y señaló a Bosch con el dedo.

—Aquí es donde empiezan los infundios —acusó—. Sé de quién estaba hablando, pero la petición la hice en respuesta a una queja formal que me llegó. Más que una petición fue un comentario hecho en un evento social. En la fiesta de graduación de mi nieto, de hecho.

Bosch asintió con la cabeza.

—Sí, una fiesta que tuvo lugar dos semanas después de que su hijo firmara un contrato de servicios por valor de cien mil dólares con los taxis Regent, que más tarde anunciaron su plan de obtener la concesión municipal en poder de la compañía sobre la que usted se quejó. Solo es una suposición, pero creo que un gran jurado difícilmente encontraría que fue una casualidad. Estoy seguro de que su oficina tendría que dar el nombre de la ciudadana que efectuó la queja, que sería sometida a investigación.

Bosch señaló el cuaderno de notas de su asistente.

—Igual les conviene apuntar lo que acabo de decir.

Se volvió hacia el jefe de policía otra vez.

—El agente en cuestión entendió que los Irving lo estaban utilizando y fue a hablar con George. Ese fue el final de la amistad entre ambos. En el curso de tres semanas, George perdió a tres de las personas más importantes en su vida. Su amigo le espetó que era un aprovechado, si no un delincuente; su hijo único se fue de casa a estudiar en la universidad; y, la semana pasada, la mujer con quien llevaba veinte años casado le hizo saber que le abandonaba. Había estado aguantando el matrimonio hasta que su hijo se fuera de casa y ahora había decidido que ella también se marchaba.

Irving reaccionó como si le hubieran soltado un bofetón. Estaba claro que no sabía nada sobre la implosión del matrimonio.

—Durante una semana entera, George hizo lo posible por convencer a Deborah de que se volviera atrás, pues estaba empeñado en retener a la única persona que le quedaba —continuó Bosch—. Pero no lo consiguió. El domingo, doce horas antes de su muerte, compró un billete de avión a su hijo, para que viajara a casa al día siguiente. Su intención era hablarle al chico de la separación. Pero, en su lugar, esa noche George se registró en el Chateau Marmont sin equipaje. Cuando le dijeron que la suite 79 estaba libre, pidió que se la dieran, pues era la misma que compartió con Deborah durante su noche de bodas.

»Pasó unas cinco horas en la habitación. Sabemos que estuvo bebiendo copiosamente, hasta terminar una botella de whisky de trescientos mililitros y que recibió la visita de un antiguo policía llamado Mark McQuillen, quien se había enterado por casualidad de su presencia en el hotel. McQuillen fue expulsado del cuerpo en una caza de brujas dirigida por el subcomisario Irving hace veinticinco años. Y ahora era uno de los socios propietarios de la compañía de taxis que George Irving estaba intentando borrar del mapa. Se abalanzó sobre George en el balcón y, sí, le agredió. Pero no le tiró del balcón. McQuillen se encontraba en un restaurante abierto toda la noche situado a tres manzanas de distancia cuando George se lanzó al vacío. Hemos confirmado su coartada, y, en mi opinión, la conclusión del caso está clara. George Irving se suicidó.

Terminado su informe, Bosch se arrellanó en el asiento. En la sala se había hecho el silencio. Irving necesitó unos segundos para examinar las distintas aristas del caso y responder:

—Tienen que detener a McQuillen. Está claro que nos encontramos ante un crimen preparado de forma meticulosa. Antes estaba en lo cierto cuando dije que se trataba de una venganza. McQuillen estaba convencido de que yo había terminado con su carrera profesional. Y fue él quien acabó con mi hijo.

—Hay un vídeo que muestra a McQuillen sentado a la barra de ese restaurante entre las dos y las seis de la madrugada —indicó Bosch—. Su coartada es más que sólida. Es verdad que estuvo con su hijo por lo menos dos horas antes de su muerte. Pero no se encontraba en el hotel cuando su hijo se tiró por el balcón.

—Y está la cuestión del billete de avión —terció Chu—. Estaba previsto que el hijo viniera en avión el lunes. No porque su padre hubiera muerto, como la familia nos vino a decir el lunes. El billete le llegó antes, y eso McQuillen no pudo arreglarlo de ninguna forma.

Bosch miró a su compañero un instante. Era la segunda vez que Chu desobedecía la orden de mantenerse callado. Pero su intervención había sido muy convincente en ambos casos.

—Concejal Irving, creo que hemos tenido bastante por el momento —dijo el jefe—. Inspectores Bosch y Chu, quiero tener el informe completo de la investigación en mi escritorio antes de las dos del mediodía. Voy a leerlo y luego voy a conceder una rueda de prensa. Concejal, puede estar a mi lado durante la rueda de prensa, si quiere, pero entiendo que se trata de una cuestión muy personal y que seguramente preferirá dejarlo correr. Si al final opta por asistir, sugiero que sus colaboradores me lo hagan saber.

El jefe asintió con la cabeza y guardó silencio una fracción de segundo, por si alguien quería añadir algo. Nadie dijo palabra, por lo que se levantó. La reunión había terminado, y el caso estaba cerrado. Irving sabía que siempre podía insistir y pedir una revisión, así como una nueva investigación, pero toda iniciativa de este tipo entrañaba considerables riesgos en el plano político.

Bosch le tenía por un pragmático que consideraría más oportuno olvidarse del asunto. La pregunta era otra: ¿el jefe también preferiría olvidar lo sucedido? Bosch había expuesto una trama de corrupción política. Una trama que sería complicado investigar, y más ahora que uno de sus principales integrantes estaba muerto. Y era imposible saber qué podrían averiguar interrogando a la gente de los taxis Regent. ¿El jefe optaría por seguir investigando? ¿O preferiría dejar las cosas como estaban y contar con un as en la manga en un juego de cartas cuyo nivel a Bosch se le escapaba completamente?

En uno u otro caso, Bosch estaba convencido de que acababa de brindarle en bandeja al jefe la forma de plantarle cara a la poderosa facción enemiga de la policía que había en el seno del Gobierno municipal. Si jugaba bien sus cartas, incluso era posible que consiguiera que volvieran a abonarles las horas extras. Por su parte, Bosch estaba satisfecho por haber hecho su trabajo. Su némesis del pasado iba a detestarle más que nunca, pero eso tampoco importaba mucho. Era incapaz de vivir en un mundo sin enemigos. Los enemigos venían con el sueldo.

Todos se levantaron para salir de la sala; la situación prometía ser tensa cuando Irving y Bosch tuvieran que esperar juntos el ascensor. Rider arregló la cosa al invitar a Bosch y a Chu a pasar a su despacho.

Después de que Irving y sus colaboradores se marcharan, los dos inspectores siguieron a Rider a su espacio de trabajo.

—¿Les apetece tomar alguna cosa? —preguntó ella—. Supongo que tendría que habérselo ofrecido al principio de la reunión.

—Estoy bien —dijo Bosch.

—Lo mismo digo —repuso Chu.

Rider fijó la mirada en Chu. No tenía idea de la deslealtad con la que había obrado.

—Buen trabajo, caballeros —los felicitó—. Inspector Chu, que sepa que me parece admirable su disposición a dar la cara y a defender a su compañero y su investigación. Bien hecho.

—Gracias, teniente.

—Y bien, ¿le importaría salir un momento al antedespacho? Tengo que hablar un momento con el inspector Bosch en relación con su plan de jubilación opcional.

—No hay problema. Nos vemos ahora, Harry.

Chu salió, y Rider cerró la puerta. Bosch y ella se miraron un largo instante. En el rostro de la teniente se fue pintando una sonrisa. Meneó la cabeza y dijo:

—Creo que te lo has estado pasando en grande ahí fuera —dijo—. Al achantar al viejo cabrón de Irving de esa manera, quiero decir.

Bosch negó con la cabeza.

—La verdad es que no. A estas alturas, Irving no me importa en absoluto. Pero hay algo que sigo sin entender: ¿por qué insistió en que el caso lo llevara yo?

—Creo que por lo que dijo en su momento: sabía que pondrías toda la carne en el asador. Y también porque necesitaba saber si alguien había matado a su hijo para vengarse de él. Pero lo que no esperaba era que la investigación llegase a esta conclusión.

Bosch asintió con la cabeza.

—Es posible.

—Y bien, el jefe no ha querido dejarlo entrever delante de Irving, pero le has hecho un favor impresionante. Y la buena noticia es que está más que dispuesto a recompensarte. Para empezar, he pensado en extender el plazo hasta la jubilación y concederte los cinco años enteros. ¿Cómo lo ves, Harry?

Rider sonrió, segura de que Bosch estaría encantado de continuar trabajando veintiún meses más.

—Déjame pensarlo —respondió él.

—¿Seguro? Las ocasiones hay que pillarlas al vuelo.

—Voy a decirte una cosa. A ver si puedes conseguir que Chu salga de Casos Abiertos / No Resueltos. Eso sí, haz que continúe en la brigada de Robos y Homicidios. En un puesto de los buenos.

Rider entrecerró los ojos con extrañeza. Antes de que pudiera hablar, Bosch agregó:

—Y no me hagas preguntas al respecto.

—¿Estás seguro de que no quieres hablar de esto conmigo?

—Estoy seguro, Kiz.

—Muy bien. Veré qué puedo hacer. Irving ya habrá salido del ascensor, así que sugiero que vuelvas a la sala de inspectores a escribir ese informe. Tiene que estar a las dos, ¿te acuerdas?

—Nos vemos a las dos.

Bosch salió del despacho y cerró la puerta a sus espaldas. Chu estaba sentado a la espera, sonriendo con orgullo por cómo se había comportado en la reunión, desconocedor de que su trayectoria profesional acababa de dar un vuelco sin que hubiera tenido oportunidad de decir una palabra al respecto.

32

Bosch y su hija se pusieron en marcha el sábado por la mañana temprano. Aún estaba oscuro cuando salieron en coche de las colinas, enfilaron la autovía 101 hasta el centro y torcieron por la 110 hacia Long Beach. Embarcaron en el primer transbordador a la isla Catalina, sin que Bosch en ningún momento perdiera de vista la caja cerrada con llave de las pistolas mientras se adentraban en un amanecer gris y frío. Una vez desembarcados en la isla, desayunaron en el Pancake Cottage de Avalon, el único establecimiento que Harry se atrevía a comparar favorablemente con el Du-par's de Los Ángeles.

Bosch quería que su hija desayunara bien, porque su plan era almorzar tarde, después del campeonato de tiro. Harry sabía que un poco de hambre al mediodía no le vendría mal a la hora de mantener la concentración y la puntería.

Un año antes, después de que Maddie le anunciara que de mayor quería ser agente de policía, Bosch había empezado a enseñarle el funcionamiento y mantenimiento de las armas de fuego. Sin demasiadas consideraciones filosóficas. Bosch era policía, de forma que en su casa había pistolas. Era lo natural, y Harry pensaba que lo adecuado era enseñar a su hija a manejarse con las armas. En paralelo, hizo que se inscribiera en varios cursillos impartidos en la galería de tiro de Newhall.

Pero Maddie había ido mucho más allá de los conocimientos rudimentarios sobre el uso seguro de las armas de fuego. El tiro al blanco le apasionaba, y había desarrollado una vista y un pulso certeros. Al cabo de seis meses hacía gala de una puntería bastante mejor que la de su padre. Cada sesión terminaba con una competición entre ambos, y Maddie pronto resultó imbatible. Siempre acertaba en el círculo central a los diez metros de distancia y se las ingeniaba para mantener la puntería constante al vaciar un peine de dieciséis balas.

No tardó mucho en no tener suficiente con ganar a su padre con las pistolas del propio Harry. Y por eso estaban en Catalina. Maddie iba a participar en un concurso juvenil en el club de tiro situado en la parte de atrás de la isla. Se trataba de un concurso de pistola de eliminatoria única en el que iba a formar parte del grupo de participantes adolescentes. La resolución de cada eliminatoria se decidiría tras disparar seis veces a los blancos de papel desde diez, quince y veinticinco metros de distancia.

Habían escogido el campeonato de Catalina porque era un torneo pequeño y tenían claro que disfrutarían de la jornada con independencia de lo que Maddie hiciera en el club de tiro. Maddie nunca había estado en la isla barrera, y hacía años que Bosch no la visitaba.

Maddie era la única chica que participaba en el concurso. Le tocó competir con siete muchachos, emparejados al azar. Maddie ganó la primera eliminatoria, tras superar unos resultados más bien pobres en el blanco a diez metros y conseguir hacer diana en siete de los ocho círculos interiores en el blanco a quince y a veinticinco metros. Bosch estaba tan contento y orgulloso de su hija que tenía ganas de correr a abrazarla. Pero se contuvo, sabedor de que un gesto así tan solo serviría para subrayar que era la única tiradora del campeonato. Único espectador él mismo, se limitó a aplaudir desde la mesa de pícnic situada frente al campo de tiro. Y se puso las gafas de sol para que ningún desconocido viera el brillo en sus ojos.

Maddie cayó eliminada en la siguiente ronda por una sola diana de diferencia, pero encajó bien la decepción. Que hubiera competido y vencido en la primera eliminatoria era suficiente para que la excursión valiese la pena. Bosch y ella se quedaron a mirar la última eliminatoria juvenil y el principio del torneo para adultos. Maddie trató de que saliera a competir, pero Harry rehusó. No tenía la vista de antes y sabía que no contaba con la menor oportunidad de ganar.

Comieron en el Busy Bee y estuvieron mirando los escaparates en Crescent antes de coger el transbordador de las cuatro al continente. La brisa del océano era fría, por lo que se sentaron en el interior, donde Bosch pasó el brazo por los hombros de Maddie. Harry tenía claro que las demás chicas de su edad no tenían aficiones como las armas de fuego y el tiro al blanco. Las demás chicas no veían que sus padres por las noches estudiaran libros de asesinato, autopsias y fotos del lugar de los hechos. Ni tenían que quedarse solas en casa porque sus padres salían armados a dar caza a los malhechores. La mayoría de los padres se dedicaban a formar a las ciudadanas del futuro. Médicos, profesoras, madres, herederas del negocio familiar. Bosch estaba formando a una guerrera.

De pronto se acordó de Hannah Stone y de su hijo. Volvió a apretar el hombro de su hija. Había estado pensando en algo, y había llegado el momento de hablar del asunto.

—Una cosa, Mads —dijo—. No tienes que hacer nada de esto si no quieres. No lo hagas por mí. Me refiero a lo del tiro y las pistolas. Y a lo de estudiar para policía. Tienes que hacer lo que quieras. Lo que tú misma escojas.

—Ya lo sé, papá. Yo misma escojo, y lo que quiero hacer es esto. Ya lo estuvimos hablando hace tiempo.

Bosch albergaba la esperanza de que, cierto día, Maddie pudiera dejar atrás el pasado y centrarse en algo nuevo. Él había sido incapaz de hacerlo y le inquietaba que en ese sentido su hija fuera como él.

—Muy bien, cariño. Total, aún queda mucho tiempo por delante.

Pasaron unos minutos, mientras Bosch seguía dándole vueltas a las cosas. Las torres de perforación de petróleo cercanas al puerto empezaban a ser visibles. Le llamaron por el móvil, y vio que se trataba de David Chu. Dejó que respondiera el mensaje de voz. No iba a fastidiar este momento por cuestiones del trabajo o, lo más probable, porque Chu se pusiera a implorarle una segunda oportunidad. Se metió el móvil en el bolsillo y besó a su hija en la cabeza.

—Creo que siempre voy a estar preocupado por ti —dijo—. No eres de las que quieren estudiar para maestra u otro trabajo seguro de ese tipo.

—El colegio no me gusta, papá. ¿Por qué iba a querer ser maestra?

—No lo sé. Para cambiar el sistema, para mejorar las cosas de tal forma que a los chavales de mañana les guste un poco más el colegio.

—¿Una sola maestra podría hacer todo eso...? Olvídalo.

—Tan solo hace falta una persona. Siempre es una persona la que empieza a cambiar las cosas. Pero, como digo, tú haz lo que quieras. Tienes tiempo por delante. Y supongo que seguiré preocupándome por ti hagas lo hagas.

—No, si me enseñas todo cuanto sabes. Entonces no tendrás que preocuparte, pues me lo montaré tan bien como tú.

Bosch se echó a reír.

—Si te lo montas como yo, me veré obligado a andar por la vida con un rosario en una mano, una pata de conejo en la otra y hasta un trébol de cuatro hojas tatuado en el brazo.

Maddie hundió el codo en su costado.

Bosch dejó que pasaran unos minutos. Cogió el móvil otra vez y miró si Chu había dejado algún mensaje. No lo había hecho, por lo que supuso que habría llamado para implorarle perdón otra vez. No era el tipo de mensaje que uno dejaría en un buzón de voz.

Volvió a llevarse el móvil al bolsillo, se volvió hacia su hija un instante y repuso en tono serio:

—Mira, Mads, hay otra cosa que quiero explicarte.

—Ya lo sé. Que vas a casarte con esa mujer del lápiz de labios, ¿verdad?

—No, estoy hablando en serio. Y no había lápiz de labios en la copa.

—Ya lo sé. ¿Qué quieres decirme?

—Bueno, que estoy pensando en devolver la placa. En jubilarme. Quizá haya llegado el momento.

Maddie guardó silencio. Harry estaba esperando que al momento le urgiera a abandonar tales pensamientos negativos, pero —cosa que hablaba bien de ella— su hija parecía estar tratando de ponerse en su lugar, sin limitarse a responder de forma inmediata y acaso errónea.

—Pero ¿por qué? —preguntó finalmente.

—Bueno, pues porque pienso que estoy empezando a perder facultades. Como pasa en todos los campos, en el deporte, en el tiro, a la hora de tocar música, incluso al pensar de forma creativa, siempre llega un momento en que las cosas van para abajo. Y no estoy seguro del todo, pero es posible que este momento haya llegado en mi caso y que sea mejor que lo deje. He visto a otras personas que no se han dado cuenta a tiempo, y los peligros entonces son mayores. No quiero perderme la oportunidad de verte crecer y destacar en lo que quieras hacer.

Maddie asintió con la cabeza en aparente conformidad, pero su aguda percepción la llevó a discrepar al momento.

—¿Te estás diciendo todo esto por un simple caso?

—No por el caso en sí, pero lo sucedido es un buen ejemplo. Me equivoqué de medio a medio. Tengo que pensar en cómo hubiera enfocado el asunto hace cinco años. Incluso hace dos. Es posible que esté perdiendo el sexto sentido que hace falta en este trabajo.

—Pero a veces uno tiene que equivocarse para terminar acertando.

Maddie se giró en el asiento y le miró directamente.

—Como tú mismo dices, cada uno toma sus propias decisiones. Pero yo, en tu lugar, no me apresuraría demasiado a la hora de tomar esta.

—No me estoy apresurando. Primero tengo que encontrar a cierto pájaro que sigue en libertad. Y estaba diciéndome que quizá sería un buen remate a mi carrera.

—Pero ¿y qué vas a hacer si te jubilas?

—No estoy seguro, pero sí tengo clara una cosa: que entonces me sería más fácil ser un buen padre. Pasar más tiempo contigo, ya me entiendes.

—Eso no necesariamente significa ser mejor padre. No lo olvides.

Bosch asintió con la cabeza. A veces, cuando hablaba con ella, le resultaba difícil creer que estaba hablando con una muchacha de quince años, como ahora.

33

El domingo por la mañana, Bosch dejó a su hija en la entrada del centro comercial de Century City. Una semana antes, Maddie había quedado con sus amigas Ashlyn y Konner para encontrarse allí a las once y pasar el día de compras, comiendo y chismorreando. Las chicas tenían por costumbre ir a un centro comercial distinto una vez al mes. Bosch esta vez se sintió más tranquilo que otras veces al dejarlas a su aire. Ningún centro comercial estaba a salvo de los depredadores, pero sabía que la seguridad era máxima en domingo y que el centro de Century City tenía buena vigilancia. Contaba con guardias de seguridad de paisano que se hacían pasar por clientes; además, gran parte de los vigilantes del fin de semana eran agentes de policía que se sacaban un sobresueldo.

Muchos de los domingos que su hija iba a un centro comercial, Bosch se iba a trabajar en la desierta sala de inspectores de su unidad. Le gustaba la tranquilidad del lugar en fin de semana; muchas veces le ayudaba a concentrarse mejor en sus casos. Pero esta vez no tenía ganas de ir al edificio central de la policía. Esa mañana había cogido un número del *Times* al visitar el pequeño supermercado del barrio para comprar leche y café. Mientras hacía cola para pagar, se había fijado en que había otro artículo de primera página vinculado a la muerte de George Irving. Lo leyó en el coche. Escrito por Emily Gomez-Gonzmart, el texto se centraba en el trabajo hecho por

George Irving para los taxis Regent y cuestionaba la aparente casualidad de su representación de esta empresa y la sucesión de problemas legales experimentada por Black and White, su compañía competidora por la concesión de Hollywood. El artículo establecía la conexión con Irvin Irving. Los atestados policiales los habían llevado a hablar con el agente Robert Mason, quien refería la misma historia de que el concejal le había pedido de forma directa que fuera especialmente severo con los taxis de B&W.

Bosch se dijo que el artículo iba a causar sensación tanto en el edificio de la policía como en el Ayuntamiento. Y prefería no acercarse por allí hasta que tuviese que presentarse a trabajar al día siguiente.

Mientras se alejaba en coche del centro comercial, cogió el móvil para ver si estaba conectado. Le sorprendía no haber oído de Chu, aunque fuera para negar ser la fuente que había facilitado que GoGo escribiese aquel artículo. También le sorprendía no haber recibido llamada de Kiz Rider. El hecho de que fuera cerca del mediodía y Rider no le hubiera llamado en relación con la publicación indicaba una cosa, que la informante de GoGo había sido ella, razón por la que —lo mismo que él— tampoco quería hablar con nadie.

Hubiese obrado por su cuenta o, lo más probable, lo hubiese hecho siguiendo las indicaciones tácitas del jefe, la idea era acabar con Irving, sin conformarse con obligarle a cooperar a cambio del silencio. Que la prensa hablara de él de este modo, que su nombre apareciera salpicado por la corrupción, podía ser útil para dejar fuera de la circulación a un enemigo del cuerpo de policía. En el último mes de una campaña electoral podían pasar muchas cosas. Era posible que el jefe hubiera decidido echar el resto y ver si la noticia podía encontrar amplificación y afectar al resultado de las elecciones. Quizá se decía que el oponente de Irving seguramente sería un amigo del cuerpo de policía, y no un enemigo emboscado y silenciado de mala manera.

A Bosch tampoco le importaba mucho. Era cuestión de politiqueo, del juego que se daba entre los peces gordos. Pero sí le importaba que Kiz Rider, su amiga y antigua compañera de equipo, ahora estuviera firmemente atrincherada en el décimo piso y dedicándose al politiqueo. Sabía que a partir de ese momento le convenía tenerlo presente siempre que tuviese que tratar con ello, y dicha certidumbre le entristecía como una profunda pérdida.

Harry entendía que lo mejor que podía hacer en este momento era tratar de pasar desapercibido. Ahora estaba convencido de que estos eran sus últimos días en el cuerpo de policía. Los treinta y nueve meses de extensión que tanto le había alegrado recibir la semana anterior ahora daban la impresión de ser una especie de condena de cárcel. Por eso iba a tomarse el domingo libre y mantenerse alejado del edificio central y de cuanto tuviera que ver con el trabajo.

Con el teléfono en la mano, de pronto le entró el impulso de llamar a Hannah Stone. Esta respondió al instante.

—Hannah. ¿Estás en casa o en el trabajo?

—En casa. Los domingos no hay terapia. ¿Qué sucede? ¿Has encontrado a Chilton Hardy?

En su voz había una nota de ilusión.

—Eh, no, todavía no. Pero mañana mismo tiene la prioridad absoluta. En realidad, te estoy llamando porque tengo unas horas libres. Hasta que vaya a recoger a mi hija al centro comercial, a las cinco. Y he pensado que, si estás libre, podríamos comer juntos o algo. Hay algunas cosas que quiero hablar. Ya me entiendes, para ver si hay alguna forma de arreglar lo sucedido.

La verdad era que a Bosch le resultaba difícil olvidarla. Siempre le habían atraído las mujeres bajo cuya mirada se escondía la tragedia. Había estado pensando en Hannah y consideraba que aún tenían opción de seguir juntos, siempre que establecieran ciertos límites en lo tocante a su hijo.

—Eso sería estupendo, Harry. Yo también quiero hablar. ¿Quieres venir aquí?

Bosch miró el reloj del salpicadero.

—Estoy en Century City. Creo que puedo estar en tu casa a las doce. Igual se te ocurre algún lugar al que ir en Ventura Boulevard. Qué demonios, incluso estoy dispuesto a probar el sushi.

Hannah se echó a reír, y a Harry le gustó oírlo.

—No, decía si querías venir a mi casa —precisó ella—. Para comer juntos y hablar. Podemos estar tranquilos a solas. Siempre puedo hacer algo de comer. Nada complicado.

—Eh...

—Y lo que surja.

—¿Estás segura?

—Pues claro.

Bosch asintió con la cabeza para sí.

—Muy bien. Estoy en camino.

34

David Chu ya estaba en el cubículo cuando Bosch se presentó a trabajar el lunes por la mañana. Al ver a Harry, se giró en la silla hacia él y abrió las palmas de las manos.

—Harry, lo único que puedo decir es que yo no he sido.

Bosch dejó el maletín en el suelo y miró el escritorio por si había algún mensaje o informe. Nada.

—¿De qué me estás hablando?

—Del artículo del *Times*. ¿Lo has leído?

—No te preocupes. Ya sabía que no habías sido tú.

—Entonces, ¿quién ha sido?

Bosch tomó asiento y señaló el techo, indicando que la filtración había procedido del décimo piso.

—Politiqueo —afirmó—. Alguien de allí arriba ha decidido apostar fuerte.

—¿Para controlar a Irving?

—Para ponerlo fuera de la circulación. Para que pierda las elecciones. Pero, bueno, todo esto ya no es asunto nuestro. Nosotros hemos entregado nuestro informe, y el caso está cerrado. Hoy toca Chilton Hardy. Quiero encontrar a ese tipo. Lleva veintidós años campando a sus anchas. Y quiero verlo encerrado en una celda al final del día.

—Sí. Y una cosa. El domingo te llamé. Vine a trabajar un poco y me pregunté si te interesaría que nos acercáramos a hablar con el padre. Pero supongo que tenías cosas que hacer con tu hija. No respondiste a mi llamada.

—Pues sí. Tenía cosas que hacer con mi hija. Y tú no me dejaste mensaje. ¿En qué estuviste trabajando?

Chu se giró hacia el escritorio y señaló la pantalla de su ordenador.

—En tratar de ampliar el perfil de Hardy —contestó—. Pero no hay muchos datos sobre él. Hay más información sobre su padre, que toda la vida se ha dedicado a la compra y venta de inmuebles. Chilton Aaron Hardy sénior. El hombre lleva quince años viviendo en Los Alamitos, en un condominio. Es el propietario del condominio entero.

Bosch asintió con la cabeza. La información tenía su valor.

—También traté de dar con una señora Hardy. Ya me entiendes, por si se divorciaron y ella ahora estuviera viviendo en otro lugar. Quizá nos podría conducir hasta Hardy hijo.

—¿Y?

—Nada. Encontré una necrológica del 97 en recuerdo de Hilda Ames Hardy, la esposa de Hardy padre y madre de Hardy hijo. Cáncer de mama. La necrológica no menciona más hijos.

—Parece que vamos a tener que ir a Los Alamitos.

—Eso mismo.

—En ese caso, larguémonos de aquí antes de que la gente empiece a revolucionarse por lo del artículo del periódico. Y llévate la ficha de Pell con su foto del carné de conducir.

—¿Pell? ¿Por qué?

—Porque es posible que Hardy padre se muestre reticente a entregarnos al hijo. Igual será necesario ir de farol, y por eso nos interesa llevar la ficha de Pell.

Bosch se levantó.

—Voy a cambiar los imanes.

El trayecto en dirección sur les llevó cuarenta minutos. Los Alamitos se encontraba en el extremo septentrional del condado de Orange y era uno de la docena aproximada de barrios dormitorio situados entre Anaheim, al este, y Seal Beach, al oeste.

Por el camino, Bosch y Chu se pusieron de acuerdo sobre cómo iban a llevar la entrevista con Chilton Hardy sénior. Finalmente, salieron de Katella Avenue y entraron en el distrito donde vivía, cerca del centro médico de Los Alamitos. Llegaron a un complejo de viviendas unifamiliares y aparcaron junto a la acera. Las casas estaban construidas en grupos de seis edificios y contaban con grandes extensiones de césped y dobles garajes que daban a unos callejones traseros.

—Coge la ficha —dijo Bosch—. Vamos.

Había un camino principal que pasaba junto a una agrupación de buzones de correos y llevaba a la red de caminillos individuales que conducían a las puertas de las residencias. La casa de Hardy sénior era la segunda. Sobre la puerta principal, que estaba cerrada, había una puerta mosquitera. Sin vacilar, Bosch pulsó el timbre y, a continuación, golpeó con los nudillos en el marco de aluminio de la puerta mosquitera.

Esperaron quince segundos, sin que llegara ninguna respuesta.

Bosch llamó al timbre otra vez. Iba a golpear en el marco de nuevo cuando una voz apagada resonó en el interior.

—Dentro hay alguien —afirmó.

Pasaron otros quince segundos, y la voz volvió a resonar, con claridad esta vez, desde el otro lado de la puerta.

—¿Sí?
—¿El señor Hardy?
—Sí. ¿Qué pasa?
—Policía. Abra la puerta.
—Pero ¿qué es lo que pasa?
—Tenemos que hacerle unas preguntas. Abra la puerta, por favor.
El tipo no respondió.
—¿Señor Hardy?
Oyeron un pestillo girar. La puerta se abrió con lentitud, y un hombre con gafas de culo de botella los miró desde el otro lado de la puerta entreabierta. Se le veía desastrado, con el pelo revuelto y grasiento, con una barba canosa de dos semanas. Llevaba un tubo de plástico transparente prendido de las orejas e insertado en las fosas nasales, para aportarles oxígeno. Iba vestido con lo que parecía ser una bata azul claro de hospital sobre unos pantalones de pijama de rayas y unas sandalias negras de plástico.
Bosch trató de abrir la puerta mosquitera, pero estaba cerrada con llave.
—Señor Hardy. Necesitamos hablar con usted. ¿Podemos pasar?
—¿De qué se trata?
—Somos inspectores del cuerpo de policía y andamos buscando a una persona. Y nos parece que usted seguramente puede ayudarnos. ¿Podemos entrar?
—¿Quién?
—Señor, no podemos hablar de todo esto en la calle. ¿Nos deja pasar y explicárselo?
El anciano bajó la mirada un momento mientras consideraba la cuestión. Sus ojos eran fríos y distantes. Bosch comprendió de dónde procedían los de su hijo.
Poco a poco, el hombre alargó el brazo y corrió la cerradura de la puerta mosquitera. Bosch la abrió y esperó

a que Hardy se apartara del umbral para entrar en la vivienda.

Hardy caminaba trabajosamente con ayuda de un bastón. Se dirigió hacia la sala de estar. Sobre uno de sus huesudos hombros llevaba amarrado un pequeño tanque de oxígeno conectado a los tubos que iban a para a su nariz.

—La casa no está limpia —indicó, mientras se encaminaba a una silla—. No suelo tener visitas.

—Por nosotros no se preocupe, señor Hardy —dijo Bosch.

Con dificultad, Hardy se acomodó en una gastada silla tapizada. En la mesa, a su lado, había un cenicero atiborrado de colillas. La casa olía a cigarrillos y vejez, y aparecía tan desastrada como su propio ocupante. Bosch empezó a respirar por la boca. Hardy vio que se había fijado en el cenicero.

—No estarán pensando en delatarme a los del hospital, ¿verdad?

—No, señor Hardy, no estamos aquí para eso. Me llamo Bosch, y este es el inspector Chu. Estamos tratando de localizar a su hijo, Chilton Hardy júnior.

Hardy asintió con la cabeza, como si lo estuviera esperando.

—No sé por dónde anda últimamente. ¿Qué es lo que quieren de él?

Bosch tomó asiento en un sofá cuya funda estaba raída, para situarse a la altura visual de Hardy.

—¿Le importa si me siento aquí, señor Hardy?

—Como guste. ¿Qué es lo que ha hecho mi hijo para que anden buscándolo?

Bosch negó con la cabeza.

—Nada, que nosotros sepamos. Queremos hablar con él sobre otra persona. Estamos investigando a un hombre que pensamos que estuvo viviendo con su hijo hace bastantes años.

—¿Quién?

—Su nombre es Clayton Pell. ¿Usted llegó a conocerlo?

—¿Clayton Powell?

—No, señor. Clayton Pell. ¿El nombre le suena?

—Me parece que no.

Hardy se echó hacia delante y empezó a toser sobre la mano. Su cuerpo se contrajo con unos espamos.

—Los cigarrillos del carajo. ¿Y qué es lo que ha hecho este tal Pell?

—Lo siento, pero no podemos dar detalles sobre nuestra investigación. Eso sí, sepa usted que Pell ha cometido ciertas acciones reprobables, y todo cuanto averigüemos sobre él puede sernos de ayuda. Tenemos una foto y nos gustaría enseñársela.

Chu sacó la foto de carné de Pell. Hardy la estudió largamente y negó con la cabeza.

—No me suena de nada.

—Bueno, este es su aspecto actual. Pell estuvo viviendo con su hijo hace unos veinte años.

De pronto, Hardy se mostró sorprendido.

—¿Hace veinte años? Pero entonces sería un... Ah, ya entiendo, se refieren ustedes al chaval aquel que estuvo viviendo con Chilton y su madre en Hollywood.

—Cerca de Hollywood. Sí, por entonces tendría unos ocho años. ¿Ahora se acuerda de él?

Hardy asintió con la cabeza, y el gesto provocó que de nuevo empezara a toser.

—¿Quiere un poco de agua, señor Hardy?

Hardy dijo que no con un gesto de la mano, pero continuó tosiendo con fuerza, hasta que los labios se le llenaron de saliva.

—Chill vino con él aquí un par de veces. Eso es todo.

—¿Alguna vez le habló del niño?

—Lo único que me dijo fue que el chaval era un latazo. Su madre salía de casa y lo dejaba con Chill, quien no había nacido para hacer de padre.

Bosch asintió con la cabeza, como si se tratara de un dato de interés.

—¿Y Chilton ahora dónde está?

—Ya se lo he dicho. No lo sé. Ya nunca viene a visitarme.

—¿Cuándo fue la última vez que lo vio?

Hardy se rascó el mentón sin afeitar y volvió a toser en su mano. Bosch miró a Chu, que seguía de pie.

—Socio, ¿puedes ir a traerle un poco de agua?

—No, no, estoy bien —protestó Hardy.

Pero Chu había captado la palabra clave «socio», por lo que ya estaba andando por el pasillo situado bajo la escalera, en dirección a la cocina o el cuarto de baño. Así podría echarle un rápido vistazo a la planta baja de la vivienda.

—¿Recuerda cuándo vio a su hijo por última vez? —repitió Bosch.

—Eh... No, la verdad. No sé cuántos años hace... No me acuerdo.

Bosch asintió con la cabeza, sabedor de lo mucho que los padres y los hijos podían distanciarse con los años.

Chu volvió con un vaso de agua del grifo. El vaso no parecía estar muy limpio, en el cristal había manchas de huellas dactilares. Al pasarle el vaso a Hardy, negó ligeramente con la cabeza para indicarle a Bosch que no había visto nada de interés durante su rápida incursión en la casa.

Hardy bebió del vaso, y Bosch de nuevo trató de recabar información sobre su hijo.

—Señor Hardy, ¿tiene el teléfono o la dirección de su hijo? Nos interesa mucho hablar con él.

Hardy dejó el vaso junto al cenicero. Su mano fue a buscar un imaginario bolsillo de camisa. Pero la bata de hospital que vestía no tenía bolsillo en la pechera. Era un gesto inconsciente para echarle mano a un paquete de cigarrillos que ya no estaba allí. Bosch recordaba haber hecho ese mismo gesto cuando seguía siendo adicto al tabaco.

—No tengo su teléfono —dijo el anciano.

—¿Y su dirección? —insistió Bosch.

—Pues no.

Hardy bajó los ojos, como si comprendiera que sus respuestas eran muestra de su fracaso como padre o del fracaso de Chilton júnior como hijo. Como Bosch hacía muchas veces al hablar con alguien, de pronto pasó a otro tema distinto. También dejó de utilizar la excusa que les había facilitado entrar en la casa. Ya no le importaba que el anciano pudiera sospechar que en realidad estaban investigando a su hijo.

—¿Su hijo estuvo viviendo con usted durante la niñez?

Los gruesos cristales de las gafas de Hardy magnificaban el movimiento de sus ojos. La pregunta provocó una reacción. El rápido movimiento de los ojos en respuesta a una pregunta siempre resultaba revelador.

—Su madre y yo nos divorciamos. Poco después de casarnos. No veía mucho a Chilton. Vivíamos bastante lejos. Su madre, que ya murió, fue quien cuidó de él. Yo le mandaba dinero.

Lo dijo como si su único deber hubiera sido ese. Bosch asintió con la cabeza, aparentando que lo entendía.

—¿Ella alguna vez le contó que su hijo estuviera metido en problemas o algo por el estilo?

—Yo pensaba... Me habían dicho que andaban buscando a ese muchacho. Powell. ¿Por qué me vienen con preguntas sobre la niñez de mi hijo?

—Pell, señor Hardy. Clayton Pell.

—Ustedes no han venido aquí porque quieran saber cosas sobre Pell, ¿verdad?

Ya estaba. Fin del teatrillo. Bosch se levantó del asiento.

—Su hijo no está aquí, ¿verdad?

—Ya se lo he dicho. No sé dónde está.

—Entonces no le importará que echemos un vistazo, ¿no?

Hardy se pasó la mano por la boca y meneó la cabeza.

—Para hacer eso necesitan una orden judicial —dijo.

—No si se trata de un caso en el que podría haber algún peligro —contestó Bosch—. Sugiero que se quede aquí sentado tranquilamente, señor Hardy, mientras echo un vistazo rápido. El inspector Chu se queda con usted.

—No, yo no…

—Simplemente, quiero asegurarme de que no corre usted ningún peligro, eso es todo.

Bosch se fue de la sala de estar, mientras Chu hacía lo posible por refrenar las protestas de Hardy. Echó a andar por el pasillo. La casa tenía la distribución típica de tantas viviendas unifamiliares, con el comedor y el cuarto de baño situados detrás de la sala de estar. Bajo la escalera había un armario y un tocador. Bosch apenas miró esas habitaciones, pues suponía que Chu ya lo había hecho antes; abrió la puerta situada al final del pasillo. En el garaje no había ningún automóvil. El espacio estaba atiborrado de montones de cajas. También había un viejo colchón apoyado en una de las paredes.

Se giró y regresó por el pasillo.

—¿No tiene usted coche, señor Hardy? —preguntó mientras llegaba al pie de la escalera.

—Cuando tengo que salir, llamo un taxi. No se le ocurra subir.

—¿Por qué no?

—Porque no tiene una orden judicial. Porque no tiene derecho.

—¿Su hijo está arriba?

—No, arriba no hay nadie. Pero no tiene permiso para subir.

—Señor Hardy, necesito asegurarme de que todo está en orden en la casa y de que no va a correr ningún peligro después de que nos vayamos.

Bosch comenzó a subir. La insistencia de Hardy en que no subiera le llevó a ser precavido. Nada más llegar al piso de arriba echó mano a la pistola.

La distribución del piso superior también era la típica. Dos dormitorios y un cuarto de baño completo entre ambos. Al parecer, Hardy dormía en el dormitorio de la parte delantera. La cama estaba sin hacer, y en el suelo había ropa sucia. En una mesita de noche había un cenicero sucio y varios pequeños tanques de oxígeno de repuesto. Las paredes estaban amarilleadas por la nicotina, y todo estaba cubierto por una pátina de polvo y tabaco.

Bosch cogió uno de los pequeños tanques. En la etiqueta constaba que contenía oxígeno líquido y que para su uso se requería receta médica. También constaba un número de recogida y entrega de una compañía llamada ReadyAire. Bosch levantó el tanque. Daba la impresión de estar vacío, pero no hubiera sabido decirlo con seguridad. Lo dejó donde estaba y se giró hacia la puerta del armario.

En realidad, el gran armario era un vestidor, en cuyos dos lados había perchas con ropas que olían a humedad. Los estantes situados sobre las perchas estaban cubiertos de una serie de cajas de cartón de esas que se emplean en las mudanzas. El suelo estaba sembrado de zapatos y de lo que parecía ser ropa usada, apilada en un montón informe. Salió del armario y echó a andar por el corredor.

El segundo dormitorio era la habitación más limpia y ordenada de la casa; parecía estar desocupado. Había un pequeño escritorio, así como una mesita de noche, pero la cama estaba desprovista de colchón. Bosch recordó haber visto un colchón y un somier en el garaje, y se dijo que seguramente eran los de esta cama. Miró en el armario, que también encontró lleno, pero de forma más ordenada. Las ropas estaban colgadas de las perchas y envueltas en fundas de plástico, almacenadas desde hacía tiempo.

Volvió al pasillo y fue al cuarto de baño.

—Harry, ¿todo en orden ahí arriba? —gritó Chu desde la planta baja.

—Todo en orden. Ahora mismo bajo.

Devolvió la pistola a su funda y asomó la cabeza por el cuarto de baño. Varias toallas astrosas pendían de una percha; en la cisterna del retrete había otro cenicero. Junto a este, había una pastilla de ambientador absorbeolores con funda de plástico. A Bosch casi le entró la risa al verlo.

La cortina de la bañera era de plástico y estaba cubierta de moho, y la bañera exhibía una gran costra de mugre negruzca que parecía datar de años. Asqueado, se volvió para bajar por las escaleras. Pero lo pensó mejor y entró en el cuarto de baño otra vez. Abrió el armarito de los medicamentos y halló que los tres estantes estaban llenos de inhaladores y frascos expedidos con receta. Cogió uno al azar y leyó la etiqueta. Se lo habían recetado a Hardy cuatro años antes; era un producto llamado teofilina genérica. Lo dejó donde estaba y echó mano a uno de los inhaladores. Otro genérico vendido con receta, de un producto llamado albuterol. Databa de tres años atrás.

Examinó otro de los inhaladores. Y otro más. Finalmente, revisó todos y cada uno de los inhaladores y frascos que había en el armarito. Casi todos eran medicamentos genéricos, y si bien algunos de los frascos estaban llenos, la mayoría se encontraban vacíos. Sin embargo, todos los fármacos habían sido recetados más de tres años antes.

Bosch cerró el armarito y se encontró con su propio rostro en el espejo. Se quedó mirando sus ojos oscuros un largo instante.

Y de pronto comprendió.

Salió del cuarto de baño y volvió a toda prisa al dormitorio de Hardy. Cerró la puerta para que no le oyesen desde abajo. Echó mano a su teléfono móvil, cogió uno de los pequeños tanques de oxígeno y llamó al número de ReadyAire. Cuando respondieron, pidió que le pusiesen con el responsable de entregas y recogidas. Le pasaron con un hombre llamado Manuel.

—Manuel, le habla el inspector Bosch, del cuerpo de policía de Los Ángeles. Estoy haciendo una investigación y necesito saber cuanto antes cuál fue la última vez que hicieron una entrega de oxígeno a uno de sus clientes. ¿Puede ayudarme?

Al principio, Manuel se lo tomó como si algún amigo le estuviera gastando una broma pesada.

—Escúcheme bien —repuso Bosch con sequedad—: esto no es ninguna broma. La investigación es urgente, y necesito contar con esta información ahora mismo. Si no puede ayudarme, póngame con alguien que sí que pueda hacerlo.

Se hizo un silencio, y Bosch oyó que Chu le llamaba desde abajo. Dejó el tanque de oxígeno en su sitio y cubrió el teléfono con la mano. Abrió la puerta del dormitorio y dijo:

—Ahora mismo bajo.

Cerró la puerta y volvió a concentrarse en la llamada.

—Manuel, ¿sigue ahí?

—Sí. Puedo meter el nombre en el ordenador y mirar qué pone.

—Pues adelante. El nombre es Chilton Aaron Hardy.

A la espera, oyó que Manuel tecleaba el nombre.

—Sí, aquí lo tenemos —dijo—. Pero ya no le suministramos el oxígeno.

—¿Qué quiere decir?

—Aquí pone que la última entrega se la hicimos en julio de 2008. O bien este hombre ha muerto, o bien ahora compra el oxígeno a otra empresa. A alguien más barato. Últimamente estamos perdiendo muchos clientes por este motivo.

—¿Está seguro de lo que dice?

—Aquí lo pone bien claro.

—Gracias, Manuel.

Bosch colgó. Se llevó el móvil al bolsillo y desenfundó la pistola otra vez.

35

Mientras bajaba por las escaleras, su nivel de adrenalina iba subiendo. Vio que Hardy no se había movido de la silla; ahora estaba fumando un cigarrillo. Chu estaba sentado en el brazo del sofá, ojo avizor.

—Le he dicho que cierre el tanque de oxígeno —explicó Chu—. Tampoco es cuestión de que saltemos todos por los aires.

—En ese tanque no hay nada —dijo Bosch.

—¿Cómo?

Hardy levantó la vista, con una expresión confusa.

—¿Qué es lo que pasa?

Bosch extendió las dos manos, le agarró por la camisa y lo levantó de la silla con violencia. Hizo girar su cuerpo y lo empujó contra la pared, de tal forma que su rostro impactó contra ella.

—¡Harry! ¿Qué haces? —gritó Chu—. Es un viej…

—Es él —dijo Bosch.

—¿Cómo?

—Es *el hijo*, no el padre.

Bosch sacó las esposas del cinturón y amarró las manos de Hardy tras su espalda.

—Chilton Hardy, está detenido por el asesinato de Lily Price.

Hardy se mantuvo en silencio mientras Bosch le decía sus derechos. Ladeó la cabeza contra la pared; en su rostro había aparecido una pequeña sonrisa.

—Harry, ¿es que el padre está arriba? —preguntó Chu a sus espaldas.

—No.

—Entonces, ¿dónde está?

—Creo que está muerto. Chilton júnior ha estado suplantándolo, cobrando su pensión, beneficiándose de su seguro médico y todo lo demás. Abre la ficha. ¿Dónde está la foto del carné de conducir?

Chu se acercó con la ampliación de la foto de Chilton Aaron Hardy hijo. Bosch giró a Hardy y le puso la mano en el pecho para fijarlo a la pared. Acercó la foto a su cara. De un manotazo, apartó las gafas con los gruesos cristales, que fueron a parar al suelo.

—Es él. Se afeitó la cabeza antes de hacerse la foto del carné. Para cambiar su aspecto. No hemos llegado a ver la foto de su padre. Creo que habrá que echarle una mirada.

Bosch devolvió la foto a Chu. La sonrisa se ensanchó en el rostro de Hardy.

—¿Es que todo esto le parece divertido? —espetó Bosch.

Hardy asintió con la cabeza.

—Me parece la mar de divertido: no tienen una puta prueba y no tienen un puto caso.

Su voz ahora era distinta. Más profunda. Ya no era la frágil voz de un anciano, como hacía unos minutos.

—Y también me parece divertido que hayan estado registrando esta casa ilegalmente. Ningún juez va a creerse que les di permiso para hacerlo. Es una pena que no hayan encontrado nada. Porque me hubiese encantado ver cómo el juez los dejaba en ridículo.

Bosch agarró a Hardy por la camisa, apartó su cuerpo de la pared y lo estrelló contra ella otra vez. Su rabia era cada vez mayor.

—Escúchame, socio —dijo—. Ve al coche y trae tu ordenador. Voy a solicitar una orden de registro ahora mismo.

—Harry, acabo de mirar mi móvil y aquí no hay conexión inalámbrica. ¿Cómo vamos a enviarla?

—Socio, tú ve a por el ordenador. Primero escribirás la solicitud, y luego ya nos preocuparemos por la conexión inalámbrica. Y cierra la puerta al salir.

—Muy bien, socio. Voy a por el portátil.

Mensaje captado.

Bosch no perdía de vista los ojos de Hardy. Vio que se hacían cargo de la situación, de que iba a quedarse a solas con Bosch, y en su brillante frialdad asomó el principio del miedo. Tan pronto como oyó que la puerta de la casa se cerraba, encajó el cañón de la Glock en la papada de Hardy.

—Voy a decirte una cosa, hijo de puta. Vamos a acabar contigo aquí y ahora. Porque tienes razón, no contamos con las suficientes pruebas. Y no voy a dejar que sigas en libertad ni un solo puto día más.

Arrancó a Hardy con violencia de la pared y lo empujó hacia el suelo. Hardy se estrelló contra la mesita, haciendo que el cenicero y el vaso de agua acabaran sobre la alfombra, y fue a caer de espaldas. Al momento, Bosch se sentó sobre su torso, inmovilizándolo.

—Vamos a hacer las cosas bien, ¿entiendes? Diremos que no sabíamos que eras tú. Todo el tiempo estuvimos pensando que eras tu padre, y cuando mi socio fue un momento al coche, te abalanzaste sobre mí. Estuvimos luchando por hacernos con la pistola. ¿Y sabes qué pasó? Que la jugada te salió mal.

Bosch acercó la pistola, hasta situarla a un palmo de narices de Hardy.

—Los disparos van a ser dos. El que ahora mismo voy a clavarte en tu negro y asqueroso corazón. Y luego, cuando te haya quitado las esposas, cerraré tus manos muertas sobre la Glock y haré que le pegues un tiro a la pared.

De forma que los dos tendremos muestras de pólvora, y todo el mundo lo verá muy bien.

Bosch acercó su cuerpo al de Hardy y situó el cañón sobre su pecho.

—Sí, es un plan que no puede fallar —dijo.

—¡Espere! —chilló Hardy—. ¡No puede hacerlo!

Bosch vio el pánico en sus ojos.

—Voy a hacerlo por Lily Price, por Clayton Pell y por todos los demás que mataste, heriste y destruiste.

—Por favor.

—¿Por favor? ¿Es lo que Lily te dijo? ¿Te lo pidió por favor?

Bosch ladeó ligeramente la pistola y se echó aún más hacia delante, de forma que su pecho quedó a un par de palmos del de Hardy.

—Muy bien, lo reconozco. Venice Beach, 1988... Voy a decírselo todo. Llévame a comisaría y ya está. También le diré lo de mi padre. Le ahogué en la bañera.

Bosch negó con la cabeza.

—Estás pensando en decirme lo que sea para salir de aquí con vida. Pero no es bastante, Hardy. Es demasiado tarde. Ya no puede ser. Incluso si confesaras de verdad, el juez no lo admitiría. Una confesión obtenida mediante coerción... Lo sabes perfectamente.

Bosch montó la Glock para poner una bala en la recámara.

—No quiero una confesión de tres al cuarto. Quiero pruebas. Quiero tu colección.

—¿Qué colección?

—Tú guardas cosas. Todos los tipejos como tú guardáis cosas. Fotos, recuerdos. Hardy, si quieres salvar el pellejo, dime dónde tienes la colección.

Esperó. Hardy no dijo palabra. Bosch apretó el cañón contra su pecho y volvió a ladear la pistola.

—Muy bien, muy bien... —dijo Hardy, desesperado—. En la casa de al lado. Todo está en la casa de al lado. Mi padre era el propietario de las dos casas. Hice que en la escritura constara un nombre falso. Vaya a ver. Encontrará todo lo que necesita.

Bosch clavó la mirada en él un largo instante.

—Si me mientes, estás muerto.

Apartó la pistola y la enfundó. Empezó a levantarse.

—¿Cómo entro?

—Las llaves están en la encimera de la cocina.

En el rostro de Hardy reapareció la extraña media sonrisa. Un momento antes estaba desesperado por salvar la vida; ahora sonreía. Bosch comprendió que la suya era una sonrisa de orgullo.

—Vaya a ver, ahora mismo —urgió Hardy—. Va a hacerse famoso, Bosch. Por detener al puto cabrón que tiene el récord.

—Ah, ¿sí? ¿Cuántas personas?

—Treinta y siete. Clavé treinta y siete cruces.

Bosch había supuesto que habría diversas víctimas, pero no tantas. Se preguntó si Hardy estaba hinchando la cifra de asesinatos como una última forma de manipulación, si estaba diciendo lo que fuera, haciendo lo que fuera, para salir por la puerta con vida. Lo único que tenía que hacer era sobrevivir a este momento y convertirse en su nueva encarnación, de asesino desconocido y nunca detectado a figura espeluznante que iba a fascinar a la opinión pública. Un nombre que iba a inspirar terror. Bosch sabía que así se sentían realizados los individuos como él. Seguramente, Hardy llevaba años relamiéndose por anticipado en espera de este momento. Los hombres como él fantaseaban con este instante.

Con la velocidad del rayo, Bosch volvió a desenfundar la Glock y encañonó a Hardy.

—¡¡No!! —chilló Hardy—. ¡Hemos cerrado un trato!

—Una mierda es lo que hemos cerrado.

Bosch apretó el gatillo. El mecanismo de disparo resonó, y el cuerpo de Hardy se estremeció bruscamente, como si hubiera recibido un tiro, pero no había ninguna bala en la recámara. La pistola estaba descargada. Bosch le había quitado la munición en el dormitorio.

Asintió con la cabeza. Hardy no se había percatado de aquella manipulación. Ningún policía habría montado el arma para situar una bala en la recámara. No en Los Ángeles, donde los dos segundos necesarios para ejecutar la maniobra podían costarle a uno la vida. Bosch había estado jugando de farol, por si resultaba necesario alargar la comedia.

Se acercó y volteó el cuerpo de Hardy. Se llevó la pistola a la espalda y del bolsillo de la americana sacó dos cinchas de plástico. Con una de ellas amarró bien los tobillos de Hardy, y se valió de la otra para atarle las muñecas; tras eso le quitó las esposas. Intuía que no iba a ser quien escoltara a Hardy al calabozo y no quería que sus esposas se extraviaran.

Se levantó y ajustó las esposas al cinturón. Volvió a llevarse la mano al bolsillo de la americana y extrajo un puñado de balas. Sacó el cargador vacío de la pistola y empezó a colocar las balas en su interior. Una vez que hubo terminado, devolvió el peine de munición a su sitio y montó una bala en la recámara antes de volver a enfundar el arma.

—Siempre hay que tener una en la recámara —le indicó a Hardy.

La puerta se abrió, y Chu entró con el portátil. Sorprendido, miró a Hardy tendido en el suelo. No tenía idea de lo que Bosch había hecho.

—¿Está vivo?

—Sí. Vigílalo. Asegúrate de que no empiece a pegar saltos como un canguro.

Bosch enfiló el pasillo, entró en la cocina y encontró un manojo de llaves en la encimera, tal y como Hardy le había dicho. Tras volver a la sala de estar, miró a su alrededor, tratando de dar con una forma de inmovilizar a Hardy completamente mientras Chu y él hablaban en privado fuera sobre lo que convenía hacer a continuación. Unos meses antes, en el edificio de la policía se había estado hablando, y mucho, de un episodio embarazoso, referente a un sospecho de robo a mano armada apodado el Canguro. Los agentes que lo detuvieron le ataron por las muñecas y los tobillos, le dejaron tumbado en el suelo de la oficina bancaria y fueron a buscar a otro sospechoso que era posible que siguiera en el interior del edificio. Quince minutos después, los agentes de otro coche patrulla que se dirigía al lugar de los hechos vieron a un hombre que avanzaba pegando saltos por la calle, a tres manzanas del lugar del asalto.

Bosch tuvo una idea.

—Coge el extremo del sofá —dijo.

—¿Qué quieres hacer? —preguntó Chu.

Bosch señaló el extremo del mueble y dijo:

—Vamos a darle la vuelta.

Dieron la vuelta al sofá sobre sus patas delanteras y lo dejaron caer sobre Hardy. El sofá lo mantenía aprisionado de tal forma que era casi imposible que pudiese moverse, amarrado de pies y manos como estaba.

—Pero ¿esto qué es? —protestó Hardy—. ¿Qué están haciendo?

—Tú tranquilo, Hardy —respondió Bosch—. Volvemos dentro de un momento.

Indicó a Chu que saliera con él por la puerta de la casa. Echaron a andar hacia allí, pero Hardy gritó a sus espaldas:

—¡Tenga cuidado, Bosch!

Bosch se giró hacia él.

—¿De qué?

—De lo que va a ver. No va a ser el mismo después de hoy.

Con la mano en el pomo de la puerta, Bosch se quedó mirándolo un momento. Solo los pies de Hardy emergían del sofá volteado.

—Eso ya lo veremos —repuso.

Salió y cerró la puerta.

36

Aquello era como estar al final de un laberinto y tener que volver al punto de partida. Tenían el lugar que querían registrar: la casa unifamiliar en la que Hardy aseguraba guardar los recuerdos de sus crímenes. Sin embargo, necesitaban establecer la cadena de acontecimientos y pasos legales que los llevaran a entrar en ella y que pudieran ser incluidos en una orden de registro, así como aceptados y aprobados por un juez de un alto tribunal.

Bosch no reveló a Chu cuanto había sucedido en la sala de estar de Hardy. No tan solo por lo que había pasado durante el caso Irving, sino también porque estaba claro que Bosch había obtenido la confesión de Hardy por medios coercitivos, y no quería que nadie estuviera al corriente de dicha irregularidad. Si, como era probable, la defensa de Hardy alegaba que su cliente había sido coaccionado para que confesara, Bosch se contentaría con negarlo y tachar de escandalosas las tácticas de sus abogados. Hardy —el acusado— sería el único que podría cuestionar su versión.

—Se supone que el propietario de estas dos casas es Chilton Hardy sénior, que es bastante probable que esté muerto. Tenemos que registrar las dos, ahora mismo. ¿Cómo nos lo montamos?

Estaban de pie sobre el césped que había frente al complejo de viviendas. Chu contempló las fachadas de las casas 6A y 6B como si la respuesta a la pregunta pudiera estar pintada en ellas a modo de grafiti.

—Bueno, yo creo que no tiene que haber problema si alegamos haber registrado la 6B por cuestión de indicios racionales —adujo—. Encontramos que Hardy vivía en ella suplantando a su padre. De forma que es lógico que hayamos buscado alguna indicación de qué fue lo que le pasó al viejo. Cuestión de fuerza mayor. La cosa está clara, Harry.

—¿Y qué me dices de la 6A? Esa es la casa que nos interesa de verdad.

—Bueno, pues... Decimos que... Vale, creo que lo tengo. Entramos en la 6B para hablar con Chilton Hardy padre, pero al poco rato nos dimos cuenta de que en realidad estábamos ante Chilton Hardy hijo. No vimos señales de Hardy padre y se nos ocurrió que posiblemente estaba encerrado en algún lugar. O que posiblemente estaba muerto. Así pues, hicimos una búsqueda en la base de datos del registro de la propiedad y, mira tú por donde, encontramos que el viejo también era propietario de la casa de al lado, cuyo título de propiedad nos resultó sospechoso. Teníamos la obligación de entrar en la casa para ver si estaba vivo o si corría peligro. También cuestión de fuerza mayor.

Bosch asintió con la cabeza, al tiempo que fruncía el ceño. No le gustaba. La cosa le sonaba exactamente como lo que era. Una historia inventada para justificar su entrada en la vivienda. Era posible que un juez firmase la orden de registro, pero tendría que ser uno que se llevara bien con la policía. Lo que él quería era una justificación a prueba de bomba. Algo que todo juez aprobase y que resistiera toda clase de apelaciones legales.

De pronto comprendió que tenía el acceso en la mano. De forma literal. En la mano tenía el llavero con las llaves. Seis llaves en total. Una exhibía el logo de los automóviles Dodge, y a todas luces era de un vehículo. Había dos llaves Schlage de buen tamaño que supuso que abrían las puertas de una y otra casa. Las tres restantes eran pequeñas. Dos de ellas eran las típicas de los buzones particulares de correos, como los que había junto a la acera.

—Las llaves —dijo—. Hay dos llaves de buzón. Vamos a ver.

Caminaron hasta los buzones. Una vez allí, Bosch probó las llaves en los buzones correspondientes al complejo 6. Pudo abrir los asignados a las casas 6A y 6B. Reparó en que el apellido en el 6A era Drew, lo que tomó como un mal chiste por parte de Hardy, en referencia a los personajes de la teleserie de los años setenta *The Hardy Boys*.

—Muy bien. Encontramos estas llaves en posesión de Hardy —expuso—. Probamos a abrir los buzones y vimos que tenía acceso a dos de ellos, el 6A y el 6B. Nos fijamos en que había dos llaves Schlage grandes, lo que nos llevó a sospechar que correspondían a esas dos casas. Miramos en el registro de la propiedad y vimos que la casa 6A había estado a nombre del padre, pero ahora estaba a otro nombre. Nos pareció raro, pues el cambio de propiedad había tenido lugar después de que Hardy empezara a suplantar a su padre, o eso sospechábamos. Por esa razón necesitamos entrar en la 6A, para ver si el viejo estaba dentro. Llamamos a la puerta, no nos respondieron, y por eso ahora necesitamos una orden de registro.

Chu asintió con la cabeza. La propuesta le gustaba.

—Creo que se sostiene. ¿Quieres que redacte la solicitud así?

—Sí. Hazlo. Redáctalo dentro de la casa, y así de paso vigilas a Hardy.

Bosch apretó el llavero que tenía en la mano.

—Voy a entrar en la 6A, para ver si todo esto merece la pena.

Era lo que llamaba saltarse la orden de registro: efectuar el registro antes de que la orden fuera oficialmente sancionada por un juez. Era una práctica policial muy arriesgada, que de reconocerse podía llevarle a uno a perder la placa y a acabar con sus huesos en la cárcel. Pero lo cierto era que las órdenes de registro muchas veces se sancionaban con pleno conocimiento de lo que iba a encontrarse en la vivienda o en el vehículo en cuestión..., porque la policía ya había estado en el interior.

—¿Estás seguro de lo que vas a hacer, Harry? —preguntó Chu.

—Sí. Si Hardy me ha colado un farol, mejor saberlo ahora que después, para no meter la pata.

—En ese caso, espera hasta que haya entrado en la casa, que así no me entero de lo que estás haciendo.

Bosch abrió el brazo en dirección a la puerta de la 6B como un *maître* de restaurante, mientras hacía una ligera reverencia. Chu echó a andar hacia la casa, pero se detuvo y dijo:

—¿Cuándo vamos a decirles a los de por aquí lo que estamos haciendo en su ciudad?

—¿Quiénes son los de por aquí?

—Los del cuerpo de policía de Los Alamitos.

—Todavía no —dijo Bosch—. Cuando el juez haya firmado la orden de registro, entonces los llamamos.

—No les va a gustar.

—Que les den. Es nuestro caso y es nuestra detención.

Bosch tenía claro que el pequeño cuerpo de policía no tenía ninguna oportunidad de hacerse oír frente al todopoderoso LAPD.

Chu se encaminó otra vez a la puerta de la casa 6B. Bosch se dirigió al coche. Abrió el maletero y sacó de la caja con el material varios pares de guantes de goma, que metió en el bolsillo de su americana. Cogió una linterna, por si acaso, y cerró el maletero.

Echó a andar hacia la 6B, pero de pronto lo sorprendieron unos gritos que llegaban de la casa 6A. Era Hardy.

Bosch entró. Hardy seguía tumbado bajo el sofá. Chu estaba sentado en una silla que había traído de la cocina, trabajando en su ordenador portátil. Hardy guardó silencio al ver a Bosch.

—¿Y este por qué chilla?

—Primero quería un cigarrillo. Ahora quiere un abogado.

Bosch fijó la mirada en el sofá volcado.

—Podrás llamar a tu abogado tan pronto como comuniquemos tu detención.

—¡Entonces, deténganme!

—Primero vamos a comprobar que todo está en orden por aquí. Y si sigues chillando, te vamos a poner una mordaza.

—Tengo derecho a que me asista un abogado. Usted mismo me lo ha dicho.

—Podrás llamarlo cuando llamemos a todo el mundo. Cuando estés oficialmente detenido.

Bosch se giró para salir por la puerta.

—¿Bosch?

Se giró hacia Hardy otra vez.

—¿Ha entrado ya? Van a hacer películas sobre nosotros, ya lo verá.

Chu levantó la vista e intercambió una mirada con Bosch. Había asesinos que disfrutaban con el miedo y el horror que su historial despertaba. Monstruos de la vida real, leyendas urbanas que se convertían en realidades urbanas. Hardy había pasado muchos años escondido. Y por fin había llegado el momento de alcanzar la celebridad.

—Claro, claro —respondió Bosch—. Vas a ser el mierda más famoso de todos en el corredor de la muerte.

—Por favor. Sabe perfectamente que me las arreglaré para que pasen veinte años antes de que me apliquen la inyección letal. Como mínimo. ¿Quién cree que hará mi papel en la película?

Bosch no contestó. Salió por la puerta de la casa y miró a su alrededor, para ver si por la calle pasaba algún coche o peatón. Nadie. Anduvo rápidamente a la puerta de la 6A y sacó el llavero de Hardy del bolsillo. Insertó una de las dos llaves Schlage en la cerradura y tuvo suerte a la primera. Era la correcta. Abrió la puerta, entró y la cerró a sus espaldas.

De pie en el recibidor, se calzó un protector de goma para los zapatos. La vivienda estaba tan oscura como una noche cerrada. Resiguió la pared con la mano enguantada hasta encontrar un interruptor.

La débil luz de una bombilla en el techo reveló que la 6A era la casa de los horrores. Un tabique mal construido cubría completamente las ventanas de la fachada, asegurando la privacidad, así como una capa de insonorización. Las cuatro paredes del vestíbulo venían a ser una galería de *collages* fotográficos y artículos de periódicos sobre asesinatos, violaciones y torturas. De periódicos de ciudades tan distantes como San Diego, Phoenix y Las Vegas. Artículos sobre secuestros inexplicados, cadáveres encontrados en uno u otro lugar, personas desaparecidas. Estaba claro que, si todos esos casos eran obra de Hardy, había sido un criminal acostumbrado a viajar. Su territorio de caza era inmenso.

Bosch estudió las fotografías. Las víctimas de Hardy eran tanto muchachos como muchachas. Niños, en algunos casos. Avanzaba paso a paso, examinado aquellas horribles imágenes. Se detuvo al llegar a una primera página completa del *Los Angeles Times,* amarillenta y cuarteada a estas alturas, en la que aparecía el rostro sonriente de una adolescente junto a un artículo sobre su desaparición en un centro comercial de West Valley. Se acercó para leer el artículo y vio su nombre. Conocía ese nombre, así como el caso, y de pronto recordó por qué le había resultado familiar la dirección que constaba en el carné de conducir de Hardy.

Finalmente, tuvo que apartarse de esas terribles imágenes. Simplemente, estaba haciendo una inspección rápida, previa al registro a fondo de la vivienda. Tenía que seguir mirando. Cuando llegó a la puerta del garaje, supo lo que iba a encontrar antes incluso de abrirla. En el interior vio aparcada una furgoneta blanca de trabajo. La herramienta primordial de Hardy a la hora de llevar a cabo un secuestro.

Era una Dodge de modelo bastante reciente. La abrió con la llave y miró en el interior. En ella tan solo había un colchón y una barra para colgar herramientas de la que pendían dos rollos de gruesa cinta adhesiva. Bosch insertó la llave en el contacto y puso en marcha el motor, para comprobar el cuentakilómetros. La furgoneta había recorrido más de doscientos mil kilómetros, lo que era otra indicación del territorio abarcado por el asesino. Apagó el motor, salió de la furgoneta y cerró la portezuela.

Había visto lo suficiente para saber qué era lo que habían descubierto, pero algo le llevó a subir al piso de arriba de todas maneras. Lo primero que hizo fue entrar en el dormitorio de la parte frontal, que encontró desprovisto de mobiliario. Lo único que había era varios pequeños montones de ropa. Camisetas con las efigies de estrellas del rock, distintos pares de pantalones vaqueros.

Otros pequeños montones de sujetadores, ropa interior y cinturones. Las prendas de las víctimas.

La puerta del gran armario estaba cerrada con candado. Bosch volvió a echar mano al llavero e insertó la llave más pequeña en el candado. Abrió la puerta del armario y encendió la luz de la pared exterior. El interior estaba vacío. Las paredes, el techo y el suelo estaban pintados de negro. En la pared del fondo había dos gruesas argollas de acero, situadas a cosa de un metro del suelo. Estaba claro que aquí era donde Hardy había encerrado a sus víctimas. Bosch pensó en todas las personas que habían pasado sus últimas horas en ese lugar, amordazadas, amarradas a las argollas, a la espera de que Hardy entrase para poner fin a su agonía.

En el dormitorio de la parte de atrás había una cama con un colchón desnudo. En un rincón, una cámara con trípode. Bosch abrió las puertas del armario y encontró que se trataba de un centro audiovisual. Había cámaras de vídeo, viejas cámaras fotográficas de carrete, cámaras Polaroid, así como un ordenador portátil. Los estantes superiores estaban llenos de cajas con discos DVD y vídeos VHS. En uno de ellos había tres viejas cajas de zapatos. Bosch cogió una y la abrió. En su interior había multitud de fotografías Polaroid, casi todas ellas desvaídas después de tanto tiempo. Fotografías en las que aparecían distintos jóvenes de uno u otro sexo haciendo felaciones a un hombre cuyo rostro no era visible.

Devolvió la caja de zapatos a su estante y cerró las puertas del armario. Salió otra vez al pasillo. El cuarto de baño estaba tan sucio como el de la casa 6B, pero la mugre en la bañera tenía una tonalidad entre marrón y rojiza, y Bosch comprendió que aquí era donde Hardy lavaba los cuerpos de sangre. Salió del cuarto de baño y miró en el armario del pasillo. En el interior tan solo había una bolsa negra de plástico de más de un metro de altura cuya forma recordaba a la de un gran bolo. En lo alto tenía un asa. La agarró y se la acercó. En la parte inferior tenía dos ruedas, de forma que la sacó al pasillo rodando. La bolsa daba la impresión de estar vacía, y Bosch se preguntó si sería de un instrumento musical de algún tipo.

Pero entonces vio la marca del fabricante en uno de los lados de la gran bolsa alargada. GOLF+GO SYSTEMS se leía, y Harry comprendió que era una bolsa diseñada para transportar palos de golf en los aviones. La extendió sobre la moqueta y la abrió, no sin advertir que en la abertura tenía dos pasadores que podían cerrarse con llave. Estaba vacía, pero vio que en lo alto de la bolsa había tres orificios recortados con tijeras, del tamaño aproximado de una moneda de diez centavos cada uno.

La cerró, la enderezó y volvió a dejarla en el armario, para que la encontraran allí durante el registro oficial. Cerró la puerta y bajó por las escaleras.

En mitad del descenso, se detuvo y se agarró a la barandilla con fuerza. Comprendió que los agujeros en la bolsa para palos de golf habían sido practicados para permitir el paso del aire. Y se daba cuenta de que la bolsa era de tamaño suficiente para que dentro cupiera un niño o una persona poco corpulenta. De pronto, se sintió abrumado por la inhumanidad y la depravación de todo aquello. Podía oler la sangre. Podía oír las súplicas ahogadas. Sabía el dolor y la tristeza que encerraba este lugar.

Apoyó el hombro en la pared un momento y se deslizó por ella hasta caer sentado sobre los escalones. Se echó hacia delante, con los codos apoyados en las rodillas. Estaba hiperventilando, e hizo lo posible por ralentizar la respiración. Se pasó la mano por los cabellos y se la llevó a la boca.

Cerró los ojos y se acordó de otra ocasión en la que estuvo en un lugar que olía a muerte, agazapado en un túnel y lejos de su hogar. Por entonces era poco más que un niño; estaba asustado y trataba de controlar la respiración. Esa era la clave. Si uno controlaba la respiración, también controlaba el miedo.

No estuvo sentado más de dos minutos, pero le pareció que había transcurrido una noche entera. Finalmente, normalizó la respiración, y el recuerdo de los túneles fue diluyéndose.

Oyó el zumbido del móvil; finalmente, salió de aquella oscuridad. Lo cogió y miró la pantalla. Era Chu.

—¿Sí?

—Harry, ¿todo en orden? Estás tardando mucho en volver.

—Estoy bien. Estoy ahí dentro un minuto.

—¿Salimos adelante?

Le estaba preguntando si había encontrado en la casa 6A lo que necesitaban encontrar.

—Sí. Salimos adelante.

Desconectó y llamó al número directo de Tim Marcia. Sin dar muchos detalles, explicó al jefe de la sala de inspectores lo que sucedía.

—Vamos a necesitar que venga bastante gente —precisó—. Creo que hay mucho trabajo que hacer. También vamos a necesitar un portavoz para la prensa y alguien que haga de enlace con el cuerpo local de policía. No estaría de más establecer un puesto de mando, porque vamos a estar aquí toda la semana.

—Entendido. Me pongo en marcha —dijo Marcia—. Voy a hablar con la teniente, para empezar a moverlo todo. Por lo que dices, parece que vamos a tener que enviar a todo el mundo.

—No estaría de más.

—¿Estás bien, Harry? Tienes la voz un poco rara.

—Estoy bien.

Le dio la dirección y colgó. Continuó sentado un par de minutos más y llamó a Kizmin Rider.

—Harry, sé por qué estás llamando, y lo único que puedo decirte es que todo fue muy meditado. Se ha tomado la decisión que es mejor para el cuerpo de policía, y lo mejor es que no volvamos a hablar del asunto. También es lo mejor para ti.

Rider estaba refiriéndose al artículo del *Times* sobre Irving y la concesión de taxis. Pero, en ese momento, a él ese caso le quedaba lejanísimo. Y también le parecía una tontería.

—No estoy llamando por eso.

—Ah. ¿Y entonces? Te noto un poco alterado.

—Estoy bien. Hemos encontrado algo muy gordo, y al jefe le interesa estar informado. ¿Te acuerdas del caso Mandy Phillips? ¿Lo que pasó en West Valley hace nueve o diez años?

—No. Refréscame la memoria.

—Una niña de trece años a la que raptaron en el centro comercial. Nunca la encontraron ni hubo detenciones.

—¿Has encontrado al que lo hizo?

—Sí. Y hay un detalle. Este tipo renovó el carné de conducir hace tres años. Y a la hora de poner su dirección puso la de la casa donde vivía esa niña.

Rider guardó silencio, asombrada por la temeridad de Hardy.

—Me alegro de que hayas encontrado a ese individuo.

—Pero la niña no fue la única. Estamos en Orange County haciéndonos una idea de lo sucedido. Pero este caso va a ser tremendo. El fulano asegura que hay treinta y siete víctimas.

—¡Por Dios!

—Tiene un armario lleno de cámaras, fotos y vídeos. Vídeos en formato VHS, Kiz. Este tipo lleva mucho tiempo haciendo de las suyas.

Bosch sabía que estaba corriendo un riesgo al contarle todo eso mientras se estaba saltando la orden de registro. En su momento habían sido compañeros de equipo, pero el estrecho vínculo que los unía estaba empezando a erosionarse. Sin embargo, estaba corriendo el riesgo. Más allá del politiqueo y de los peces gordos, si no podía confiar en ella, entonces no podía confiar en nadie.

—¿Le has contado todo esto a la teniente Duvall?

—Se lo he contado al jefe de la sala de inspectores. No todo, pero sí lo suficiente. Creo que van a venir con todo el personal disponible.

—Muy bien, voy a estar encima del asunto. No sé si el jefe querrá ir personalmente. Pero seguro que querrá que su nombre salga. Es posible que piensen en usar el teatro del edificio y todo.

En la planta baja del edificio central de la policía había un teatro que se empleaba para ceremonias de entrega de premios, eventos especiales e importantes ruedas de prensa. Como la que pronto iba a tener lugar.

—De acuerdo. Pero esta no es la principal razón por la que te he llamado.

—Bueno, ¿y cuál es la razón principal?

—¿Has hecho algo en referencia al traslado de mi compañero de equipo?

—Eh, no. Llevo una mañana más bien ajetreada.

—Bien. Pues no lo hagas. Olvídate del asunto.

—¿Estás seguro?

—Sí.

—De acuerdo. Como digas.

—Y en lo tocante a la otra cosa que me dijiste..., sobre la extensión de mi permanencia en el cuerpo a los cinco años, ¿te parece que todavía puedes hacerlo?

—Cuando te hice la oferta, lo veía bastante posible. Pero ahora va a ser pan comido. Van a insistir en que sigas en el cuerpo, Harry. Estás a punto de hacerte famoso.

—No quiero hacerme famoso. Lo que quiero es seguir llevando casos.

—Te entiendo. Voy a pedir los cinco años de extensión.

—Gracias, Kiz. Creo que voy a volver a ocuparme del asunto. Hay mucho trabajo por hacer.

—Buena suerte, Harry. Que no haya cosas raras.

Con eso se refería a que no quebrantara ninguna norma en absoluto. El caso era demasiado importante.

—Entendido.

—Y otra cosa, Harry.

—Dime.

—Esta es la razón por la que hacemos nuestro trabajo. Por los individuos como este. Los monstruos como él no dejan de operar hasta que los cogemos. La nuestra es una profesión noble. Piensa en todas las personas a las que acabas de salvar.

Bosch asintió con la cabeza y se acordó de la bolsa para palos de golf. Sabía que el recuerdo iba a acompañarle para siempre. Hardy tenía razón cuando dijo que la irrupción en la 6A iba a cambiarle para siempre.

—No las suficientes —dijo.

Desconectó la llamada y se puso a pensar. Dos días atrás se veía incapaz de sobrellevar los últimos treinta y nueve meses de su carrera profesional. Ahora quería seguir trabajando cinco años enteros. Por mucho que hubiera podido meter la pata en el caso Irving, ahora se daba cuenta de que su misión no había terminado. Su misión siempre seguía en activo, siempre habría trabajo que hacer.

«Esta es la razón por la que hacemos nuestro trabajo».

Bosch asintió con la cabeza. Kiz tenía razón.

Se agarró a la barandilla y se levantó. Echó a andar escaleras abajo otra vez. Necesitaba salir de aquella casa y ver la luz del sol.

37

Al mediodía, después de que el juez del tribunal superior George Companioni firmase la orden de registro, Bosch, Chu y otros miembros de la Unidad de Casos Abiertos / No Resueltos confirmaron los horrores que habían encontrado en el interior de la casa 6A. Los inspectores Baker y Kehoe se llevaron a Hardy al centro metropolitano de detención en uno de los coches de la brigada. En su calidad de investigadores principales del caso, Bosch y Chu se quedaron donde estaban para seguir registrando la escena de los crímenes.

En la calle situada frente a los dos casas adyacentes en las que Hardy había suplantado a su padre y había ejecutado sus macabros designios, pronto empezó a reinar una atmósfera circense, a medida que la noticia de los horrísonos hallazgos empezó a atraer a nuevos investigadores y técnicos en criminalística, así como a los medios de comunicación de dos condados. Los Alamitos no tardó en atraer la atención del mundo entero, después de que la historia apareciese en todas las páginas informativas de internet y canales de televisión.

La disputa jurisdiccional entre los dos cuerpos de policía se resolvió rápidamente. El de Los Ángeles se encargaría de llevar todos los aspectos de la investigación del caso, mientras que el de Los Alamitos se ocuparía de la seguridad del lugar de los hechos y del control de curiosos y medios de comunicación. Estas últimas tareas incluían el corte del tráfico rodado por los alrededores y la evacuación de los demás vecinos residentes en el complejo de seis casas en el que Hardy había estado viviendo y operando. Ambos cuerpos policiales se prepararon para no menos de una semana de investigaciones en la escena del crimen. Los dos hicieron venir portavoces de prensa para hacerle frente al contingente de periodistas, cámaras y unidades móviles que inevitablemente iba a desembarcar en aquel barrio antes tranquilo.

El jefe de policía y el comisario al frente de Robos y Homicidios se reunieron y establecieron un plan de investigación que contaba con al menos una sorpresa inmediata. A la teniente Duvall, responsable de Casos Abiertos / No Resueltos, no le concedieron la dirección del caso. La investigación más importante en la historia de su unidad, que en esta ocasión además se había lucido más que nunca, la pusieron en manos del teniente Larry Gandle, otro jefe de unidad de la Brigada de Robos y Homicidios, más experimentado que Duvall y al que se le tenía por bastante más ducho a la hora de relacionarse con los medios de comunicación. Gandle iba a asumir el mando de la investigación inmediatamente.

Bosch no se quejaba. Había estado en el equipo de Homicidios de Gandle antes de que lo trasladaran a Casos Abiertos / No Resueltos y se había entendido con él a la hora de trabajar. Gandle era un mando competente y trabajador que confiaba en sus investigadores. No era el tipo de superior que se escondía tras puertas cerradas y persianas corridas.

Una de las primeras decisiones que tomó Gandle, después de hablar con Bosch y con Chu, fue la de reunir a todos los investigadores asignados al lugar de los hechos. Después de hacer que el equipo de fotógrafos y especialistas en criminalística saliera temporalmente de la casa, se encontraron en la oscura sala de estar de la 6A.

—Muy bien, voy a explicarme —dijo Gandle—. No me ha parecido adecuado que nos reuniéramos al aire libre y a la luz del sol. Creo que lo mejor es que nos encontremos en este lugar oscuro y que apesta a muerte. Todo indica que en este lugar han muerto muchas personas, y de una forma horrible. Las asesinaron y las torturaron, y lo mejor que podemos hacer en recuerdo de las víctimas es llevar a cabo nuestro trabajo mejor que nunca. Y sin pasarnos de listos ni quebrantar las normas. Vamos a hacerlo todo por lo legal. No me importa si ese tal Hardy que se ha ido en coche con Baker y Kehoe está confesándolo todo ahora mismo y cantando hasta *La traviata*. Por una puta vez en la vida, vamos a armar un caso verdaderamente a prueba de bomba. A ese sujeto lo vamos a mandar al corredor de la muerte. Nada más. ¿Todo el mundo lo ha entendido?

Varios de los presentes asintieron con la cabeza. Era la primera vez que Harry veía al teniente soltar una arenga propia de un entrenador de fútbol. Le gustó, pues le pareció oportuno recordar a los policías lo muy importante que era esta investigación.

Tras este preámbulo, Gandle procedió a asignar tareas concretas a los distintos equipos. Si bien gran parte de la investigación que iba a tener lugar en las dos viviendas tendría que ver con la recogida de muestras, estaba claro que el caso iba a centrarse en los vídeos encontrados en el armario del segundo dormitorio y en las fotos pegadas a las paredes de la casa. A los investigadores de Casos Abiertos / No Resueltos correspondería documentar quiénes eran las víctimas, de dónde procedían y qué les había pasado exactamente. La suya iba a ser una tarea auténticamente espeluznante. Chu antes había puesto en su ordenador uno de los DVD hallados en el armario del dormitorio para que Bosch y él se hicieran una idea de lo que iban a encontrar en la gran colección de cintas y discos. En el vídeo, Hardy aparecía violando y torturando a una mujer que finalmente —después de que su captor le quitara la mordaza— suplicaba que sencillamente la matara de una vez para acabar con su sufrimiento. Al final del vídeo, la mujer era asfixiada hasta perder el conocimiento —pero estaba claro que continuaba respirando—, y Hardy se giraba hacia la cámara y sonreía: había conseguido lo que quería de aquella mujer.

En todos sus años de trabajo como policía, Bosch nunca había visto algo tan horroroso y estremecedor. En aquel disco había ciertas imágenes que —lo sabía— serían indelebles para él, imágenes que tendría que confinar en los rincones más recónditos de su memoria. Pero había decenas de discos más, así como centenares de fotografías. Cada una de estas pruebas tendría que ser vista, descrita, catalogada y presentada al juez. Iba a ser un trabajo doloroso, de los que dañan el alma, que aseguraba dejar las heridas internas que tan solo sufren los policías dedicados a resolver homicidios. Gandle dijo que quería que todos los integrantes del grupo estuvieran abiertos a hablar de su espeluznante trabajo con los psicólogos de la Unidad de Ciencias Conductistas del cuerpo. Cada agente sabía bien que ocultar los horrores del trabajo en el interior de la persona sin decir nada a nadie venía a ser como tener un cáncer y no tratarlo. Y, sin embargo, muchos consideraban que buscar ayuda profesional para manejarse con una carga así constituía una muestra de debilidad. Ningún policía quería aparecer como una persona débil, ni a ojos de los criminales ni a ojos de sus colegas de profesión.

A continuación, Gandle pasó la palabra a Bosch y a Chu, los dos investigadores principales, quienes resumieron con rapidez los pasos que los habían conducido a Hardy y a las dos viviendas contiguas.

También hicieron referencia al aspecto paradójico que ahora se daba en la investigación. Por una parte, era necesario trabajar con rapidez, pero a la vez era preciso obrar de forma deliberada y meticulosa para asegurarse de que la investigación fuera lo más pormenorizada posible.

El cuerpo de policía tenía la obligación legal de presentar una denuncia contra Hardy en las cuarenta y ocho horas posteriores a su detención. Hardy iba a comparecer ante un juez por primera vez el miércoles por la mañana. Si para entonces no había una denuncia formal contra él, lo pondrían en libertad.

—Lo que vamos a hacer es presentar una primera denuncia —dijo Bosch—. Vamos a acusarle de un asesinato preciso y luego iremos añadiendo los demás, a medida que la investigación los aclare. Así que el miércoles empezaremos con el de Lily Price. Ahora mismo, el caso tampoco está resuelto del todo, pero es lo mejor que podemos hacer. Tenemos una muestra de ADN y, aunque no es de Hardy, nos parece que lo sitúa en la escena del crimen. Lo que necesitamos es encontrar una imagen de Lily Price en algún lugar de la casa antes del miércoles por la mañana.

Chu mostró una ampliación de una foto de Lily Price incluida en el libro de asesinato. Lily aparecía sonriendo, guapa e inocente. Si encontraban otra imagen suya entre los recuerdos de Hardy, su expresión iba a ser muy distinta.

—Estamos hablando de 1989, así que no la encontraremos en ninguno de los DVD. A no ser que Hardy se tomara el trabajo de pasar las cintas de vídeo a DVD, claro está —explicó Chu—. Pero no parece probable, pues en la casa no hemos encontrado los medios técnicos para hacer ese tipo de copias. Y es evidente que Hardy nunca se atrevería a encargar a otros el copiado de unas imágenes de esta clase.

—Vamos a hacer un repaso rápido de todas las fotos —terció Bosch—. Los que vais a ver los vídeos estad atentos y buscad el rostro de la chica. Si lo encontramos en alguna foto o vídeo, el miércoles lo tenemos chupado.

Una vez que Bosch y Chu hubieron terminado de hablar, Gandle volvió a tomar la palabra para exhortar a los suyos:

—Muy bien. Ha quedado claro. Todos sabemos lo que tenemos que hacer. Así que vamos a hacerlo. Con toda nuestra dedicación.

El grupo empezó a dispersarse. Bosch veía que todos los inspectores se tomaban muy en serio la labor inminente. La arenga de Gandle había surtido efecto.

—Ah, una cosa más —apuntó Gandle—. No hay límite de horas en este caso. Estamos autorizados a cobrar todas las horas extraordinarias que hagan falta, y la autorización procede directamente de la oficina del jefe.

El teniente quizá estaba esperando que la noticia se recibiera con alborozo o aplausos, pero no fue el caso. Apenas hubo reacción al hecho positivo de que iban a pagarles muy bien por aquella investigación. Cobrar las horas extras era algo bueno, que ese año se había dado con poca frecuencia, pero era de mal gusto considerar la remuneración que el trabajo en este caso iba a reportarles. Bosch tenía claro que todos los presentes estaban más que dispuestos a trabajar todas las horas extraordinarias que fuesen precisas, con dinero por medio o sin él.

«Esta es la razón por la que hacemos nuestro trabajo.»

Era lo que Kiz Rider le había dicho. Todo formaba parte de la misma misión, y este caso lo dejaba más a las claras que cualquier otro.

38

Los tres equipos de inspectores asignados a la revisión de las fotografías y los vídeos necesitaron tres horas para empaquetar en cajas de cartón todo el material que hallaron en el segundo dormitorio. Como si se tratara de un solemne cortejo fúnebre, tres coches sin distintivos transportaron las cajas al norte, al edificio central del cuerpo de policía de Los Ángeles. Los inspectores apenas cruzaron palabra durante el trayecto. El trabajo que tenían por delante no podía ser más desagradable y la preparación mental para dicha labor consumía todos sus pensamientos.

La oficina de prensa había avisado a los medios de comunicación sobre la llegada de la comitiva, de forma que la entrada de los inspectores con las cajas en el edificio central de la policía fue recogida por los fotógrafos y camarógrafos agrupados frente a la entrada. No es que con ese aviso pretendieran congraciarse con los medios de comunicación, sino que más bien formaba parte del intento de utilizar a dichos medios para dejar claro a la opinión pública —y al jurado eventual— que Chilton Hardy era culpable de unos crímenes horribles. Era una muestra de la sutil complicidad que siempre se daba entre la policía y la prensa.

Habían asignado las tres salas de reuniones a lo que empezaba a ser conocido como «el grupo Hardy». A Bosch y Chu les correspondió la sala de menor tamaño, en la que no había equipo de vídeo. No lo necesitaban, pues su labor era la de examinar las fotografías.

Hardy no parecía haber seguido ningún método a la hora de catalogar las fotos. Las imágenes antiguas y recientes estaban mezcladas en las cajas de zapatos encontradas en los estantes del armario.

Al ponerse a revisarlas, Bosch y Chu trataron de agruparlas siguiendo diferentes criterios. Lo primero que hicieron fue reunir todas las fotos correspondientes a una misma persona. A continuación, hicieron lo posible por estimar la antigüedad de las fotos y organizarlas de modo cronológico. Algunas de ellas venían con una indicación de fecha, lo que resultaba de ayuda.

En la mayoría de los casos, resultaba evidente que la persona fotografiada —en solitario, en compañía de Hardy o junto a un cuerpo masculino que se suponía que era el de Hardy— estaba con vida en el momento de ser tomada la imagen. La persona aparecía ocupada en prestar uno u otro favor sexual o, en algunos casos, sonriendo directamente al objetivo. En otras ocasiones, el individuo miraba a la cámara con expresión de miedo o de dolor.

Bosch y Chu incluían en una categoría prioritaria las fotos que mostraban elementos de identificación individual: joyas peculiares, tatuajes o lunares en el rostro. Tales elementos podrían facilitar la identificación de las víctimas.

Bosch sentía que las tripas se le revolvían al hacer ese trabajo. Lo más difícil era afrontar los ojos de las víctimas. Muchas de ellas miraban a la cámara de un modo que indicaba que no iban a salir con vida de la situación. Bosch se encontraba abrumado por una rabia que llegaba demasiado tarde. Hardy había estado cometiendo sus crímenes sangrientos durante muchos años y por todo el país, sin que nadie se diera cuenta. Y ahora tenían que contentarse con ir amontonando fotografías.

En un momento dado, llamaron a la puerta. Era Teddy Baker, que entró con una carpeta en la mano.

—Creo que esto os puede interesar —dijo—. La han tomado al registrar su ingreso en el calabozo.

Abrió la carpeta y dejó una fotografía de tamaño medio en la mesa. La espalda de un hombre. Entre uno y otro omóplato se extendía el dibujo de un cementerio con cruces negras. Algunas de las cruces eran viejas y se veían desvaídas. Otras eran nítidas y daban la impresión de ser nuevas. Bajo la imagen aparecía la leyenda BENE DECESSIT en tinta negra.

Bosch había visto antes tatuajes con listados de muertes. Por lo general, en pandilleros que llevaban el recuento de los compañeros muertos en las guerras entre bandas. Este resultaba nuevo, pero no le sorprendía. Como tampoco le sorprendía que Hardy hubiera encontrado a un tatuador que al parecer no consideraba que la imagen de un cementerio resultara lo bastante sospechosa como para llamar a la policía.

—Vuestro chico —dijo Baker.

—¿Has contado las cruces? —preguntó Bosch.

—Sí. Hay treinta y siete.

Bosch no había revelado a ninguno de los demás inspectores que ese era el número de víctimas que Hardy había confesado. Tan solo se lo había dicho a Kiz Rider. Con el dedo resiguió las palabras inscritas en la espalda de Hardy.

—Sí —dijo Baker—. Lo hemos mirado en internet. Está en latín. Significa «bien muertos». Como si dijera que todos murieron bien.

Bosch asintió con la cabeza.

—Precioso —comentó Chu—. Este tipo está mal, pero que muy mal, de la cabeza.

—¿Podemos quedarnos con la foto?

—Es toda tuya.

Bosch dejó la foto en un lado de la mesa. Iba a incluirla en el informe de la denuncia que presentarían ante el fiscal de distrito.

—Muy bien. Gracias, Teddy.

Lo dijo con la idea de que la recién llegada se fuera. Quería volver a sumirse en el estudio de las fotografías. Tenía que encontrar a Lily.

—¿Necesitáis ayuda de algún tipo? —preguntó Baker—. Gandle no nos ha dicho nada de nada. Supongo que se ha olvidado de nosotros.

Siguiendo indicaciones de Gandle, Baker y Kehoe se habían ocupado de transportar a Hardy al calabozo. En un caso como este, todo el mundo estaba ansioso de formar parte de la investigación.

—Creo que podemos arreglárnoslas solos, Teddy —dijo Bosch, antes de que su compañero invitara a Baker a sumarse a la labor—. Quizá puedes echarles una mano a los otros con los vídeos.

—Muy bien. Gracias. Voy a hablar con ellos.

Por su respuesta, Bosch dedujo que Baker pensaba que era un cabrón egoísta. La inspectora se dirigió a la puerta, pero antes de llegar se giró y dijo:

—¿Sabéis qué es lo que me parece muy raro?

—¿El qué? —respondió Bosch.

—Que no hay cadáveres. En la casa hay muestras de ADN, pero ¿dónde están todos los cadáveres? ¿Dónde los escondió?

—Algunos aparecieron en su momento —explicó Bosch—. Como el de Lily Price. Otros los escondió. Es la única esperanza que le queda a Hardy. Cuando terminemos de investigar, va a ser lo único que podrá ofrecernos. Decirnos dónde están los cuerpos a cambio de que no pidamos la pena de muerte.

—¿Y crees que el fiscal de distrito lo aceptará?

—Espero que no.

Baker salió de la sala y Bosch volvió a enfrascarse en el estudio de las fotos.

—Harry, ¿por qué le has dicho que no? —preguntó Chu—. Tenemos mil fotos por mirar.

—Ya lo sé.

—Entonces, ¿por qué no quieres que nos ayude? Kehoe y ella también forman parte de la unidad. Y quieren ser útiles en algo.

—No sé. Creo que, si Lily Price está en una de estas fotos, nos corresponde encontrarla. No sé si me explico.

—Sí, creo que sí.

Bosch terminó por ceder.

—Ve a buscarla. Dile que vuelva.

—No, no, está bien. Te entiendo.

Volvieron a concentrarse en el trabajo de mirar y ordenar las fotografías. Una labor tan difícil, pues eran tantas las víctimas..., si no de asesinato o violación, por lo menos de las manipulaciones y la inhumanidad de Hardy. Bosch se decía que era otra la razón por la que no había querido que Teddy Baker los ayudase. No importaba que fuera una investigadora veterana que había visto todo cuanto es posible ver en el submundo del crimen. Y no importaba que Hardy fuera un depredador que se ensañara con quien era débil, ya fuese hombre o mujer. Bosch nunca iba a sentirse cómodo al mirar las fotos en compañía de una mujer. Era lo que había.

Tan solo veinte minutos después, vio que Chu dejaba de examinar y clasificar fotografías de forma sostenida. Su compañero le miró de soslayo, mientras examinaba una Polaroid.

—Harry, creo que...

Bosch le quitó la foto de las manos y la miró. Era la imagen de una muchacha desnuda y tumbada sobre una manta sucia. Tenía los ojos cerrados y era imposible determinar si estaba viva o muerta. Bosch la situó junto a la foto del colegio en la que Lily Price aparecía sonriendo, dieciocho meses antes de su muerte.

—¿Qué dices? —preguntó Chu.

Bosch no respondió. Sus ojos iban de una foto a otra, estudiándolas a fondo y efectuando comparaciones precisas. Chu le pasó una lupa que había traído del cubículo y que hasta ese momento no habían usado. Bosch puso ambas imágenes en el escritorio y las fue comparando a través de la lupa. Finalmente, asintió con la cabeza y respondió:

—Creo que la has encontrado. Vamos a llevar esta foto al laboratorio para que hagan un análisis digital. Y a ver qué dicen.

Chu soltó un puñetazo sobre la mesa.

—¡Tenemos a ese tipejo, Harry! ¡Lo tenemos!

Bosch dejó la lupa en la mesa y se arrellanó en el escritorio.

—Sí —repuso—. Creo que sí.

Echó el rostro hacia delante y señaló los montones de fotos por revisar.

—Volvamos con lo de antes —dijo.

—¿Crees que hay más fotos de Lily? —preguntó Chu.

—¿Quién sabe? Es posible. Pero también hay que buscar la foto de otra persona.

—¿De quién?

—De Clayton Pell. Pell nos dijo que Hardy también le había hecho una foto. Si Hardy la guardó, tendría que estar aquí.

39

Bosch hizo acopio de voluntad, suspiró y marcó el número. Ni siquiera tenía la certeza de que el número de teléfono siguiera siendo válido después de tantos años. Miró uno de los relojes de pared y volvió a hacer el cálculo. Tres horas más en Ohio. Ya habrían terminado de cenar, pero aún no se habrían ido a la cama.

Una mujer respondió al tercer timbrazo.

—¿La señora Price? —preguntó Bosch.

—Sí. ¿Con quién hablo?

En su voz había una nota de inquietud y Bosch supuso que en su teléfono había un identificador de llamada. Sabía que le estaban telefoneando de la policía. A través del tiempo y la distancia.

—Señora Price, soy el inspector Bosch del cuerpo de policía de Los Ángeles. Le llamo porque hay novedades en la investigación de la muerte de su hija. Tengo que hablar con usted.

Bosch oyó que la mujer contenía el aliento. A continuación, cubrió el auricular con la mano y habló con otra persona. No entendió bien lo que decía.

—¿Señora Price?

—Sí, perdone. Se lo he dicho a mi marido. El padre de Lily. Ha subido al piso de arriba para hablar por el otro teléfono.

—Muy bien, pues esperemos a que…

—¿Llama usted por lo que están mostrando en televisión? Estábamos viendo el canal Fox y no he podido evitarlo… Me he preguntado si ese hombre conocido como Chill podría ser el que mató a Lily.

Estaba llorando al terminar de decir estas palabras.

—Señora Price, ¿podemos…?

Se oyó un clic y su marido se sumó a la conversación.

—Le habla Bill Price.

—Señor Price, estaba diciéndole a su señora que soy el inspector Harry Bosch, del cuerpo de policía de Los Ángeles. Tengo que informarlos de las últimas novedades en la investigación de la muerte de su hija.

—Lily —dijo el señor Price.

—Sí, señor, su hija Lily. Yo trabajo en la Unidad de Casos de Homicidios Abiertos / No Resueltos. La semana pasada obtuvimos una información de gran importancia en lo referente a este caso. El análisis de las muestras de ADN presentes en la sangre en el cuerpo de Lily nos llevó a interesarnos por un hombre llamado Chilton Hardy. La sangre no era suya, sino de otra persona que conocía bien a Hardy y podía relacionarlo con el crimen. Estoy llamando para notificarle que hoy hemos detenido a Chilton Hardy, a quien vamos a acusar del asesinato de su hija.

Tan solo se oía el sonido de la señora Price al llorar.

—No sé si hay algo más que añadir en este momento —añadió Bosch—. La investigación sigue en curso, y voy a mantenerles al corriente de cuanto vayamos descubriendo. Una vez que se sepa que este hombre ha sido acusado del asesinato de su hija, es muy posible que la prensa contacte con ustedes. Son libres de decidir si quieren hacer declaraciones o no. ¿Hay alguna pregunta que quieran hacerme?

Bosch se los imaginó en su hogar de Dayton. En una y otra planta de la vivienda, conectados por línea telefónica con un hombre a quien nunca habían visto. Habían pasado veintidós años desde que mandaron a su hija a Los Ángeles a estudiar en la universidad. Y nunca volvieron a verla.

—Tengo una pregunta —dijo la señora Price—. Un momento, por favor.

Bosch oyó que dejaba el auricular y seguía llorando sin remedio. Su marido finalmente dijo:

—Inspector, gracias por no olvidarse de nuestra hija. Ahora voy a colgar y bajar para estar con mi mujer.

—Entiendo, señor. Estoy seguro de que pronto volveremos a hablar. Adiós.

Cuando se puso otra vez al teléfono, la señora Price tenía la voz más serena.

—En la televisión han dicho que la policía está examinando las fotos y vídeos de las víctimas. Pero no van a mostrarlas en televisión, ¿verdad? No van a mostrar a Lily, ¿verdad?

Bosch cerró los ojos y apretó el auricular contra la oreja.

—No, señora, eso no va a suceder. Las fotografías son pruebas y no se van a hacer públicas. Es posible que llegue el momento en que se empleen en el juicio, pero, si eso sucede, el fiscal asignado al caso lo hablará antes con ustedes. Van a mantenerles informados de todo cuanto tenga que ver con el proceso judicial. Pueden estar seguros.

—Muy bien, inspector. Gracias. Pensaba que este día nunca iba a llegar, la verdad.

—Sí, señora. Ha pasado mucho tiempo.

—¿Tiene usted hijos, inspector?

—Tengo una hija.

—Cuídela bien.

—Sí, señora. Se lo prometo. Pronto volveré a llamarlos.

Bosch colgó.

—¿Cómo ha ido la cosa?

Se giró en la silla. Chu acababa de entrar en el cubículo.

—Como acostumbran a ir estas cosas —dijo—. Ahora hay dos víctimas más...

—Ya. ¿Dónde viven?

—En Dayton. ¿Los demás qué están haciendo?

—Casi todo el mundo está a punto de irse. Creo que por hoy ya han visto bastante. Este material es horrible de verdad.

Bosch asintió con la cabeza. Volvió a mirar el reloj de pared. En su caso, la jornada había sido larga, de casi doce horas. Chu se estaba refiriendo a los demás equipos de inspectores asignados a la investigación, quienes llevaban seis horas mirando vídeos de torturas y mutilaciones.

—Yo también estaba pensando en irme, Harry. Si te parece bien.

—Claro. Yo mismo voy a marcharme a casa.

—Mañana lo tendremos bien, ¿no te parece?

Bosch y Chu iban a comparecer a las nueve de la mañana en la fiscalía del distrito para informar del caso y establecer una denuncia contra Hardy por el asesinato de Lily Price. Bosch se giró hacia el escritorio y llevó la mano a la gruesa carpeta de bolsillo que contenía los informes que iban a presentar al fiscal del distrito. El «paquete».

—Sí —convino—. Creo que la cosa está clara.

—Bueno, pues entonces me voy. Nos vemos por la mañana. ¿Nos encontramos aquí y vamos andando?

—Eso mismo.

Chu siempre llevaba una pequeña mochila. Se la colgó del hombro y echó a andar hacia la salida del cubículo.

—Una cosa, David —dijo Bosch—, antes de que te vayas…

Chu se giró y se apoyó en una de las paredes de metro y medio del cubículo.

—¿Sí?

—Quería decirte que hoy has trabajado muy bien. Hemos trabajado bien como equipo.

Chu asintió con la cabeza.

—Gracias, Harry.

—Así que olvidémonos de todo lo anterior, ¿te parece? Digamos que volvemos a empezar de cero.

—Te dije que iba a arreglarlo todo.

—Eso mismo. Bueno, vete a casa… Nos vemos mañana.

—Hasta mañana, Harry.

Chu se marchó, contento. Bosch entendía que quizá había estado esperando algún otro pequeño gesto por su parte, que le ofreciera tomar una cerveza o un bocado juntos a fin de reforzar su condición de compañeros. Pero Harry necesitaba marcharse a casa. Quería hacer exactamente lo que la señora Price le había sugerido.

El nuevo y gran edificio de oficinas municipales había costado casi quinientos millones de dólares y tenía cincuenta mil metros cuadrados de superficie entre todos sus pisos, pero carecía de cafetería y el aparcamiento tan solo era accesible para unos cuantos altos cargos privilegiados. En su calidad de inspector de nivel tres, Bosch entraba dentro de dicha categoría —por los pelos—, pero el privilegio de estacionar el coche en el aparcamiento subterráneo del edificio municipal salía muy caro, en forma de una cuota fija a deducir del salario mensual. Por esa razón, Harry seguía aparcando gratuitamente en el viejo «parque elevado», la gran estructura metálica medio oxidada situada a tres manzanas de distancia, detrás del Parker Center, el antiguo cuartel general de la policía.

No le importaba tener que caminar las tres manzanas hasta el trabajo. En ellas estaban los distintos edificios administrativos del Ayuntamiento, y el paseo era una buena forma de prepararse para la jornada laboral o relajarse después de ella.

Bosch estaba en Main Street, cruzando la arteria emplazada junto a la fachada posterior del ayuntamiento cuando advirtió que un automóvil negro, un Lincoln Town Car, avanzaba a poca velocidad por el carril del autobús y se detenía en la cuneta a media docena de metros de donde se hallaba.

Vio que abrían la ventanilla trasera del coche, pero fingió no darse cuenta y siguió andando con la mirada puesta en la acera.

—Inspector Bosch.

Bosch se giró y vio el rostro de Irvin Irving enmarcado por la ventanilla abierta del Lincoln.

—Creo que no tenemos nada que hablar, concejal.

Continuó andando, pero el coche al momento se puso en marcha y empezó a seguirle por la cuneta. Bosch no tenía ganas de hablar con Irving, pero estaba claro que este sí tenía ganas de hablar con él.

—¿Se cree que es indestructible, Bosch?

Harry agitó la mano en el aire en su dirección.

—¿Piensa que este gran caso que acaba de resolver le convierte en indestructible? Pues no es usted indestructible. Nadie lo es.

Bosch estaba harto. De pronto, se giró hacia el coche. Irving se apartó de la ventanilla cuando Harry se agarró a ella y se apretó contra el vehículo. Con lentitud, el coche terminó por detenerse. Irving estaba a solas en el asiento trasero.

—Yo no tengo nada que ver con ese artículo del periódico de ayer, ¿entendido? Y no creo ser indestructible. Yo no creo ser nada. Me limito a hacer mi trabajo, y punto.

—La ha cagado a fondo, Bosch. Lo que se dice a fondo.

—Yo no he hecho nada de eso. Ya le he dicho que no tengo nada que ver con el artículo. Y si tiene un problema, vaya a hablar con el jefe.

—No estoy hablando del artículo del periódico. El *Los Angeles Times* me importa una puta mierda. Que se vayan a tomar por culo. Estoy hablando de usted. La ha cagado, Bosch. Yo confiaba en usted, pero la ha cagado.

Harry asintió con la cabeza. Sin soltarse de la ventanilla, aminoró un tanto la presión sobre el automóvil.

—El hecho es que he resuelto bien el caso y los dos lo sabemos. Su hijo se tiró del balcón y usted sabe por qué mejor que cualquier otra persona. El único misterio pendiente es por qué pidió que fuera yo quien llevase el caso. Usted conoce mi historial. Yo no hago las cosas a medias.

—Es usted un estúpido. Quise que fuera usted precisamente por esa razón. Porque sabía que, si tenían la menor oportunidad, harían lo posible por utilizar el caso para perjudicarme, y me decía que usted era lo bastante íntegro para negarse a seguirles el juego. No me daba cuenta de que su antigua compañera de equipo le tenía tan obnubilado que le resultaba imposible ver la jugada que estaba poniendo en marcha.

Bosch meneó la cabeza y soltó una risa mientras se enderezaba.

—Es usted muy bueno en lo suyo, concejal. Finge estar escandalizado, aporta las necesarias palabras malsonantes, hace lo posible por sembrar las semillas de la desconfianza y la paranoia. Seguramente, podrá convencer a otros con semejante repertorio. Pero a mí no. Su hijo se tiró por el balcón, y eso es lo que hay. Lo siento por usted y por su mujer. Pero por quien más lo siento es por su hijo. No se merecía terminar así.

Bosch fijó la mirada en Irving y vio que el anciano se estaba esforzando en sofocar la rabia.

—Tengo algo para usted, Bosch.

Se giró para coger algo en el asiento y, por un instante, Bosch pensó que Irving de pronto iba a encañonarlo con una pistola. El egocentrismo y la arrogancia del concejal eran tales como para creer que podía hacer una cosa así y salirse de rositas.

Pero Irving se volvió hacia él de nuevo y le tendió un papel a través de la ventanilla.

—¿Qué es esto? —preguntó Bosch.

—La verdad —respondió Irving—. Léala.

Bosch cogió el papel y lo miró. Era la fotocopia de un impreso de mensaje telefónico fechado el 24 de mayo y enviado a alguien llamado Tony. El número desde el que se había enviado la llamada tenía el prefijo 323. Más abajo había una anotación:

> Gloria Waldron se queja de que el conductor del taxi de la compañía B&W que anoche le recogió en la puerta del restaurante Musso and Frank estaba claramente borracho. La mujer hizo que se detuviera y se bajó del coche. Dice que el taxi olía a alcohol, etc. Por favor, llamen para hacer un seguimiento.

Bosch terminó de leer la fotocopia y miró a Irving.

—¿Qué se supone que tengo que hacer con este papel? Usted mismo podría haberlo escrito esta mañana.

—Podría haberlo hecho, pero no es el caso.

—¿Y qué pasa si llamo a este número? Esta tal Gloria Waldron me confirmará que efectivamente llamó para elevar esta queja y que usted luego le mencionó el asunto a Bobby Mason en la fiesta de Chad Irving. Esto no arregla nada, concejal.

—No hace falta que se moleste en llamar. Ese teléfono ya no está operativo. Un colaborador mío, Tony Esperante, se acuerda perfectamente de que llamó a la mujer y le pidió más detalles. Y yo luego hablé del asunto con Mason. Pero esa línea ahora está desconectada. Y fíjese en la fecha, inspector.

—Ya lo he hecho: 24 de mayo. ¿Qué me está diciendo con eso?

—El 24 de mayo cayó en martes. La mujer dijo que el taxi le recogió en la puerta de Musso la víspera.

Bosch asintió con la cabeza.

—Musso está cerrado los lunes —dijo—. La llamada (si es verdad que alguien llamó) fue una llamada falsa.

—Justamente.

—¿Está tratando de decirme que a usted le hicieron la cama, concejal? ¿Que su propio hijo le hizo la cama? ¿Que habló con Mason de forma inocente, sin saber que estaba siguiendo los deseos de su hijo?

—No los de mi hijo. Los de otra persona.

Bosch levantó la fotocopia.

—¿Y esta es la prueba que tiene?

—No necesito ninguna prueba. Lo sé. Y ahora usted también lo sabe. Alguien en quien confiaba me estuvo utilizando. Lo reconozco. Pero a usted también le estuvo usando. Alguien del décimo piso. Les dio usted los medios para que me clavaran una puñalada por la espalda. Le utilizaron para ajustar las cuentas conmigo.

—Bueno, es su opinión.

—No, es la verdad. Y usted mismo se dará cuenta un día. Abra bien los ojos, y ellos mismos terminarán por delatarse. En ese momento se dará cuenta.

Bosch hizo ademán de devolverle la fotocopia, pero Irving no la cogió.

—Quédesela. El inspector es usted.

Irving se giró y le dijo algo a su chófer. El Lincoln empezó a alejarse de la cuneta. Bosch vio que la ventanilla de cristal tintado empezaba a cerrarse mientras el coche se sumaba al tráfico. Se quedó un momento inmóvil, meditando sobre lo que acababa de escuchar. Dobló la fotocopia y se la metió en el bolsillo.

40

Eran casi las once y media de la mañana del martes cuando Bosch y Chu llegaron a los apartamentos Buena Vista. Antes, Harry había telefoneado a Hannah Stone. Esta le dijo que estaba previsto que Clayton Pell fuera a trabajar al supermercado al mediodía, pero convino en retenerlo en el centro hasta que llegaran los inspectores.

Cruzaron la entrada de seguridad sin dilación. Stone los recibió en la puerta del centro. La situación era extraña, porque Bosch venía en compañía de su compañero de equipo y por cuestión de trabajo. Se estrecharon las manos con formalidad.

—Bien, hemos reservado una de las salas de terapia.

—Perfecto —dijo Bosch.

Harry había estado hablando con ella durante más de una hora la noche anterior. Tarde, cuando su hija ya se había acostado. Bosch estaba demasiado en tensión por los acontecimientos del día como para irse a dormir. Sentado en el porche trasero, llamó a Stone y conversó con ella hasta cerca de la medianoche. Hablaron de muchas cosas, pero sobre todo del caso Hardy. Hannah ahora estaba mejor informada que si se hubiera limitado a mirar los noticiarios televisivos o leer el *Los Angeles Times*.

Stone condujo a Bosch y a Chu a una salita en la que había dos sillas tapizadas y un sofá.

—Voy a buscarlo —dijo—. ¿Le parece correcto que esta vez también esté presente?

Bosch asintió con la cabeza.

Se marchó. Chu miró a Bosch con expresión de extrañeza.

—La doctora estuvo presente durante mi entrevista con Pell de la semana pasada —explicó—. Pell confía en ella. Y no se fía de los policías.

—Comprendido. Y, por cierto, Harry, diría que a la doctora le gustas.

—¿De qué me estás hablando?

—De su forma de mirarte y sonreír. Lo digo porque me lo ha parecido. Creo que lo tienes bien si quieres un plan.

Bosch hizo un gesto de asentimiento.

—Lo tengo en cuenta.

Se sentó en el sofá, y Chu se acomodó en una de las sillas. Guardaron silencio mientras esperaban. Esa mañana habían estado ocupados durante dos horas en la entrega del expediente —el «paquete»— de denuncia a un funcionario de la oficina del fiscal del distrito. El funcionario se llamaba Oscar Benitez, y Harry había trabajado con él en anteriores ocasiones. Era eficiente, listo y precavido, razón por la que solían asignarle los casos de importancia. Su trabajo era el de asegurarse de que la policía tenía motivos fundados para presentar una denuncia contra un sospechoso. No se limitaba a hacer de comparsa, y esta era una de las razones por las que a Bosch le gustaba trabajar con él.

Benitez se mostró convencido al estudiar el paquete. Tan solo quería la aclaración o formalización de unos cuantos aspectos. Uno de ellos era la contribución de Clayton Pell al proceso contra Chilton Hardy. Bosch y Chu se encontraban en el centro para conseguir que dicha contribución fuera sólida a más no poder. Al enterarse del historial de Pell, Benitez se sintió preocupado por su desempeño como testigo clave y por la posibilidad de que tratase de obtener un beneficio de algún tipo a cambio de su testimonio o de que por alguna razón optase por alterar su versión de los hechos. Benitez tomó la decisión estratégica de hacer que Pell lo pusiera todo en el papel, esto es, que firmara una declaración por escrito. Se trataba de una medida inusual, pues una declaración firmada apenas permite modificar los detalles del testimonio y a la vez tiene que ser entregada al abogado defensor como proposición de prueba.

Stone volvió con Clayton Pell al cabo de unos minutos. Bosch invitó a Pell a ocupar la silla libre.

—¿Cómo estás, Clayton? ¿Por qué no te sientas ahí? Supongo que te acuerdas de mi compañero, el inspector Chu.

Chu y Pell se saludaron con sendos gestos de la cabeza. Bosch dirigió una mirada a Stone que fue una forma de preguntarle si se quedaba o se marchaba.

—Clayton prefiere que me quede —indicó.

—Muy bien. Podemos compartir el sofá.

Una vez que todo el mundo se hubo sentado, Bosch abrió el maletín que tenía en el regazo y sacó una carpeta.

—Clayton, ¿has estado atento a las noticias de la tele?

—Pues claro. Parece que ha pillado usted a su hombre.

Cruzó las piernas sobre el asiento. Era tan pequeño que su figura llevaba a pensar en la de un niño sentado en un gran sillón.

—Ayer detuvimos a Chilton Hardy por el asesinato del que te hablé la semana pasada.

—Sí, y me parece perfecto. ¿También le han detenido por lo que me hizo a mí?

Bosch estaba esperando que Pell le hiciera justo esa pregunta.

—Bueno, lo que queremos es acusarlo de varias cosas a la vez. Por eso estamos aquí, Clayton. Porque necesitamos tu ayuda.

—Como le dije la semana pasada, ¿y yo qué gano con todo esto?

—Bueno, como te dije la semana pasada, nos ayudarías a quitar de la circulación a este individuo para siempre. Al hombre que te estuvo atormentando. Hasta es posible que te veas las caras con él en el juicio, si el fiscal del distrito decide que prestes testimonio en contra suya.

Bosch abrió la carpeta.

—Mi compañero y yo hemos estado en la oficina del fiscal del distrito preparando la denuncia contra Hardy por el asesinato de Lily Price. La acusación es sólida y va a serlo cada vez más. El fiscal confía en presentar la denuncia antes del final del día. Le hemos hablado del papel que jugaste y que la sangre encontrada en la víctima era tuya y…

—¿¡Qué papel!? —chilló Pell—. Les dije bien claro que yo nunca estuve allí. ¡Y ahora le dicen al fiscal que yo estuve metido en el asunto!

Bosch dejó la carpeta en el maletín abierto y levantó las manos para calmarlo.

—Un momento, Clayton. No es eso lo que le hemos dicho al juez. Me he expresado mal, pero tienes que dejarme terminar. Lo que hemos hecho ha sido explicarle el caso en detalle, lo que sabemos, las pruebas con que contamos y el hecho de que todo encaja, ¿entendido? Le hemos contado que en la víctima había muestras de tu sangre, pero dejándole claro que tú no estuviste allí. También le hemos dicho que por entonces eras un chaval y que no podías estar implicado, para nada. Y el fiscal lo ha entendido perfectamente, ¿está claro? Sabe bien que tú, en realidad, fuiste otra víctima de ese sujeto.

Pell no respondió. Se ladeó en la silla, tal y como había hecho la semana anterior.

—Clayton —intervino Stone—. Presta atención, por favor. Es importante.

—Tengo que irme al trabajo.

—Si escuchas y no interrumpes, llegarás a tu hora. Todo esto es muy importante. No solo en lo referente al caso, sino también para ti. Por favor, míranos y escucha.

De mala gana, Pell se giró en el asiento y fijó la mirada en Bosch.

—Muy bien, muy bien. Estoy escuchando.

—De acuerdo, Clayton. Voy a dejarte las cosas claras. Tan solo hay un crimen que no haya prescrito todavía. ¿Sabes a lo que me estoy refiriendo?

—A que al cabo de unos años ya no pueden acusarte. Al cabo de tres años, en los casos de delito sexual.

Bosch se dijo que Pell estaba al cabo de la calle en lo referente a lo que significaba la prescripción. Durante su encarcelamiento, probablemente había aprovechado para familiarizarse con las leyes californianas vinculadas a sus propios crímenes. Era un siniestro recordatorio de que el hombrecillo petulante sentado delante de él era un depredador muy peligroso y de que los depredadores siempre hacían lo posible por conocer el terreno legal que estaban pisando.

La mayoría de los delitos sexuales prescribían a los tres años. Pero Pell se equivocaba en un punto. Había numerosas excepciones, en razón del tipo de crimen cometido y la edad precisa de la víctima. La oficina del fiscal del distrito tendría que recabar información para saber si Hardy podía ser incriminado por sus abusos a Pell. Bosch pensaba que seguramente era demasiado tarde. Pell había estado contándole su historia personal a los psicólogos de la prisión durante años seguidos, pero nadie se había molestado en emprender una investigación. Bosch tenía claro que los días de Hardy como depredador sexual y asesino habían terminado para siempre y que iba a pagar al menos algunos de sus crímenes. Pero era muy posible que nunca fuera inculpado por lo que le hizo a Clayton Pell.

—Suele ser como dices —explicó Bosch—. Los delitos sexuales acostumbran a prescribir a los tres años. Así que seguramente ya sabes la respuesta a tu propia pregunta. No creo que Hardy llegue a ser enjuiciado por lo que te hizo en el pasado, Clayton. Pero eso no importa, porque tú puedes desempeñar un papel fundamental en el juicio por asesinato. Hemos explicado al fiscal que las muestras de sangre encontradas en el cuerpo de Lily Price son tuyas. De forma que vas a poder prestar declaración sobre lo que Hardy te hizo, acerca de sus malos tratos físicos y abusos sexuales. Vas a poder aportarnos lo que llamamos un testimonio de conexión, Clayton, el testimonio que nos permitirá conectar el ADN encontrado en la víctima con el propio Chilton Hardy.

Bosch volvió a echar mano del documento.

—Una de las cosas que el fiscal ahora mismo necesita es una declaración firmada por ti en la que se establezcan los hechos de tu relación con Hardy. Esta mañana, mi compañero y yo hemos escrito este borrador, basándonos en las notas que tomé la semana pasada. Quiero que lo leas, y si encuentras que se ajusta a los hechos, que lo firmes. Para conseguir que Hardy pase el resto de su vida encerrado en el corredor de la muerte.

Bosch le tendió el documento, que Pell rechazó con un gesto.

—¿Por qué no me lo lee en voz alta?

Harry intuyó que Pell era analfabeto. En su expediente no constaba que hubiera ido a la escuela con regularidad, y estaba claro que en su casa nunca le habían animado a estudiar por su cuenta.

Procedió a leer el borrador de una página y media de extensión. El texto se ceñía al adagio de que menos es más. Era un resumen de la admisión hecha por Pell de que había estado viviendo en casa de Hardy en la época del asesinato de Lily Price y que durante dicho periodo había sido sometido a malos tratos y abusos sexuales. Se hacía hincapié en el hecho de que Hardy solía azotarle con el cinturón, con tanto ensañamiento que Pell muchas veces sangraba.

En el borrador también constaba que Pell recientemente había identificado a Hardy en una rueda fotográfica de reconocimiento y había identificado el apartamento en el que había estado viviendo con Hardy a finales de los años ochenta.

—«El abajo firmante reconoce la veracidad de estos hechos vinculados a su relación con Chilton Aaron Hardy júnior en 1989» —terminó de leer Bosch—. Y ya está.

Miró a Pell, que estaba asintiendo con la cabeza, como mostrando su acuerdo.

—¿Te parece bien? —preguntó Bosch.

—Sí, está bien —dijo Pell—. Pero ahí pone que Hardy me tomó una foto un día que estaba haciéndole una mamada.

—Bueno, no lo pone con esas palabras exactas, pero…

—¿Hace falta poner eso?

—Creo que sí, Clayton. Porque hemos encontrado la foto que mencionaste. Encontramos la caja de zapatos. Y por eso nos interesa que aparezca en la declaración, porque la foto corrobora lo que dices.

—¿Y eso qué quiere decir?

—¿Te refieres a lo de corroborar? Quiere decir que más o menos confirma tu versión de los hechos. Que demuestra que es verdad. Primero dices que el tipo te obligó a hacer eso, y luego enseñamos la foto que lo demuestra.

—¿Y la gente va a ver la foto?

—Muy poca gente. La prensa no va a tener acceso a ella. Se trata de un simple elemento que nos sirve para reforzar la acusación.

—Y otra cosa —terció Stone—. No hay razón para que te sientas avergonzado, Clay. Tú eras un niño. Y él era un adulto. Te tenía completamente controlado. Te convirtió en su víctima, sin que pudieras hacer absolutamente nada para evitarlo.

Pell asintió con la cabeza, para sí antes que en respuesta a Stone.

—¿Estás dispuesto a firmar esta declaración? —preguntó Bosch.

Había llegado el momento de la verdad.

—Voy a firmarla, pero ¿luego qué va a pasar?

—Que se la entregaremos al fiscal, quien la incluirá en la denuncia que va a presentar esta tarde.

—No, me refiero a qué va a pasarle a él. A Chill. ¿Qué le van a hacer?

—Ahora mismo está encerrado en el centro metropolitano de detención y sin derecho a fianza. Si el fiscal del distrito presenta la acusación hoy mismo, mañana comparecerá ante un tribunal superior. Es probable que pida la libertad condicional.

—¿¡Cómo!? ¿Que van a darle la condicional a un tipo como él?

—No, no he dicho eso. Lo que pasa es que tiene derecho a solicitar la libertad condicional. Como todo el mundo. Pero tú por eso no te preocupes, que este individuo no tiene ninguna posibilidad. Hardy no va a pasar un solo día en libertad en lo que le queda de vida.

—¿Puedo ir a hablar con el juez?

Bosch miró a Pell. No se le escapaba el porqué de una petición así, pero de todos modos le sorprendía que la formulara.

—Eh, no me parece buena idea, Clayton. Ten en cuenta que es muy posible que te llamen a declarar como testigo. Si quieres, puedo hablarlo con la fiscalía, pero creo que dirán que no. Lo que les interesa es que aparezcas por sorpresa y prestes declaración. No que estés viendo el juicio sentado, y menos aún cuando Hardy esté en la sala.

—De acuerdo. Solo era una idea.

—Claro.

Bosch señaló su maletín con el documento que tenía en la mano.

—¿Te parece firmar la declaración encima de este maletín? Me parece lo más práctico. Es la única superficie rígida que tenemos por aquí.

—Vale.

El hombrecillo saltó de la silla y se acercó a Bosch. Harry sacó un bolígrafo del bolsillo y se lo pasó. Pell se agachó, con el rostro muy cercano al de Bosch, y se dispuso a rubricar el documento. Cuando habló, Harry notó su aliento caliente.

—Ya sabe lo que tendrían que hacer con este tipo, ¿no?

—¿Con quién? ¿Con Hardy?

—Con Hardy, sí.

—¿Qué tendrían que hacer?

—Tendrían que colgarlo de los cojones por lo que le hizo a esa chica, por lo que me hizo a mí. Ayer estuve viendo la tele. Me he enterado de todo lo que hizo. Tendrían que enterrarlo boca abajo y a tres metros de profundidad. Pero lo que harán será sacarlo en la tele todos los días y convertirlo en una estrella.

Bosch negó con la cabeza. Pell estaba yendo demasiado lejos.

—No sé muy bien qué quieres decir con eso de que van a convertirlo en una estrella, pero supongo que van a pedir la pena de muerte y van a conseguirla.

Pell soltó una risa desdeñosa.

—Eso es una puta mierda, hombre. Si van a conseguir la pena de muerte, lo que tienen que hacer es matarlo. Y no pasarse veinte años haciendo el paripé.

Bosch asintió con la cabeza, pero no dijo nada. Pell garabateó su nombre en el papel y le devolvió el bolígrafo. Cuando Harry fue a cogerlo, Pell lo siguió agarrando. Intercambiaron miradas.

—A usted tampoco le gusta todo ese paripé —murmuró Pell—. ¿Verdad que no, inspector Bosch?

Pell soltó el bolígrafo, y Bosch lo guardó en el bolsillo interior de la americana.

—No —reconoció—. No me gusta.

Pell dio un paso atrás. Habían terminado.

Cinco minutos más tarde, Bosch y Chu estaban dirigiéndose a la puerta de hierro del complejo. De pronto, Harry se detuvo. Chu se lo quedó mirando. Bosch le pasó las llaves del automóvil.

—Pon el coche en marcha —dijo—. He olvidado el bolígrafo.

Bosch volvió a entrar en el despacho de Hannah Stone, que no pareció sorprenderse. Lo primero que hizo fue besarlo. A Bosch le pareció algo embarazoso.

—¿Qué pasa? —preguntó ella.

—No sé —dijo Harry—. Creo que no está bien que mezclemos las cosas de esta forma.

—Bueno, pues lo siento. Pero como he visto que volvías... Justo lo que pensaba que ibas a hacer.

—Ya, sí, pero...

Bosch sonrió ante su propia incoherencia.

—Mira, ¿qué tal si nos vemos mañana por la noche? —preguntó—. Después de que Hardy comparezca por primera vez. Va a sonarte raro, pero quiero celebrarlo... Y es que cuando uno quita de la circulación a un individuo así, pues luego se siente bien. No sé si me explico...

—Creo que sí. Nos vemos mañana por la noche.

Finalmente, Bosch se marchó. Chu había estacionado el coche frente a la puerta. Bosch entró y se sentó a su lado.

—¿Qué? —apuntó Chu—. ¿Ya tienes su número?

—Tú conduce y calla.

41

El viernes por la mañana, Bosch y Chu decidieron acercarse a los juzgados a presenciar el primer paso del proceso judicial contra Chilton Hardy. Aunque no era preciso que asistieran a la comparecencia inicial de Hardy por asesinato, Bosch y su compañero querían estar presentes. Era raro que un inspector de Homicidios acabara con la carrera criminal de un monstruo, lo que Hardy era. Querían verlo cargado de grilletes y haciéndole frente a la justicia del pueblo.

Bosch lo había consultado antes y sabía que Hardy iba en el autobús de transporte de los presos de raza blanca. De forma que no iba a comparecer hasta las diez, como muy pronto. Harry aprovechó el rato muerto para tomarse un café y echar una mirada a los artículos de prensa que esa mañana se hacían eco de la investigación.

Los teléfonos no paraban de sonar en el cubículo, sin que ni él ni Chu respondieran. Los periodistas estaban empeñados en conseguir declaraciones de los inspectores o acceso preferente a la investigación en curso. Bosch decidió que ya estaba bien de tanto telefonazo y que lo mejor sería acercarse a los juzgados de una vez. Mientras Chu y él se ponían las americanas —sin haberlo acordado de antemano, ambos se habían presentado vestidos con sus mejores trajes—, Harry advirtió que todos los presentes en la sala de inspectores los estaban mirando. Se acercó al escritorio de Tim Marcia y le explicó adónde iban.

Prometió volver tan pronto como Hardy terminara de comparecer, a no ser que la fiscal asignada al caso quisiese hablar con ellos.

—¿A quién le ha tocado el caso? —preguntó el Látigo.

—A Maggie McPherson —respondió Bosch.

—¿Maggie la Fiera? Pensaba que estaba en los juzgados de San Fernando Valley.

—Lo estaba. Pero ahora se ocupa de llevar los casos importantes, cosa que nos viene bien.

Marcia se mostró de acuerdo.

Bajaron por el ascensor. En la puerta del edificio de la policía había varios periodistas. Algunos reconocieron a Bosch, lo que al momento originó una estampida de reporteros. Bosch se abrió paso entre ellos sin hacer declaraciones. Finalmente, Chu y él cruzaron First, y Bosch señaló el imponente edificio del *Los Angeles Times*.

—Dile a tu novia que su artículo de hoy sobre el caso estaba muy bien.

—Ya te he dicho que no es mi novia —protestó Chu—. Me equivoqué con ella, pero luego lo he arreglado. No he leído el artículo, pero que sepas que yo no he tenido nada que ver.

Bosch asintió con la cabeza y decidió no volver a insistir en el tema. Las cosas se habían arreglado entre él y Chu.

—Y bueno, ¿cómo está tu novia? —contraatacó Chu.

—¿Mi novia? Eh, pues, bueno, ya se lo preguntaré cuando la conozca.

—Venga ya, Harry. La tienes en el bote. Se lo noté en la cara, hombre.

—¿Ya has olvidado el patinazo que pegaste por dejar que una relación de trabajo se convirtiera en algo más?

—Tu situación es completamente distinta.

El móvil de Bosch zumbó. Miró la pantalla. Hablando del rey de Roma...; era Hannah Stone. Bosch señaló el móvil en el momento de responder, para decirle a Chu que se estuviera callado.

—¿Doctora Stone?

—Supongo que esto quiere decir que no estás solo.

En su voz había una nota de angustia.

—No, pero ¿qué es lo que pasa?

—Bueno, no sé si es importante, pero Clayton Pell anoche no volvió al centro. Y resulta que tampoco fue a trabajar cuando se marchó de aquí después de firmar la declaración.

Bosch dejó de andar y guardó silencio un instante mientras asimilaba la noticia.

—¿Y no ha vuelto desde entonces?

—No. Acabo de enterarme, al llegar.

—¿Has llamado a su trabajo?

—Sí, he hablado con su jefe. Dice que Clayton ayer llamó diciendo que estaba enfermo; no se presentó a trabajar. Pero el hecho es que se fue después de que os marcharais. Y dijo que iba al trabajo.

—Bueno, ¿y qué dice el funcionario que se encarga de seguir su caso? ¿Anoche le dijeron algo?

—No. Justo acabo de llamarlo yo misma. Dice no saber nada, pero va a tratar de enterarse de lo que ha pasado. Eres el siguiente con quien hablo del asunto.

—¿Y por qué has esperado hasta hoy para hacerlo? Pell lleva casi veinticuatro horas desaparecido.

—Ya te lo he dicho: acabo de enterarme. Te recuerdo que este es un programa voluntario. En el centro tenemos unas normas que todos están obligados a seguir, pero si alguien se va, no hay mucho que se pueda hacer. Lo único que nos queda es esperar a que vuelva e informar de su marcha a la junta de la libertad condicional. Pero, después de lo sucedido esta semana, y dado que Clayton va a ser uno de los testigos en el juicio, me ha parecido que también tenías que saberlo.

—De acuerdo. Entendido. ¿Y tienes alguna idea de dónde puede estar? ¿Tiene familia o amigos por aquí cerca?

—No. Nadie.

—Muy bien. Voy a hacer unas cuantas llamadas. Si te enteras de algo, dímelo.

Bosch desconectó el teléfono y miró a Chu. De pronto, tuvo una intuición poco tranquilizadora. Algo le decía que era posible que Chu supiera dónde se encontraba Pell.

—Clayton Pell se ha esfumado. Parece que se dio el piro justo después de que ayer habláramos con él.

—Es posible que haya…

Pero Chu no terminó la frase, como si no tuviera una buena respuesta.

Bosch se dijo que él sí la tenía. Llamó al centro de comunicaciones y pidió a una operadora que mirara el nombre de Clayton Pell en el ordenador para averiguar si había alguna noticia de sus andanzas.

—A ver —dijo la operadora—. Aquí pone que ayer detuvieron a un tal Clayton Pell. Por un delito del tipo dos cuatro tres.

Bosch no necesitaba una traducción del artículo 243 del código penal californiano. Todos los policías lo conocían. Lesiones a un funcionario de seguridad del Estado.

—¿Qué cuerpo le detuvo? —preguntó.

—Nosotros. Pero no tengo más detalles, salvo que lo pusieron bajo custodia en el edificio central.

Bosch había estado fuera del edificio durante gran parte del martes, ocupado en ayudar a la fiscalía a preparar el sumario, pero al regresar al final de la jornada había oído rumores sobre una agresión a un agente situado en la plaza de enfrente. La agresión había tenido lugar sin provocación alguna. Un individuo se había acercado al agente, supuestamente para hacerle una pregunta, y de forma inexplicable le había soltado un cabezazo en el rostro. El agente había salido del percance con la nariz fracturada, pero las habladurías decían que el agresor sencillamente era un loco, cuyo nombre no había llegado a mencionarse.

Bosch comprendía qué era lo que había pasado. Pell se había dirigido al centro de Los Ángeles y al edificio de la policía con el objetivo de hacerse detener. Y de que le encerraran en el adyacente centro metropolitano de detención, pues sabía que allí era donde Hardy se encontraba. Los agentes del cuerpo de policía siempre trasladaban al CMD a los detenidos en el centro de la ciudad, sin llevarlos a los distintos calabozos y cárceles del condado que servían como centros provisionales de detención en otros puntos de la urbe.

Bosch desconectó y procedió a examinar el listado de llamadas recientes que había hecho con el móvil. Dio con el número del CMD, al que antes había telefoneado para enterarse del horario de salida de Hardy.

—¿Qué es lo que pasa, Harry? —preguntó Chu.

—Problemas.

Al momento, respondieron a su llamada.

—Centro metropolitano. Le habla el sargento Carlyle. Por favor, espere a…

—No, no me ponga en espera. Le habla Bosch, del LAPD. Hemos hablado hace un rato.

—Bosch, estamos bastante liados en este momento y…

—Escuche. Sospecho que alguien va a intentar atentar contra Chilton Hardy. El hombre por el que antes estuve preguntando.

—Ya ha salido, Bosch.

—¿Qué quiere decir que ya ha salido?

—Que ya está en el furgón de la oficina del sheriff. De camino a los juzgados.

—¿Quién más está en el furgón? ¿Puede mirar un nombre? Clayton Pell. Se lo deletreo. P-E-L-L.

—Un momento.

Bosch miró a Chu, que estaba a punto de decirle algo, pero el sargento de guardia al momento se puso otra vez, con una clara nota de alarma en la voz.

—Están llevando a Pell en el mismo furgón que a Hardy. ¿Quién es este Pell? ¿Y por qué no nos han informado de que había un problema entre los dos?

—Se lo explico más tarde. ¿Dónde está el furgón?

—¿Y cómo quiere que lo sepamos? Justo acaba de salir.

—¿Sabe qué ruta sigue? ¿Por dónde va?

—A ver... Creo que va por San Pedro y First, y que luego sube por Spring. El aparcamiento está en el lado sur de los juzgados.

—Bueno, pues llame a la oficina del sheriff y explique que tienen que detener ese furgón. Y separar a Pell de Hardy.

—Si aún están a tiempo.

Bosch colgó sin decir nada más. Se giró y echó a andar otra vez hacia el edificio central de la policía.

—¿Qué es lo que pasa, Harry? —preguntó Chu, siguiéndolo.

—Pell y Hardy están juntos en el furgón. Tenemos que darle el alto.

Echó mano a la placa que llevaba prendida al cinturón y la alzó en el aire al situarse en la intersección de Spring y First. Levantó las manos para detener el tráfico y empezó a caminar en diagonal por la intersección. Chu hizo otro tanto.

Una vez que terminaron de cruzar la calzada, Bosch corrió hacia tres coches patrulla estacionados frente a la plaza del edificio de la policía. Un agente uniformado estaba apoyado en el capó del primer coche, ocupado en mirar su teléfono móvil. Con la placa todavía a la vista, Bosch le palmeó la mano al pasar corriendo junto a él.

—¡Oiga! Necesito su coche. Es una emergencia.

Bosch abrió la portezuela de atrás y se metió en el auto, seguido por Chu.

El agente se levantó, pero sin dirigirse a la portezuela del conductor.

—Lo siento, amigo, estamos esperando al jefe. Tiene una reunión con los propietarios de…

—El jefe puede irse a tomar por culo —soltó Bosch.

Vio que el agente había dejado las llaves en el contacto y que el motor estaba en funcionamiento. Levantó las piernas y se las arregló para escurrirse hasta el asiento del conductor, pasando entre la percha para la escopeta y la terminal del ordenador.

—¡Oiga! ¡Un momento! —gritó el agente.

Bosch puso el coche en marcha y salió disparado. Conectó las luces y la sirena mientras avanzaba por First a todo gas. Recorrió tres manzanas en tres segundos, tras lo cual trazó una ancha curva a la izquierda y torció por San Pedro, tan rápido como era posible.

—¡Allí! —gritó Chu.

Un furgón de la oficina del sheriff llegaba por el carril de enfrente. Bosch comprendió que al conductor no le había llegado el mensaje enviado por Carlyle desde el CDM. Pisó el acelerador y se dirigió en línea recta hacia el furgón.

—¿Harry? —dijo Chu en el asiento trasero—. ¿Qué estás haciendo? ¡Que es un furgón!

Bosch pisó el freno en el último instante y giró el volante a la izquierda, de tal forma que el coche derrapó lateralmente hasta quedar estacionado frente al furgón. Así mismo, este derrapó ruidosamente y se detuvo a metro y medio de la portezuela de Chu.

Bosch saltó al exterior y fue hacia la puerta del furgón con la placa bien a la vista. Soltó un fuerte palmetazo contra la puerta de acero y dijo:

—¡Cuerpo de policía! Abran ahora mismo. Es una emergencia.

La puerta se abrió de golpe, y Bosch se encontró con que un alguacil uniformado le estaba apuntando con una escopeta desde lo alto. A sus espaldas, el conductor del vehículo —un segundo alguacil— también le estaba apuntando con una pistola.

—Con la placa no basta. Enséñenos su identificación.

—Llame a su coordinador. Los del CDM los han estado avisando por radio.

Tiró el estuche con la identificación al conductor.

—En este furgón viaja un detenido que pretende cargarse a otro.

Nada más decir estas palabras, en la parte trasera del furgón se oyó un estrépito, acompañado por gritos de ánimo:

—¡Eso es!

—¡Mátalo!

—¡Acaba con este hijo de puta!

—¡Déjenme paso! —instó Bosch.

El conductor gritó finalmente:

—¡Rápido! ¡Por aquí!

Con un manotazo, pulsó el botón rojo que descorría la puerta enrejada que daba a la caja del furgón. El alguacil armado con la escopeta fue el primero en entrar, mientras Bosch subía corriendo a la cabina para seguirle.

—¡Pida refuerzos! —le gritó al conductor antes de entrar en la caja tras el primer alguacil.

Casi al momento, el alguacil cayó de bruces, después de que uno de los detenidos lograse hacerle la zancadilla con sus tobillos encadenados. Bosch no se detuvo. Saltó por encima de la espalda del alguacil y continuó en dirección a la parte trasera del furgón. Todos los detenidos tenían la atención puesta en la parte derecha, donde Clayton Pell estaba de pie y agachado sobre el asiento que tenía delante. Había ceñido una cadena al cuello de Chilton Hardy y estaba estrangulándolo por la espalda. Hardy tenía el rostro violáceo y los ojos fuera de las órbitas. Con las manos sujetas con grilletes a la espalda, nada podía hacer por defenderse.

—¡Pell! —gritó Bosch—. ¡Suéltalo!

Su grito apenas resonó entre el coro de detenidos que exhortaban a Pell a hacer justamente lo contrario. Bosch dio dos pasos más y se abalanzó contra Pell, apartándolo de Hardy, pero sin conseguirlo del todo. Bosch advirtió que Pell estaba amarrado a la cadena que ceñía el cuello de Hardy. Era la cadena que Pell en principio debería llevar en torno a la cintura.

Bosch trató de aferrarla, mientras gritaba a Pell que la soltara de una vez. El alguacil ya se había recuperado de la caída, pero no podía desprenderse de la escopeta, por lo que no servía de ayuda. Chu pasó corriendo por su lado e intentó agarrar la cadena que apretaba la garganta de Hardy.

—¡No, mejor agárrale la mano! —gritó Bosch.

Chu aferró una de las manos de Pell, Bosch hizo otro tanto, y entre los dos pronto lograron reducir al hombrecillo. Harry desligó la cadena del cuello de Hardy, quien se desplomó de bruces y estrelló su rostro contra el respaldo del asiento de enfrente. Su cuerpo terminó por caer al pasillo, junto a los pies de Chu.

—¡Déjenlo morir! —chilló Pell—. ¡El hijo de puta merece morir!

Bosch devolvió a Pell a su asiento de un empujón y se abalanzó sobre él.

—¡Mira que eres estúpido, Clayton! —espetó—. De esta van a enchironarte otra vez.

—Me da igual. Fuera dc la cárcel no tengo nada.

Su cuerpo se estremeció con brusquedad, como si las fuerzas le hubieran abandonado. Rompió a llorar y a gemir:

—Quiero verlo muerto... Quiero verlo muerto...

Bosch se giró hacia el pasillo. Chu y el alguacil estaban asistiendo a Hardy. O bien había perdido el conocimiento, o bien estaba muerto, razón por la que el alguacil en ese momento llevó la mano a su cuello, para comprobar las pulsaciones. Con la cabeza gacha, Chu tenía la oreja junto a la boca de Hardy.

—¡Que traigan una ambulancia! —gritó el alguacil al conductor—. ¡Rápido! No le encuentro el pulso.

—¡Ya está en camino! —respondió el conductor.

La noticia de la falta de pulsaciones ocasionó que los demás detenidos prorrumpieran en vítores en el interior del furgón. Empezaron a agitar las cadenas en el aire y a patalear contra el suelo. Bosch no tenía claro si sabían quién era Hardy o si se trataba de simple sed de sangre.

De pronto, Harry oyó unas toses. Llevó la mirada al suelo y vio que Hardy estaba volviendo en sí. Seguía teniendo los ojos vidriosos y el rostro violentamente enrojecido. Pero su mirada se fijó un instante en Bosch, hasta que el hombro del alguacil se interpuso entre el uno y el otro.

—Muy bien, parece que no se nos muere —informó el alguacil—. Está volviendo a respirar.

Sus palabras fueron acogidas con feroces abucheos de los detenidos. Pell soltó un aullido en forma de gemido prolongado. Su cuerpo se debatía bajo el de Bosch. El aullido parecía resumir una existencia marcada por la angustia y la desesperación.

42

Esa noche, Bosch estaba de pie en el porche trasero, contemplando la cinta de luces en la autovía a sus pies. Seguía llevando puesto su mejor traje, cuyo hombro izquierdo se había ensuciado durante la lucha con Pell en el interior del furgón. Ansiaba beber algo, pero no iba a beber. Había vuelto a la música que siempre le acompañaba en los momentos importantes. Frank Morgan al saxo tenor. Nada resultaba mejor para moldear el ánimo.

Había cancelado la cita con Hannah Stone. Lo ocurrido ese día había puesto fin a cualquier deseo de celebración, incluso a las ganas de hablar.

Chilton Hardy había sobrevivido al asalto en el furgón del sheriff sin sufrir lesiones de importancia. Al momento, lo había habían llevado al pabellón de seguridad del centro médico del condado en la Universidad del Sur de California, donde seguiría ingresado hasta que los médicos le dieran el alta. La comparecencia en los juzgados quedaba pospuesta hasta entonces.

Detuvieron a Clayton Pell una vez más y lo acusaron de nuevos cargos vinculados a la agresión contra Hardy. Eso se sumaba al quebrantamiento de la libertad condicional. Sin duda, pronto volverían a encarcelarlo.

En circunstancias normales, Bosch se alegraría de que un criminal sexual contumaz fuera otra vez a la cárcel. Pero el hecho era que la suerte de Pell le provocaba cierta melancolía. Se sentía un poco responsable. Y hasta culpable.

En el momento de atar cabos mientras se encontraba en First Street, Bosch bien pudo haber dejado que los acontecimientos siguieran su camino, y el mundo hoy se habría librado de un monstruo, del hombre acaso más depravado que Bosch había conocido en la vida. Pero Harry había intervenido. Había entrado en acción para salvar al monstruo, y sus pensamientos ahora estaban nublados por el arrepentimiento. Hardy merecía la muerte, pero probablemente iba a eludirla, o acaso la muerte le llegaría tantos años después de sus crímenes que casi no tendría significado. Hasta entonces seguiría siendo una figura prominente en los juzgados y en la cárcel, y entraría a formar parte de la leyenda criminal. La leyenda que llevaba a tantas personas a hablar y escribir interminablemente sobre los hombres como él. A adorarlos, en algunos casos en los que mejor era no profundizar.

Bosch podía haber evitado todo esto, pero no lo había hecho. Su lema personal de que o bien todas las personas cuentan, o bien ninguna persona cuenta no parecía explicarlo. O excusarlo. Era consciente de que durante mucho tiempo iba a tener que cargar con los remordimientos por lo que había hecho.

Había pasado la mayor parte de la jornada redactando informes y respondiendo a las preguntas que otros investigadores le hacían sobre lo sucedido en el furgón del sheriff. Finalmente, se estableció que Pell había sabido cómo llegar hasta Hardy porque sabía cómo funcionaba el sistema. Conocía los métodos y las rutinas. Sabía que los detenidos de raza blanca eran segregados y transportados por separado, por lo que era muy posible que le hicieran subir al mismo furgón en que viajaba el hombre al que se proponía matar. Sabía que le pondrían grilletes en los tobillos y las muñecas, y que tendría las manos amarradas a una cadena ceñida a la cintura. Sabía que podría deslizar la cadena bajo sus estrechas caderas y pasarla bajo los pies hasta contar con un arma para matar al otro.

El plan era astuto, pero Bosch lo había fastidiado. La oficina del sheriff estaba investigando el incidente, pues había tenido lugar en su furgón de conducción de detenidos. El alguacil que entrevistó a Bosch le preguntó a bocajarro por qué había intervenido. Bosch sencillamente respondió que no lo sabía. Había actuado por instinto y por impulso, sin pararse a pensar que el mundo sería un lugar mejor sin Hardy.

Mientras contemplaba el río incesante de metal y cristal, sintió nuevos remordimientos al rememorar la angustia de Pell. Lo había privado de su única oportunidad de redención, del momento compensatorio de todos los daños infligidos a su persona y —a su modo de ver— de los daños infligidos también a sus víctimas. Bosch no terminaba de verlo así, pero lo comprendía. Todo el mundo anda en busca de la redención. De una cosa u otra.

Bosch se lo había arrebatado todo a Pell, y por eso ahora estaba escuchando la desconsolada música de Frank Morgan y ansiaba ahogarse en un mar de alcohol. El depredador le daba lástima.

El timbre de la puerta resonó por encima de la tonalidad del saxofón. Bosch fue a abrir, pero, mientras cruzaba la sala de estar, su hija salió por el pasillo y se le adelantó. Llevó la mano al pomo y acercó el ojo a la mirilla antes de abrir, tal como Harry le había enseñado. Se apartó de la puerta y echó andar hacia atrás con movimientos robóticos hasta pasar junto a Harry.

—Es Kiz —musitó.

Se giró y fue a esconderse al pasillo.

—Muy bien, no hace falta dejarse llevar por el pánico —dijo Bosch—. Creo que podemos manejarnos con Kiz.

Bosch abrió.

—Hola, Harry. ¿Cómo estás?

—Bien, Kiz. ¿Qué te trae por aquí?

—Bueno, supongo que me apetecía sentarme un rato a tu lado en el porche.

Bosch no respondió. Se la quedó mirando hasta que el momento se convirtió en verdaderamente embarazoso.

—¿Harry? Oye, que soy yo. ¿Estás ahí?

—Eh, sí, perdón. Estaba… Bien, pasa, pasa.

Terminó de abrir la puerta y la dejó pasar. Kiz sabía cómo llegar hasta el porche.

—Bueno, no tengo bebidas alcohólicas en casa. Tengo agua y algunos refrescos.

—Un poco de agua me va bien. Luego tengo que volver al centro.

Al pasar junto al pasillo, resultó que Maddie seguía allí en la penumbra.

—Hola, Kiz.

—Oh, hola, Maddie. ¿Cómo va todo, guapa?

—Bien.

—Me alegro. Si necesitas alguna cosa, no tienes más que decírmelo.

—Gracias.

Bosch entró en la cocina y sacó dos botellas de agua mineral de la nevera. Rider apenas había necesitado unos pocos segundos para llegar al porche, donde estaba de pie, admirando las vistas y los sonidos. Cerró la puerta corredera a sus espaldas, para que Maddie no oyera lo que Kiz había venido a contarle.

—Esta ciudad nunca deja de sorprenderme —comentó Rider—. En Los Ángeles no hay forma de escapar del tráfico. Ni siquiera aquí en lo alto.

Bosch le pasó una botella.

—Si después tienes que volver al centro y esta noche trabajas, es que vienes en visita oficial. A ver si lo adivino: me va a caer un puro por haberme llevado prestado uno de los coches del jefe.

Rider agitó la mano en el aire, como quien le suelta un manotazo a una mosca.

—Eso da igual, Harry. Pero sí que vengo a avisarte.

—¿De qué?

—De que la cosa está que arde. Con Irving. El mes próximo vamos a estar lo que se dice en guerra y van a darse bajas. Así que vete preparándote.

—Tú y yo nos conocemos de siempre, Kiz, así que sé más específica. ¿Qué es lo que está haciendo Irving? ¿Es que ya soy una baja?

—No, no lo eres. Pero, para empezar, Irving ha ido a hablar con los de la comisión policial para pedirles que revisen exhaustivamente el caso Chilton Hardy. Empezando por el mismo principio y acabando por lo del furgón. Y los de la comisión van a hacerle caso. La mayoría de ellos le deben el puesto. Así que van a hacer lo que diga.

Bosch pensó en su relación con Hannah Stone y en cómo la podría utilizar Irving. También pensó en el hecho de que se había saltado la orden de registro. Si Irving se enteraba, iba a estar dando ruedas de prensa al respecto todos los días que quedaban hasta las elecciones.

—Bueno, pues que investiguen —dijo Bosch—. No tengo nada que ocultar.

—Eso espero, Harry. Pero tu participación en la investigación me preocupa menos que lo sucedido durante los veinte años anteriores. Cuando Hardy estuvo haciendo de las suyas impunemente, porque nunca llegó a emprenderse una investigación. Vamos a quedar muy mal cuando la prensa se entere.

En ese momento, Bosch creyó entender por qué Rider había venido a verle en persona. Así era como funcionaba el politiqueo. Era lo que Irving le había dicho que iba a pasar.

Se daba cuenta de que cuanto más documentara su unidad los crímenes de Hardy, mayor sería el escándalo por el hecho de que aquel sujeto hubiera estado cometiéndolos con impunidad durante más de veinte años. Hardy nunca había estado verdaderamente preocupado por la posibilidad de que lo detuvieran, hasta el punto de que ni se había molestado en cambiar de aires.

—Y bien, ¿qué es lo que quieres, Kiz? ¿Que lo reduzcamos todo a Lily Price? Es eso, ¿verdad? ¿Que nos concentremos en un único caso y pidamos la pena de muerte? Al fin y al cabo, a Hardy tan solo podemos matarlo una vez, ¿no? Y que se fastidien las demás víctimas, como Mandy Phillips, cuya foto adornaba la puta mazmorra de Hardy. Supongo que Phillips es una de las bajas a las que te estabas refiriendo.

—No, Harry. No quiero que lo dejéis ahí. No podemos dejarlo ahí. Para empezar, la noticia ya ha aparecido en los medios internacionales. Y queremos que se les haga justicia a todas las víctimas. Ya lo sabes.

—Entonces, ¿qué es lo que me estás diciendo, Kiz? ¿Qué es lo que quieres?

Rider guardó silencio un instante, con la idea de no tener que decirlo en voz alta.

Pero no iba a poder evitarlo. Bosch se mantenía a la espera.

—Solo quiero que aflojes un poco el ritmo —dijo por fin.

Bosch asintió con la cabeza. Había entendido.

—Las elecciones. Nos lo tomamos con un poco de calma hasta que pasen las elecciones, con la esperanza de que a Irving le den la patada en el culo. ¿Es lo que quieres?

Harry sabía que, si Rider se lo decía, la relación entre ambos nunca iba a ser la misma.

—Sí, es lo que quiero —dijo ella—. Es lo que todos queremos. Por el bien del cuerpo.

Aquellas cinco palabras..., «por el bien del cuerpo», siempre apuntaban a politiqueo. Bosch asintió con la cabeza, se giró y contempló la vista a sus pies. No quería seguir mirando a Kiz Rider.

—Vamos, Harry —dijo Rider—. Tenemos pillado a Irving. No le des lo que necesita para recuperarse y perjudicarnos, para seguir dañando al cuerpo.

Bosch se acercó a la barandilla y contempló los arbustos que crecían en la ladera bajo el porche.

—Es curioso —apuntó—, me parece que Irvin Irving al final ha resultado ser el único que tenía razón, el que seguramente incluso estaba diciendo la verdad.

—No sé de qué me estás hablando.

—Al principio, no entendía nada de nada. ¿Por qué Irving quería que el caso fuera investigado a fondo? ¿Para que se volviese en su contra y dejase clara su complicidad en los chanchullos con el Ayuntamiento?

—Harry, no hay necesidad de meternos en todo eso. El caso está cerrado.

—La respuesta es que quería una investigación a fondo porque no era cómplice. Porque él estaba limpio.

Se llevó la mano al bolsillo interior de la americana, manchada, y sacó la fotocopia doblada del mensaje telefónico que Irving le había entregado. La llevaba allí desde entonces. Sin mirar a Rider, se la entregó. Y esperó a que la desdoblara y leyera lo que ponía.

—¿Qué es esto? —preguntó.

—La prueba de la inocencia de Irving.

—Es un papel sin ningún valor, Harry. Lo pueden haber escrito en cualquier momento. Esto no demuestra nada.

—Pero resulta que tanto tú como yo como el jefe sabemos que no es una falsificación, que es la verdad.

Rider volvió a doblar el papel y se lo devolvió. Bosch lo metió en el bolsillo otra vez.

—Me habéis utilizado, Kiz. Para vengaros de Irving. Habéis estado utilizando la muerte de su hijo y todo cuanto fui descubriendo, con la idea de que la prensa os hiciera el trabajo sucio, publicara una noticia falsa y acabara con su carrera política.

Rider guardó silencio un largo instante y finalmente respondió tal y como le habían aleccionado. Sin reconocer nada en absoluto.

—Treinta días, Harry. Irving es un incordio para el cuerpo de policía. Si conseguimos librarnos de él, estaremos en disposición de mejorar y ampliar el cuerpo. Para que nuestra ciudad sea más segura y mejor.

Bosch se enderezó y dedicó una última mirada al paisaje. Los tonos rojizos se estaban convirtiendo en violetas. Comenzaba a oscurecer.

—Claro, ¿por qué no? —dijo—. Pero, si para librarse de él hay que convertirse en alguien como él, ¿qué diferencia hay?

Rider palmeó la barandilla ligeramente, dando a entender que ya había dicho bastante, que la conversación se había acabado.

—Me voy, Harry. Tengo que volver.

—Claro.

—Gracias por el agua.

—Sí.

El sonido de sus pasos en el entarimado le indicó que estaba yendo hacia la puerta corredera.

—Una cosa, Kiz: ¿lo que me dijiste el otro día también era un cuento chino? —preguntó, sin dejar de darle la espalda—. ¿También formaba parte de la comedia?

Los pasos se detuvieron, pero Kiz se mantuvo en silencio.

—Cuando te llamé y te conté lo de Hardy. Me dijiste que la nuestra es una profesión noble. «Es la razón por la que hacemos nuestro trabajo», dijiste. ¿También era un cuento chino, Kiz?

Rider se tomó su tiempo antes de responder. Bosch sabía que estaba mirándolo, a la espera de que se girase y le devolviera la mirada. Pero eso no podía hacerlo.

—No —respondió finalmente—. No era un cuento chino. Era la verdad. Y un día quizá te darás cuenta de que hago lo que tengo que hacer para que tú puedas hacer lo que tienes que hacer.

Kiz esperó a oír su respuesta, pero esta no llegó.

Oyó que la puerta corredera se abría a sus espaldas. Un momento después, se cerró. Kiz se había ido. Bosch contempló la luz cada vez más débil y esperó un momento antes de decir:

—No lo creo.

Agradecimientos

Esta historia en parte me fue sugerida por Robert McDonald. Y el autor se lo agradece mucho.

Muchas otras personas han contribuido a la aparición de esta obra, y también hay que agradecérselo. Entre ellos, Asya Muchnick, Bil Massey, Michael Pietsch, Pamela Marshall, Dennis Wojciechowski, Jay Stein, Rick Jackson, Tim Marcia, John Houghton, Terrill Lee Lankford, Jane Davis, Heather Rizzo y Linda Connelly. Muchas gracias a todos.